조선의 궁중비화

조선의 궁중비화

엮은이 · 김이리 | **펴낸이** · 오광수 외 1인 | **펴낸곳** · 주변인의길
편집 · 김창숙, 박희진 | **마케팅** · 김진용
주소 · 서울시 용산구 백범로 90길 74, 대우이안 오피스텔 103동 1005호
TEL · (02) 3275-1339 | **FAX** · (02) 3275-1340 | **출판등록** · 제 2016-000037호

jinsungok@empal.com

초판 1쇄 인쇄일 · 2017년 3월 30일 | **초판 1쇄 발행일** · 2017년 4월 5일

ⓒ 주변인의길
ISBN 978—89—93536—49—2 (03810)

김이리 엮음

재미있고 흥미진진한 궁궐 이야기

조선의 궁중비화

막강한 권력을 쥔 사람들의 은밀하게 얽히고설킨 왕위 계승과 운명에 순응하며 혹은 극복하려고 몸부림치는 사람들 그러나 피비린내를 일으키며 왕위를 차지하고 지켜 자손으로 왕위를 잇게 하기 위해 또 피바람을 일으켜도 왕위가 대물림 이어지지 못하고 다른 쪽으로 흘러갔다 구중궁궐 속에서 펼쳐지는 왕실 사람들의 이야기를 따라가보자

주변인의길

소시민의 행복을 다시금 일깨워준
조선 궁중비화

조선 시대의 임금을 중심으로 한 궁중의 이야기를 순차적으로 엮어보았다. 역사는 왕실을 중심으로 흘러 내려왔다. 백성의 생살여탈권을 쥐고 있었던 임금과 임금의 가족은 백성들에게 있어서는 선망의 대상일 수밖에 없었다. 그러나 용상을 얻기 위해 벌이는 암투, 임금이라는 자리 때문에 벌이는 혈육의 살상 등을 볼 때, 소시민의 행복이 얼마나 큰지를 느낄 수 있었다. 왕족은 자기의 의지가 아니더라도 역모에 연루되어 비참한 죽음을 당하는 경우가 부지기수였다.

여기에서는 자세한 역사와 시대를 다루기보다 이어져 내려오는 왕실 사람들의 이야기를 중심으로 엮었다. 막강한 권력을 쥔 사람들의 은밀하게 얽히고설킨 왕위 계승, 운명에 순종하려고, 혹은 극복하려고 몸부림치는 사람들. 그러나 피바람을 일으켜 왕위를 차지하고, 직계 자손으로 왕위를 잇게 하기 위해 또 피바람을 일으켰어도, 그 왕위가 몇 대를 이어지지 못하고, 다른 쪽으로 흘러갔다. 이 얼마나 허무한 일인가.

이야기를 엮으면서 몇 번이고 중단하였다. 사람이 사람에게 저지를 수 없는 일을 주저 없이 감행하는 철면피한 행태, 혈육이 혈육에게 가하는 인륜을 저버리는 무도한 행태, 이것들은 보위라는 절대적 권력을 위해서면 얼마든지 용인되었기 때문이다. 종묘사직을 지키기 위해서라는 명분 하나로 수많은 생명을 살상하는 몰염치를 보면서, 군주시대의 양심과 도덕적 가치가 군주 한 개인을 위한 왜곡된 가치에 불과하다는 것을 알 수 있었다. 어쩌면 궁궐이라는 음모와 술수의 바다에 살면서, 용상을 지키기 위한 정당방위였을지도 모른다. 죽이지 않으면 죽여야 하는 왕족의 비애. 왕위 계승의 범위 안에 있는 친족들은 늘 참살의 공포에 떨며 살았다.

조선왕조실록 등 정사 외에 개인저술이나 민간에 회자된 이야기도 첨가하여 흥미를 더하였다. 아무튼 이 책을 통해 선조들의 삶, 특히 우리 민족을 이끌어온 조선시대 왕족의 면면을 통해 영원할 수 없는 정치와 권력, 그리고 진정 소중한 인간의 가치 등을 생각해 볼 수 있었으면 좋겠다.

역사 속의 군주들을 살펴보면서, 위대한 임금은 혹 있을 수 있어도 행복한 임금은 없다는 것을 깨달았다. 그러나 위대한 서민은 없을지 몰라도 행복한 서민들을 우리는 오늘도 도처에서 흔하게 만난다. 자유롭게 햇살 아래를 걸으며, 부드러운 바람 한 줄기를 느끼며, 아이들의 웃음소리를 들으며, 이름 없는 소시민으로서 사랑하는 가족과 소박한 한 끼의 만찬을 나누고 사는 일상의 부대낌, 얼마나 소중한 행복인지 우리 모두 깨닫고 살면 좋겠다. 세상 권력을 쥐고 살았던 사람들이 그토록 간절하게 원했지만 이룰 수 없었던 행복한 삶, 왕족보다 멋진 삶을 누리며 사는 우리들임을 깨달아, 자긍심을 갖고 운명을 개척해 나가기를 기대한다.

김이리

1. 태조

(1335-1408, 재위 1392. 7-1398. 9)

고려 말의 혼란스러운 정치상황은 새로운 변화를
요구하고 있었다. 고려 왕조를 유지하면서 안으로
부터의 개혁을 하자는 쪽과 부분적인 변화로는
바꿀 수 없다며 역성혁명을 하더라도 모든 것을
완전히 바꿔야 한다는 쪽으로 나뉘었다. 신흥무장
세력의 중심인 이성계와 정도전을 중심으로 하는
급진파 신진사대부는 결국 역성혁명을 일으켜 고
려 왕조를 무너뜨리고 유교 중심의 나라 조선 왕
조를 세우게 되었다.

|||||||||| 조선의 궁중비화 ||||||||||

걸출한 영웅 태조 이성계는 조선을 개국하자 한양을 새 수도로 삼고, 새 왕조의 기반을 다지는 데 성공했다. 한 시대를 풍미한 영웅이었지만, 그 역시 인간의 정에 있어서는 자유롭지 못하였다. 정에 쏠려서 잘못 선택한 세자 책봉으로 인해 혈육인 왕자들 사이에 피바람이 몰아쳤다. 왕위계승권을 둘러싼 죽고 죽이는 형제들의 비정한 살육의 원인을 제공하고 말았다. 평범한 가정에서 형제가 다투면 분란을 만들지만 왕가에서 형제가 다투면 피바람을 몰고 온다.

편애가 뿌린 비극의 씨앗

태조는 74년의 생애 동안 후궁을 포함한 6명의 아내에게서 13명의 자식을 두었다.

첫째 부인인 신의왕후 한씨는 조선 개국 이전에 세상을 떠나서 이성계가 보위에 오르는 것을 보지 못하였다. 첫째 부인인 한씨 부인의 소생은 아들이 여섯이고 딸이 둘이었다. 한씨보다 훨씬 젊은 둘째 부인인 계비 신덕왕후 강씨의 소생은 아들 둘, 딸 하나였다. 태조는 첫째 부인 한씨보다도 둘째 부인인 강씨를 사랑했다. 강씨는 젊고 총명했으며 친정이 권문세가였기에 늘 그에게 든든한 힘이 되어 주었기 때문이었다.

"중전, 오늘의 내가 있기까지에는 그대의 공이 크오."

"별말씀을 다 하십니다."

"아니오, 그대가 있기에 내가 있소."

강씨는 정치에도 일가견이 있었기 때문에 태조는 그녀에게 정사도 의논하고 의견도 구하였다. 그녀는 태조의 집권 거사에도 직접 참여하여 막후에서 큰 영향력을 행사했고, 정도전 등 신진 사대부 출신의 개국 공신들과도 친밀한 관계를 맺고 있었다. 그러나 힘이 강해지면 잠자고 있던 욕망도 강해지는 법, 강씨는 욕심내서는 안 될 일에 그만 욕심을 내고 말았다.

'내 아들로 보위를 잇게 하고 싶다. 그만한 힘이 내게 있지 않은가.'

이미 한씨에게서 태어난 장성한 아들이 여섯이나 있었고, 장자가 보위를 잇는 것이 당연하게 여겨지던 시대였다. 그러나 한 번 강씨의 마음에서 자라기 시작한 욕심은 사그라지지 않고 점점 커져만 갔다. 왕비의 자리에 앉아서도 행복하지 않았다.

"마마, 왕자들 중에 누구를 세자로 점찍고 계십니까?"

"허허, 글쎄……."

당시로서는 대단한 질문이었다. 자칫 불충의 질문이 될 수도 있었다. 그러나 강씨에게는 태조의 마음을 사로잡고 있다는 자신감이 있었다.

"마마, 언젠가 제 소생으로 보위를 물려주겠다고 하셨지요? 제 두 귀로 똑똑히 들었습니다."

"중전, 그랬으면 좋겠소?"

강씨의 눈이 열망으로 반짝 빛났다.

되는 일은 된다, 안 되는 일은 안 된다……, 이렇게 강단 있게 말했으면 강씨가 포기할 수도 있었을 일을 태조는 그렇게 딱 잘라 말하지 못하였다. 그러기에는 강씨가 너무 사랑스러웠기 때문이었다. 강씨는 태조의 가슴을 파고들며 소곤거렸다.

"마마, 그렇게만 된다면 저는 더 바랄 것이 없습니다. 우리 방번이가 보위를 잇게 해주신다면……."

성격이 당찬 강씨였지만 말을 맺지 못하고 눈물을 글썽였다. 늘 한씨 소생의 장성한 왕자들에게는 뭔가 눌리는 듯한 위압감을 느껴 왔던 것이 서러움으로 마음 한편에 자리해 있었다.

'모두들 눈매가 사납지. 독수리 같고, 매와 같이 매서운 그들 왕자 중에서 보위에 오른다면, 이복동생들을 잘 돌봐줄 것 같지 않아. 아직 어린 왕자들에게 무슨 힘이 있어서 늑대같이 거친 이복형들과 맞설 수 있지? 아, 안 돼!'

생각하면 할수록 두려움이 몰려왔다. 자기의 자녀들이 마치 바람 앞의 등불처럼 위태하게만 생각되었다.

'특히 두려운 건 제5왕자 방원이야. 태조께서 왕업을 성취한 것이 모두 다 방원 왕자의 공이 아닌가. 이 왕자가 선두에 서서 일을 하지 않았더라면 결코 이루어질 수 없는 일이었어. 더욱이 당당한 적자인데다 건국에 공이 지대하기 때문에 아무리 상감마마라 해도 그 존재를 무시할 수 없어. 나는 그가 두려워. 우리 왕자들을 지켜내야 하는데……. 방법은 오직 세자 책봉뿐이야. 보위에 오르기만 하면 이복형들도 두려운 존재는 아니지.'

강씨는 무슨 일이 있어도 자기의 왕자들로 세자 책봉을 받아내기로 결심하였다. 강씨는 자기의 건강이 예전 같지 않음을 알고 있었기 때문에 마음이 더 급했다.

태조는 강씨에 못지않게 강씨가 낳은 두 왕자 중 제8왕자인 방석을 몹시 사랑했다. 그러나 강씨는 방석의 형인 방번을 세자로 밀었다. 태조는 강씨의 간절한 소원을 들어주고 싶었다.

태조는 배극렴과 조준을 불러 넌지시 의견을 물어보았다.

"일곱째인 방번 왕자가 세자감으로 어떤가?"

하지만 공신인 배극렴, 조준 등의 반대는 단호하였다.

"방번 왕자는 성정이 난폭하여 세자에 적당하지 않습니다. 공이 큰 방원 왕자를 세자로 책봉하는 것이 옳은 줄 압니다."

"무엇이라고?"

태조의 이맛살이 찌푸려지는 것을 보고 얼른 말을 바꾸었다.

"방석 왕자는 마마를 닮아 영특한 줄 압니다."

"그러면 방번 대신에 방석을 세자로 책봉하기로 하겠소."

태조는 어린 방석의 스승으로 정도전을 정해서 세자를 가르치도록 했다.

태조는 사랑에 눈이 먼 나머지 조선의 백년대계를 잠시 잊었다. 그리고 마침내 강씨 소생인 여덟째 아들 방석을 세자에 책봉하기로 결심하였다. 1392년 8월, 그때 방석의 나이 불과 11세였다.

이 소식을 들은 한씨 소생의 왕자들은 분노했다.

"아니, 어찌 이러실 수가 있단 말인가? 아무리 강씨를 사랑한다고, 열한 살짜리 어린애에게 보위를 물려줄 생각을 하시다니!"

"판단이 흐려지신 겁니다. 가만히 있어서는 안 됩니다."

"어떻게 세운 나라인데! 우리 형제들의 목숨과 바꾼 나라 아닙니까."

형제들은 분개했지만 첫째인 방과는 동생들을 다독이며 말했다. 불같은 동생들의 혈기를 그대로 둔다면 무슨 일이 벌어질지 알 수 없었다.

"네 말이 다 맞다. 그래도 아바마마의 뜻에 따르는 게 자식의 도리가 아니겠느냐?"

그때 방원이 앞으로 나서며 말했다.

"형님이 계신데 그러실 수는 없습니다. 일단 제가 아바마마를 찾아뵙고 말씀을 드려보겠습니다."

방원은 태조를 찾아갔다. 심각한 방원의 표정을 본 태조는 마음이 편치 않았다. 자식들은 무조건 아버지의 말에 순종해야 된다는 것이 그의 생각이었다. 방원은 공소한 태도로 아뢰었다.

"아바마마, 당연히 맏형인 방우 형님을 세자로 책봉해야 합니다. 장자에게 보위를 물려주는 왕가의 법도가 있지 않습니까!"

태조는 발칵 화를 내며 소리쳤다.

"무슨 법도! 내가 임금 아니냐! 다음 임금자리는 내가 물려주고 싶은 사람에게 물려줄 수 있다. 전적인 내 권한이니, 더 이상 왈가왈부하지 말아라."

태조는 단호하게 거부했다.

"아바마마, 방우 형님의 나이는 서른아홉 살이고, 방석의 나이는 열한 살입니다. 부디 올바른 판단을 내려주십시오."

"시끄럽다! 괘씸한 놈 같으니라고! 썩 물러가랏!"

돌아서 나오는 방원의 눈에는 분노를 이기지 못해 어린 눈물이 번쩍였다.

비정상적인 세자 책봉

조선을 개국한 지 겨우 한 달이 지난 1392년 7월, 태조는 소년 방석을 세자로 책봉하였다. 방석의 세자 책봉에 대해 가장 불만이 컸던 정안군 방원의 나이는 26세였다.

방원은 위화도에서 회군한 이성계에게 개경의 최영 부대를 쳐야 한다고 주장했고, 정몽주를 살해해 개국 반대 세력을 제거했으며, 고려 왕대비 안씨를 강압하여 이성계를 즉위시킨 주인공이었다. 모든 중신들이 방석의 세자 책봉에 찬성한 것은 아니었다.

'조선을 개국한 공적을 따진다면 세자 자리는 당연히 방원에게 돌아가야 하지 않겠는가!'

그러나 태조가 두려워 아무도 말하지 못했다.

개국에 가장 공이 컸던 방원은 오히려 왕후 강씨와 정도전 등 개혁파의 배척으로 군권을 상실하고 개국공신 책록에서도 빠지는 굴욕을 당했다. 그런 중에 세자의 자리마저 어처구니없이 강씨의 소생인 방석에게 돌아가고 말았던 것이다.

편애에 빠진 태조와 자기 혈육에 집착한 강씨, 그리고 정도전의 방원에 대한 지나친 경계와 냉대, 이것이 불씨가 되어 조선 왕조는 개국 초부터 피비린내 나는 형제간의 살육 광풍에 휘둘려야 했다.

태조 2년 8월, 강씨 소생의 왕자인 제8왕자 방석의 세자 책봉식이 거행되었다. 이 세자 책봉식은 고 정실부인 한씨 소생의 네 왕자도 참가하였다. 큰아들인 진안대군 방우는 정치에 뜻을 접고 고향으로 내려간 상태이고, 여섯 째 아들인 덕안대군 방연은 죽은 후였다. 책봉식에 참석한 네 왕자는 바로 영안대군 방과, 익안대군 방의, 회안대군 방간, 정안대군 방원이었다.

방석 왕자가 세자로 등장하기 전까지는 정실부인 소생의 네 왕자가 강씨를 대하는 태도는 공손하였고 방석 왕자에 대한 태도에도 우애가 있었다. 그러나 방석 왕자가 세자로 책봉된 후부터 네 왕자가 강씨 및 방석 왕자에게 대하는 태도가 일변하기 시작했다. 드러내놓고 적개심을 보이며 싸늘하게 대했다.

이때부터 강씨는 극심한 불안과 공포를 느끼기 시작했다.

'정안대군의 저 살기등등한 눈빛을 봐. 너무 무섭다. 정안대군이 너무 무서워. 꼭 무슨 일을 내고야 말 것 같다. 온몸에 소름이 돋고 부들부들 떨리는 게 제 명에 못 살 것 같구나.'

강씨는 음식을 먹어도 소화를 시키지 못해 고생해야 했다. 또 심한 불면증으로 밤을 꼬박 새웠고 날카로워진 신경에 방원에 대한 공포증으로 병이 꼬리에 꼬리를 물었다.

"이렇게 먹는 것이 부실해서 어떡하오? 곤전, 조금만 더 들어보오."

태조가 옆에 앉아 숟가락으로 떠먹여 주어도 강씨는 목으로 넘기지 못했다.

"죄송합니다, 마마. 넘어가지가 않습니다. 나중에 소첩이 먹겠습니다."

얼마 안 가서 강씨는 물도 마시지 못하는 상태로 악화되고 말았다.

"마마, 잠을 잘 수가 없어서 너무 괴롭습니다."

태조는 안절부절못하며 어의들을 다그쳐 댔다.

"약을 지어 오너라. 최고의 어의들이 왜 이 병들을 다스리지 못한단 말인가?"

강씨의 병은 마음에서 온 것이었기 때문에 천하의 명약으로도 다스릴 수 없는 것이었다.

강씨의 죽음

조선 건국 이후 개국 공신들의 지위는 급격히 상승되었다. 특히 개국 공신 중에서 정도전의 지위가 크게 부상되었다. 그에 따라 왕실 세력 그리고 개국 핵심 세력인 무장 세력들은 정치 일선에서 소외되기 시작했다.

정도전은 개국 과정에서 스스로를 한나라의 장량에 비유하며, 이성계보다 자신이 더 개국의 주역임을 내세우곤 했다.

"한고조 유방이 장량을 이용한 것이 아니라 장량이 한고조를 이용한 것이오."

그는 통치자가 민심을 잃었을 때는 물리력에 의해 통치자를 교체할 수 있다는 맹자의 역성혁명론을 주장하였고, 실제로 그 혁명 논리에 따라 고려 왕조의 교체를 이루어냈다.

"정도전의 정치관은 신권 중심의 왕정이라는 점에서 왕족들에게는 대단히 위협적이야."

이방원은 이 점에 주목했다.

'아무리 생각해도 사상이 아주 위험한 인물이지.'

이방원이 정도전을 제거하려고 마음먹은 것도 바로 그 때문이었다. 게다가 정도전은 세자 방석과 왕후 강씨를 끼고 있었다. 개국 이후 정치 일선에서 완전히 물러나 있었지만 방원은 정계 복귀를 위한 기회를 엿보고 있었다.

그러던 중 1396년 최대의 난적이자 세자 방석과 정도전의 배후 세력인 강씨가 병으로 죽었다.

"애처롭고 애처롭구나. 중전! 아직 어린 세자 방석을 두고 가면 어찌하오? 세자가 보위에 오르는 것을 보고 눈을 감아야 하지 않겠소?"

"상감마마, 세자를 부탁합니다. 세자를……."

힘없이 눈물을 떨구며 강씨는 마지막 말을 한 후 눈을 감고 말았다.

'강씨를 차마 먼 곳에 묻지 못하겠다. 가까이 두고 늘 생각해야겠다.'

태조의 뜻에 의해 강씨는 처음에 안암동에 묻으려 했으나 물이 솟아나와 지금의 정동으로 자리잡았다. 그러나 태조가 죽은 뒤 뒷날 왕위에 오른 방원은 방석을 세자로 책봉하게 한 것과 이로 인해 왕자의 난을 겪으면서 나쁜 감정을 갖고 있던 강씨의 묘를 도성 밖으로 이장하였다. 그 후로도 태종은 몇 차례에 걸쳐 이장을 단행했으며, 그녀에 대한 왕비의 제례를 폐하고 서모에게 행하는 기신제를 올리도록 하였다. 태종이 강씨의 무덤을 여러 차례 이장한 것은 이성계가 방석을 세자로 책봉한 데 대한 분풀이였다.

"묘를 장식했던 정자각을 헐어 버려라! 또 십이지신상 같은 석물을 실어다 돌다리를 만들어라."

그는 강씨에 대한 노골적인 분노를 드러냈다. 그 때문에 정릉은 현종 때 복구될 때까지 2백여 년 동안 주인 없는 무덤으로 버려져 있어야 했다. 그러나 2백 년 뒤인 현종 때 송시열의 주장에 따라 강씨는 다시 종묘에 배향되고 왕비의 기신제도 복구되었다.

제1차 왕자의 난

강씨가 세상을 떠나자 방원의 정계 복귀 노력은 한층 가속화되었다. 정도전 일파는 그간 꾸준히 병권집중 운동을 벌여왔다.

"개인이 거느리고 있는 사병을 없애야 합니다. 맨 먼저 왕족들이 거느린 사병을 해체하고, 병력을 국가 한 군데에 집중시켜야 합니다."

이 과정에서 방원과 정도전의 대립은 불가피해졌다.

태조 7년 1398년 가을, 방원은 방의와 방간 등 형제들과 함께 정도전 일파를 살해하기로 결심하였다.

'정도전 일파의 밀모설을 꾸며야겠다. 정도전과 남은, 심효생 등이 밀모하여 태조의 병세가 위독하다고 속이고 왕자들을 다 불러들인 후 일거에 한씨 소생의 왕자들을 살육할 계획을 세우고 있다는 내용으로……'

방원은 이것을 미연에 방지한다는 명목으로 사병을 동원, 정도전 일파를 습격해 살해할 생각이었다. 방원은 곧 형제 왕자들을 모아 의논에 들어갔다.

"이제 때가 왔소. 사병을 없애려는 정도전과 남은 일파를 제거해야겠소. 사병을 없애고 나면 우린 힘없는 허수아비에 불과하게 되오."

방원의 말에 형제들이 걱정어린 표정으로 물었다. 목숨을 건 모험이었다.

"성공할 수 있겠는가?"

방과가 방원에게 물었다.

"지금 아바마마가 와병으로 누워 계십니다. 이걸 기회로 마마의 피접 요양의 필요를 역설하면서 모든 왕자를 불러들여 한꺼번에 몰살하려는 음모를 꾸미고 있다고 트집을 잡아 몰아붙일 생각입니다."

"그게 가능할까?"

"음모를 귀띔받고 막기 위해 거병했다고 할 것입니다."

"흠, 미리 공격을 하자고?"

"네, 형님."

정안대군 방원은 친히 무사를 거느리고 정도전 등의 동정을 염탐하였다.

정도전 쪽 역시 정안대군과 맞서기 위해 이직과 함께 남은의 집에서 불을 밝히고 모의에 열중하고 있었다.

"이숙번, 저 집으로 불화살을 쏘아라!"

정안대군이 이숙번을 시켜서 불화살 한 발을 쏘아 그 집 지붕 위에 떨어뜨리게 하자 불길은 삽시간에 확 피어올랐다.

"이게 무슨 일이냐! 불이 났구나!"

정도전은 혼비백산하여 급히 뛰어나와 이웃에 있는 판봉상 민부의 집으로 들어가 숨으려다가 붙잡혔다.

"정안대군! 잠깐만!"

"무슨 변명! 듣고 싶지 않다!"

정안대군은 단칼에 정도전을 죽여 버렸다. 남은은 몰래 미륵원으로 피해 숨으려 했으나 뒤따르는 병사들에게 붙잡혀 죽음을 당했다. 정안대군은 휘하 군사에게 많은 피를 흘리게 하지 않고 세자 방석을 배경으로 하여 일어났던 정도전 난을 평정하였다.

좌정승 조준은 태조에게 지금까지의 상황을 보고한 후에 간청하였다.

"마마, 세자를 다른 왕자로 다시 책봉하십시오."

이때 세자 방석은 불안한 표정으로 태조의 곁에 서 있었다.

"내가 신덕왕후를 위해 방석을 세자로 책봉한 것은 아니오. 방석이 막내인데다 사람됨이 의젓하고 영특하여 세자로 책봉했던 것이오. 이게 그렇게 잘못이란 말이오?"

태조는 이와 같이 말한 후 곁에 있던 세자 방석을 불러 말했다.

"네 생각은 어떠냐? 세자의 자리를 내놓고 싶으냐?"

"저는 깨끗이 세자의 자리를 내놓겠습니다, 아바마마."

이복형들이 두렵기만 한 방석은 말을 마치고 태조의 곁을 물러났다.

세자 방석을 폐위하여 귀양을 보냈다. 방석은 형 방번과 함께 대궐을 나와 귀양지로 가던 도중 뒤쫓는 무리들에 의해 중도에서 살해되고 말았다. 어머니의 욕심으로 인해 세자가 되었다가 이복형들에 의해 어린 나이에 목숨을 잃게 되었으니 안타까운 일이었다.

태조는 이때 병중이어서 내막을 정확하게 파악하지 못했다. 뒤늦게 방번, 방석 형제가 살해당한 사실을 알고는 목을 놓고 통곡하였다.

"하늘도 무심하구나! 저 두 애가 무슨 죄가 있단 말이냐? 내 아들 방석아! 방번아!"

태조의 원망은 모두 방원에게로 향했다.

"네 이놈, 혈육도 몰라보는 놈! 백정같이 잔인한 놈! 나도 죽여라, 이 놈아!"

그 후 태조는 틈만 있으면 흥천사를 찾아가 부처님께 두 아들의 명복을 빌었다. 강씨에게는 방번과 방석 외에 외동딸 경순공주가 있었다. 그런데 정도전 난 때 남편이 피살되어 어린 과부가 되고 말았다. 가슴이 미어진 태조는 경순공주를 찾아가 끌어안고 울면서 말하였다.

"이 가엾은 것을 어찌한단 말이냐?"

"아바마마!"

"애야, 방원이는 포악한 놈이다. 네 목숨을 부지하려면 절로 들어가서 여승이 되는 수밖에 없다. 네 어머니는 그놈이 두려워 병들어 죽었고 두 오빠와 남편까지 그놈에게 참살을 당했다. 어서 피해라. 절에 몸을 의탁하여 네 남편과 두 오빠의 명복을 빌어다오."

태조는 두 아들의 죽음을 겪으면서 부쩍 늙어 버렸다. 천하를 호령하던 대영웅의 모습은 간데없고 작은 일에 일희일비하며 힘없는 노인처럼 심약하게 굴었다.

정안대군 방원이 거사에 성공하자 하륜, 이거이 등 방원의 심복들은 그를 세자로 책봉하려 했다.

"상감마마, 정안대군을 세자로 책봉해 주십시오."

하지만 정안대군은 극구 사양하였다.

"이미 장남인 방우 형님이 병사하고 안 계시니, 둘째인 방과 형님이 세자에 책봉되어야 마땅합니다."

태조는 정안대군에게 왕위를 물려주기가 정말 싫었다.

"형이 있지 않으냐? 영안대군에게 보위를 물려주겠다."

영안대군 방과는 원래 왕위에 뜻이 없었다.

"당초부터 개국을 건의한 사람도 방원이고 또 오늘에 이르기까지의 난리를 평정한 사람도 방원입니다. 그러니 지금까지의 업적은 모두 방원의 공로인데 내가 어찌 세자가 될 수 있겠습니까?"

방원은 방과를 설득하였다.

"아닙니다. 당연히 형님이 보위에 오르셔야 합니다."

"그러면 나는 잠시만 자네 대신 맡기로 하겠네."

방과는 방원의 권유로 세자로 책봉되었고, 1개월 후에 태조가 물러나면서 왕위에 올랐다. 이미 조정은 방원의 세력이 포진해 있었고, 태조는 병이 깊어서 어떻게 해볼 도리가 없었다.

2. 정종

(1357-1419, 재위 1398. 9-1400. 11)

부귀영화에 마음이 없는 태조의 첫째 아들 진안
대군이 조선이 세워지기도 전에 은거에 들어간
후 병으로 죽고, 왕자의 난을 통해 다섯째 아들인
정안대군 이방원의 도움으로 왕위에 오른 정종은
애초부터 왕권에는 관심이 없었다. 조선이 세워지
기 전, 아버지 이성계를 도와 왜구를 토벌하는 등
활동을 했으나 조선이 세워진 후 왕자의 난 등을
통해 이방원의 힘을 의식하고 몸을 보신하는데
급급했다.

||||||| 조선의 궁중비화 |||||||

태조는 1398년 9월, 둘째 아들인 방과에게 왕위를 넘겨주고 상왕으로 물러났다. 방과는 동생 방원의 뜻에 따라 조선 제2대 왕으로 올랐다.

방원의 양보로 즉위한 정종이 비록 왕좌에 있긴 했으나 권력이 방원의 손에 집중되어 있었다. 나라의 정사는 정안대군 방원의 뜻에 따라 좌지우지되었다.

정종은 정무보다는 격구 등의 오락에 탐닉했는데 이는 그 나름의 보신책이었다. 이런 보신책 덕분에 정종은 방원과의 우애를 그대로 유지할 수 있었다.

정종의 비인 김씨는 왕자의 난을 생각해서 항상 정종에게 간청했다.

"상감마마, 정안대군의 눈을 조심해 보시옵소서. 입궐할 때마다 그 기색이 무엇을 구하는 것 같아 보입니다. 하루바삐 임금의 자리를 내주시어 그 마음을 편케 하소서."

"알겠소. 기회를 보겠소."

정종 역시 같은 마음이었다. 일각이여삼추인 마음 편치 않은 시간들이었다.

제2차 왕자의 난

왕위 계승과 권력 다툼에서 유리한 자리를 차지한 방원은 형제들에 대한 경계를 풀지 않았다. 왕자들이 개인적으로 거느린 사병이 자꾸

거슬렸다. 방원은 정도전이 추진하던 병권집중 운동을 이어받아 다른 왕자들의 사병을 혁파할 제도적 장치를 마련하고 있었다.

'아무래도 사병을 없애야만 안심할 수 있겠구나.'

태조의 다섯째 아들인 방원이 왕자들의 사병을 혁파할 조짐을 보이고, 왕위 계승에 대한 조정의 중론이 방원 쪽으로 흐르자, 넷째 형인 방간은 동생에 대한 시기심과 불만이 점점 더 쌓이게 되었다.

정종 2년, 방간은 이런 생각을 했다.

'정종에게는 왕비가 낳은 소생이 없다. 익안대군 방의가 있지만, 아무래도 세자 자리가 내게 올 것 같다. 방원이는 사람됨이 영특해서 사람이 많이 모여드는데……. 권력을 잡을 좋은 방법이 없을까?'

그런데 그런 와중에 박포가 사람을 시켜 밀고를 해 왔다.

"조심하십시오. 정안군이 대군을 제거할 계획이 있다고 합니다."

"아니, 그놈이 기어코?"

성격이 급한 방간은 밀고의 진위도 가려보지 않은 채 사병을 동원해 난을 일으키기로 결심하였다.

'내가 먼저 쳐서 기선을 제압하고 말겠다.'

방간은 자기의 속마음을 처조카인 이래에게 털어놓았다. 이 정보는 곧 방원의 귀에 들어갔다.

"방간이 이달 그믐에는 방원을 상대로 크게 거사하겠다 합니다."

방원은 대비책을 세우기 시작했다. 그런데 방간이 자기 휘하의 오용권을 시켜서 정종에게 보고하게 하였다.

"정안군이 먼저 해를 가하려 해서 부득불 군사로 맞서려 합니다."

이 말을 들은 정종은 노발대발하면서 소리쳤다.

"제정신이냐? 무슨 망령된 짓이란 말이냐?"

정종은 방간에게 즉시 명령을 내려 보냈다.

'당장 군사를 해산시키고 대궐로 들어오지 않으면 큰 해가 미칠 것이다.'

그러나 정종의 명령이 채 도달하기 전에 방간의 아들 맹종과 그의 휘하 수백 명이 무장을 한 채 공격해왔다. 정종의 교지가 도착했지만 방간은 따르지 않았다. 보고를 받은 방원은 탄식을 하며 말했다.

"이 무슨 창피한 일이란 말인가!"

방원은 싸울 생각이 없었지만 공격을 받게 되자 어쩔 수가 없었다.

"할 수 없다. 항전하는 수밖에……!"

방원은 이숙번 등과 함께 군사를 거느리고 나와 맞서 싸웠다.

애초에 방간은 방원을 당해낼 수 없었다. 더군다나 다른 형제들 역시 냉담한 반응을 보이며 방원을 지원하고 있었다.

형제간에 벌인 치열한 전쟁의 결과는 방원의 승리였다. 이숙번이 포로가 된 방간을 취조하였다.

"박포가 나에게 '공에 대한 정안군의 태도를 보니 반드시 무슨 변란이 있을 것이다. 당하기 전에 먼저 군사를 일으키는 것이 상책일 것이다.' 하고 말했기 때문에 내가 난을 일으키게 된 것이오."

박포는 '제1차 왕자의 난' 당시 정도전이 방원을 제거하려 한다고 밀고한 장본인으로서 많은 공을 세운 인물이었다. 하지만 논공행상 과정에서 일등공신에 봉해지지 못했다. 그에 대해 공공연히 불평하다가 도리어 영동으로 귀양을 가 있는 처지였다. 그러던 중 방간이 방원에게 불만을 품고 있음을 알고 평소 방원에 대해 품고 있던 원망을 이 기회에 풀어보고자 밀고를 한 것이었다. 이 일로 박포는 사형을 당하였다.

'제2차 왕자의 난'으로 방원에 대한 반대 세력은 거의 제거되었고 방원의 정치적 입지는 더욱 견고해졌다. 결과적으로 방간의 난은 방원의 왕위 계승을 촉진하는 계기가 되었다.

이제 더 이상 망설일 이유가 없었다. 방원의 심복 하륜의 주청으로 정종은 상왕 태조의 허락을 얻어 1400년 2월에 방원을 세제로 책봉하고 이어 11월에 왕위를 물려주었다.

정종이 상왕으로 물러나는 것은 그와 그의 정비 정안왕후의 간절한 바람이기도 했다.

"마마, 하루속히 왕위를 넘기십시오. 그것만이 우리가 안전한 길입니다. 차일피일 왕위를 더 오래 유지하고 있다가는 목숨을 부지하기 어려울 수도 있습니다."

"나도 그렇게 생각하오."

정종 역시 그녀의 생각과 같았다. 왕위에서 멀리 떨어져 사는 것이 현실적으로 목숨을 유지하는 유일한 길이었다. 그만큼 정종과 정안왕후는 잠자리에서조차 죽음을 걱정해야 할 정도로 동생 방원을 두려워했다. 실권 없는 왕과 왕후의 처지가 얼마나 비참했는지 알 수 있다.

정종은 상왕으로 물러난 뒤에는 인덕궁에서 자유롭게 취미생활을 누리며 살았다. 천수를 누린 정종은 19년 후인 세종 1년에 63세로 세상을 떠났다. 정종의 왕비인 정안왕후 김씨는 자녀를 낳지 못했지만, 대궐 안에 궁녀들이 있었기 때문에 후궁의 소생이었지만 아들 열다섯과 딸 여덟을 슬하에 둘 수 있었다. 그런데도 정종 시절에 여인들로 인한 시끄러운 문제는 전혀 없었다.

3. 태종

(1367-1422, 재위 1400. 11-1418. 8)

조선 왕조를 세우는 데 많은 공을 세웠음에도 불구하고 왕권과 신권의 조화를 통한 왕도정치를 꿈꾸던 정도전에 의해 강력한 왕권정치를 꿈꾸는 이방원은 견제 대상이었다. 그러나 제1차 왕자의 난으로 권력을 잡는 데 성공한 이방원은 왕좌에 오를 때나 왕이 된 후에도 강력한 왕권을 위해 피의 숙청을 단행하였다. 이를 통해 초기 왕권의 혼란을 제거하고 왕권을 안정시켜 국가 운영의 밑그림을 완성하게 된다.

‖‖‖‖‖‖ 조선의 궁중비화 ‖‖‖‖‖‖

1400년 11월 정안대군은 마침내 정종의 양위를 받아 조선 제3대 왕 태종으로 보위에 올랐다.

'왕권 강화가 필수다. 아무도 넘볼 수 없는 힘있는 왕권을 구축해야 한다.'

태종은 조선 창업에만 공로가 있었던 것은 아니다. 정치를 잘하여 든 든하게 반석을 놓는 일에 있어서도 공이 컸다. 뒤에 보위에 올릴 세자를 정하는 일만 해도 순서를 무시하고 군주의 자질이 있는 충녕대군을 선택하였다. 그의 생각은 단호하였다.

'누가 조선을 강하고 좋은 나라로 세워나갈 재목인가를 살펴야 한다. 왕실 안에서 개인적인 정은 용납될 수 없다.'

이것만 봐도 태종이 얼마나 나라와 백성에 대한 생각이 특심했는가를 알 수 있다. 태종의 군주로서의 자질은 탁월했다.

방간의 난이 끝난 후, 대신들은 수차례에 걸쳐 방간을 죽여야 한다고 간언했다.

"죽여야 합니다. 후환을 없애야 합니다."

그러나 방원은 끝까지 거부하였다.

'한 어머니에게서 태어난 형제를 죽일 수는 없다.'

오히려 유배지에서 방간이 병이 나면 의원을 보내 치료해 주었다. 방원의 강한 형제애 덕분에, 방간은 방원의 배려에 따라 천명을 누리다가 1421년 홍주에서 죽었다.

옥새는 못 준다

태종은 정종을 추존하여 상왕으로, 태조를 추존하여 태상왕으로 모셨다. 그러나 태조는 태종이 보위에 올랐어도 옥새를 내주지 않았다.

'절대로 너 따위에겐 옥새를 내주지 않을 것이다!'

태조의 옹고집으로 신하들은 모두 걱정하고 있었다. 태조는 방번과 방석, 두 왕자를 잃은 후부터 깊은 마음의 상처로 태종을 몹시 증오하였다.

'제 혈육을 무자비하게 죽인 짐승 같은 놈! 네놈과는 같은 하늘 아래서 살지 않겠다! 그 어린것들이 무슨 죄가 있다고!'

태종에 대한 증오가 사무쳐서 태조는 태상왕의 자리도 헌신짝같이 내버리고 머나먼 함흥으로 가 버렸다.

'궁궐에서 평안하게 지내시면 좋을 텐데……'

태종은 태조가 함흥으로 떠난 후, 마음이 편치 않았다. 걱정이 되어 자주 신하들을 보내어 문안을 하곤 하였다. 그러나 태조는 태종의 안부를 들고 오는 신하를 보기만 하면 태종이 더욱 밉쌀스러워졌다.

"에잇! 괘씸한 놈 같으니라구! 화살맛이나 보거라!"

신하들은 화살의 세례만 받고 목숨을 잃는 경우가 태반이었다. 태종의 명령을 받고 함흥에 간 신하는 다시 돌아오지 못하였기 때문에, 사람들은 나가서 안 돌아오는 사람을 일컬어 '함흥차사'라고 했다.

'누가 태상왕을 모셔올 수 있단 말인가!'

태종의 시름이 깊은 것을 알고, 태조의 옛날 친구였던 성석린이 태종에게 나아가 아뢰었다.

"마마, 신이 함흥에 찾아가서 태조의 마음을 돌려보겠습니다."

"오, 고맙구려!"

성석린은 나그네 차림으로 말을 타고 나섰다. 그는 거의 목적지에 도달하자 말에서 내린 후 불을 피우면서 밥 짓는 시늉을 하고 있었다. 때마침 태조가 보고 내관을 보내 알아보게 하였다.

"나는 여행 중인데 날이 저물어 말에게 먹이를 주고 여기서 하룻밤을 머무르려고 하오."

성석린의 대답을 듣자 내관은 돌아와 그대로 태조께 고하였다. 태조는 친구 성석린이 이곳을 지나간다는 말을 듣고 만면에 희색을 띠우고 그를 불러오라고 하였다.

태조는 성석린을 보자 반가워하였다.

그러나 성석린이 인륜의 도를 들어가며 태조께 간하자, 무서운 얼굴빛으로 고함을 쳤다.

"당장 물러가라! 그대의 임금을 위해 하는 입바른 말은 듣기도 싫다!"

그러나 성석린은 멈추지 않고 간절히 말했다.

"마마, 소신의 진심을 믿어주십시오. 신이 지금의 주상을 위해서만 하는 말일 것 같으면 신의 자손이 실명하여 장님이 될 것입니다."

성석린이 큰 맹세를 하며 간하였지만 태조는 듣지 않았다.

"시끄럽다! 썩 꺼져라!"

이렇듯 태조는 한양을 떠나 울화를 삭이며 함흥의 옛집에서 몇 해를 보냈다. 그러자 이제는 신하들도 죄송한 생각을 억제할 수 없었다.

"상감마마! 무학대사는 부왕과도 친교가 있던 분입니다. 태조께서는 일찍이 스승으로 모신 일도 있었으니 이분을 보내면 태조께서도 응하실 것 같습니다."

한 신하의 말에 태종은 특사를 보내 무학대사를 불렀다. 무학은 태종 앞으로 나와 태조에 대한 얘기를 들은 다음 태종에게 말했다.

"상감마마, 말씀은 받들지 못하겠습니다. 부자 사이에 어디 이런 일이 또 있겠습니까? 저 같은 몸이 무슨 능력이 있어 태상왕 전하를 돌아오시게 하겠습니까?"

"부디 도와주십시오."

태종의 태도가 더욱 절실해지자 무학은 그 진심을 외면할 수가 없었다.

함흥에 도착한 무학은 태조에게로 나아가 인사를 올렸다.

"흥! 대사께서 여기까지 웬일이시오? 그대의 임금을 위해서 왔소?"

태조가 비웃듯 묻자 무학은 크게 웃으며 대답했다.

"아닙니다, 태상왕 마마. 소승은 옛날을 회상하고 하루만이라도 더 마마의 말벗이 되고 싶어서 온 것입니다."

"오, 그렇다면 좋소. 마음 편히 여기 머무르도록 하오."

태조는 안심을 하고 자기 방에서 함께 자도록 허락하였다.

무학은 태조 방에서 유숙하는 동안 한 번도 태조의 잘못을 들어 말하는 일이 없이 수십 일을 지냈다. 태조는 무학과 태종과의 사이에 무슨 일이 없다고 생각하자 무학을 더욱 신뢰하고 지냈다.

그러자 무학은 어느 날 밤중에 기회를 타서 태조에게 간곡히 진언하였다.

"마마께서는 왜 여기에 와서 계십니까? 태종이 비록 용서받을 수 없는 큰 죄를 저질렀지만 마마의 소중한 아드님이 아닙니까? 그리고 냉철히 따져보면 보위를 맡길 만한 아드님이 또 누가 있습니까? 마마! 너

그렇게 생각해 보십시오."

그제야 태조는 이 말을 그럴듯하게 들었다.

"그대의 말이 옳소! 옳아. 어디 생각 좀 더해보고……."

"그러시면 심사숙려하시고 하루 바삐 환궁하시기로 하십시오."

무학은 때를 놓치지 않고 권고를 거듭했다. 태조가 함흥에서 환궁하기로 했다는 소식이 전해지자 태종은 성 밖으로 나아가 맞이하기로 결정하였다.

그래서 궁중은 태조를 맞이할 장막을 준비하기에 바빴다. 이때 하륜 등 여러 사람은 태종께 간곡히 권고했다.

"옥체를 조심하셔야 합니다. 태상왕의 노여움이 아직 풀리지 않았을 것입니다. 만일을 생각하여 차일의 고주는 꼭 아름드리 대목을 쓰셔야 합니다."

"음, 그렇게 하겠소."

태종도 일리가 있다고 생각하여, 열 아름이나 되는 대목을 써서 고주를 세웠다.

드디어 태조가 도착하였다. 태조는 차일이 쳐진 곳을 바라보기가 무섭게 숨어 있던 분노가 얼굴에 나타나기 시작하더니, 지니고 있던 활을 꺼내 태종을 향해 화살을 날렸다.

"이크!"

태종은 당황하여 얼떨결에 고주 뒤로 숨자 화살은 고주에 그대로 박혀버렸다. 이를 본 태조는 헛웃음을 지으며 말했다.

"하늘이 막으시는구나. 어찌 하겠는가."

태조는 가지고 있던 옥새를 태종에게 던져 주었다.

"옜다! 옥새 받아라! 네가 원하는 것이 이것 아니냐?"

"황공합니다, 아바마마."

태종은 눈물을 머금고 나와 옥새를 받은 후 뒤를 이어 대연을 베풀었다. 잔치 도중 태종이 태조의 만수무강을 비는 뜻에서 잔을 올리려 할 때 하륜은 역시 태종에게로 나아가 진언했다.

"상감마마! 마마께서는 술통이 있는 곳으로 가셔서 잔에 술만 따라 놓기만 하십시오. 술을 올리는 것은 내관을 시키십시오."

"알겠소. 그렇게 하겠소."

태종은 그의 말대로 술을 따른 후에 내관에게 주며 말했다.

"술잔을 올리거라."

"네, 마마."

내관이 술잔을 들고 가서 태조에게 올리자, 태조는 그 술을 받아서 다 마신 후 소매 속에서 철퇴를 꺼내 놓고 탄식하며 말했다.

"아하, 하늘이 막으시는구나!"

일대의 영웅이었던 태조가 어찌 자기 몸에서 태어난 아들을 죽이지 못해 안달하는 비정상적인 인물로 추락하고 말았을까. 막중한 임금의 자리에 앉아서 사사로운 정을 다스리지 못했기 때문이었다. 신덕왕후 강씨에 대한 사랑, 막내 방석에 대한 편애가 태조로 하여금 돌이킬 수 없는 어리석은 행위를 저지르게 만들었던 것이다.

장성한 아들들을 두고 막내를 세자로 책봉케 하여 혈육 간의 피바람을 몰고 온 아버지로서도, 임금으로서도 부족했던 인간으로 남게 만들었다. 법도에 따라서 장성한 왕자에게 왕위를 물려주고, 그들에게 이복동생들의 안위를 부탁했다면 어떻게 되었을까. 적어도 형제가 형제를 죽이는 인륜에 반하는 일은 일어나지 않았을 것이다.

처남들을 죽여라

"보위를 양녕에게 물려주고 상왕으로 물러나고 싶소."

1406년 8월, 태종은 세자인 양녕에게 선위할 뜻을 표명하였다. 이때 양녕의 나이는 겨우 13세였다.

"짐이 선위하려고 하는 이유는 내 건강상의 문제 때문이오."

태종이 선위를 표명하자 왕비 민씨의 오빠인 민무구, 무질 형제는 마음속으로 달갑게 여겼다. 민씨는 오빠들을 의지하고 있었고 또 어린 조카들의 든든한 힘이 되어 줄 것이라고 생각했기 때문이다. 누가 보기에도 그만큼 가까운 사이였다.

태종과 원경왕후 사이는 좋지 않았다. 원경왕후 민씨는 태종이 집권하기 전에는 강한 성격과 결단력으로 남편이 보위에 오르는 데 큰 역할을 했지만, 태종이 보위에 오른 후 많은 여러 빈들을 거느리며 총애가 그쪽으로만 쏠리게 되자, 질투로 인해 태종과의 불화가 잦았다.

'마마께서 어찌 이렇게 변할 수가 있나! 사랑이 완전히 식어버렸구나! 이젠 아예 빈들의 처소로만 돌고 중궁전은 전혀 찾지 않으니……'

왕후 민씨의 섭섭함은 아주 컸다. 계속해서 빈들을 늘려 가며 중궁에는 거의 발길이 끊긴 것이 분하기까지 했다.

"마마, 요즘 아주 꽃밭에서 사시는 기분이 어떠신지요?"

어렵사리 태종을 만날 때면 민씨의 입에서 고운 말이 나올 리가 없었다. 태종은 그렇게 투기하는 왕비가 품위가 없다고 생각했다.

"어허! 곤전, 말을 가려서 하구려. 왕비가 할 말이 아니오."

"왕비요? 왕비라 하셨습니까? 허울은 좋습니다만……"

민씨의 눈꼬리가 치켜 올라가자 태종은 자리에서 아예 일어섰다.

"또 어디 가시려고 일어나십니까?"

"같이 있어 봐야 곤전의 입에서 부드러운 말을 듣기는 틀렸으니 일어서는 것 아니오?"

민씨는 어이가 없었다. 사가에서라면 귀여운 투정으로 얼마든지 받아넘겨 주던 일이 아니었는가.

상황이 이렇게 되자 민씨의 아버지인 민제나 민씨 형제들도 임금과 왕후 사이가 예전 같지 않다는 것을 알게 되었다. 그리고 임금의 태도에도 은근히 불만을 품게 되었다.

'쯧쯧, 임금의 사랑이 옮겨 갔으니, 이제 왕비를 믿고 권세를 부리던 일도 끝이구나!'

그러던 차에 태종이 선위할 뜻을 비치자, 왕비 민씨나 민씨 형제들로서는 내심 반가울 수밖에 없었다. 민씨 형제는 세자인 양녕을 찾아가 선위에 대한 이야기를 나누었다. 첫 조카에 대한 외삼촌들의 사랑은 남다를 수밖에 없었다. 도란도란 대화를 나누다 보니, 왕후에게 무심한 임금에 대한 섭섭함과 불만도 쏟아져 나왔다. 그런데 방 안에서 나눈 이 말들이 화근이 되어 사건이 벌어지게 된 것이다.

"민무구 형제가 어린 양녕을 손에 넣고 권력을 잡으려 한답니다."

이런 탄핵 사건이 일어나자 태종은 선위 문제를 뒤로 미루었다.

"외척들이 세자를 등에 업고 세도를 부릴 생각을 하다니! 괘씸하기 짝이 없다!"

태종은 지체하지 않고 왕실에서 왕비의 혈족들인 민무구를 비롯한 4형제를 제거하여 버렸다.

'민무구의 옥'이 발생한 지 불과 이틀 만에 태종은 민무구를 연안에 방치했으며, 19일 후에는 공신녹권을 빼앗고, 4개월 후에는 서인으로 전락시키고 여흥에 유배시켰다.

'그래도 세자의 외삼촌들인데 생명만은 보존해 줘야겠다.'

태종은 부원군과 왕비를 생각하여 생명은 지켜줄 생각이었다. 그러나 민씨 형제는 유배 중에도 계속 조정에 분란을 만들 행동을 벌였다.

'정녕 죽고 싶은 겐가? 계속 논란의 불씨를 일으키니 어떻게 그냥 둔단 말인가.'

민씨 형제는 결국 자기들에게 다시는 기회가 없을 것을 알자, 결국 1413년에 스스로 목숨을 끊고 말았다.

"마마, 마마를 위해 목숨을 바쳐 일했던 제 동생들입니다. 인간으로서 이렇듯 매정하실 수가 있습니까!"

"역모만 아니라면 어찌 그렇게 했겠소."

"무슨 역모란 말씀입니까! 왕실에 충성하는 것이 역모입니까!"

"외척의 득세가 지나쳤소. 분수를 알았어야 했소."

"하! 그저 기가 막힐 따름입니다."

민무구, 무질 형제가 죽은 후 그의 형제들이 억울함을 호소하였다.

"아직도 욕심을 버리지 못했구나!"

태종은 무휼, 무회 형제도 죽이고, 그들의 가족까지 변방으로 내쫓아 버렸다. 이로써 민씨 일가의 옥사는 끝이 났다.

폐위되는 양녕, 책봉되는 충녕

그 이후에도 태종의 선위 표명은 세 번이나 계속되었다. 태종이 마흔도 안 된 나이에 계속해서 선위 표명을 한 것은 건강에 대한 불안감과 조선의 안정을 이루기 위한 계획에서 비롯된 것 같다. 태종 자신이 일찍 상왕으로 물러앉아 왕이 성장할 때까지 왕을 보좌하면서 왕이 정사를 처리할 능력이 생기면 군정의 안정에 주력하겠다는 생각에서였다.

'하루속히 왕권을 안정시켜야 돼. 사람은 하루 앞을 알 수 없는 존재인데, 내가 갑자기 병사할 수도 있지 않은가. 철저히 대비를 해두지 않으면 또 피바람이 불게 될 것이다. 내가 불시에 죽더라도 왕권을 둘러싼 싸움이 일어나지 않도록 대비해 놓아야 한다.'

이처럼 태종은 일찍부터 왕권 안정에 대한 강한 의지를 보이고 있었지만 선위 문제는 간단한 게 아니었다. 태종은 양녕을 신뢰할 수가 없었기 때문이다.

이 무렵 양녕은 자주 궁중을 빠져나가 풍류 생활을 즐기곤 했다. 엄격한 궁중생활에도 잘 적응하지 못해서 태종은 수차례에 걸쳐 심한 벌을 내리며 훈계하였다.

"임금이 될 사람이 아니냐! 부디 행동을 신중하게 하고 군왕이 지녀야 할 덕행을 쌓도록 해라. 동생 충녕을 좀 본받도록 해라."

그러나 양녕은 태종의 요구에 부응하지 못했다.

어느 날, 양녕은 부왕 태종과 모후가 하는 말을 우연히 엿듣게 되었다.

"모든 면에서 양녕보다 충녕이 군주의 재목이오."

"제 생각도 그렇습니다."

"무리없이 세자 자리를 충녕에게 넘겨줄 방법을 찾고 있는데……."

양녕은 큰 충격을 받았다.

'아, 그렇구나! 두 분의 생각은 충녕에게 있었구나. 그럼 내가 어떻게 행동해야 할까?'

양녕의 고민은 깊었다.

'누가 봐도 모자란 듯 사리에 어긋난 행동을 하여 눈 밖에 나야겠다. 아버님의 진노를 사서 세자 자리가 충녕에게 가도록 해야겠다.'

이후 양녕은 사람들의 눈을 의식하지 않고 노골적으로 세자에게 걸맞지 않는 행동을 일삼았다.

양녕은 스승이 처음 오는 날 그 앞에서 개 짖는 시늉을 하고, 공부시간에도 뜰에 새덫을 만들어 새잡기에만 열중했다. 또 조정의 하례에 참석하기 싫어 꾀병을 부리기도 했다. 이 밖에도 양녕의 광태는 날이 갈수록 심해져 급기야는 궁궐을 월장해 기생을 찾아가고 남의 집 소실을 낚아채기도 했다.

'양녕은 도저히 재목이 안 된다. 애써 이룩한 안정된 왕권을 제대로 이어나갈 수 없을 것 같다.'

태종의 마침내 세자를 폐하는 극단적인 결심을 하였다.

상왕으로 물러나기 전인 1418년, 마침내 태종의 교지가 내려졌다.

"장자인 양녕대군이 절제 없이 방탕한 생활을 일삼고 있다. 군왕의 체모가 아니다. 이에 세자에서 폐하고 충녕대군을 세자로 삼는다."

양녕이 1404년 세자에 책봉되었다가 14년 만에 폐위된 것은 순전히 태종의 뜻이었다. 양녕이 폐위되고 셋째 아들인 충녕이 세자가 되었다.

충녕을 세자로 삼은 지 2개월 뒤에 태종은 왕권을 넘겨주었다.

그러나 상왕이 된 뒤에도 군권에 참여하여 심정, 박습의 옥을 다스렸고 병선 227척, 군사 1만 7천여 명으로 대마도를 공략하는 등 1422년 56세로 세상을 떠날 때까지 왕권의 안정을 위해 힘썼다.

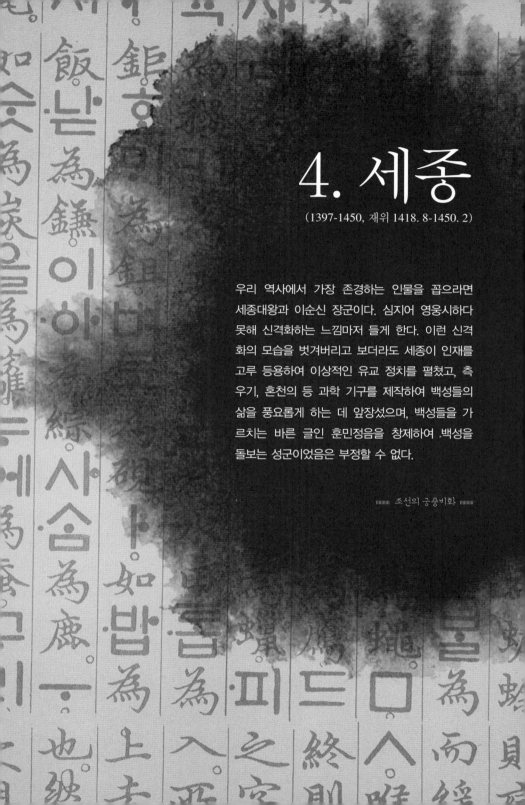

4. 세종

(1397-1450, 재위 1418. 8-1450. 2)

우리 역사에서 가장 존경하는 인물을 꼽으라면 세종대왕과 이순신 장군이다. 심지어 영웅시하다 못해 신격화하는 느낌마저 들게 한다. 이런 신격화의 모습을 벗겨버리고 보더라도 세종이 인재를 고루 등용하여 이상적인 유교 정치를 펼쳤고, 측우기, 혼천의 등 과학 기구를 제작하여 백성들의 삶을 풍요롭게 하는 데 앞장섰으며, 백성들을 가르치는 바른 글인 훈민정음을 창제하여 백성을 돌보는 성군이었음은 부정할 수 없다.

‖‖‖‖‖ 조선의 궁중비화 ‖‖‖‖‖

1418년 8월 태종의 셋째 아들 충녕은 조선 제4대 임금으로 보위에 올랐다.

"충녕은 천성이 총명하고 또 학문에 힘쓰며 정치하는 방법 등도 잘 알고 있다."

태종이 충녕을 세자로 책봉한 이유였다.

"마마, 너무 이르십니다. 세자께서는 아직 너무 어리십니다. 명을 거 두어 주십시오."

일부 중신들의 반대에도 불구하고 태종은 마음을 바꾸지 않았다.

"충분하오. 잘해 낼 것이오. 또 뒤에서 내가 지원할 것이오."

충녕에 대한 태종의 믿음은 굳건하였다.

부왕에게서 왕위를 물려받은 세종은 아버지의 기대를 저버리지 않았 다. 조선 역사상 가장 훌륭한 유교 정치와 한글 창제 등 찬란한 민족 문화를 꽃피웠고, 후대에 모범이 되는 성군으로 기록되었기 때문이다.

역사상 가장 위대한 임금

세종 대는 집현전을 통해 많은 인재가 배출되었고, 방대한 저술과 편 찬 사업이 이루어졌다. 또한 두만강 가에 육진을 개척하였고 또 동쪽 으로는 바다를 건너 대마도를 정벌하고, 서쪽으로는 압록강 너머 파저 강 가에 출몰한 만주인을 막아냈다. 이런 점으로 미루어 보면 세종은 정치, 경제, 문화는 물론 국방에 이르기까지 탁월한 성군이었다.

'백성의 필요가 무엇인가?'

세종은 여기에 대해 항상 마음을 열어놓고 살폈다. 관심이 있었기 때문에 사랑하는 백성들의 불편이 눈에 보였던 것이다.

'고유한 우리 민족의 생각을 표현해 낼 수 있는 글이 없으니, 어려운 한자를 배워야 하고 많은 백성이 까막눈이 되었다. 자기의 생각을 누구든지 쉽게 표현할 수 있는 우리 글자가 있어야 한다.'

이때부터 다시 말하면 세종 28년부터 우리는 세계에 자랑할 만한 문자를 가진 위대한 민족이 될 수 있었다. 또한 우리 민족의 세계적인 대자랑인 훈민정음의 창제와 보급이 있었다.

세종 집권 초기에는 상왕인 태종의 영향 아래 있었기 때문에 정치는 아직 태종의 영향을 받았다. 그러나 태종이 세상을 떠난 후부터는 놀라운 정치력을 보이기 시작했다. 세종 대에 이르러서는 개국공신들의 세력이 거의 사라졌고, 그 덕분에 과거를 통하여 정계에 진출한 실력 있는 인재들을 발굴할 수 있었다.

인재 사랑

세종은 젊은 시절부터 당뇨병을 앓고 있었다. 그래서 과다한 정무는 감당할 수가 없었다. 세종의 업적은 집현전의 효율적인 운영 덕분이었다. 집현전은 세종조 초에 이르러 기능이 대폭 확대되었다. 단순한 학문적 사업만을 위한 기관이 아니라 인재의 양성과 새로운 문화의 정착에 목적을 두고 있었다.

어느 날 세종대왕이 밤늦게까지 글을 읽고 있었는데 멀리 집현전에 불이 켜져 있었다. 궁금하게 여긴 세종대왕은 내관에게 분부를 내렸다.

"아직까지 집현전에 불이 켜져 있구나."

"네, 그러합니다."

"어떤 학사가 공부를 하고 있는지 알아보고 오너라."

"네, 마마."

종종걸음으로 다녀온 내관이 세종에게 고하였다.

"집현전 학사인 신숙주가 공부하고 있습니다."

"호, 그래?"

세종의 얼굴에 감격한 표정이 어렸다. 그리고 물리려던 책상을 다시 앞으로 끌어당겨 책을 펼쳤다. 내관의 얼굴에 그늘이 드리워졌다.

"마마, 이제 그만 침소에 드십시오. 건강을 생각하셔야 합니다."

"아니다. 아직 공부하고 있는 학자가 있지 않느냐. 조금만 더 하겠다."

세종은 자신도 계속 글을 읽었다. 시간이 흘러서 새벽을 알리는 닭이 두 홰를 운 뒤에야 집현전의 불이 꺼졌다. 내관이 반색을 하며 세종에게 아뢰었다.

"마마, 집현전의 불이 꺼졌습니다. 어서 침소에 드십시오."

"오냐, 알겠다."

그러나 세종의 발길은 침소 대신 집현전으로 향하였다. 세종이 집현전에 가 보니, 신숙주가 책상에 엎드려 잠이 들어 있었다.

'새벽 찬기가 제법 쌀쌀한데……'

세종은 손수 자신의 곤룡포를 벗어서 신숙주의 등에 덮어 주었다.

"마마."

"됐다. 이제 침소로 가자."

세종은 흐뭇한 마음으로 발길을 돌렸다. 그가 나라의 젊은 인재를 얼마나 귀하게 여겼는가를 알 수 있다.

폐비 사태를 면한 소헌왕후

세종의 정비인 소헌왕후 심씨는 영의정 심온의 딸로 세종이 즉위하자 왕후로 책봉되었다. 심씨의 아버지 심온이 세종 즉위 초에 영의정에 올라 사은사로 명나라에서 귀환하던 중, 아우인 심청이 불평을 털어놓은 일이 있었다. 태종이 세종에게 선위한 뒤에도 병권을 잡고 있는 것이 마음에 들지 않았던 것이다.

"나라의 군국대사를 엄연히 주상이 계신데 왜 상왕이신 태종이 처리합니까?"

이 일로 옥사가 일어났다.

"누가 수괴인가?"

심온은 이 '무술년의 옥사' 사건의 수괴로 지목되어 수원으로 폄출되어 사사되었다. 그러자 딸인 왕후 심씨가 문제가 되었다.

"상감마마, 왕후를 폐해야 합니다. 후환을 남겨두어서는 안 됩니다. 아버지가 죽음을 당했는데 왕후를 그대로 둘 수는 없습니다."

"맞습니다. 사람의 정으로서는 차마 못할 일이지만, 백년대계를 생각하셔야 합니다."

그러나 세종의 생각은 달랐다.

"그런 논의는 중지하도록 하오. 내조의 공이 크니 결코 그럴 수 없소."

이 말이 옳다고 생각하는 중신들도 있어서, 심씨는 폐비 사태는 면할 수 있었다. 아버지가 역적으로 몰리고도 왕후의 자리를 지킨 것은 부부 사이에도 의리를 중히 여긴 세종 덕분이었다.

세종과 소헌왕후의 일곱째 아들인 평원대군은 학문에 힘쓰다가 18세의 나이로 천연두에 걸려 세상을 떠났다. 다섯째 아들인 광평대군이 죽은 이듬해에 닥친 그의 갑작스런 죽음은 세종을 무척 고통스럽게 했다. 거의 식음을 전폐하고 슬픔에만 잠겨 있었다. 몸이 약해진데다가 마음마저 한없이 약해져 있었다.

"조금이라도 음식을 드십시오. 옥체를 보존하셔야 합니다."

세종은 손을 저으며 음식을 거부했다.

"광평이 떠난 다음해에 평원마저 떠나다니! 애통하구나. 어의들이 이렇게 많은데 어찌 천연두로 목숨을 잃는단 말이냐. 아깝고도 아깝다. 순서대로 가는 것이 마땅하거늘 나는 무슨 허물이 많아서 자식들을 앞세우는가."

"마마, 마음을 강하게 하십시오."

평원대군의 죽음은 세종의 신병을 악화시키는 원인이 되기도 했다.

'나이 스물도 못 되어 세상을 떠난 아들, 죽어서 부처님 앞에 가면 만날 수 있으려나. 꼭 다시 만나고 싶구나.'

세종은 아들의 죽음을 경험한 후 불교를 가까이하기도 했다. 이로 인해 한동안 조선의 억불정책은 누그러지는 경향을 보였다.

사술을 쓰다 폐위된
첫 번째 세자빈 휘빈 김씨

세종의 영특한 맏아들인 세자 향은 유독 아내 운이 없었다. 첫 번째 빈궁으로 맞아들인 김오문의 딸인 휘빈 김씨와 두 번째 순빈 봉씨, 둘 다 과실이 있어 폐위되었기 때문이다.

향은 어린 나이에 세자에 책봉되었기에 14세의 나이로 일찍 혼인을 하였다. 김씨의 나이는 두 살 위인 16세였다. 그런데 문종은 평범한 외모를 지닌 휘빈에게 아내로서의 매력을 느끼지 못했는지, 그녀를 멀리하고 궁녀들하고만 어울렸다.

'저하께서 왜 다른 여자들에게만 가실까? 내가 미인이 아니어서 그렇겠지.'

휘빈은 독수공방에 지쳐서 외로운데다가 하루하루 초조함을 견디기 어려웠다. 이렇게 가다간 허울뿐인 세자빈의 자리까지도 위태로울 것 같았다. 삶의 의욕이 없어서인지 휘빈은 밥도 제대로 먹지 않았다.

"내가 예쁘지 않은 것이 한스럽구나. 저하의 사랑을 받을 수 없으니……."

시녀 호초는 휘빈이 안쓰러웠다.

"마마, 너무 상심하지 마세요. 이렇게 예쁘신데, 곧 세자 저하의 마음이 돌아올 것입니다."

시녀 호초가 휘빈을 위로했지만 그녀는 기운 없이 고개를 저었다.

"아니야. 마음에 안 드시는 게 분명해."

휘빈의 얼굴에 드리워진 그늘은 깊었다. 구중궁궐 깊은 곳에 세자 한 사람을 의지하여 들어왔는데 사랑은커녕 박대를 당한다고 생각하자 서러움이 북받쳤다.

"호초야, 저하의 마음을 내게 확 끌어올 비법이 없을까?"

"마마, 제가 나가 알아오겠습니다. 사가에서 쓰는 여러 비법이 있을 듯합니다."

호초의 말에 휘빈의 눈이 번쩍 빛났다.

"그래, 당장 나갔다 오너라."

휘빈은 몇 가지 금붙이를 호초의 손에 쥐어주며 재촉하였다.

그날 밤 늦게 돌아온 호초의 얼굴은 발갛게 상기되어 있었다. 휘빈은 아직 잠자리에 들지 않은 채 호초를 기다리고 있었다.

"수고 많았다. 어서 오너라."

호초는 목소리를 죽여 작게 보고를 하였다.

"마마, 기뻐하세요. 아주 좋은 비방을 알아왔습니다."

"그래, 어떤 비방이냐? 효험은 좋고?"

"네, 지아비의 사랑을 얻을 수 있는 압승술을 알아왔습니다."

"그래, 어떻게 하는 것이냐?"

"네, 두 가지가 있습니다. 한 가지는 지아비가 가장 좋아하는 여인의 신발을 불에 태워 가루로 만든 뒤, 이를 술에 타서 지아비에게 마시게 하는 방법입니다."

휘빈은 고개를 끄덕이며 물었다.

"다른 하나는?"

"네, 두 뱀이 교접할 때 흘린 정기를 수건으로 닦아서 차고 있으면 된다고 합니다."

휘빈이 살짝 이마를 찌푸리며 고개를 끄덕였다.

"쉬운 비방은 아니구나."

"두 번째 비방은 제가 사가의 사람을 시켜서 준비하겠습니다."

호초의 말에 휘빈의 얼굴에 미소가 떠올랐다.

"고맙다. 요즘 저하께서 가장 총애하는 사람이 누구누구인지 아느냐?"

호초가 휘빈의 눈치를 보며 말했다.

"네, 듣기로는 시녀인 효동과 덕금이라고 합니다."

"흥! 효동? 덕금? 복도 많은 년들이로구나."

김씨의 눈에 질투의 불길이 이글거렸다.

"당장 오늘밤에 그년의 처소에 가서 살짝 신발을 집어 오너라. 누구의 눈에 띄어서도 안 된다. 우리 두 사람의 목숨이 달려 있는 일이다. 조심, 또 조심해야 한다."

"네, 저하의 발걸음을 이리로 돌릴 수만 있다면 제가 마마를 위해 못할 일이 무엇이겠습니까? 아무 염려 마십시오."

휘빈은 문종의 시녀 효동과 덕금, 두 사람의 신발을 몰래 손에 넣어 이를 태우고, 그 재를 갖고 있다가 그만 발각되고 말았다. 실행도 해보지 못한 채 발각되었지만 엽기적인 행각은 시아버지인 세종을 화나게 만들었다.

"어리석은 마음에 잘못을 저질렀습니다. 저하의 사랑을 받고 싶어서 그만……."

세종은 휘빈이 가여웠다.

'오죽했으면 그런 짓을 했을꼬. 그러나 엽기적인 행각을 용서할 수는 없다. 궁궐 안에서 사술을 행하는 따위의 일에 엄단하지 않을 수 없다.'

휘빈은 눈물로 용서를 빌었다.

"한 번도 실행해 보지는 못하였습니다. 너그러이 용서해 주십시오."

세종은 결국 휘빈을 폐하여 서인으로 만들어 폐출하였다. 휘빈을 도운 시녀 호초 역시 큰 형벌을 피하지 못하였다.

동성애로 폐위된 두 번째 세자빈 순빈 봉씨

첫 번째 세자빈 간택에 실패한 세종은 두 번째 며느리만큼은 실패하고 싶지 않았다.

'세자가 휘빈을 멀리한 이유가 무엇일까? 평범한 용모 때문이었을까?'

그래서 세종이 세자를 위하여 심혈을 기울여 선발 기준을 마련하였는데, 여기에 외모에 대한 항목도 포함되어 있었다.

"이제 동궁을 위하여 배필을 간택할 때에는 마땅히 처녀를 잘 뽑아야 하겠다. 부덕은 본래부터 중요하나, 혹시 인물이 아름답지 않다면 또한 불가할 것이다. 나는 부모된 마음에서 친히 간택하고자 하나, 옛 예법에 없어서 실행할 수가 없다. 그러므로 창덕궁에 모이게 하고 내관으로 하여금 시녀와 효령대군과 더불어 뽑게 하려 하는데 어떻겠는가?"

"마마, 불가합니다."

허조가 반기를 들었다.

"반대하는 이유가 무엇인가?"

"한곳에 모이게 하여 가려 뽑으면 오로지 외모만을 취하고 덕을 보지 않게 됩니다."

세종은 다시 말하였다.

"잠깐 보는데 어찌 그 덕을 알 수 있겠는가? 이미 덕으로 뽑을 수 없다면 용모로 뽑아야 하지 않겠는가?"

이렇게 외모까지 고려해서 순빈 봉씨가 세자빈으로 뽑혔다. 그러나 그녀는 세종대 왕실 최대 스캔들의 주인공이 되고 말았다.

순빈 봉씨는 봉려의 딸로, 1429년에 문종의 두 번째 세자빈 순빈에 봉해졌다. 시아버지 세종이 공을 들여서 용모까지 보고 뽑게 한 봉씨는 아름다웠다. 그러나 성격에 문제가 많아서 세자와 금슬이 좋지 못했다.

순빈은 그 당시의 여성으로서는 이례적이라고 할 만큼 아주 적극적이고 거침없는 성품을 가졌다. 순빈이 세자빈이 된 직후에 세종은 휘빈의 전례를 생각하여 순빈에게 특별한 명령을 내렸다. 다시는 궁 안에서 문란한 일이 발생하지 않게 하기 위해서였다.

"세자빈은 열녀전을 배우도록 하라."

그런데 순빈은 공부를 시작한 지 며칠 만에 책을 뜰에 내동댕이치며 말하였다. 안하무인이었다.

"흥! 내가 어찌 이 따위 것을 배운단 말이야? 이런 걸 배우고 어찌 살지?"

순빈은 공부하는 것을 싫어하였다.

'더군다나 열녀전 따위는 배워서 뭘 하게?'

세종의 명령임에도 불구하고 당돌하기 짝이 없는 순빈은 이런 무례한 행동을 하였던 것이다.

여기에 더해 순빈은 궁궐 안에서 술을 즐겨 마시며 자유분방하게 생활하였다. 항상 방 속에 술을 준비해 두고는, 큰 그릇으로 연거푸 술을 마시고 취하면 즐거워하였다.

"얘들아, 너희들이 돌아가면서 나를 업고 뜰을 돌아다니거라."

"네?"

"빨리 업지 못하겠느냐?"

순빈은 술에 취한 채 궁녀들에게 업혀 뜰 가운데로 돌아다녔다.

또 어느 때는 준비된 술을 다 마시고도 모자라 닦달을 해댔다.

"술을 더 가져와라. 응? 없어?"

"네, 마마. 다 드셨습니다. 이젠 없습니다."

"뭐야, 뭐야? 그럼 우리 친정집에 가서 더 가져와야겠구나."

순빈은 정말 사사로이 집에서 술을 가져와서 마시기도 하였다. 또 좋은 음식물을 얻으면 시렁 속에 갈무리해 두고 혼자 직접 꺼내 먹고 다시 숨겨 놓곤 했다. 빈으로서 할 처신이 아니었다.

조용하고 차분한 성품의 소유자인 문종에게, 술을 즐기고 심지어 주사까지 있는 순빈은 매우 버거운 상대였다. 문종이 마음을 줄 수가 없었다.

부부의 사이가 멀어지고 후사가 없자, 세종은 후사를 잇기 위해 세 사람을 세자의 후궁으로 뽑아 들였다.

"뭐 후궁을 세 사람이나 뽑았다고? 흥, 내가 무슨 잘못을 했다고 나는 본 척 만 척하면서 또 후궁을 뽑아?"

순빈은 새 후궁들을 시기하고 질투하였다. 특히 후궁 중에 권씨가 임신을 하게 되자 더욱 분을 참지 못하고 원망하였다. 권씨는 뒷날 단종을 낳고 현덕왕후로 봉해졌다.

순빈은 궁녀들에게 항상 투덜거리곤 했다.

"권승휘가 아들을 낳게 되면 우리들은 쫓겨나고 말 거야."

남자처럼 호탕한 성격이었지만 심한 다혈질이었던 순빈은 감정조절을 못하였다. 마음이 북받치면 궁궐 안에서 엉엉 소리를 내어 울기도 했다.

"마마, 고정하십시오. 울음소리가 궁 안에 가득합니다."

순빈은 들은 척도 하지 않고 오히려 더 소리를 지르며 울었다.

세종과 소헌왕후가 며느리 순빈을 불러서 마음을 순하게 가지라고 타일렀지만, 순빈은 조금도 뉘우치는 기색이 없었다.

그러자 세종은 세자를 불러 당부하였다.

"비록 여러 후궁이 있지만, 어찌 적실 부인에게서 아들을 두는 것만큼 귀할 수가 있겠느냐? 적실을 물리쳐 멀리하면 안 된다. 부디 순빈을 가까이 하도록 하여라."

이때부터 세자가 순빈을 조금 위하는 예의를 지켰다.

하루는 세자가 순빈을 찾자 그녀는 크게 반기며 말하였다.

"저하, 기뻐하세요. 제 몸에 태기가 있습니다."

세자도 몹시 기뻐하였다.

"오, 그렇소? 정말 기쁜 일이오."

이 소식을 들은 세종과 왕비는 물론 궁궐 안의 모두가 들뜨고 기뻐하였다. 순빈은 적실 세자빈이었기 때문이다.

그러나 그 기쁨은 오래가지 않았다. 한 달쯤 후, 순빈이 스스로 세자를 불러 요 위에 앉은 채 울면서 말하였다.

"저하, 용서해 주세요. 소첩이 부덕으로 그만 낙태를 하고 말았습니다."

문종의 실망은 이만저만이 아니었다.

"아니, 어쩌다가?"

"배가 아파서 참느라 용을 쓰니, 단단한 물건이 형체를 이루어 나왔습니다. 지금 이불 속에 있습니다."

세자는 뒤에 서 있는 궁녀에게 말했다.

"살펴보아라."

"네, 저하."

궁녀가 가까이 다가가서 이불을 들추고 안을 살펴보니 아무것도 없었다. 순빈은 몹시도 불안한 듯 눈을 이리저리 두리번거리고 있었다.

"저하, 아무것도 없습니다."

"뭐라고?"

궁녀는 민망한 듯이 허리를 숙이고 세자에게만 들리도록 작게 말했다.

"혹시 빈 마마가 너무나 간절하게 원하셔서 상상임신을 했을지 모르겠습니다. 그런 일이 간혹 있다고 합니다."

그 말을 듣자 세자는 마음이 아팠다.

"빈, 마음을 굳게 먹고 몸조리 잘하시오."

세자는 궁녀들에게 잘 보살펴 드리라고 당부를 한 후에 돌아갔다.

그러나 결국 임신했다고 한 것이 거짓말로 밝혀지면서 순빈에 대한 세자의 믿음과 왕실의 신뢰는 무너져 버렸다.

순빈은 지나친 투기 때문에 여러 번 궁인을 구타하기도 했고, 어떤 때에는 거의 죽을 지경에까지 이르게 할 때도 있었다. 사람들의 모범이 되기는커녕 세자빈으로서는 할 수 없는 비상식적인 행동도 부지기수였다.

세자의 고충은 이만저만이 아니었다.

"내가 순빈을 총애한다면 투기하고 사나워져서, 비록 칼날이라도 또한 가리지 않을 것이며, 만약 그 뜻대로 된다면 옛날의 한나라 여후라도 이보다 더하지 못할 것이다."

그러나 폐출의 결정적 요인은 순빈의 동성애였다. 세종은 순빈 봉씨의 거친 성품과 그녀가 했던 가벼운 행동들을 어느 정도는 용인해 주었다. 그러나 세종이 더 이상 용납할 수 없는 괴이하고도 수치스러운 일이 발생하였다. 세자빈이 궁녀 소쌍과 동성애에 빠졌다는 소문이었다.

"나머지 일은 모두 가벼우므로 만약 소쌍의 사건만 아니면 내버려두어도 좋겠지만, 소쌍의 사건을 듣고 난 후로는 단연코 세자빈을 폐하고자 한다. 대개 맏아들의 정실 아내의 직책은 가볍지 않은데, 이러한 실덕이 있고서야 어찌 종사를 받들고, 한 나라의 국모가 되겠는가."

당시 궁궐에서는 궁녀 사이에서의 동성애가 암암리에 퍼져 있었다. 남성들과 만날 기회가 없던 궁녀들로서 늘 함께하는 동성에 대한 깊은 정이 생길 수도 있었을 것이다.

"시녀와 계집종들이 사사로이 서로 좋아하여 동침하고 자리를 같이 한다고 합니다."

"다시 그렇게 하지 못하도록 금령을 내려라!"

세종은 엄하게 다스리도록 하였다.

그러나 순빈은 세종의 엄명에도 아랑곳하지 않고, 궁궐의 여종인 소쌍을 사랑하여 그녀가 자신의 곁을 떠나지 못하게 하였다. 궁인들은 순빈이 소쌍과 항상 잠자리와 거처를 같이 한다고 수군거렸다. 이 소문을 들은 세자는 어느 날 궁궐 안에서 청소를 하고 있는 소쌍에게 물었다.

"네가 정말 빈과 같이 잤느냐?"

"네."

충격적인 대답이었다.

세자는 순빈을 만나서 엄하게 경고하였다.

"이 일은 작은 일이 아니오. 다시는 그런 일이 없도록 하오."

"네."

순빈은 시큰둥한 표정이었다. 사랑이 없는 지아비에 대해 전혀 애틋한 마음도 없었다.

이후에도 순빈은 소쌍에 대한 애착을 버리지 못했다. 그녀가 잠시라도 곁을 떠나기만 하면 안절부절못하고 원망하고 성을 내었다.

　"너 또 어디 갔다 왔느냐? 왜 이렇게 오래 있다 오느냐? 밖에다 누구 좋은 사람이라도 숨겨 두었느냐?"

　순빈은 눈물을 글썽이며 스스로를 한탄하기도 했다.

　"나는 너를 매우 사랑하나, 너는 그다지 나를 사랑하지 않는구나."

　상황이 이렇게 되자, 소쌍은 다른 사람들에게 말 못할 괴로운 마음을 털어놓기도 하였다.

　"빈께서 나를 사랑하는 것이 도를 넘어서 너무 무서워요. 어떻게 해야 좋을지 모르겠어요."

　또 소쌍이 권승휘의 사비인 단지와 서로 좋아하여 함께 자기도 하였는데, 이것을 알게 된 봉씨는 사비를 시켜 항상 그 뒤를 따라다니게 하였다. 소쌍에게 감시자까지 붙인 것이다.

　순빈과 소쌍의 관계가 궁중에 파다하게 퍼져 나가자, 드디어 세종은 왕비와 함께 있는 자리에 소쌍을 불러 그 진상을 물었다.

　"한 치의 거짓도 있어서는 안 될 것이다."

　"어느 안전이라고 제가 거짓을 아뢰겠습니까."

　이마를 바닥에 붙인 채 두려움에 벌벌 떨며 소쌍이 아뢰었다.

　"지난해 동짓날에 빈께서 저를 불러 내전으로 들어오게 하셨는데, 다른 여종들은 모두 지게문 밖에 있었습니다. 저에게 같이 자기를 요구하므로 저는 이를 사양했으나, 빈께서 윽박지르므로 마지못하여 옷을 한 반쯤 벗고 병풍 속에 들어갔더니, 빈께서 저의 나머지 옷을 다 빼앗고 강제로 들어와 눕게 하여, 남자의 교합하는 형상과 같이 서로 희롱하였습니다."

"됐다. 그만 물러가거라."

세종과 왕비는 깊은 탄식을 하였다.

"허……, 이럴 수가!"

세종과 왕비는 깊은 탄식을 하였다. 일반 사대부가의 부녀자로서도 감히 못할 행실을 저지른 순빈의 행태에 세종은 크게 분노했고, 결국 첫 번째 세자빈 휘빈에 이어 순빈도 폐출의 수순을 밟게 되었다.

1436년 세종은 마침내 사정전에서 전교를 내려 순빈 봉씨의 폐출을 발표하였다.

'지금 세자는 전에 김씨를 폐했는데 또 봉씨를 폐하게 되니, 이것은 나와 세자가 몸소 집안을 올바르게 거느리지 못한 소치이다.'

신하들과 백성들에 대한 사과의 뜻이 포함된 전교문이었다.

세 번째 세자빈의 죽음

순빈 폐출 후 세종은 다시 세자빈을 간택하려고 하였다. 그러나 마땅한 인물이 없자, 세자의 후궁들에 눈을 돌렸다.

'차라리 궁 안에서 구하는 것이 나을지도 모른다.'

이때 눈에 들어온 여인이 승휘 권씨였다. 휘빈과 순빈, 두 세자빈을 폐출하는 비운을 겪으면서, 새롭게 세자빈을 간택하는 것보다 후궁 출신 중에서 검증된 인물을 찾는 방식으로 세자빈을 간택한 것이다.

세자빈 권씨는 성품도 좋고 세자와의 정도 깊었는데 몸이 허약했다. 외아들 홍위를 나은 지 사흘 만에 산후병으로 위독하게 되었다. 권씨는 25세의 나이에 경혜공주에 이어 홍위왕자를 낳았는데 심한 난산이었다. 세종과 왕비도 친히 가서 문병하였다.

권씨는 마음이 너그럽고 덕이 있어 세자의 총애가 두터웠다.

"제발 마음을 단단히 먹고 힘을 내라. 갓난아기를 생각하여 정신을 차려보아라."

그러나 권씨는 혼미한 정신에서 빠져 나오지 못하였다.

"마마, 송구합니다. 살 희망이 없는 듯합니다."

문종은 권씨의 손을 잡아주며 위로하였다.

"그런 말 마오. 너무 고생을 하여 지금 정신이 혼미한 것뿐이오. 어의들이 좋은 약을 쓰고 있으니 부디 힘을 내오."

그러나 권씨는 고개를 저었다. 죽음을 앞둔 그녀의 눈가에 안타까운 눈물이 흘러내렸다.

"이 핏덩이를 두고 어찌 떠나려느냐? 제발 정신을 좀 차려보아라."

잠시 동안에 두세 번 발걸음을 하며 세종과 왕비는 마음을 졸였다.

그녀는 난산을 걱정하여 모인 사람들 중에 세종의 후궁인 혜빈 양씨에게 아들을 부탁하였다.

"염치없지만…… 저 가엾은 것을…… 보살펴 주세요……."

혜빈 양씨는 마음이 너그러운 여자였다. 그녀는 눈물 가득한 눈으로 말없이 권씨의 두 손을 꼭 잡아 주었다. 세자빈은 아들을 부탁한 후 마음이 놓였던지 숨을 거두었다.

세자빈 권씨가 끝내 소생하지 못하고 세상을 떠나게 되자, 세자는 물론 임금과 왕비 역시 매우 슬퍼하여 수라를 폐하였다.

"애통하고 절통하구나. 어찌 명이 이다지도 짧단 말이냐!"

안타깝고도 아까운 죽음이었다. 세자빈의 죽음에 궁중에서 눈물을 흘리며 울지 않는 이가 없었다.

당시 혜빈 양씨에게도 젖을 먹는 둘째 아들이 있었다. 자기의 아들과 세손인 홍위, 두 사람에게 먹이기에는 부족하였다.

"유모를 구하도록 해라."

양씨는 둘째 아들을 품에서 떼어 유모에게 맡기면서까지 세자빈과의 약속을 지키기 위해서 최선을 다했다.

세자빈 셋이 연이어 폐출되거나 사망하자, 그 충격으로 세자는 다시 세자빈을 두지 않았다.

세자에게 섭정을 맡기다

세종의 치세 기간은 31년 6개월이나 되었다. 세자인 향은 세종 즉위 3년에 세자에 책봉되어 29년 동안 세자로 머물러 있었는데, 이 기간 중 8년 동안은 세종 대신 섭정을 했기 때문에 세종 치세 후반기는 왕자 향의 치세라고 할 수 있다.

왕자 향이 세자에 책봉된 것은 1421년으로 그의 나이 8세 때였다. 그리고 즉위 초부터 당뇨병을 비롯한 각종 질환으로 고생하던 세종이 병상에 누운 것은 향의 나이 23세 때였다.

이듬해 세종은 드디어 세자에게 서무결재권을 넘겨줄 것을 결심했다. 말하자면 세자의 섭정을 원했던 것이다. 그렇게 된다면 세종은 실질적으로 상왕으로 물러앉는 것이나 마찬가지였다.

세종은 정승들과 상의를 하였다.

"세자에게 섭정을 맡기고자 하오."

세종은 세자의 섭정을 강력하게 주장했다.

"아직 세자의 나이 스물넷입니다. 이유가 무엇인지요?"

"본래 잔병이 많은 몸으로 더 이상 건강에 자신이 없기 때문이오."

"즉위 초부터 너무 무리를 하셨습니다. 지나치게 일을 많이 하신 탓입니다."

"병은 날로 악화되고, 병상에 누워야 하는 일이 잦아지고 있소. 편전에 나갈 수 없는 상황이 반복되니 어찌 더 이상 집무를 할 수 있겠소? 심사숙고하여 내린 결론이니 부디 내 뜻에 따라주오."

"마마, 아직은 안 됩니다. 대신 과다한 업무량을 줄이시고, 명은 거두어 주십시오."

이렇듯 세자의 섭정은 신하들의 강한 반대로 실현되지 못했다.

어릴 때부터 잔병이 많았던 세종은 이런 과다한 업무량에 시달려 건강이 악화되었다. 세종은 별수 없이 업무량을 줄일 계획을 세웠다.

"그럼 세자와 일을 나누어 처리하겠다."

그러나 그렇게 일을 나누었어도 세종에게는 힘에 부쳤다.

'이 정도의 일도 내게는 힘겹구나. 업무를 결재할 수가 없으니……'

그 때문에 세종은 5년 후인 1442년에 다시 세자에게 서무결재권을 넘겨줄 것을 선언하였다.

그러나 신하들의 반발이 다시 거세게 일어났다.

"상감마마께서 엄연히 존재하는데 세자로 하여금 정사를 결정하게 할 수는 없습니다."

하지만 이번에는 세종도 의지를 굽히지 않았다.

"세자가 섭정을 하는데 필요한 기관인 첨사원을 설치하라."

세종은 그곳에 첨사, 동첨사 등의 관원을 두었다. 세종이 이 제도를 임시로 도입한 것은 세자가 섭정을 할 경우 승정원과 편전을 대신할 곳이 필요했기 때문이었다. 첨사원의 설치와 함께 세자 향의 섭정이 시작되었다. 세자의 나이 29세 때였다.

세종의 세손 사랑

세손인 홍위는 세종의 후궁이자 자신의 서조모인 혜빈 양씨의 손에서 자랐다. 양씨의 지극한 사랑으로 홍위는 건강하게 잘 성장하였다. 홍위는 조부인 세종이 칭찬에 입이 마를 정도로 명석했다.

"허허, 우리 세손이 말하는 걸 들어 보오. 현군의 자질이 아주 충분하지 않소? 정말 대견하구려."

세손 시절에는 성삼문, 박팽년 등 집현전 학자들의 지도를 받았고, 세자로 책봉된 후에는 이개와 유성원이 그의 교육을 맡았다.

홍위는 8세 때 세손에 책봉되었다. 홍위를 세손으로 책봉한 세종은 어느 날, 은밀하게 아끼는 신하들을 불렀다. 성삼문, 박팽년, 이개, 하위지, 유성원, 신숙주 등의 집현전 소장 학자들이었다.

"내가 그대들을 부른 이유는 세손의 앞날을 부탁하고 싶어서요."

"무슨 말씀이신지요?"

"요즘 들어 내 병세가 심상치 않구려. 알다시피 악화되어 죽음이 머지않았소."

"마마, 송구합니다."

세종은 길게 한숨을 내쉬며 말을 이었다.

"걱정은…… 세자 역시 건강이 좋지 못하다는 것이오."

학자들은 민망하여 고개를 숙였다.

"전하, 충심을 다해 섬기겠습니다. 걱정을 거두십시오. 옥체에 해롭습니다."

"어린 세손에겐 혈기왕성한 숙부들이 너무 많다는 것도 근심거리요."

학자들은 그때에야 세종의 걱정을 구체적으로 알 수 있었다.

"모두 다 성격이 호방하고 야심이 많소. 그중에서도 수양은 야망과 수완이 비범하고, 야심과 배짱도 크오. 한 사람의 힘으로는 세손을 지켜내기 어렵겠지만 모두 힘을 모아 어린 세손을 지켜주오. 내 간절한 소망이오."

성격이 호탕하고 거침이 없는 수양대군에게는 유달리 그를 따르는 무사들이 많이 모여 들었다. 또한 그의 책사로 권남이 있게 되자 한명회도 드나들었다.

"전하, 저희들의 목숨을 걸고 지켜 드리겠습니다. 세손께서 얼마나 영특하신지 모릅니다. 반드시 성군이 되실 것이니 걱정을 내려놓으십시오."

젊은 신하들은 눈물을 흘리며 말했다. 참으려고 해도 눈물을 참을 수가 없었다. 죽음을 앞둔 연로한 세종이 병약한 아들 문종과 어린 세손 때문에 마지막 시간까지 걱정으로 애태우고 있다는 사실이 너무 가슴 아팠다.

"고맙구려. 부디 어리지만 영특한 세손을 잘 지켜 성군이 되게 보살펴 주오."

세종은 한 사람 한 사람 신하들의 손을 잡아주며 당부하였다.

1450년, 세종이 죽고 문종이 즉위하자 홍위는 세손에서 세자로 책봉되었다. 그때 홍위의 나이 열 살이었다.

　　조선왕조의 역사적, 문화적, 정치적 기틀을 닦고 문화의 황금기를 꽃피운 역사상 가장 위대한 성군 세종은 54세로 세상을 떠났다. 정비인 소헌왕후 심씨를 비롯해 여섯 명의 부인에게서 18남 4녀를 두었다.

5. 문종

(1414-1452, 재위 1450. 2.-1452. 5)

세종의 맏아들인 문종은 약 30년 동안 세자로 있으면서 문무 관리를 고르게 등용하였고, 언로를 열어 민정파악에 힘쓰면서 세종을 도와 정세를 돌보았다. 1445년 세종이 병이 들자 더욱 국사를 돌보았다. 1450년 왕위에 올라 《동국병감》, 《고려사》 등이 편찬되었고, 병제를 정비하여 3군의 12사를 5사로 줄였고, 병력을 증대시켰다. 몸이 약해 왕위에 머무르는 기간이 너무 짧다는 것이 안타까울 뿐이다.

1450년 2월 세종이 세상을 떠나자 문종은 아버지의 뒤를 이어 보위에 올랐다. 하지만 아버지를 닮아서 원래 병약했던 그는 세자 시절의 업무 과중으로 건강이 심하게 악화된 상태였다. 즉위 후에는 병세가 더 심해져 재위 기간의 대부분을 병상에서 보내야 했다.

그는 어릴 때부터 학문을 좋아해 학자를 가까이했으며, 측우기 제작에 직접 참여했을 정도로 천문, 역수 및 산술에 뛰어났고, 서예에도 능했다. 또한 성격이 유순하고 자상했으며, 거동이 침착하고 판단이 신중하여 남에게 비난을 받는 일도 없었다. 하지만 지나치게 착하고 어질기만 하여 문약함을 벗어나지 못했다.

"보위에 오르셨으니 왕비를 맞으셔야 합니다."

대신들의 주청에도 문종은 왕비를 책봉하지 않았다. 문종은 조선의 왕 가운데 유일하게 재위 기간 중 왕비가 없는 왕이 되었다.

커진 대군들의 권력

8년 동안의 섭정 기간을 거친 후의 즉위였기에 문종 시대의 정치는 세종 후반기와 크게 다르지 않았다. 하지만 문종이 즉위하면서 왕권은 세종 대에 비해 다소 위축되었다.

그 이유는 세종이 집권기 절반을 병석에 누워 있었고 또한 후반기에 세자에 의한 섭정이 계속되었기에 수양대군과 안평대군 등 다른 왕자들의 세력이 비대해져 있었던 탓이었다.

"종친들의 세력이 지나치게 커지고 있습니다. 방관하실 일이 아니라 생각됩니다. 적절한 조치를 취하셔야 합니다."

왕자들의 세력이 심상치 않으니 견제해야 한다는 상소가 많았다. 그로 인해 문종의 집권기 내내 종친과 언관들 사이에는 긴장된 분위기가 이어지고 있었다.

문종이 즉위하자 언로를 더 넓히는 정책을 폈다.

"직접 신하들을 만나겠다. 자주 만날 기회를 마련하라. 6품 이상의 신하들은 돌아가면서 만날 수 있는 기회를 허락하라."

그렇게 되자 벼슬이 낮은 신하들도 문종을 만나 자기들의 의견을 개진할 수 있었고, 문종은 그들의 말에도 귀를 기울였다.

어린 세자를 부탁하오

문종은 과중한 업무로 점점 누워 지낼 때가 많아지자, 자꾸만 어린 세자에게 마음이 쓰였다.

'누구에게 세자의 안위를 부탁해야 하나?'

인간의 생명은 하늘이 정해준 것이기에 어쩔 수 없는 것이지만, 자기의 명이 짧은 것이 너무 야속하였다.

'우리 세자는 왜 이다지 박복한고. 강보에 싸여 어미를 잃은 가여운 우리 세자. 세자가 장성한 것을 보고 죽는다면 여한이 없겠는데…….
하늘의 뜻을 내가 어찌하겠는가!'

문종은 어느 날 몸져누운 채 생각에 잠겨 있었다.

어둠의 장막이 내리는 것을 보자 문종은 중관을 시켜 집현전에 나와 있는 여러 학사들을 불러오게 했다.

'믿을 만한 신하들은 학문으로 인격이 닦인 집현전 학사들뿐이다. 권력에 휘둘리지 않을 사람은 학자들밖에 없다.'

문종은 간단한 술상을 준비하게 하여 몇몇 학사들을 불렀다. 성삼문, 박팽년, 신숙주 등이었다. 학사들과 나란히 앉아서 술잔을 들며 말하였다.

"과인은 그대들을 믿소. 언제나 믿어 왔소. 그런데 오늘 또 큰 부담을 주게 되었구려."

"말씀하십시오, 전하."

문종의 얼굴에 고적한 표정이 역력하게 드러났다.

"만약…… 내가 세상을 떠나게 된다면…… 세자를 경들에게 부탁하고 싶소. 아직 어려서 말이오. 돌봐주고 가르쳐주고 지켜줄 스승이 필요하오."

학사들은 문종의 말을 듣고 있기에 민망하였다.

"일찍이 세종대왕께서도 저희를 불러 친히 당부하신 말씀입니다. 왜 걱정하십니까?"

"노파심이 자꾸 생겨서 말이오."

"저희를 못 믿으십니까? 부족하오나 목숨을 바치겠습니다."

모두들 안타까운 마음으로 아뢰었다.

문종은 이 말에 얼굴 가득 함박웃음을 지으며 말했다.

"고맙소. 안심이 되오. 그대들이 있으니 마음이 든든하오."

당부하는 임금이나 학사들 모두 마음속에서 슬픈 빛을 감추기는 어

려웠지만 얼굴에는 미소를 짓고 있었다.

문종 시대의 영의정 황보인, 좌의정 남지, 우의정 김종서였다. 이 삼정승 중에서 가장 큰 힘을 행사하는 사람이 우의정인 김종서였다. 용맹스럽기가 따를 자가 없을 정도였던 그는 세종의 명으로 육진을 개척하는 공로를 세웠다.

이들 삼정승도 어느 날 문종의 부름을 받았다. 하루하루 문종의 얼굴은 여위어 가고 있었다.

"몸이 안 좋으니 자꾸만 마음이 약해지는구려. 내가 불원간 세상을 떠난다면 부디 어린 세자를 지켜주오. 집현전에 바른 도리를 아는 학사들이 많으니 힘을 합해 주오. 그리해 준다면 과인은 지하에서라도 꼭 그 은혜에 보답하겠소."

삼정승은 머리를 조아리며 대답했다.

"온 마음을 다해 세자를 보필하고 지켜드리겠습니다. 믿어주십시오."

문종은 크게 고개를 끄덕이며 여원 얼굴에 미소를 지어 보였다.

"고맙소. 오늘부터 세자를 그대들의 피붙이로 여기고 지켜주오. 오늘은 마음 편하게 단잠을 잘 수 있을 것 같구려."

문종의 애타는 마음에도 불구하고 건강은 좋아지지 않았다. 백성들의 삶에도 마음을 많이 쓴 좋은 천성을 타고난 임금이었지만, 건강이 따라주지 않았다. 백성들과 함께 나눌 많은 계획과 꿈이 있었지만 꿈을 펼치지 못한 채, 재위 2년여 만에, 39세의 젊은 나이로 세상을 떠났다.

문종은 3명의 부인에게서 1남 2녀의 자녀를 두었는데, 현덕왕후 권씨에게서 단종과 경혜공주를, 양원 양씨에게서 경숙옹주를 얻었다.

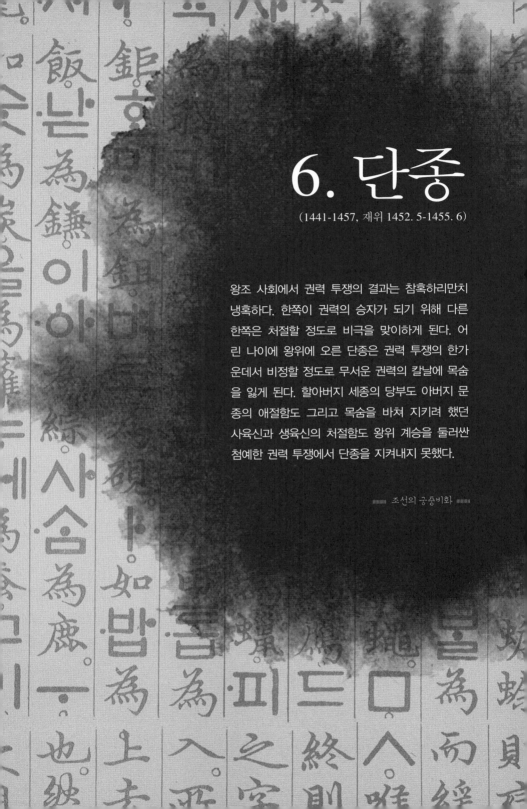

6. 단종

(1441-1457, 재위 1452. 5-1455. 6)

왕조 사회에서 권력 투쟁의 결과는 참혹하리만치 냉혹하다. 한쪽이 권력의 승자가 되기 위해 다른 한쪽은 처절할 정도로 비극을 맞이하게 된다. 어린 나이에 왕위에 오른 단종은 권력 투쟁의 한가운데서 비정할 정도로 무서운 권력의 칼날에 목숨을 잃게 된다. 할아버지 세종의 당부도 아버지 문종의 애절함도 그리고 목숨을 바쳐 지키려 했던 사육신과 생육신의 처절함도 왕위 계승을 둘러싼 첨예한 권력 투쟁에서 단종을 지켜내지 못했다.

||||||| 조선의 궁중비화 |||||||

단종은 12세의 어린 나이로 보위에 올랐다. 20세 이하인 미성년의 어린 왕이 즉위하면 궁중에서 가장 서열이 위인 후비가 수렴청정을 하는 것이 일반적이었는데, 당시 궁중의 사정은 그렇지도 못했다. 대왕대비는 물론이고 대비도 없었으며 심지어는 왕비도 없었기 때문이었다.

단종의 모후 권씨가 산욕열로 죽었고 문종의 후궁으로도 귀인 홍씨와 사칙 양씨 두 사람뿐이었다. 비록 세종의 후궁 중에 혜빈 양씨가 있기는 하였지만 늦게 입궁한데다 후궁인 탓으로 정치적인 힘은 거의 없었다. 따라서 단종은 수렴청정조차도 받을 수 없는 처지로 즉위한 것이었다.

전하, 점만 찍으시옵소서!

당시 조선의 정국 구도는 왕족의 대표격인 수양대군파와 문종의 고명을 받드는 고명대신파로 나누어져 있었다. 하지만 이 두 파의 내부에는 또 다른 작은 세력권들이 형성되어 있었다. 즉, 왕권 강화를 목적으로 하고 있던 왕족 세력 속에는 수양대군을 견제하는 안평대군이, 재상 정치를 목적으로 하고 있던 대신들 속에는 김종서와 황보인의 권력 독점을 비판하던 집현전 학사 출신들이 나름대로 독자적인 세력을 형성하고 있었다.

단종은 즉위하긴 했지만 나이가 너무 어려 정사를 돌볼 수 없었기에 모든 조처는 의정부와 육조가 도맡아 했으며, 왕은 단지 형식적인 결재를 하는 데 그쳤다. 인사문제에 있어서도 대신들은 황표정사 제도를

썼다. 이는 조정에서 지명된 일부 신하들이 인사 대상자의 이름에 황색 점을 찍어 올리면 왕은 단지 그 점 위에 낙점을 하는 방식이었다.

"전하, 점만 찍으시옵소서."

따라서 모든 정치권력은 문종의 유명을 받든 고명대신들인 황보인, 김종서 등에게 집중되어 있었다.

정권을 손에 쥔 수양대군

왕권이 나날이 약화되어 가자, 세종의 장성한 아들들, 즉 왕족의 세력이 커지기 시작했다.

'흥, 황보인, 김종서 등이 권력을 꽉 잡고 있으니……. 왕족인 우리라도 힘을 가지고 있어야 한다.'

차츰 수양, 안평, 임영, 금성 등의 대군들의 커진 힘이 서서히 왕권을 위협하기 시작했다. 당시 왕위를 노릴 만한 힘을 가졌던 인물은 수양과 안평 두 사람으로 압축될 수 있는데, 이들은 이미 왕의 건강이 악화되던 세종 후반기부터 서서히 힘을 길러오다가 문종 때에 와서는 자신들의 세력을 점차 드러내기 시작했다. 그리고 힘없는 단종이 들어서자 이를 노골화한 것이다. 특히 수양대군의 위세는 대단해서 고명대신들이 위협을 느낄 지경이었다. 수양대군의 위세가 높았던 것은 그가 왕족의 대표로 단종을 보필하는 임무를 맡고 있었기 때문이다.

둘째인 수양과 셋째 안평은 서로 세력 경쟁을 벌이기까지 했다. 이런 왕족간의 세력 다툼은 급기야 엄청난 살상을 몰고 오기에 이르렀다.

"도저히 간과할 수 없는 일이 계속되고 있소. 안평대군 등이 종친뿐 아니라 혜빈 양씨, 환관 등과 모의하여 궁중에까지 세력을 넓히고 있소. 황표정사를 통해 자신의 세력을 요직에 배치하여 붕당을 조성하고 끝내는 종실을 뒤엎고 나에게까지 위협을 가해 왔소."

수양대군은 이런 원인을 들어서 자기에게 동조하는 사람들을 모았다. 1453년 10월에 일어난 '계유정난'의 싹이 움트기 시작한 것이다.

"아닙니다. 황보인 등 고명대신들은 문종의 유지를 받들어 어린 왕을 보필하는 데 최선을 다했을 뿐, 붕당을 조성하려고 한 흔적은 거의 없습니다."

수양대군에게 이런 반대 의견을 내놓는 사람은 아무도 없었다. 마음속으로는 그렇게 생각했더라도 말할 수는 없었다.

"실로 개탄스러운 일이 이 나라 안에 횡행하고 있다. 이미 왕은 손하나 움직일 수 없는 허수아비로 전락하고 말았다. 이 나라에 재상은 있으되 왕은 어디 있는가? 더 이상 왕권이 약화되는 것을 방관하고 있을 수는 없다."

성삼문을 비롯한 집현전 학자들은 당시의 재상중심 체제를 지지하고 있었다. 그러나 김종서의 지나친 권력 증대에 비판적인 자세를 취하기도 했다.

"심히 우려스러운 일이오."

학자들은 모이면 걱정을 하였다. 이로 보아 삼정승이 주도하는 의정부가 권력을 남용했다는 것과 단종의 왕권이 유명무실한 상태에 있었다는 것을 보여주고 있었다.

"안 되겠소. 나라도 나서서 어린 왕을 보필해 드려야겠소."

수양대군은 이런 명분을 앞세워서 드디어 정치권에 뛰어들었다. 김종서, 황보인 등의 대신들이 안평대군 주변에 모여들자 그들을 경계하기 시작했다.

단종 왕위의 찬탈 계획은 한명회가 거의 다 생각해낸 것이었다. 수양대군은 누구에게나 "한명회는 나의 장자방이다." 하며 그를 높이 평가하였다.

"단종을 보호하는 세 정승을 모조리 죽여 없애야겠소."

수양대군은 그 날을 1453년 계유년 10월 10일로 잡았다. 그런데 그 음모가 사전에 누설되고 말았다.

"이 일을 어쩌면 좋겠습니까? 이미 누설되었으니 뒷날을 도모하는 것이 좋겠습니다."

그러나 수양대군의 생각은 단호하였다.

"즉시 움직여야겠소. 그렇다면 먼저 우의정 김종서부터 없애기로 하지. 병권을 쥐고 있는 김종서를 제거하지 않고서는 거사를 성공시키기 어렵소. 김종서만 없애면 다음 일은 쉬워지오."

삼정승 중 김종서는 담력과 지략이 뛰어난 인물로 당시 사람들은 그를 가리켜 '호랑이'라고 부르며 두려워했다.

수양대군은 당장 심복 무사 몇 사람을 집으로 불러서 김종서를 제거하는 일을 의논했다. 그러나 김종서를 두려워하여 의논이 분분할 뿐별 해결책은 나오지 않았다.

'흠, 어떻게 해야 하는가?'

수양대군마저 생각에 잠겨 있을 때, 안에서 부인이 사람을 보냈다.

"좀 들어오시라고 합니다."

수양대군이 안방으로 건너가자 부인이 결연한 표정으로 물었다.

"왜 행동을 못하고 방 안에 머물러 계시는 것인지요?"

"누설이 되었다고 하는구려. 어찌해야 좋을지 뜻을 모으고 있소."

그녀는 걸어 두었던 갑옷을 내려 손수 그에게 입혀 주며 말했다.

"당장 나가십시오! 미뤄서 성사되는 일은 없습니다. 명분이 있으면 거사를 행하십시오. 사람이 한 번 죽지 두 번 죽습니까! 뜻을 세우고 머뭇거린다면 세우지 않음만 못할 것입니다. 어서 출동하십시오."

세조는 부인의 말에 정신이 번쩍 드는 듯했다.

"오, 알겠소."

안방에서 나온 수양대군은 사람들에게 돌아가서 격앙된 목소리로 말했다.

"세월을 묶어 두었느냐? 나는 너희들을 강요하지 않겠다. 따르지 않을 자들은 가라. 대장부가 이 세상에 태어나서 한 번 죽는다면 사직에서 죽는 것이다. 나는 혼자서라도 가겠다. 계속 만류하는 자가 있다면 먼저 그자부터 목을 베겠다."

이때 수양의 뒤를 따라서 중문에까지 나온 사람은 가노 임운과 한명회였다.

"어찌 대군을 혼자 가시게 하겠는가? 모두 나서라! 함께 가자!"

그러자 꽤 많은 무사들이 뒤를 따랐다. 무사 몇 사람이 두 패로 나뉘어 한 패는 중간 길목에 매복시키고 또 다른 한 무리인 양정, 홍순손 등은 남루한 차림을 한 채 대군을 따랐다.

수양대군이 성문을 나서자 말 탄 장사 십여 명이 길가에 서 있었다. 건장한 체격의 그들은 수양대군을 보자마자 급히 어디론가 사라져 버렸다.

수양대군이 김종서의 집에 이르자 그의 아들인 김승규가 문 앞에서 사람들과 무슨 얘기를 나누고 있었다.

"대감 계신가? 좀 뵙고자 왔다고 전해주오."

"알겠습니다."

얼마 안 되어 김종서가 빠른 걸음으로 집안에서 나왔다. 그는 수양대군 앞으로 와서 허리를 깊숙이 숙여 절을 하며 말했다.

"어서 들어오십시오."

그러나 수양대군은 손을 저으며 말했다.

"아니오. 지나가다가 부탁이 있어서 잠시 들렀소."

김종서의 아들은 문앞을 떠나지 않고 예리한 눈빛으로 아버지의 옆을 지키고 있었다. 수양대군의 뜻밖의 방문에 불안해졌던 것이다.

"대감, 시간이 없어서 중대사를 여기서 말할 수밖에 없소."

"무슨 중대사인지?"

수양대군이 눈짓으로 김종서의 아들을 물리라고 했다.

"중요한 말을 전해야 하오. 주위를 좀 물려주시면……, 하하, 낮 말은 새가 듣고 밤 말은 쥐가 듣는다는 말도 있어서……."

"아, 알겠습니다."

김종서의 하인들과 아들에게, 대문 안으로 들어가라고 손짓을 했다.

"잠시 물러가 있거라."

"네, 아버님."

아들과 하인들이 대문 안으로 들어가자마자, 수양대군 뒤에 미복으로 따르던 종들이 김종서에게 철퇴를 내리쳤다.

"으악!"

갑자기 터진 김종서의 비명소리를 듣고 대문이 열리며 비호같이 아들과 하인들이 몰려왔다.

"아버님!"

아들이 아버지 김종서의 시체를 감싸안자, 무사 한 사람이 칼을 빼어 승규를 내리쳤다.

"그만 돌아가자!"

수양대군과 무사들은 신속하게 김종서의 집 동네를 빠져나왔다.

수양대군은 한명회를 만나자 말했다.

"무사들을 행재소 문전에 배열시키시오. 그리고 안에서 생살부에 따라 처결하도록 하오."

"네, 알겠습니다."

한명회는 무사들을 배열해 놓은 후 생살부를 펴놓고 문 안에 앉아 있었다. 그리고 왕명을 빙자하여 중신들을 불러들였다.

"여러 중신은 속히 궁궐로 들라는 왕명이오!"

중신들이 무슨 일인가 싶어 총총히 들어오자, 기다리던 무사들은 한명회의 명에 따라 쇠몽둥이로 쳐서 죽였다.

"악! 이놈들! 이게 무슨 짓이냐!"

이때 격살된 중신은 영의정 황보인, 이조판서 조극관, 찬성 이양 등이었다. 또 좌의정 정분, 조극관의 아우 조수량 등은 귀양을 보냈다가 얼마 안 가서 죽여 버렸다. 친동생이라고 해서 봐주지 않았다.

"안평대군과 그의 아들 우직을 강화도로 유배시켜라. 김종서와 내통한 죄가 무겁다."

강화도로 귀양을 보내자마자 수양대군은 안평대군에게 사약을 내려 죽이고, 우직은 진도에 유폐시켰다.

수양은 제멋대로 일을 다 처리한 다음, 단종에게로 나아가 아뢰었다.

"전하, 대역죄인 김종서가 모반을 꾀하다 발각되어 살해하였습니다. 일이 너무나 촌각을 다투어 전하께 사전에 아뢰지 못하였습니다."

단종은 어안이벙벙하였다. 무슨 일인지 알 수도 없었고, 그저 두 눈 부릅뜨고 말하는 수양대군이 두려울 뿐이었다.

"아, 그런 일이 있었습니까? 수고 많으셨습니다. 부디 이 나라를 잘 지켜 주십시오."

"네, 전하. 아무 염려하지 마십시오."

이 정변으로 말미암아 국가의 실권을 얻게 된 수양대군은 영의정부 사란 최고의 벼슬에 올랐다. 이조판서, 형조판서, 그리고 내외병마도 통사란 군부 최고의 벼슬까지 수양대군의 무리들이 차지하였다.

이제 수양대군은 나라의 모든 권력을 좌지우지하는 막강한 권력을 한 손에 쥐게 되었다. 병권까지 장악한 그에게 맞설 사람은 아무도 없 었다.

어린 임금인 단종의 존재는 그저 허허벌판에 외로이 서 있는 허수아 비에 불과하였다.

임금의 자리를 빼앗긴 단종

1454년 정월에 단종은 송현수의 딸을 왕비로 맞이했다. 정순왕후의 나이는 단종보다 한 살이 위였다. 그러나 아내를 맞아 도란도란 행복 을 느낄 틈조차 없었다. 좋지 않은 일이 계속 꼬리를 물고 이어졌기 때 문이다.

이듬해인 1455년 6월, 수양대군이 자기 수하의 신하들과 의논하여 왕의 측근인 동생 금성대군 이하 여러 종친, 궁인 및 신하들을 모두 죄인으로 몰아 유배시키자, 위험을 느낀 단종은 왕위를 내놓고 상왕으로 물러나 수강궁으로 옮겨갔다.

"마마, 너무 슬퍼하지 마십시오. 제가 곁에 있습니다."

사랑이 깊었던 왕비는 단종이 그저 안쓰럽기만 하였다.

"고맙소."

단종은 이제 혼자가 아니라는 것으로 마음에 위로를 삼으려고 하였다. 왕비가 곁에 있다는 것이 큰 위로가 되었다.

단종이 임금의 자리를 세조에게 내주었을 때 좌우에 있던 신하 중에서 입을 열고 단종을 위하여 시비를 가려 말한 사람은 하나도 없었다.

그러나 예방승지로 있던 성삼문만은 국새를 안고서 크게 소리를 내어 통곡하였다.

"절통합니다, 전하!"

또 박팽년은 경회루에 이르러 자살하려 하였다.

"수치스러운 세상에서 더 이상 목숨을 부지할 수 없다."

성삼문이 이를 발견하고 굳이 만류하면서 달랬다.

"지금 왕위가 옮겨가고 국새가 전해졌지만 전왕이 아직 상왕으로 계시니 죽지 말고 좀 때를 기다려 봅시다."

"분해서 어찌 삽니까!"

"분해도 참아야 합니다. 죽어버리면 기회조차 없어집니다. 꾹 참고 기회를 기다려 봅시다."

"알겠소."

박팽년도 더 이상 고집하지 않고 성삼문의 말에 응하였다.

한편 단종 상왕은 수강궁에 칩거하여 슬프고 우울한 하루하루를 보내야만 했다.

이후 1456년 6월에 상왕 복위 사건이 일어나 성삼문, 박팽년 등 집현전 학사 출신과 성승, 유응부 등 무신들이 사형당했으며, 이듬해 단종도 노산군으로 강봉되어 영월에 유배되었다. 그러나 1457년 9월, 유배되었던 금성대군이 단종 복위를 계획하다가 발각된 사건이 발생하여 단종은 다시 서인으로 강봉되었고, 한 달 뒤인 10월에 17세의 나이로 사사되었다.

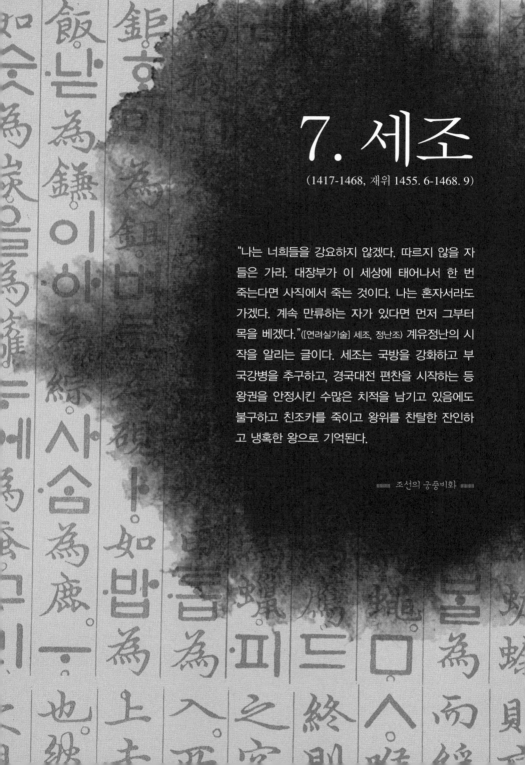

7. 세조

(1417-1468, 재위 1455. 6-1468. 9)

"나는 너희들을 강요하지 않겠다. 따르지 않을 자들은 가라. 대장부가 이 세상에 태어나서 한 번 죽는다면 사직에서 죽는 것이다. 나는 혼자서라도 가겠다. 계속 만류하는 자가 있다면 먼저 그부터 목을 베겠다."([연려실기술] 세조, 정난조) 계유정난의 시작을 알리는 글이다. 세조는 국방을 강화하고 부국강병을 추구하고, 경국대전 편찬을 시작하는 등 왕권을 안정시킨 수많은 치적을 남기고 있음에도 불구하고 친조카를 죽이고 왕위를 찬탈한 잔인하고 냉혹한 왕으로 기억된다.

|||||| 조선의 궁중비화 ||||||

1455년 6월, 수양대군은 마침내 죽음의 두려움에 떨고 있던 어린 조카 단종을 상왕으로 밀어내고 왕위에 올랐다. 단종을 강압하여 왕위를 찬탈했을 때 조선 제7대 왕 세조의 나이는 39세였다. 세조의 비인 정희왕후 윤씨는 판중추부사 파평부원군 윤번의 딸로 수양대군과 결혼 후 정변을 일으켰을 때 수양대군에게 직접 갑옷을 입혀주며 거사를 결행하게 하는 결단력을 보여주었다. 후에는 아들 예종과 손자 성종대에 걸쳐 조선 최초로 수렴청정이라는 적극적 정치참여를 통해 왕실의 안정과 조선왕조의 기틀을 잡았다.

최고의 묘호를 받은 세조

왕이 죽으면 왕가의 사당인 종묘에 신주를 모시게 된다. 신주가 종묘에 들어갈 때 그 공적을 기리며 이름을 짓는데 그것이 이른바 묘호이다. 태조 · 태종 · 세종 등 역대 왕들의 묘호에서 보듯이, 조선시대 국왕의 묘호는 두 글자로 지어졌다. 첫 글자는 임금의 업적을, 두 번째 글자는 종법상의 지위를 나타낸다. 예컨대 나라의 창업자는 태조(太祖)라는 묘호를 쓴다. '조(祖)'는 주로 창업 개국자에게 주어지는 묘호이고 나머지 후대 왕들은 '종(宗)'자를 쓴다. 그런 이유로 중국의 역대 황제 가운데 창업자나 그 4대조 외에 '조'자를 쓴 예는 거의 없었다.

그러나 세조라는 묘호는 후대 왕인 예종이 고집하여 결정되었다. 사

90

실 세조는 개국자가 아닌 계승자이므로 '조'가 아닌 '종'을 쓰는 것이 맞다. 그럼에도 불구하고 세조는 계승한 왕이라는 '세(世)' 자와 나라를 세운 왕이라는 '조(祖)' 자를 모두 가진 왕이 되었다. 여기에는 나라를 다시 일으켰다는 의미를 담아 계유정난을 정당화하려는 정치적 계산이 담겨 있는 것이다. 이런 경우는 세조 외에도 선조나 인조가 있는데 대체로 후대에 무리하게 묘호를 붙인 것이다.

두 모사, 권남과 한명회

세조는 단종의 임금 자리를 찬탈함에 앞서 첫째로 모사를 물색하였다. 이 물망에 먼저 오른 사람이 권남이었다. 권남은 경상도 안동 사람으로 기지가 대단하기로 이름이 났다. 권남은 또 한 사람을 추천하였다.

"대단한 모략가 한 사람을 소개해 드리겠습니다."

"그가 누군가?"

"한명회라는 사람입니다."

권남은 인재였지만 나이 서른다섯이 넘도록 알아주는 사람이 없어 출세를 못했고, 또 한명회도 권남만 못지않은 사람이었지만 나이 마흔에 겨우 경덕궁지기로 일하고 있었다. 이 두 사람은 그들의 처지가 비슷하여 자연히 가까워지게 되었다.

권남이 세조의 책사로 뽑혀 들어가자 한명회는 행동파의 제일인자가 되어 세조의 앞잡이 노릇을 시작하였다. 세조의 찬탈 계획은 거의 다 권남의 머리에서 나온 것이었고, 이 계획이 차질없이 치밀하게 실행으로 옮겨질 수 있었던 것은 한명회의 공이었다. 이 두 사람은 세조에게 없어서는 안 되었던 존재였다.

한명회와 권남은 부귀영화를 누리며 살다 죽었다. 그러나 그 영광이 후세에 빛을 보지 못하는 것을 보면 그들의 부귀영화가 불의에서 시작되었기 때문일 것이다. 인륜을 권력 앞에 내동댕이친 자들에게 명예가 따를 수는 없다.

단종 복위 운동

세조가 즉위한 지 4개월 만에 집현전 학사 출신의 대신들과 일부 무인들이 중심이 되어 단종 복위 운동이 일어났다.

"단종이 상왕으로 물러나신 것은 잘못된 일입니다."

"맞습니다. 수양대군의 왕위 찬탈은 역모입니다."

"기필코 단종을 복위시켜야 합니다."

"적당한 기회를 엿보도록 하지요."

이 일의 주축은 세종과 문종에게 특별한 신임을 받았던 집현전 학사 출신들인 성삼문, 박팽년, 하위지, 이개, 유성원 등의 문관과 전 절제사인 유응부, 성삼문의 아버지 성승 등 무관이었다. 이들은 단종 상왕의 장인 송현수 등과도 손을 잡고 비밀리에 계획을 추진하였다.

때마침 명나라의 사절이 우리나라에 와서 태평관에 여장을 풀었다.

"명나라의 사절을 환영하는 성대한 연회를 준비하라."

세조는 상왕 단종과 함께 명나라 사절을 대접하는 대연을 베풀기로 하였다. 이 소문을 들은 성삼문, 박팽년은 좋은 기회가 왔다고 좋아하였다.

"거사를 합시다. 드디어 기회가 왔습니다. 이번 기회를 놓치면 이렇게 좋은 기회는 다시 오지 않을 것입니다."

그들은 연회 당일을 거사일로 잡고, 성삼문의 아버지 성승과 유응부를 운검으로 삼으려 하였다. 큰 칼을 차고 세조를 호위하고 있다가, 거사할 때 세조의 보좌들을 일시에 모두 제거하기 위해서였다.

그런데 눈치 빠른 한명회가 무슨 예감이 있었는지 세조에게 아뢰었다.

"마마, 연회 장소가 넓지 않으니 세자는 참석하지 않는 것이 좋겠습니다. 그리고 운검의 입장도 불필요합니다."

"어허, 그런가? 좋을 대로 하오."

세조는 쾌히 허락하였다.

시간이 되어 성삼문의 아버지인 성승이 큰 칼을 허리에 차고 연회장으로 들어가려고 하자, 지키고 섰던 한명회가 말했다.

"운검은 안 되오. 공도 검을 착용하고는 못 들어오오."

이 말을 듣고 분개한 성승이 물러나 아들에게 말하였다.

"한명회를 격살하고 말겠다."

성삼문이 말렸다.

"안 됩니다. 세자도 참석하지 않았는데 한명회쯤 죽여 무엇 하겠습니까?"

박팽년과 차분하게 설득하였다.

"지금 세자도 없는데 억지로 일을 일으키면, 세자가 즉시 공격해 올 것 같습니다. 결코 우리에게 이롭지 않습니다. 다른 날 수양과 세자가 같이 있을 때를 엿보아 거사를 해야 합니다. 승산 없는 일에 목숨을 걸어서야 되겠습니까?"

그러나 유응부는 계속 우겼다.

"이런 일은 속전속결이 최고다. 만약 연기하면 일이 누설되고 만다. 오늘 단칼에 역모자들을 모조리 참살하고 상왕을 복위케 하며, 일대의 군사를 거느리고 세자를 치면 도망갈 데가 어디란 말인가? 천재일우의 때가 지금이란 말이다."

"아닙니다. 아직 아닙니다."

성삼문과 박팽년은 여전히 고개를 가로저으며 성상을 만류하였다.

이때 상황을 지켜보던 공모자의 한 사람인 김질은 살짝 일행을 빠져 나갔다.

'진행되는 일을 보니 뜻대로 되지 않을 것 같구나. 이럴 바에는 차라리 내 살 길이나 찾아봐야겠다.'

김질은 그 길로 장인인 정창손을 찾아가 의견을 물었다.

"상왕 복위 운동이 뜻대로 될 것 같지 않은데 어떻게 하는 게 좋을까요? 사전에 밀고를 하면 그 공으로 부귀는 얻을 수도 있을 것 같은데……."

"일이 그렇게 돌아간다면 어쩔 수 없지."

정창손도 밀고하는 일에 찬성하였다.

즉시 두 사람은 함께 대궐로 들어가 김질이 상왕 복위 계획에 관여했음을 고하였다.

"뭐, 뭐라고? 고얀! 당장 저놈들을……!"

세조는 처음에 분에 날뛰어 정창손과 김질에게 형을 가하려 했다가, 밀고한 것을 기특하게 여겨 공신으로 대우하였다.

"하나도 빠뜨리지 말고 낱낱이 아뢰어라."

김질의 밀고에 의하여 복위 운동 배후의 인물이 일일이 알려지게 되었다. 이 일에 동조한 모든 사람이 잡혀왔다.

"아, 아버님의 말씀을 따르지 못한 것이 후회로다."

성삼문의 후회는 깊었다. 성삼문과 박팽년 등은 체포되어 국문을 받게 되었다. 세조는 평소에 박팽년의 재주를 높이 평가하고 지냈음을 생각하고 사람을 시켜 그를 회유하였다.

"상감마마께서 '잘못을 깨닫고 계획한 것을 솔직히 고백하면 살려 주시겠다'고 하셨습니다."

박팽년은 이 전언을 듣고 어이가 없어 대답조차 하지 않은 채 너털웃음만 웃었다. 그는 어느 때나 세조를 가리켜 말할 때 '나으리'라고 불렀다. 국문을 하면서 세조는 대노하여 무사로 하여금 박팽년의 입을 난격케 하였다.

"너는 나의 신하가 아니더냐? 내 아래에서 벼슬을 하고 있지 않으냐? 입으로만 부르지 않는다고 하여 네가 나의 신하가 아닌 것이냐? 나는 네 임금이다."

그러나 박팽년은 입이 피투성이가 된 채로 여전히 웃으면서 또박또박 설명하였다.

"상왕의 신하로서 있을 때 '신'이라 써서 장계를 올린 일은 있으나 나으리에게는 한 번도 그렇게 장계한 일이 없소. 찾아보오."

세조는 미친 듯이 분부하였다.

"당장 박팽년의 장계를 모두 찾아보아라!"

과연 그의 말대로 '신(臣)'이란 글자는 단 한 글자도 들어 있지 않았다.

박팽년에 이어서 세조는 승지 벼슬을 하고 있던 성삼문을 국문하기 시작했다. 성삼문의 얼굴에는 비웃음이 가득했다.

"무엇이 부족해 나를 배반하려 하는가?"

"오직 일편단심으로 전 왕을 다시 모시기 위해서요. 나으리는 전 왕의 왕위를 찬탈한 강도요. 신하로서 임금이 망하는 것을 어찌 가만 보고 있단 말이오?"

자신에 찬 낭랑한 목소리였다. 세조는 미친 듯이 발을 구르면서 소리쳤다.

"그렇다면 상왕이 나에게 왕위를 선양할 때에 말을 했어야 하지 않느냐? 그때는 가만히 있다가 지금에 와서 이러는 것은 궤변 아니냐?"

성삼문은 세조를 정면으로 응시하며 코웃음을 쳤다.

"그때 우리가 말린다고 나으리께서 왕위 찬탈을 포기하셨겠소? 다만 기회를 보고 있었을 뿐이오."

"너도 나를 '나으리' 라고 부르는구나. 나의 녹을 받아먹고 살면서 배은망덕하구나!"

세조가 이렇게 말하자 성삼문은 큰 목소리로 말했다.

"나는 나으리의 녹을 받아먹지 않았소. 사람을 보내 우리 집 창고를 조사해 보면 알 것이오."

"네 이놈! 그 주둥이를 놀리지 못하게 해주겠다!"

세조의 노기는 하늘 끝까지 닿았다.

"이봐라! 철봉을 불 속에 넣어 달군 후에 그것으로 삼문의 다리와 팔꿈치를 사정없이 지져라!"

고문이 행해지자 궁궐 안에 사람의 살이 타는 냄새가 가득하였다. 그러나 삼문은 처연한 태도로 말했다.

"나으리, 나으리의 잔혹함이 도를 넘는구려."

그런데 때마침 신숙주가 세조의 곁에 있었다. 집현전의 학사들이 받는 엄청난 고문 앞에서 안절부절못했다. 그의 얼굴은 괴로움으로 마구 일그러져 있었다.

성삼문은 신숙주가 눈에 띄자 안간힘으로 소리를 높여 꾸짖었다.

"은혜를 모르는 숙주야, 너는 어찌 그 자리에 있느냐? 지난날 너도 우리의 동지 아니었던가? 그때 세종께서 어린 단종을 안으시고 우리에게 얼마나 부탁하셨는가? 그때의 말씀이 아직 귀에 생생한데 너는 어찌 그 자리에서 우리를 구경하고 있단 말이냐!"

성삼문의 추상같은 말에 부끄러움을 이기지 못한 신숙주의 얼굴이 벌개졌다.

"전각 안으로 들어가 있으라."

세조는 신숙주에게 성삼문을 피해 안으로 들어가게 하였다.

참혹한 국문을 다 받은 성삼문은 참형장으로 끌려갈 때 좌우 신료들에게 말했다.

"너희들은 나으리를 도와 잘 먹고 잘살아라. 나는 지하로 돌아가 세종 전하를 뵙겠다."

세조는 성삼문이 죽은 후 그의 집 창고를 뒤지게 했다. 정말 성삼문의 말대로 세조가 즉위한 후부터 받은 녹봉을 날짜를 기입해 모두 다 보관해 두었다. 세조가 준 녹봉에는 손 하나 건드리지 않았다.

모든 사육신은 충절을 굽히지 않은 채, 이루 말로 할 수 없는 국문을 당하고 참혹한 죽음을 맞았다. 당시 사육신에게 행해졌던 갖가지 고문의 양태를 볼 때 사람만큼 잔혹한 동물은 없고, 상황에 몰리면 사람이 짐승보다 못하기도 한 모양이다. 박팽년, 성삼문, 이개, 하위지, 유성원, 유응부 등이 뜻을 굽히지 않고 죽음을 맞아 절개 곧은 사육신으로 기록되었다.(편집자주 : '사육신'이란 말은 생육신의 한 명인 남효온의 『추강집』 '6신전'에 처음 나온다. 그후 몇몇 왕을 거치면서 실록에 언급되다가 1791년 정조가 영월 장릉에 배식단을 세우고 단종을 위해 충성을 바친 신하들에게 '어정배식록'을 편정할 때 32명으로 정하였다. 즉, 육종영(六宗英 : 안평대군 등 6명의 종친), 사의척(四懿戚 : 송현수 등 4명의 외척), 삼상신(三相臣 : 황보인·김종서·정분 등 3정승), 육신(六臣 : 성삼문·이개·유성원·박팽년·하위지·유응부), 삼중신(三重臣 : 민종·조극관·김문기), 양운검(兩雲劍 : 성승·박쟁) 등이다. 이렇게 사육신과 삼중신이 확정되었다. 그러다가 1977년 국사편찬위원회에서 사육신 문제 규명을 위한 특별위원회를 구성하여 논의한 끝에 "김문기를 사육신의 한 사람으로 현창하는 것이 마땅하다."는 결의를 채택하였고, 이에 따라 노량진에 있는 사육신의 묘역에 김문기의 가묘가 설치되었다. 그러나 지금도 일부 학자들 사이에 찬반 양론이 벌어지고 있다.)

영월에 유폐된 단종

전왕 단종은 상왕이 된 후부터 별궁에 자리잡고 있었다. 그런데 집현전 학사 출신들이 계획한 단종 복위 계획이 밀고로 실패로 돌아간 후, 정인지는 세조에게 상소를 올렸다.

'마마, 상왕을 그대로 두시면 안 됩니다. 성삼문의 역모를 몰랐을 리가 없습니다. 상왕으로 있는 한 계속 이런 역모는 이어질 것입니다.'

세조는 이 말을 옳게 생각하였다. 그래서 정인지 등 여러 신하들을 불러놓고 상왕 폐립에 대하여 의견을 물었다.

"폐하시는 게 마땅합니다."

"하루라도 속히 폐하십시오. 그래야 떠도는 민심이 진정될 것입니다."

모든 중신은 한 목소리로 상왕을 폐하라고 하였다.

"상왕을 노산군으로 강봉하고 강원도 영월로 추방하라."

상왕 단종은 무정한 삼촌에 의해 외진 영월 땅으로 귀양살이를 떠나야 했다.

그런데 이때 단종의 명을 재촉하는 또 한 번의 단종 복위 사건이 발생하였다. 두 번째 단종 복위 사건은 수양의 친동생이자 세종의 여섯째 아들인 금성대군이 일으켰다. 금성대군은 수양의 친동생이긴 했지만 촌수로 따지면 재종간이 되었다. 그는 세종에 의해 태조의 여덟째 아들이자 태종이 이복동생인 방석의 양자가 되어 그의 제사를 모시게 되었기 때문이다. 그래서 그는 종친 자격으로 수양대군과 함께 단종을 보필하게 되었다.

하지만 수양이 단종을 상왕으로 밀어내자 분개하였다.

"옳지 못합니다. 모든 전권을 다 쥐신 분이 왜 이러십니까?"

"네놈이 감히!"

"할 말은 좀 해야겠습니다."

"기어이 네놈이!"

금성대군은 항의하다가 유배를 당하는 처지에 놓이고 말았다.

유배지를 전전하던 금성대군은 순흥에 유배되었을 때 그곳 부사 이보흠과 모의하여 단종을 복위시킬 계획을 세웠다.

어느 날 금성대군은 이보흠을 자기 처소로 불렀다. 주위 사람을 물러나게 한 후 단둘이 이야기를 나누었다.

"이 부사는 이 시국을 어떻게 생각하오?"

"인륜에 어긋나지요."

이 부사의 마음을 알게 된 금성대군이 목소리를 더욱 낮추어 말했다.

"간단한 격문을 만들어 돌리고 싶소. 세조는 인륜을 짓밟으며 왕위를 약탈한 천하의 죄인이고, 상왕을 복위케 하는 것만이 나라를 살리

100

는 길임을 알리고 싶소."

"글솜씨는 부족하지만 제가 지어보겠습니다."

이 부사는 곧 격문을 만들어 금성대군에게 올렸다. 대군은 이것을 지지자들을 시켜 사람들에게 나누어 주게 하였다.

'한 사람, 한 사람이 모이면 큰 힘이 되지 않겠는가. 두 손 놓고 있을 수는 없으니 무슨 일이라도 해보는 수밖에……. 어린 마마는 그 벽지 외진 곳에서 얼마나 힘드실까. 하늘도 정말 야속하구나.'

그런데 순흥의 관노 하나가 금성대군과 이 부사가 나눈 이야기를 엿들었다. 그는 대군의 측근에서 일하는 사람에게 격문 몇 장을 얻어 숨기고 서울로 말을 달려 올라갔다.

"도저히 살려 둘 수가 없구나."

금성대군의 복위 음모를 알게 된 세조는 금성대군에게는 사약을 내렸고, 동조자들은 모두 참살하였다. 그리고 노산군으로 강봉된 상왕을 서인으로 강봉하였다.

그 누구도 세조와 맞서 바른말을 하려고 시도조차도 못했던 형제들 속에서 세조의 왕위 찬탈에 반기를 들고 항의했던 유일한 사람이었다. 수양대군의 왕위 찬탈에 대한 논쟁은 수백 년 동안 지속되었다. 그리고 단종을 위해 충절을 지켰던 신하들을 후세의 사람들은 높이 평가했다.

단종의 애달픈 최후

금성대군을 죽인 세조는 머리가 터질 것처럼 복잡하였다.

'보위에 오르면 나라와 백성을 위해 힘써 일하고 싶었는데……. 신하들과 백성들은 패역무도한 왕위 찬탈자로밖에 봐주지 않는구나.'

왕권을 굳게 하기 위해 보위에 올랐는데, 계속되는 단종 복위 문제로 나라 안은 시끄럽고 혼란스럽기만 했다.

'언제까지 이 일에만 질질 끌려다닐 수는 없다. 그러려면 화근을 아예 없애야 하는데…… 그러면 노산군을 죽여야 하나? 노산군이 이 세상 사람이 아니라면 구심점이 없어지니까 명분이 없지 않은가! 죽여야겠구나!'

세조는 노산군을 죽이기로 결심하고 명을 내렸다.

"사약을 가지고 가거라."

세조의 명을 받은 금부도사 왕방연이 사약을 가지고 영월로 갔다. 그러나 영월 땅에 당도한 후 단종이 있는 곳으로 들어설 용기가 나지 않았다.

'발걸음이 떨어지지 않는구나.'

몇 시간을 주저하고 있자 나장이 주의를 주었다. 그러나 말하는 사람이나 듣는 사람이나 마음이 괴롭기는 마찬가지였다.

"발길을 재촉하십시오. 지금도 시간이 너무 지체되었습니다."

"알고 있다."

도사는 어두운 얼굴로 간신히 단종이 머무르고 있는 집의 뜰 안으로 들어가서 엎드렸다.

"마마, 금부도사입니다."

노산군이 방 안에서 물었다. 노산군은 부인과도 헤어져 홀로 귀양살이를 하고 있었다.

"무엇 때문에 부르느냐?"

"네……."

금부도사는 단종의 물음에 차마 대답하지 못하고 머뭇거렸다.

그러자 노산군이 입산한 이래 곁에서 시중 들던 젊은이가 노산군을 교살할 것을 자청하고 나섰다. 그는 한 줄 활시위로 단종의 목을 졸라 죽였다. 이때 단종의 나이는 겨우 17세였다.

단종의 왕비인 정순왕후 송씨는 18세의 나이에 소녀과부가 되어 82세로 세상을 떠날 때까지 평생을 외롭게 살아야 했다. 부인은 서울 안에서 살기를 원하지 않았다.

'동교에 집을 짓고 죽을 때까지 영월을 바라보며 살아야지.'

이런 염원을 당시의 조정도 들어 주었다. 그리하여 부인은 왕가에서 지어준 집에서 잠시 머무르다가 따로 작은 집을 짓고 소박한 생활을 하면서 단종의 명복을 빌었다.

아버지의 후궁 양씨를 죽이다

세종의 후궁인 혜빈 양씨는 후궁 중에 가장 부덕을 갖춘 여인이었다. 일찍이 세종의 후궁으로 뽑혀 들어와 혜빈이란 정1품 품계까지 갖게 되었고, 마음 씀씀이가 올곧아 세종 생전에 가장 대우를 받고 지냈다.

그래서 세종의 큰아들인 문종의 비 현덕왕후가 단종을 낳은 후 며칠 못되어 세상을 떠났을 때, 세종은 망설이지 않고 단종의 양육을 양씨에게 맡겼던 것이다.

어느 날 세종은 양씨를 불러 중요한 부탁을 하였다. 어떤 불길한 예감이 들어서인지도 몰랐다.

"왕자가 많기도 하지만 너무 기승해서 안심이 안 되는구려. 이 국새를 맡길 일이 걱정이오. 그대에게 맡길 테니, 소용될 때마다 상감께 주었다가 도로 그대가 맡고 있도록 하오."

"아닙니다. 감히 제가 어떻게……. 분부를 거두어 주십시오."

양씨에게는 너무나 무거운 짐이었다.

세종은 한숨을 길게 내쉬었다.

"그대말고는 이 짐을 맡을 사람이 없구려."

"황공합니다, 전하."

"힘이 들더라도 꼭 내 말대로 해주오."

세종은 양씨의 손을 잡고 거듭 부탁을 하였다.

그런데 세종, 문종이 다 세상을 떠난 후, 단종 때에 이르러 세조가 단종의 왕위를 찬탈하는 참담한 일이 일어나고 말았다.

"혜빈에게 가서 옥새를 받아오라."

세조는 혜빈 양씨에게 옥새를 내놓으라는 명령을 내렸다. 그러나 양씨는 한사코 이에 응하지 않았다.

"안 됩니다. 죽어도 옥새만은 바칠 수 없습니다. 대군의 부왕마마께서 생존해 계실 때에 신첩에게 맡기신 것입니다. '세자와 세손이 아닌 자로서 옥새를 내놓으라 하면 단연히 거절하라.'고 부탁하셨습니다. 저는 부왕마마의 부탁을 받들고자 합니다."

세조는 머리 끝까지 화가 났다.

"당장 명령을 받들라고 전하라!"

"받들 수 없다고 전하십시오."

분해서 세조는 방 안을 서성거렸다.

'이미 내가 보위에 올랐는데 옥새를 안 내놓다니! 제 정신인가!'

양씨의 소생으로는 한남군과 수춘군, 또 영풍군 등 세 왕자가 있었다. 양씨는 세조에게 생모는 아니었지만 명분상으로는 훌륭한 어머니였다.

'정녕 죽고 싶은가!'

세조는 거친 걸음으로 혜빈의 처소를 향했다. 찬바람이 궐내를 스산하게 불고 지나갔다.

"어찌 이러십니까!"

"옥새를 달라는 것이오!"

끝내 양씨가 자기의 명령에 불응하자 세조는 서슴지 않고 양씨를 죽이고 말았다.

"이런 불충한 양씨의 소생들도 결코 살려둘 수 없다! 모조리 죽여라!"

세조는 죄 위에 죄를 더해 양씨 소생의 세 왕자까지도 죽여 버렸다. 한 아버지의 아들들인데도 우애는커녕 최소한의 인정도 찾아볼 수 없었다.

극심한 죄책감에 시달린 세조

세조는 즉위 기간 내내 어린 조카인 단종을 죽인 죄책감에 시달렸다.

'얼마나 많은 사람을 죽였는지……. 헤아릴 수도 없구나.'

세조의 맏아들인 의경세자는 어려서부터 예절이 바르고 학문을 좋아했다. 하지만 건강이 좋지 않아 잔병이 잦았으며, 그 때문에 20세의 젊은 나이로 요절하고 말았다. 그는 죽기 전에 늘 단종의 어머니인 현덕왕후의 원혼에 시달렸다.

"으악! 악!"

잠자리에서는 늘 가위에 눌렸으며 편한 잠을 자지 못하고 괴로워했다.

"정신 차려라. 또 헛것을 본 것이냐? 제발 마음을 강하게 먹도록 해라."

"현덕왕후 마마의 원혼이 저를 괴롭힙니다. 너무 괴로워 죽을 것만 같습니다."

"뭐, 뭐야?"

현덕왕후는 단종의 어머니이자 세조의 형수였다. 밤이나 낮이나 그 현덕왕후의 혼백에 시달려 몸부림치던 아들이 끝내 숨지자, 세조의 분노는 극에 달했다.

"현덕왕후의 무덤을 당장 파헤쳐 버려라! 내 아들을 죽이다니!"

자기가 죽인 수많은 목숨은 생각 못하고, 자기 아들을 꿈에서 해코지했다는 어처구니없는 이유로 세조는 현덕왕후의 무덤을 파헤치는 패륜을 또 저질렀다.

그러나 세조 역시 현덕왕후의 시달림에서 자유롭지는 못했다. 자주 꿈에 현덕왕후가 나타나서 모욕을 주고 시달리게 했다.

"에이, 더러운 것!"

꿈속에 현덕왕후는 세조를 향해 험악한 표정으로 침을 뱉는 것이었다.

"어, 어!"

이 꿈을 꾸고 나서부터 세조는 악성 피부병에 걸려 몹시 고생을 해야 했다. 그 피부병을 고치려고 상원사를 자주 찾기도 했다.

세조가 몸져누워 있을 때 21명의 승려가 경회루에서 쾌유를 빌었지만, 끝내 병세가 악화되어 세상을 떠났다.

세조는 친불정책을 써서 불교를 융성시켰다. 형제들을 죽이고, 조카의 왕위를 찬탈하는 것도 부족해 결국 죽여 버린 그의 패륜적인 행동은 명분과 예를 중시하는 유교적 입장에서는 결코 받아들여질 수 없었기 때문에 궁여지책으로 불교친화적인 태도를 취한 것인지도 몰랐다. 또한 죄책감에 눌려, 자기가 죽인 사람들의 원혼으로부터 피해 보겠다는 생각도 없지 않았을 것이다.

인간의 삶으로서는 드물게 역동적이고 파란만장한 삶을 산 세조는, 1468년 세자에게 왕위를 물려주고 52세의 나이로 세상을 떠났다.

8. 예종

(1450-1469, 재위 1468. 9-1469. 11)

세조의 둘째 아들로, 첫째 아들인 의경세자(덕종, 성
종의 아버지)가 병으로 사망하자 1457년(세조 3) 왕세
자에 책봉되었고, 1468년에 즉위하였으나 재위
13개월 만에 사망했다. 짧은 기간이지만 이 기간
동안 직전수조법을 제정하여 둔전(변경이나 군사 요지
에 설치한 토지로 군량미에 충당하였다.)을 민간이 경작하
도록 허락하였다.

부왕인 세조로부터 왕위를 이어받아 수강궁에서 즉위했을 때, 그의 나이 19세였다. 천년만년 자기의 핏줄로 강성한 조선을 이어나갈 것 같이 포부가 컸던 세조! 그러나 허무하게도 그의 아들들은 하나같이 몸이 허약했다. 이를 두고 당시 사람들은 수군댔다.

"쯧쯧, 하늘이 무심치는 않군그래. 그 가엾은 어린 조카를 그렇게 잔인하게 죽이고 왕위를 찬탈했으니, 마땅한 죗값을 받은 것이지."

여장부 정희왕후의 수렴청정

예종은 즉위하긴 했으나 실질적으로 국가의 정사를 돌볼 수 없는 처지였다. 정치에 아직 미숙한데다 건강마저 좋지 않았기 때문이다. 그래서 섭정과 원상제도라는 두 가지 형태의 도움을 받아야 했다.

"내가 임금을 보필하여 섭정을 하겠소."

섭정은 어머니인 정희왕후의 수렴청정으로 이뤄졌는데, 이는 조선왕조에서 행한 첫 수렴청정이었다. 정희왕후는 성격이 대담하고 결단력이 강한 여장부였기에 예종의 유약한 성품을 잘 보좌하여 주었다.

"주상, 너무 겁먹지 마오. 이미 세자 시절에 부왕을 도와 국사에 참여한 일이 있지 않소? 국사 처리가 전혀 생소하지는 않을 것이오."

예종 시대의 조정은 큰 혼란은 없었지만 왕권은 미약했다.

또한 왕의 업무를 도와주기 위해 조언을 해주는 원상제도가 마련되

어 있었다. 이 원상제도는 세조가 죽기 전에 예종의 원만한 정사 운영을 위해 마련한 것으로 신하들에 의한 섭정 제도였다. 이러한 두 가지 형태의 정치 보조를 바탕으로 예종의 1년 2개월 동안의 짧은 치세가 이루어졌다.

예종의 정비는 영의정 한명회의 딸인 장순왕후였다. 하지만 그녀가 17세에 요절하자 계비로 우의정 한백륜의 딸인 안순왕후를 맞아들였다.

남이의 역모 사건

재위 기간이 짧았던 예종 대에도 대대적인 숙정이 있었다. 이 숙정작업은 한명회, 신숙주 등이 주축이 되었다.

"이시애의 난을 평정하고 등장한 신세력들을 제거해야 하오."

당시 '남이, 강순의 역모 사건'으로 불린 이 사건으로 약 30명의 무인 관료가 죽고 그 가솔들이 노비로 전락했다. 주모자로 알려진 남이는 태종의 넷째 딸 정선공주의 아들로서 무과를 통해 등용된 인물이다. 그는 세조 시대 최대의 위기를 몰고 온 '이시애의 난'을 평정한 공으로 적개공신 1등에 올랐고, 이어서 건주의 야인을 토벌한 공으로 공조판서가 되었다. 세조의 총애를 받아 병권의 수장인 병조판서에 올랐지만 세조가 죽자 한명회와 신숙주 등의 견제가 심해졌다.

"전하, 남이는 병조판서 직을 수행할 능력이 없습니다."

"흠, 알았소. 그렇다면 해임해야지."

훈구대신들이 남이를 비판하자 즉시 예종은 그를 해임하고 겸사복장

직에 임명해 버렸다.

예종은 원래 촌수로 당숙뻘이나 되는 남이를 좋아하지 않았다. 무예에 뛰어나고 성격이 강직할 뿐 아니라 세조의 사랑을 독차지하던 그를 시기하고 질투했다. 그래서 훈구 대신들이 그를 비판하고 나오자 기다렸다는 듯이 병조판서 직에서 해임시켜 버렸다.

남이가 병조판서에서 물러났을 때 하늘에 혜성이 나타났다. 남이는 이 광경을 보면서 말하였다.

"혜성이 나타난 것은 묵은 것을 몰아내고 새것을 받아들일 징조이다."

그런데 이 말이 화근이 되었다. 유자광이 이 말을 엿듣고 예종에게 고변을 했다.

"전하, 그 말의 뜻이 무엇을 의미하겠습니까? 남이가 역모를 꾀하려 하는 것이 분명합니다. 역신 남이를 당장 잡아들여 국문을 하십시오."

유자광은 서얼 출신으로 남이와 같이 '이시애의 난' 때 공을 세워 등용되었다. 모사와 계략에 뛰어난 자였는데, 남이만 세조의 편애를 받는 것에 억울해 하고 있었다.

'남이가 병조판서 자리에서 밀려났을 때, 아예 기회를 잡아 완전히 제거해 버리자. 내 앞길에 걸림돌이 될 뿐이니까.'

그는 이 좋은 계획을 최대한 활용할 생각을 하였다.

유자광의 모함으로 역모 주동자로 전락한 남이는 의금부로 잡혀가 문초를 받았다. 증인으로 나온 유자광은 들은 말에 더 보태서 진술하였다.

"남이가, 혜성의 출현은 신왕조가 나타날 징조니까, 이때를 이용하여 왕이 창덕궁으로 옮기는 시간을 기다려 거사하겠다고 했습니다."

역모가 구체적으로 드러나자 남이 측근들에 대한 문초는 강해질 수밖에 없었다. 당시 남이와 함께 겸사복장으로 있던 문효량이 역모를 시인했다. 문효량은 여진 출신의 장수로 남이와 함께 이시애의 난을 평정한 인물인데 이렇게 진술했다.

"언젠가 남이의 침소를 방문한 적이 있습니다. 그때 남이는 하늘의 변화를 기회로 간신들이 모반할 징조가 엿보이므로 자신과 함께 이들을 몰아내 나라에 은혜를 갚자고 했습니다. 그리고 이 거사에 영의정 강순도 뜻을 함께하고 있으니 왕이 산릉에 갈 때 두목격인 한명회 등을 제거한 다음 영순군과 구성군을 내쫓고 자신이 왕이 되겠다고 했습니다."

문효량의 이 진술은 남이로 하여금 역모를 시인하게 만들었다. 버텨봐야 참혹한 문초만 더 당할 처지였기 때문이다.

"역모를 꾀했습니다."

남이는 역모 관련 내용을 모두 인정했고, 영의정 강순 역시 시인했다.

남이를 비롯하여 강순, 조경치, 변영수 많은 사람이 처형되었다. 또한 조경치의 장인인 김개가 관직에서 물러났고, 그들의 측근 30여 명도 함께 죽였다. 그리고 가솔들과 이들과 친분 관계가 있는 자들은 종으로 전락시키거나 변방에서 종군하게 하였다. 뒷날 이 사건은 유자광의 모함으로 날조된 옥사로 규정하였다.

정희왕후와 한명회의 정치적 결탁

예종이 죽던 날, 정희왕후는 자신의 장자인 의경세자의 둘째 아들인 자을산군을 왕위에 앉혔다.

"마마, 조선역사상 왕이 죽은 날 곧바로 다음 왕을 앉힌 예는 없었습니다."

그 때문에 조정 대신들은 논란을 일으켰으나 윤비의 의지를 꺾지는 못했다. 더구나 그녀 뒤에는 한명회, 신숙주 등의 권신들이 버티고 있었기에 대신들이 미처 손쓸 틈도 주지 않고 조선 제9대 왕으로 13세의 자을산군(성종)이 결정되었다.

자을산군이 왕위를 계승하게 된 데에는 정치적 내막이 깔려 있었다. 예종의 아들 제안군이 엄연히 존재했고 또한 자을산군의 형 월산군도 있었다. 제안군은 4세밖에 되지 않은 어린 아이였기에 제외될 수도 있었겠지만, 16세였던 월산군을 배제한 것은 납득할 수 없는 조치였다.

월산군은 명실상부한 세조의 장손이었고 세조의 총애를 받은 인물이었다. 때문에 제안군이 나이가 너무 어린 탓에 왕위를 계승할 수 없었다면 당연히 월산군이 왕위를 이어야 했다.

그런데 정희왕후 윤씨는 자을산군으로 하여금 왕위를 잇게 했다. 이는 왕위 세습의 관습에 비춰볼 때 정상적인 행위가 아니었다.

"선왕의 뜻입니다."

아무도 이의를 달 수 없도록 이렇게 말했지만 설득력이 없었다.

"월산군의 건강이 좋지 않기 때문이지요."

그러나 월산군의 건강이 특별히 나쁘다는 근거 역시 없었다. 그렇다면 남은 것은 단 하나, 바로 정치적 결탁이었다. 당시 왕실에서 가장 나이가 많고 지위도 높은 이가 세조대왕의 왕비 정희왕후였다. 왕위를 누구에게 전하느냐 하는 결정은 정희왕후의 결심에 달려 있었다.

이때 정희왕후와 정치적 결탁을 한 사람은 한명회였다. 한명회는 당대 최고의 권력가인 동시에 바로 자을산군의 장인이기도 했다. 이는 정희왕후 입장에서도 크게 손해될 것이 없었다.

'13세의 어린 자을산군이 왕이 되었을 경우, 수렴청정으로 왕권을 대신하게 될 것이고, 왕권을 안정시킬 수 있는 지름길이지.'

예종은 사실 병약했기 때문에 왕위를 오래 지키지 못할 것이라는 판단이 들면서부터 정희왕후는 왕권 찬탈을 걱정하고 있었다. 그래서 내린 결론이 세조의 유명을 받든 한명회를 비롯한 원상들과의 결탁이었다.

정희왕후는 원로공신인 신숙주에게도 물었다.

"그전부터 세조께서 자을산군을 가장 귀여워하셨으니 속히 상주로 정하여 민심을 안정시키소서."

정희왕후와 권신들은 이러한 선택이 종실의 반발을 불러일으킬 것이라는 판단에 따라 예종이 죽던 날 곧바로 자을산군을 왕위에 앉혔다. 그리고 왕실 세력의 중심이었던 구성군을 유배시켰다.

구성군은 세종의 넷째아들 임영대군의 아들로 문무를 겸비한 뛰어난 인물이었다. 그래서 세조는 그를 매우 총애하였으며, 이시애의 난이 발생하자 사도병마도총사로 임명했다. 구성군은 이시애의 난을 평정하고 돌아와 오위도총부 총관에 임명되었다가 이듬해에 영의정으로 특서되었다. 이때 구성군의 나이 불과 28세였다. 그러나 막상 예종이 죽자 그는 위협적인 인물로 떠올랐다.

제대로 된 서열에 따른다면 당연히 덕종(의경세자)의 맏아들인 월산대군이 보위에 올라야 마땅했다.

9. 성종

(1457-1494, 재위 1469. 11-1494. 12)

묘호가 상징하듯이 나라의 기틀인 법전을 완성하고 여러 업적을 이루고 왕조를 안정적인 기반 위에 올려놓은 성종은, 세조비 정희왕후와 당대 최고 권력자인 성종의 장인 한명회라는 정치적인 내막 속에서 왕세자인 제안대군과 친형인 월산대군을 제치고 12세의 나이로 갑작스럽게 즉위했지만, 25년 동안 재위하면서 성실하고 안정적으로 국정을 운영했다. 성종은 조선 개국 이후 추진되어 온 제도를 정비함으로써 본격적으로 발전할 수 있는 토대를 마련했다.

‖‖‖‖‖‖ 조선의 궁중비화 ‖‖‖‖‖‖

13세의 어린 나이로 자을산군이 보위에 올랐다. 조선 제9대 임금 성종이다. 성종이 보위에 오르자 정희왕후는 곧 수렴청정을 시작했다.

"인망이 있는 종친은 왕권을 위협하는 인물입니다. 구성군을 조심하고 경계해야 합니다."

섭정을 하고 있던 정희왕후와 원로대신들 역시 세조가 단종의 왕위를 찬탈한 경험이 있었기 때문에 이를 몹시 우려했다.

이런 상황에 민감한 반응을 보이던 대신, 대간들은 구성군을 집요하게 탄핵하기 시작했고, 마침내 정희왕후는 그에게 유배령을 내리게 되었다. 그 10년 후 구성군은 유배지에서 생을 마쳤다. 이 구성군사건을 계기로 1474년 입법화된 『경국대전』에 종친사환금지를 규정하여 종친은 정치에서 배제되었다.

성종은 태어난 지 두 달도 못 되어 아버지 의경세자가 죽자 세조의 손에 의해 궁중에서 키워졌는데, 천품이 뛰어나고 도량이 넓었으며 서예와 서화에도 능하여 총애를 받았다.

어느 뇌우가 몰아치던 날이었다. 무서운 번쩍임이 궁궐 위를 휩싸고 지나갔다.

"아악!"

옆에 있던 환관이 벼락을 맞아 단말마의 비명과 함께 쓰러져 숨을 거두었다.

"아니, 이게 무슨 변괴입니까!"

주위 사람들이 모두 혼비백산하였는데도 어린 혈(성종의 이름)은 얼굴빛 하나 변하지 않았다고 한다.

'기상이 태조를 닮았구나! 기상과 학식이 범상치 않겠다.'

세조는 그가 뛰어난 인물이 될 것을 예견하였다.

정희왕후는 성종이 왕위에 오르자 곧 왕위 계승권에서 밀려난 예종의 아들 제안군과 성종의 형 월산군을 대군으로 격상시켰다. 또한 귀양 보냈던 구성군에 대해서도 왕족임을 감안하여 가산을 적몰하지 않고 나라에서 양미식물을 지급하였다.

특히 월산대군은 성장하여 이미 19세의 나이였으므로 좌리공신 2등에 책봉하여 불만을 무마시켰다.

그녀의 이 같은 조치는 종실의 권위를 높이고 왕권을 안정시키려는 차원에서 이루어졌다. 비록 한명회 등의 권신들과의 결탁을 위해 성종으로 하여금 왕위를 계승케 했으나, 그녀는 대의명분 없는 자신의 행동에 대한 반발을 조금이라도 무마시키려 했던 것이다.

정희왕후는 성종이 성인이 되자 7년 동안의 섭정을 끝냈다. 비록 수렴청정으로 다져진 왕권이었지만 성종은 치세에 능했다.

윤 대비 섭정 시절 일련의 유교 문화 강화책과 민생 안정책은 당시 영의정으로 있던 신숙주, 한명회 등이 주도하였다. 하지만 1476년 정희왕후가 수렴청정을 끝내고 성종이 편전을 장악하면서부터 상황은 급변했다. 성종은 우선 조정의 서무 결재에 원로대신들이 참여하던 원상제도를 폐지하여 왕명 출납과 서무 결재권을 되찾았으며, 김종직 등 젊은 사림 출신 문신들을 가까이 하면서 권신들을 견제했다.

성종의 세력 균형 정책은 1480년대로 접어들면서 더욱 확연히 드러났다. 고려 말의 대표적 학자인 정몽주와 길재의 후손에게 녹을 주는 한편, 그들의 학맥을 잇는 사림 세력들을 대대적으로 등용하여 훈구 세력을 철저히 견제하였다.

성종은 1479년 좌의정 윤필상을 도원수로 삼아 압록강을 건너 건주 야인들의 본거지를 정벌하였다. 그 결과 조선 초부터 끊임없이 변방을 위협하던 야인 세력들을 완전히 소탕하여 변방을 안정시켰다. 이로써 성종은 태조 이후 닦아온 조선왕조의 전반적 체제를 완성시켰으며, 조선 백성들은 개국 이래 가장 태평성대한 세월을 맞이할 수 있었다.

성종의 어머니 인수대비

세조의 큰아들 의경세자(덕종)의 비 소혜왕후는 서원부원군 한확의 딸이며 좌리공신 한치인의 누이동생이다. 그녀는 1455년 세자빈에 간택되어 수빈에 책봉되었으나, 의경세자가 스무 살에 요절함으로써 왕비로 올라가지 못하고 사가로 물러났다.

이후 1469년 11월 둘째아들 성종이 즉위하여 남편 의경세자가 덕종으로 추존되자 왕후에 책봉되었으며, 이어서 인수대비에 책봉되었다. 소생으로는 월산대군과 성종, 그리고 명숙공주가 있으며, 성품이 곧고 학식이 깊어 성종의 정치에도 많은 자문을 한 것으로 전해지고 있다. 또한 경전에 조예가 깊어 불경을 언해하기도 했으며, 부녀자의 도리를 기록한 『내훈』을 간행하기도 했다.

꽃들 속에서 피어나는 무서운 가시

성종 시대는 조선시대 전체를 통틀어 가장 평화로웠던 시기였다. 그것은 무엇보다도 성종의 정치력에 힘입어 조정이 안정되었기 때문이다. 그러나 그 평화의 이면에는 서서히 퇴폐풍조가 고개를 들고 있었다. 성종은 도학을 숭상하고 스스로 군자임을 자처했으니 호방한 기질은 억누르지 못했다.

성종은 이 무렵, 전날에 판봉상시사로 있던 윤기무의 딸을 사랑하여 숙의를 삼았다. 윤씨는 그 당시 장안에서 절세미인으로 이름이 높았다.

"그대처럼 어여쁜 여인은 이 세상에 없을 것이오."

성종은 많은 여인들을 탐하여 후궁도 많았지만 그중에서도 미모가 빼어난 윤씨는 성종의 총애를 독차지했다.

성종은 자주 밤에 궁중 후원에서 잔치를 벌였다. 각지에서 불러들인 기녀들이 노래와 춤과 재담으로 취흥을 돋우었고, 술이 거나하게 취한 뒤에는 임금은 신하들에게 직접 큰 잔으로 술을 권하며 놀았다.

그렇다고 해서 성종이 주색에 빠져서 다른 일을 돌아보지 않은 것은 아니었다. 그가 낮에는 정치에 집중하여 의무를 다했기 때문에 국태민안의 황금시대를 이루었다. 『동국여지승람』, 『동국통감』, 『삼국사절요』 등의 편찬과 『경국대전』의 완성 등이 모두 이때에 이루어졌다.

이렇듯 성종은 명철하고 학문을 좋아하며, 정치도 공명정대하게 잘하는 임금이었지만 동시에 여인을 좋아하는 단점이 있었다. 성종은 그 후에도 윤호의 딸 윤씨를 숙의로 맞아들이고 이어 권숙의, 엄숙의, 정소용 등을 사랑하였다.

성종 5년 되던 해에 왕비 한씨가 나이 19세로 세상을 떠났다. 한명회의 딸로 왕비가 되었으나 자식이 없었다. 2년 후에 숙의로 있던 윤씨가 왕비에 올랐다. 윤씨는 왕비가 된 넉 달 후에 원자를 낳았다. 첫아들을 낳았으니 임금의 사랑은 높아질 대로 높아졌고, 따라서 윤비의 교만도 하늘을 찔렀다.

윤비는 어려서부터 제대로 교육을 받지 못한데다가 타고난 성품이 교만하고 질투가 극심하였다. 게다가 이제는 국모의 지위까지 차지하게 되었으니 세상에 두려운 것이 없었다. 이제는 자기 명령만 내리면 무엇이나 소원대로 되지 않는 것이 없었으므로 윤비의 교만과 사치는 날이 갈수록 심하였다.

그러나 오직 한 가지 뜻대로 되지 않는 것이 있었다. 그것은 지존의 사랑을 자기 혼자만 독차지하려는 욕심이었다. 질투심이 강한 윤비는 임금이 다른 비빈의 방으로 들어가는 날 밤이면 시기심이 머리끝까지 치밀어 올라서 그날 밤은 한시도 잠을 이루지 못했다. 후궁이 많은 임금은 오늘은 이곳 내일은 다른 곳을 찾았다. 그중에서도 권숙의, 엄숙의, 정소용 등 세 후궁은 임금의 방탕한 생활을 부채질했다.

성종은 윤비를 사랑하지 않은 것은 아니었다. 그러나 워낙 성품이 호탕한 임금은 왕후 한 사람으로는 만족할 수 없었다. 윤비가 제아무리 시기를 하더라도 독특한 매력을 지닌 다른 비빈에게도 사랑을 느꼈다. 또 되도록 많은 여인들에게서 왕족의 수를 늘릴 필요도 있었다. 강성한 왕족을 이루려면 왕자와 공주가 많아야 했기 때문이다.

성종 8년 3월, 누구의 소행인지는 모르지만 편지 한 장이 권숙의의 집에 전해졌다. 보낸 사람의 이름은 씌어 있지 않았다. 글의 내용은 정소용과 엄숙의가 은밀하게 협력하여 왕비 윤씨와 원자를 살해하기를 계획한다는 것이었다.

'숨겨 두었다가 발각되는 날이면 큰 벌을 받을 것이고, 고발하면 정소용이나 엄숙의의 생명이 위태할 테니 이 일을 어찌하면 좋을까?'

모두들 걱정만 하고 있었다. 그러나 어느 때까지든지 이것을 그대로 둘 수는 없었다. 그래서 이것을 승정원으로 보냈더니 승정원에서는 다시 임금께 드렸다. 임금은 곧 중신들을 불러 물었다.

"중대한 일이니만큼 어떻게 했으면 좋겠는가?"

여러 사람이 입을 모아서 말하였다.

"아마도 정소용의 짓인 듯하나 현재 임신 중입니다. 해산한 후에 국문하심이 옳을 것입니다."

"흠, 알겠소. 그리 하겠소."

성종도 그때까지 기다리기로 했다.

이런 일이 있은 후 윤비의 마음은 더욱 불안해졌다.

'후궁들이 우리 모자를 음해하려고 기회만 엿보고 있다. 바보처럼 당하지 말고 두 후궁을 없앨 계획을 세워야겠다.'

윤비는 두 후궁을 죽일 비상을 준비하여 잘 간직해 두었다.

하루는 낮에 집무를 보던 임금이 자리에서 일어나며 내관에게 말했다.

"중궁으로 가자."

재롱을 부리는 아들의 얼굴이 아른거려서 서류가 눈에 들어오지 않았기 때문이다. 윤비 방에서 아들의 재롱을 보고 일어서려다가 조금 열린 서랍 속에서 비단 주머니 하나가 삐죽 나와 있는 것을 보게 되었다.

'오, 무엇이지?'

임금은 무심히 비단주머니를 열어 보다가 소스라치게 놀랐다.

"앗!"

놀란 것도 무리가 아니었다. 그 비단 주머니 속에는 천만 뜻밖에도 비상 한 덩어리가 들어 있었던 것이다. 임금은 또 서랍 깊숙이 작은 상자 하나가 더 있는 것을 보고 얼른 그 상자도 열어 보았다. 상자 속에 들어 있는 것은 종이 한 장 뿐이었다.

"마마!"

옆에 있는 윤비의 얼굴은 새파랗게 질려서 떨기만 할 뿐이었다. 그 종이를 꺼내서 읽어 내려가던 임금은 또다시 놀랐다. 거기에는 정소용과 엄숙의를 무섭게 저주하는 글이 씌어 있었다. 즉, 방양서였던 것이다.

'허, 이런 악독한! 비상과 저주하는 글이라니!'

임금의 입에서는 그런 노여움이 무심중에 새어 나왔다. 하마터면 무서운 참극이 궁중에 벌어질 뻔했다고 생각하니 이 사실을 발견한 이상 그냥 둘 수가 없었다. 윤비도 이미 임금의 그런 뜻을 깨달았는지 이제는 고개도 들지 못했다.

"이것이 모두 어디서 생긴 것이오?"

이윽고 임금이 입을 열었다. 중궁은 한참 동안 말이 없다가 말했다.

"요전에 친잠하러 나갔을 때 삼월이라는 종년이 가져다 주었습니다."

임금은 아무리 생각해도 보통 일이 아니라 곧 삼월을 불러다가 자백을 시켰다. 삼월은 처음에는 아무것도 모른다고 딱 잡아떼었다.

"바른말을 할 때까지 주리를 틀어라!"

삼월이는 무서운 고문을 이기지 못하여 모든 것을 순순히 자백했다. 그 공술에 의하면 방양서에 쓴 글씨는 사비라는 종과 또 윤비와 인척이 되는 선전관 윤구의 처와 둘이서 쓴 것이고, 비상 주머니는 장흥부인, 즉 윤비의 어머니 신씨가 내어준 것이며, 그리고 석동이라는 사람을 시켜 윤비와 원자를 해치겠다는 글을 권숙의의 집에 던지게 한 것이라고 말했다.

이에 성종은 신씨의 작위를 빼앗고 삼월은 교형에 처하고, 사비는 장일백 대를 때려서 변방의 관비로 내쫓았다.

'이 일은 나를 해치려고 한 것은 아니지만, 정소용과 엄숙의를 없애려고 한 짓이니 투기심에서 나온 행동이다. 만일 가만둔다면 여기서 더 심한 일도 하지 않으리란 법이 어디 있겠는가!'

무서운 생각이 든 임금은 몇몇 중신들에게 물었다.

"중궁이 이미 국모요 원자까지 낳았으니 어찌 처리하였으면 좋겠는가?"

중신들은 서로 얼굴만 쳐다볼 뿐, 입을 여는 이가 없었다.

"그러면 중궁에 대한 죄목을 정하라."

예조판서인 허종이 마지못해 입을 열었다.

"중궁에게 죄를 정하는 일은 은밀하게 하고, 대궐 안 한적한 곳을 택해서 거처하게 하며, 3년을 기다려 개과천선하면 복위케 하십시오. 그렇지 않다면 그때 폐출하더라도 늦지 않습니다."

"그렇게 하도록 하오."

임금은 중신들의 의견에 따라 왕비 윤씨를 별궁에 있게 하고, 선전관 윤구를 옥에 가두었다.

손톱자국을 낸 죄로 쫓겨난 윤비

성종은 윤씨에게 벌을 주었지만 사랑이 식은 것은 아니었다.

'별궁에서 얼마나 답답할까.'

임금은 가끔 별궁에 있는 윤씨를 잊지 못해 찾곤 하였다. 그저 사랑스럽기만 했던 옛 기억이 그의 발길을 별궁으로 향하게 하곤 했다.

"전하!"

처음에는 반가워 눈물을 글썽이며 임금을 맞았다가도 결국 윤씨는 애증의 감정을 지혜롭게 다스리지 못하였다. 그 동안에도 윤씨와 임금 사이에는 잦은 사랑싸움이 일어나곤 했다.

"그 많은 후궁들이 싫증이 나서 오셨습니까? 아니면 신첩이 얼마나 처량한 처지인지 구경하러 오셨습니까?"

"어허, 마음을 편하게 갖고 조금만 기다리구려."

"전하의 사랑도 식고, 아무도 나를 귀히 여겨주지도 않으니 차라리 죽어 없어지는 게 편하겠습니다."

"어찌 그런 심한 말을 하오. 나를 조금만 이해해 주구려."

질투를 이기지 못해 표독해진 윤씨의 모습은 임금의 눈에 너무 아름답게 보였다.

"제발 우리 오늘 밤은 싸우지 맙시다. 시간이 아깝지 않소?"

임금은 윤씨를 위로하고 다독여주고 싶었다.

"내 품에 와서 안겨보오. 그러면 마음이 좀 풀어질 테니……."

임금이 윤씨를 와락 품으로 끌어당겼다.

"이러지 마세요, 전하!"

갑자기 서러움이 복받친 윤씨는 두 손으로 거세게 임금을 밀쳐냈다. 그러다가 그만 윤씨의 손톱이 임금의 얼굴을 할퀴게 되었다.

"앗! 이게 무슨 짓이오?"

임금도 놀라고 윤씨도 놀랐다. 용안에 손톱자국이 완연히 드러나고 말았던 것이다.

"전하!"

임금은 자리를 떨치고 일어났다.

"도가 지나치구려! 임금을 능멸하는 것인가?"

임금도 분개하지 않을 수 없었다. 아무리 좋게 봐주려고 해도 함부로 대하는 정도가 지나쳤기 때문이다.

다음날 임금이 아침문안을 드리러 어머니인 인수대비를 찾았다. 임금의 얼굴을 본 인수대비의 얼굴이 노기로 하얗게 질렸다.

"누구요? 또 윤씨요?"

"아닙니다. 부디 고정하십시오."

그러나 인수대비는 사건을 거기에서 덮으려고 하지 않았다. 기어이 중신들을 불러모으고 임금의 얼굴을 보이면서 노발대발하였다.

"이런 발칙한 짓을 한 사람이 있소. 임금의 몸은 옥체인데 누가 감히 얼굴에 손을 댈 수 있는 일인가? 다시 말할 것도 없소. 임금을 해치려는 반역죄로 다스려야 합니다."

인수대비는 윤비를 평소부터 그다지 좋아하지 않았다. 윤비가 숙의의 한 사람으로 성종의 총애를 받고 있을 때부터 그의 성품이 교만하다 하여 내심으로는 은근히 미워하고 있었다. 따라서 그를 왕비로 승격시킬 때에도 마음에 매우 마땅치 않았으나 왕비가 궐위 중인데다가 윤씨가 덜컥 원자를 낳았기 때문에 어쩔 수 없었던 것이다.

인수대비가 윤비를 싫어하는 또 하나의 이유가 있었다. 그것은 인수대비가 정소용, 엄숙의 두 빈궁을 각별히 사랑하건만 윤비는 그들 두 빈궁을 오래 전부터 미워하고 시기했기 때문이다. 그런 관계로 시어머니 되는 인수대비와 며느리 되는 윤비는 서로 사이가 좋지 않았다.

인수대비는 따로 우의정 윤필상을 불러 당부했다.

"임금의 옥체에 손을 댄 왕비를 조정에서 논의하여 폐위시키도록 하오."

윤필상은 세조 왕비 정희왕후의 친정 일가로서 당시 자기의 친척인 윤호의 딸이 궁중에 들어와 후궁에서 임금의 숙의로 있었다. 말하자면 친척의 딸을 왕비의 자리에 앉혀 놓고 윤씨들의 세력을 잡아보고자 하던 때였다. 좋은 기회라 생각하고 윤필상은 왕비를 쫓아내려고 획책했다.

성종 10년 6월 3일 아침 일찍이 영의정 정창손, 상당부원군 한명회, 청송부원군 심회, 광산부원군 김국광, 우의정 윤필상 등이 대궐에 모여 어전 긴급회의를 열었다. 물론 윤비 폐위에 관한 회의였다. 윤비의 폐위 문제는 중대한 국가지사다. 비록 대비의 분부가 있었다고 해도 만조백관의 의견을 물어 결정을 내리고 싶었다.

"전날에도 잘못한 바가 있어 폐위를 시키려 하였지만, 조정대신들이 반대했었고, 과인도 중궁이 뉘우치기를 바랐었소. 그러나 뉘우치기는 커녕 이제는 도를 넘어 과인까지도 눈 아래로 두고 행동하니 어찌 더 두고 보겠소? 왕비의 지위를 폐하여 서인을 만들 것이오."

영의정 정창손 등은 반대를 하였다.

"전하, 한 번만 더 생각하십시오. 중궁마마께서는 원자를 두신 분입니다. 신중, 또 신중을 기해야 할 일입니다."

그러나 임금의 마음은 풀리지 않았다. 별궁에 두고도 마음을 끊지 못하고 계속 발걸음을 하여 신하들에게도 체면이 말이 아니게 되지 않았는가. 임금의 마음은 정해져 있었다.

"중궁의 폐위는 결정되었소. 그만 물러들 가시오."

말을 마치고 임금은 안으로 들어가 버렸다.

윤비는 자기를 폐위한다는 소식을 듣고 땅을 치며 후회하고 통곡했다. 임금을 직접 만나 용서를 빌고 싶었지만 이미 늦어 버렸다.

"마마, 어명입니다. 어서 가마에 오르십시오."

승지는 통곡하는 윤씨를 독촉하였다.

"내 아들 동궁은 지금 어디 있소? 얼굴만 한 번 보고 가게 해주오!"

"안 됩니다, 마마."

"지금 아니면 내가 언제 동궁의 얼굴을 볼 수 있단 말이오? 소원이니 한 번만 보게 해주오!"

동궁은 이미 인수대비의 명으로 윤씨와의 만남이 금지되어 있었다. 일국의 국모로 임금의 사랑을 등에 업고 온갖 부귀영화를 누리던 왕비 윤씨는 대궐 밖으로 쫓겨나는 신세가 되고 말았다.

후회하는 임금

"왕비 윤씨를 폐하여 서인으로 삼는다."

성종은 교지를 널리 발표하였다.

폐비가 된 윤씨는 친정집에서 살며 날마다 눈물로 후회하였다. 그러나 이런 사정을 성종에게 알려주는 사람은 없었다.

"폐비 윤씨의 행동을 살펴서 낱낱이 보고하여라."

성종은 윤씨가 반성하고 근신한다면 다시 왕비의 지위를 회복하여 줄 생각이었다. 그런 내용을 사람을 시켜서 보냈지만 아무런 답이 없었다.

그 모든 것은 성종의 어머니 인수대비 한씨의 방해 때문이었다. 인수대비는 거짓으로 성종에게 고하도록 시켰다.

"전하, 폐비 윤씨가 날마다 짙은 화장에만 힘쓰고 있습니다."

"뭐라고? 사실이냐?"

"네, 도리어 임금을 원망하며 교태만 부리는 줄 압니다."

"오냐, 알았다. 물러가라."

성종은 절로 탄식이 터져 나왔다.

"이, 이런! 괘씸한! 사람으로서 어찌 그런단 말이냐! 아들이 있지 않느냐! 아들 생각은 조금도 하지 않는단 말이냐!"

성종은 마음을 완전히 바꾸어 윤씨를 증오하게 되었다.

인수대비는 원자가 좀더 자라나 철이 들기 전에 윤씨를 죽이는 것이 화근을 잘라 버리는 것으로 믿었다.

인수대비는 마침내 성종에게 결정적인 말을 하였다.

"사람을 시켜 알아보니, 폐비가 '내 아들이 자라기만 해라. 너희들을 싹 쓸어버리겠다.' 이렇게 벼르고 있다고 하오. 장차 대궐 안이 공동묘지가 되기 전에 빨리 폐비를 없애시오."

"알겠습니다."

임금도 윤씨의 그 불같은 성격을 알기 때문에 어머니의 말에도 일리가 있다고 생각되었다.

'이미 엎질러진 물, 이제 주워담을 수는 없다. 왕실의 평안을 위해서라도 살려둘 수가 없어.'

왕비 윤씨가 대궐에서 쫓겨 나간 지 3년이 흘렀다. 그 동안에 성종은 윤호의 딸인 숙의 윤씨를 승격시켜 왕비로 책봉하였다.

윤씨가 날마다 회개하는 눈물을 흘린다는 사실이 차츰 세상에 퍼지자, 놀란 사람들은 백관들이었다. 백관들은 인수대비에게 불리한 말이라 감히 입을 열지 못하고 있었다. 세간에는 윤씨에 대한 동정이 많이 퍼져 있었다.

'이러니저러니 상소도 너무 많고 말이 너무 많으니 더 이상 윤씨를 내버려둘 수가 없겠다.'

성종은 인수대비와 의논하고 최후의 결정을 내렸다.

임금은 곧 문무백관을 불러 놓고 공표하였다.

"폐비 윤씨는 원래부터 음흉한 여자로서 반역적인 마음을 먹었다. 원자가 점차 자라남에 따라 인심이 그를 동정하는 기미가 생겼다. 이대로 나가다가는 훗일 무슨 일을 저지를는지 알 수 없다. 과인은 윤씨가 폐비되었어도 거의 매일 궁중을 저주하고 세자의 장성을 기다려 복수한다는 말을 들었다. 훗일에 폐비는 세자가 임금이 된 후까지 오래 살아서 국정을 어지럽힌다면 종사를 어찌 구하겠느냐? 과인이 여기서 결심하고 폐비 윤씨에게 사사한다."

이 말이 떨어지자 아무도 무어라고 말하는 사람이 없었다. 듣고 있는 문무백관의 등에는 진땀만이 흘렀다. 임금은 이내 좌승지 이세좌와 의금부도사 이극균 두 사람을 불러 명했다.

"좌승지는 전지를 받들고 의금부도사는 약사발을 담고 가라!"

최후의 분부를 내렸다. 이미 최후 단계의 어명은 떨어지고야 말았다. 폐비 윤씨의 생명은 이제 구원될 길이 영영 막히고 말았다.

임금은 사사의 어명을 내리고 곧 편전으로 들어갔다. 비록 사직의 백년 대계를 위하여 어쩔 수 없이 폐비에게 사약의 어명은 내렸으나 임금의 심회는 매우 어지러웠다. 폐비 윤씨는 일찍이 눈에 넣어도 아픈 줄을 모를 만치 사랑하던 여인이었다. 일개 숙의로 있던 그가 원자를 낳자 그로 하여금 중궁으로 삼았을 때에는 그와 더불어 백년을 해로하려던 여인이었다. 사사롭게는 사랑하던 아내요, 공적으로는 원자의 생모이기에 공사 간에 결코 홀대할 수 없는 여인이기도 했다.

'조금만 뉘우치는 빛을 보여 주었더라도 좋았을 터인데……'

임금은 창가에 홀로 앉아 정원에서 지저귀는 새소리를 들으며 무심중에 그렇게 중얼거렸다. 그렇게 중얼거리는 임금의 눈에서는 한 줄기 눈물이 맥없이 흘러 떨어졌다.

피 묻은 수건에 한을 담아

폐비가 되어 궁에서 쫓겨난 지 3년 후 초가을, 폐비 윤씨는 어머니 신씨와 함께 하염없이 마당을 바라보고 있었다. 고적하게 살아가는 두 모녀의 습관이었다.

"어머니, 세자는 키가 얼마나 컸을까요?"

"많이 컸겠지."

점심 무렵 말발굽 소리와 사람 발자국 소리가 어지럽게 섞여 다가오는 소리가 들렸다. 그 소리는 점점 가까워졌다. 승지 이세좌가 사약을 가지고 오고 있는 발소리였다.

"아니, 웬 사람들이 몰려오나?"

신씨의 얼굴에 어두운 그림자가 어렸다. 좋은 소식에 대한 기대가 없는 고적한 날들 속에 사람들의 소란한 발자국 소리는 뭔가 불길했다.

"어머니, 무슨 일일까요?"

윤씨가 어머니의 저고리깃을 잡으며 겁먹은 표정을 지었다.

"걱정 말아요, 마마. 별일 아닐 거예요."

"심장이 마구 떨려요, 어머니. 무서워요."

발자국 소리는 담장 밖에서 멎었고 곧 내관이 대문을 밀고 들어섰다. 인솔자의 우두머리는 이세좌였다. 모든 사람의 표정이 딱딱하게 굳어 있었다.

"어명이오! 죄인은 속히 나와 어명을 받드시오."

내놓는 것은 뜻밖에도 사약이었다. 어머니 신씨는 얼굴이 파랗게 질린 채 펄펄 뛰었다.

"사약이 웬일이란 말이오?"

신씨 부인이 얼굴을 일그러뜨리며 고함을 질렀다. 폐비 윤씨는 두려움 가득한 표정도 잠시, 하얗게 핏기를 잃어갔던 얼굴이 곧 담담해졌다. 사태를 파악하고 모든 것을 내려놓은 듯 침착하였다.

"속히 분부 거행할 준비를 하시오."

윤씨의 얼굴에서 희로애락의 모든 표정이 거두어졌다.

'왕비답게 죽자. 궁궐에서 쫓겨나올 때 각오했던 바가 아니냐!'

오히려 놀랍도록 침착하기까지 했다. 사약을 받는 모든 절차가 진행되는 동안 윤씨는 눈물을 흘리지 않고 조용히 따랐다. 앙다문 입술 사이에 밴 핏물이 그녀의 안간힘을 말해 주고 있었다.

사약을 마실 차례가 되었다.

'우리 세자 한 번 볼 희망으로 근신하며 버텼는데……. 내 생명의 끈이었는데……. 가여운 세자!'

잠시 약사발을 응시하던 폐비는 약사발을 들어 조용히 마셨다. 폐비의 손에서 약사발이 떨어지면서 뒤이어 폐비의 코와 입에서 붉은 피가 솟구쳐 나오기 시작했다. 신씨가 쓰러진 딸을 끌어안고 몸부림치며 통곡을 했다.

"아이고, 불쌍한 우리 마마, 그동안 어떻게 살았는데……. 원자마마 얼굴 한 번 보려고 그렇게 기다렸는데……!"

신씨는 몸부림을 치며 통곡했다. 그때 윤씨는 안간힘으로 수건에 그 입과 코에서 흘러나오는 피를 받아 어머니에게 내밀며 말했다.

"어머니……, 먼저 가게 되어 죄송해요. 이 피 묻은 수건을 간직하셨다가, 뒷날 원자가 임금이 되거든 보여주고 어미의 절통함을 알려주세요."

그 부탁을 남기고 윤씨는 숨을 거두었다.

"불쌍한 내 딸! 이렇게 죽을 것을 그토록 애절하게 기다렸구나. 이리도 비참하게 숨이 끊어질 것을……!"

슬픔에 넋이 나간 신씨는 딸의 몸을 끌어안고 피맺힌 통곡을 그칠 줄 몰랐다.

"이제는 편안하게 떠나세요. 모든 것이 끝났습니다. 끔찍하고도 비참했던 세상사는 제발 다 잊어버리세요, 마마!"

신씨는 딸의 죽음마저 오래 슬퍼할 여유가 없었다.

"당장 신씨를 장흥으로 귀양을 보내라."

일부다처가 당연시되는 궁중에서 사랑 욕심이 유난히 많았던 윤씨, 뛰어난 미모에 재기 넘쳤던 그녀의 한 많은 생애는 비극으로 끝나며 더 큰 비극의 씨앗을 잉태시켰다.

이세좌는 곧 폐비 윤씨의 죽음을 궁중에 알리고, 그 시신을 수습하여 동대문 밖에 묻어 주었다.

어머니가 그리운 아들

윤씨가 사사된 후, 성종은 마음이 편치 않았다.

'원자를 생각해서 죽이진 말았어야 했는데……. 임금의 자리가 정말 싫구나.'

임금은 원자를 볼 때마다 마음 한구석에는 언제든지 검은 구름이 떠오르는 듯한 느낌이었다.

"입단속을 철저하게 해라. 동궁의 귀에 어미에 대한 말이 들어가게 하는 자는 목숨을 부지하지 못할 것이다."

무섭게 단속한 까닭에 아무도 동궁에게 어머니에 대한 이야기를 해주지 않았다. 그래서 원자는 큰 의문 없이 성장하였다.

'나는 본래부터 어머니가 없이 태어났나 보다.'

그러나 조금 철이 든 다음에는 생각이 바뀌었다.

'세상에 어머니 없이 태어나는 아기는 없는 법, 아마도 내 어머니는 일찍 병으로 세상을 떠나셨나 보다. 내가 얼굴이라고 기억할 수 있게 조금만 더 오래 사셨으면 좋았을 걸.'

마음에 아련함은 있었지만 별로 관심에 두지 않았다. 원자가 태어난 지 네 살 때에 왕비가 쫓겨났으니 자기 어머니가 어찌 되었는지 알 수 없었을 테고, 일곱 살 때에 죽었지만 쫓겨난 후에는 만나지 못했기 때문에 알 길이 없었던 것이다.

그러나 성종으로서는 원자에 대해서는 애처로운 생각이 없지 않았다.

한 번은 원자가 궁 밖 훈련원에 다녀온 적이 있었다. 그날 저녁 원자가 대궐로 돌아오자 성종이 물었다.

"오늘 많은 것을 보았느냐? 훈련원에 무슨 볼 만한 것이 있더냐?"

원자의 대답은 너무나 의외였다.

"아바마마, 부러운 광경을 보았습니다. 남문 밖에서 송아지 한 마리가 어미소를 따라가는 것을 보았는데, 그 모습이 정다워 보였습니다. 아기송아지의 걸음이 느려지면 어미가 기다려주는 모습이 너무 부러웠습니다."

말하는 세자의 얼굴에서 서글픔이 느껴지자, 임금은 가슴이 철렁하였다. 그리고 큰 회한이 가슴속에 몰려왔다.

'아, 역시 내가 성급했던 것일까? 어미와 자식은 천륜인데 내가 그걸 그렇게 가혹하게 끊어 놓았으니! 얼마나 어미가 그리웠으면 그런 생각을 다 하였을까?'

임금은 원자가 물러나간 뒤, 오랫동안 편전에 혼자 앉아서 지난날을 되살리며 괴로움에 잠겼다.

그러나 괴로움도 잠시, 성종의 여인을 탐하는 것과 풍류를 즐기는 습성은 바뀌지 않았다. 얼마 후 할머니 되는 정희왕후 윤씨가 세상을 떠나자 복인으로 그 기한을 지르는 동안만은 잠시 중지시켰지만, 그날 이후 대궐 안의 흥겨운 연회는 또다시 시작되었다.

세자로 책봉된 폐비의 아들 융

세자 융은 정현왕후 윤씨를 별로 따르지 않았다. 물론 정현왕후 역시 폐비의 자식에게 깊은 사랑을 쏟아주지는 못했다. 게다가 할머니 인수대비는 융에게 지나칠 만큼 혹독하게 대했다. 자신의 손으로 직접 쫓아낸 며느리의 아들이 고울 리 없었던 것이다.

'세자가 화근이 되는 일만은 막아야 할 텐데……. 예감이 좋지가 않아.'

인수대비는 정현왕후의 소생인 진성대군에게는 완전히 대조적인 태도를 보였다. 버선발로 나가 손을 잡고 안아주고 머리를 쓰다듬어 주었다.

이런 일련의 일들은 세자 융의 가슴에 응어리를 만들었다.

'진성대군은 모두들 다 사랑해 주는구나. 그런데 할머니와 어머니는 왜 내게 그렇게 쌀쌀하게 대하실까? 어렸을 때 내가 무슨 큰 잘못을 한 건가? 모두 다 나를 미워하는 것 같아.'

이런 성장 배경 탓인지는 몰라도 융은 결코 순한 아이로 자라지는 않았다. 자신의 내면을 쉽게 드러내지 않는 음험한 구석이 있었으며 괴팍하고 변덕스러웠다. 게다가 학문을 싫어하고 고집스럽고 독단적인 성향도 있었다. 정을 받지 못하고 자라서인지 정을 줄 줄도 몰랐다.

'문제가 있어 보이는데……. 달리 왕자가 없으니 할 수 없지.'

성종은 융이 마음에 흡족하지 않았지만 세자로 책봉하였다.

"주상, 안 됩니다. 폐비의 아들을 세자로 책봉하면 후에 화를 부를 것이오. 그 풍파를 어찌 감당하려고 그러오?"

"다른 방법이 없습니다."

"피바람이 불 걸 예상치 못한단 말이오?"

"입을 함구시키면 세자가 알 리 있겠습니까?"

왕비 소생의 왕자는 융 한 명뿐이었다. 다른 선택의 여지가 없어서 성종은 그를 세자로 책봉할 수밖에 없었다.

성종은 세 왕비와 여덟 후궁에게서 아들 19명과 딸 11명을 낳았다. 1494년 12월, 성종이 세상을 떠나자 세자인 융이 그 뒤를 이어 보위에 올랐다.

10. 연산군

(1476-1506, 재위 1494. 12-1506. 9)

폭군 하면 떠오르는 첫 번째 왕이 바로 연산군이
다. 연산군은 개인적인 불행과 심리상태를 이해한
다고 해도 자신의 치세를 파탄시킨 일차적인 원
인과 책임은 바로 국정 최고 책임자인 연산군에
게 있음을 부정할 수 없다. 12년 동안의 짧지 않
은 치세 기간 동안 무오사화, 갑자사화를 일으키
고, 폭정을 일으키다가 결국 조선 최초 반정으로
폐위된 사실은 폭군이라는 오명을 벗어나기 어려
워 보인다.

연산군은 부왕의 뒤를 이어 조선 제10대 왕으로 보위에 올랐다. 그 때 그의 나이는 19세였다. 일찍이 역사상 그 유례를 찾아보기 힘들 만 큼 황음무도한 연산군의 폭정이 시작되었다.

연산군은 어린 나이였지만 섭정을 받지는 않았다.

"지금이 12월이니 며칠만 지나면 성년이 되십니다. 섭정은 필요 없 을 듯합니다."

그러나 왕위를 이어받은 연산군은 적어도 무오사화를 일으키기 전까 지는 폭군이 아니었다. 4년 동안 그는 오히려 성종 말기에 나타나기 시 작한 퇴폐풍조와 부패상을 일소하였다.

"전국의 모든 도에 암행어사를 파견하라. 민간의 동정을 살피고 관 료의 기강의 바로잡아야겠다."

또한 인재를 발굴하기 위해 별시문과를 실시하여 33인을 등용하였 고, 변경 지방에 여진족의 침입이 계속되자 귀화한 여진인으로 하여금 그들을 회유케 하여 변방 지역을 평안하게 만들었다.

하지만 이 4년 동안 연산군은 사림파 관료들과 신경전을 벌이게 되 었다. 명분과 도의를 중시하는 사림들은 사사건건 간언을 하면서 연산 군에게 학문을 강요했다.

"전하, 학문을 게을리하시면 안 됩니다."

"어허, 간섭이 지나치오!"

원래 공부하는 데 재미를 붙이지 못했기 때문에 연산군은 학자와 문 인들을 싫어하였다. 연산군은 그 사람들이 귀찮기만 하였다.

포악의 싹이 보이다

사실 연산군은 인품에도 문제가 있었다. 세자 시절, 연산군은 종종 놀랄 만한 일을 하여 사람들의 가슴을 서늘하게 만들었다. 좋은 쪽으로 놀라게 한 것이 아니라 섬뜩한 놀라움이었다.

성종이 사슴 한 마리를 구하여 대궐 안에 두고 기르게 했다. 이 사슴은 매우 영리하여 사람을 잘 따르고 말도 잘 알아들었다. 누구에게나 반가이 달려와 뛰어오르면 혓바닥으로 손이나 얼굴을 핥기도 하였다.

'허허, 참 영리하고 사람을 잘 따르는구나!'

성종은 사슴을 몹시 귀여워하였다. 궁중에 드나드는 문무백관들도 누구나 한결같이 그 사슴을 사랑했다.

하루는 세자가 부왕을 뵈러 왔더니 사슴이 마주 나아가 세자의 손과 얼굴을 핥으며 뛰어올랐다. 제 딴에는 반갑다는 시늉이었다. 그러나 이때 세자는 그것이 마음에 언짢았던지 발길로 사슴의 배를 걷어찼다. 사슴은 그만 대궐 뜰 위로 굴러 떨어졌다.

"앗!"

순간 성종뿐 아니라 옆에 있던 신하들도 모두 놀랐다. 사슴은 가벼운 몸이라 놀라기는 했으나 별로 상한 데는 없었다. 그러나 부상을 당하는 것이 문제가 아니었다. 자기를 따르는 동물을 너무나도 무참히 대하는 세자의 포악한 행동에는 모두가 몸서리를 치지 않을 수가 없었던 것이다.

부왕은 단박 얼굴에 진노의 빛을 띠우며 나무랐다.

"무슨 죄가 있다고 발길로 차기까지 하느냐?"

세자는 고개를 수그린 채 묵묵히 서 있기만 했다. 성종은 다시 추상 같은 질책을 내렸다.

"세자, 듣거라. 짐승을 천대하는 마음은 동정심이 없는 냉정한 마음 이다. 임금은 나라를 품어야 하는데, 불쌍히 보는 마음이 없이 어찌 백 성들을 섬길 수 있겠느냐? 임금이 백성을 천대한다면 이 나라가 어떻 게 되겠느냐?"

성종의 책망은 아주 엄했다. 세자는 아무 말도 못하고 그 자리를 물 러나왔다.

'에이, 그깟 사슴 한 마리 때문에! 재수 없다!'

책망을 들은 것을 미워한다고밖에 생각할 수 없는 세자였다.

'세자의 성품이 어찌 저리 포악할까.'

성종과 주위 사람들은 걱정하지 않을 수 없었다.

성종이 죽자 보위에 오른 그가 가장 먼저 자기 마음대로 한 일은 영 리한 그 사슴을 활로 쏘아 죽여버린 것이었다.

무오사화

어느 날 연산군은 성종의 능인 선릉에 써서 올릴 지문을 읽어 보고 있었다. 지문을 얼마간 읽어 내려가다 보니 마침 그 지문 속에 판봉상 시사 윤기무라는 이름이 나오고 또 폐비에 관한 사실이 나왔다.

연산군은 승지를 불러 물었다.

"윤기무가 무엇하는 사람인데 대행왕의 지문에 나오느냐? 또 여기

나오는 폐비는 누구를 말하느냐?"

질문을 받은 승지는 당황한 얼굴로 즉시 대답하지 못하였다. 왜냐하면 판봉상시사 윤기무는 폐비 윤씨의 친정아버지로 연산군의 외할아버지였기 때문이었다.

'신하된 몸으로 임금에게 거짓을 고할 수도 없고……. 사실을 알렸다간 생모 윤씨에 대한 모든 비밀이 탄로날 텐데, 이 일을 어쩌면 좋은가.'

승지는 땀만 뻘뻘 흘리며 말없이 엎드려 있기만 했다. 그러자 연산군은 답답하다는 듯 짜증 섞인 목소리로 재촉하였다.

"허, 참 답답하구나, 시원하게 말을 하여라. 윤기무가 누구냐?"

승지는 어쩔 수 없다는 판단을 내렸다.

"윤기무는 폐비 윤씨의 아버지로, 전하의 외조부가 되는 분입니다."

"뭐? 윤기무가 내 외조부라고?"

연산군은 깜짝 놀랐다.

"내겐 외조부가 따로 계신데, 왜 윤기무가 외조부가 된단 말이냐?"

"아, 그것이, 그것이……."

사정이 이렇게 되어 입을 다물고 있을 수가 없게 되었다. 승지는 폐비 윤씨의 비밀을 연산군에게 낱낱이 다 말하고야 말았다.

"송구합니다, 전하. 전하의 생모는 따로 계셨습니다. 전하께서 아직 어리셨을 때 폐위되셨는데, 그때 선왕께서 모든 것을 비밀로 하라는 엄명을 하셨습니다."

연산군의 얼굴이 괴로움으로 일그러졌다.

"그러면…… 지금 궐 밖에 계시느냐?"

"여러 해 전에 세상을 떠나셨습니다."

승지의 얼굴에서 땀이 솟았다.

'폐비 윤씨가 사약을 마시고 죽었다는 사실까지는 차마 입이 떨어지지 않는구나.'

연산군은 생모 윤씨가 이미 죽고 없다는 사실에 몹시 낙담하였다.

"음……, 그렇구나."

연산군은 그날부터는 식사도 멀리하고 슬퍼하였다. 그러다가 하루는 인수대비를 문안하는 길에 궁금한 것을 물어보았다.

"제 생모는 무슨 잘못으로 폐위되었는지요?"

연산군의 말에 인수대비는 놀란 가슴을 쓸어내리며 쌀쌀하게 쏘아붙였다.

"주상이 그걸 아셨구면. 선왕께서 그런 결정을 했을 때는 그만한 허물이 있어서가 아니겠소?"

인수대비의 얼굴이 심하게 찌푸려졌다.

'분명 생모에게 큰 허물이 있었던 모양이구나. 그러나 비록 잘못이 있었더라도 내겐 나를 낳아주신 소중한 어머니가 아닌가!'

자식이 어머니를 그리워하는 것은 본능이었다. 연산군은 얼굴도 모르는 생모가 너무나 그리웠다.

'생모의 폐비에 반드시 유학자들의 간언이 있었을 것이다. 잘못을 짚어내는 것이 그들의 일이니까! 괘씸한 놈들!'

연산군의 미움의 대상으로 상소를 해대는 유학자 무리들이 떠올랐다. 당시 유학자들은 거의 다 김종직의 제자로, 대과에 급제하여 벼슬이 대간에 이른 사람들이 많았다. 성종 때에 폐비 윤씨를 옹호한 사람도 그들이었고, 연산군을 가르친 스승도 그들이었는데, 만만찮은 세력을 형성하고 있는 유학자들을 미워한 것이다.

김종직은 형조판서를 지내다가 당시의 세자인 연산군에게서 사나운 성정을 보고 스스로 벼슬을 버리고 고향으로 돌아갔다.

'눈꼬리가 매서운 걸 보니 장차 나라에 큰일을 저지를 인물이다. 벼슬에서 물러나야겠다.'

낙향한 김종직은 성종 23년 8월에 세상을 떠났다. 이때 김종직이 가장 아끼던 제자인 김일손이 사관으로 있었다. 사관이란 역사를 기록하는 사람이다. 사관들이 기록하는 사초는 사실만을 써야 하며, 임금이라 할지라도 자기 시대의 사초를 볼 수 없게 법으로 정해져 있다.

성종이 승하하고 연산군이 즉위한 지 얼마 안 되어 김일손은 사관을 사직하고, 이극돈이 성종실록을 편찬하게 되었다. 이극돈이 선왕 때의 사초를 읽어 보니, 놀랍게도 이극돈 자신의 불미한 사실이 기록되어 있는 대목이 있는 게 아닌가!

'일찍이 전라감사 이극돈은 정희왕후, 즉 세조대왕비 윤씨가 세상을 떠났을 때, 전 국민이 애도의 뜻을 표해야 하는데도 불구하고 지방장관으로서 관기를 불러 연락을 한 것은 매우 잘못된 일이다.'

이극돈은 그 사초를 보고 심장이 멎는 듯한 충격을 받았다.

'큰일났다. 이 기록을 그대로 둔다면 오명이 천추에 남는다.'

그 길로 이극돈은 성종 때 사관이었던 김일손을 찾아가서 간청하였다.

"사초에서 저에 관한 대목을 좀 고쳐줄 수 없겠습니까?"

그러나 강직한 김일손은 도리어 이극돈을 책망하여 타일렀다.

"사관이 어찌 그런 말을 하는가? 사관은 목숨을 걸고 사실 그대로 쓰는 것이 임무가 아닌가? 사관으로서 감히 사초를 고치라고 하다니!"

이극돈은 위엄 있는 말에 질려 아무 말도 못하고 그 자리를 물러났지만 분개하여 두 주먹을 부르쥐었다.

'내 언제든지 김일손에게 복수를 하고야 말겠다!'

그 일을 가까운 유자광에게 털어놓았더니 이극돈에게 말했다.

"먼저 내가 그 사초를 한 번 읽어봐야겠소. 그래야 김일손에게 복수할 방도를 세울 수 있겠소."

복수에 눈이 뒤집힌 이극돈은 유자광에게 사초를 보여 주었다. 유자광이 그 사초를 읽어보니 세종 기록 부분에서 세조를 비방하는 대목이 많았다. 유자광은 곧 노사신, 윤필상 등 중신들을 찾아가서 위협하며 말했다.

"세조대왕의 신망을 받은 중신들이 이런 일이 있음을 알고도 묵과할 수 있단 말인가?"

연산군 4년 7월 중신들은 임금 뵙기를 청했다.

"뭐요? 사초에 세조대왕의 추문이 기록되어 있다고요?"

연산군은 유자광의 말을 듣자마자 노여움이 머리끝까지 솟구쳤다.

눈엣가시처럼 그렇지 않아도 미웁기 짝이 없던 유생들이다. 가뜩이나 밉던 판에, 사초에 세조에 대한 추문까지 기록하였다니 연산군의 노여움은 머리끝까지 치밀어 올랐다.

"당장 경상도 청도로 사람을 보내 김일손을 붙잡아 오라! 그리고 김일손의 사초를 모두 대궐 안으로 가져오라!"

김일손이 큰칼을 쓰고 서울로 끌려 올라오자, 연산군은 친히 국문하였다. 엎드려 있는 김일손에게 연산군은 호령하며 다그쳤다.

"성종대왕의 실록을 기록할 때에 어찌하여 세조 때의 일까지 기록하였는지 바른 대로 대지 못할까!"

김일손은 비로소 사태를 깨닫고, 고개를 들고 말했다.

"역사를 기록할 때에 전 왕의 사실도 기록해 넣는 것은 옛날부터 있는 일입니다."

국문이 계속되는데 하루는 유자광이 책 한 권을 꺼내어 연산군에게 내밀며 말했다.

"전하, 이 책을 좀 보십시오. 김일손의 스승인 김종직의 글인데 이 책 하나만으로도 그들이 세조대왕을 조롱하고 불충한 뜻을 품었음을 증명할 수 있습니다."

연산군이 받아보니 그것은 '조의제(弔義帝)'라고 쓴 글이었다.

"조의제? 이게 무슨 뜻이오?"

연산군이 유자광에게 물었다.

"옛날 한나라 의제가 항우의 손에 죽은 것을 애도한다는 뜻입니다. 김종직이 그런 글을 쓰게 된 본뜻은 세조대왕을 항우에게 비유하고 의제는 단종에 비하여 세조대왕께서 단종을 죽인 것을 돌려 쓴 글입니다."

이 말을 듣자 연산군은 붉으락푸르락 화를 참지 못하며 말했다.

"이렇게 죄상이 낱낱이 드러났으니, 이놈들을 어찌 처치했으면 좋겠소?"

연산군은 옆에 있는 중신들의 의견을 물었다.

유자광은 연산군이 노한 기회를 이용하여 평소 원수처럼 여기던 김일손 등 사림파 유학자들을 일망타진할 생각에서 임금에게 주장했다.

"이 무리들을 모조리 없애버려야만 조정이 깨끗해지고 후환이 없을 것입니다."

무서운 말에 중신들은 크게 놀랐지만 반대의견을 내놓는 사람은 없었다. 곧 임금의 명령이 떨어졌다.

"대역죄인 김일손, 권오복, 권경유는 능지처참에 처하라! 이목, 허경 등은 참형에 처하고, 그 나머지 김종직과 연관이 있는 사람들은 모조리 형장을 때려 먼 지방으로 귀양을 보내라!"

특히 몇 해 전에 죽은 김종직은 부관참시(무덤을 파내고 관을 꺼내어 시체를 베는 형벌)하라는 명을 내렸다.

끔찍한 피바람이 나라 안에 몰아쳤다. 유학을 숭상하던 선비로서 화를 면한 사람은 별로 없었던 이 사건이 '무오사화'이다.

이 사건 이후 연산군의 뜻을 거스를 사람은 아무도 없었다. 삼사의 대간들이나 유학자들은 임금의 하는 일에 다른 의견이 있을 때 툭하면 상소를 올리곤 했지만 감히 연산군 앞에서는 그럴 수가 없었다.

'개죽음 당하기 십상이겠구나.'

그래서 무오사화 후부터는 임금이 하는 일에 왈가왈부하는 사람은 찾아볼 수 없게 되었다.

'이제 됐다! 내 세상이다! 하고 싶은 일은 뭐든지 할 수 있게 되었다.'

연산군은 속으로 쾌재를 불렀다.

요녀 장녹수와 황음

무오사화를 일으켰을 때 연산군의 나이는 23살이었다. 한창 여인을 탐할 나이였다. 게다가 천하를 손아귀에 쥔 임금의 권세가 있으니, 날마다 술과 유흥의 나날이었다.

연산군은 왕비 신씨와 궁인 곽씨 이외에 따로 윤훤의 딸을 맞아 숙의를 삼았다.

"임금이 여자를 되게 밝힌대요."

이런 소문이 퍼져 나가자, 약삭빠른 김효손은 잽싸게 머리를 굴렸다.

'여자를 좋아하는 임금에게 바칠 만한 미색이 없을까? 아, 등잔 밑이 어둡다고, 우리 처제가 절색이지! 정말로 잘 되었다!'

김효선의 처제인 장녹수는 예종의 둘째 아들인 제안대군의 여종으로 있었다. 가난해서 시집도 여러 번 가고 자식까지 하나 있는 장녹수였지만 뛰어난 미색 덕분에 궁궐에 들어갈 수 있었다. 연산군보다도 몇 살 위인 서른 살이었지만 16살 꽃다운 아가씨로 보였을 만큼 동안이었다. 자식을 낳은 후에도 춤과 노래를 배워 기생의 길로 나섰고, 궁중으로 뽑혀 들어와서는 연산군의 총애를 한 몸에 받아 후궁이 되었다.

연산군은 장녹수를 한 번 만나보고 그 미모에 완전히 빠져 버렸다.

'세상에! 이런 미인이 있나! 저 자태, 저 목소리⋯⋯! 하늘이 낸 여인이구나.'

연산군은 곧 장녹수를 후궁으로 삼고 숙원으로 봉하였다. 사람의 마음을 호리는 재주가 뛰어난 장녹수의 손에 잡힌 연산군은 그저 그녀의 침소를 찾는 것만이 기쁘고 좋았다.

'조회도 귀찮고 경연은 더욱 짜증난다.'

그저 장녹수 옆에 있는 것이 연산군에게는 가장 기쁘고 유쾌한 시간이었다. 장녹수의 곁을 떠나서는 살 수 없을 것 같은 생각이 들 정도였다.

연산군의 사랑이 깊어질수록 장녹수는 교만해져서 마침내는 임금을 조종하게 되었다.

"누가 전하를 사나운 독수리처럼 무섭다고 하나요? 제 앞에서는 죽은 사자와도 같이 온순할 뿐인데요."

"허허, 그런가? 화를 내려고 해도 보기만 하면 웃음이 저절로 나는 것을 어쩌란 말인가?"

이런 지경이었기 때문에 그때 벼슬 한 자리를 얻거나 청을 넣을 일이 생기면, 나라의 기관이나 정승들에게 청하기보다 장녹수에게 청하는 것이 가장 빨랐다. 그래서 일년내내 장녹수의 사가 앞에는 뇌물을 이고 진 사람들의 발길이 끊이지 않았다. 장녹수의 말 한 마디에 사람이 살기도 하고 죽기도 하였다.

연산군은 장녹수를 기쁘게 해줄 양으로 각 관청의 비자(계집종)나 여염집 딸이라도 8살부터 12살까지의 미소녀들을 대궐로 데려다가 노래와 춤을 가르쳐 연회에 불렀다. 궁중에 연회가 없는 날이 없었고, 연산군은 하루도 취하지 않는 날이 없었으며, 그 곁에는 늘 장녹수가 앉아 있었다. 정사야 잘되거나 못되거나, 백성들이야 죽거나 말거나 연산군은 술이면 그만이요, 장녹수면 그만이었다.

그때만 해도 창덕궁의 담이 낮아서 담 밖에서 대궐 안을 엿볼 수가 있었다. 대궐 안에서 매일 연회가 벌어지고 노랫소리에 춤을 추며 야단법석을 떨면 그것을 구경하느라고 수백 명의 군중이 모여들었다.

연산군은 당장에 도승지 이극균을 불러 어명을 내렸다.

"대궐 담장을 새로이 두 길 높이로 쌓아올리고 담장 밖에 있는 민가들은 모두 헐어버려라. 또 대궐 안이 내려다보일 정도로 높은 곳에 있는 암자들도 모조리 헐어라. 그리고 인왕산이나 사직산의 입산을 금지하라! 산에 올라 대궐 안을 바라보는 것을 엄금하라!"

모든 것이 장녹수와 음탕하게 놀기 위한 어이없는 명령이었다.

어느 해 봄날, 연산군은 내관 몇만을 데리고 정업원으로 미행을 나왔다. 정업원은 늙은 후궁들이 여생을 보내는 절이었다. 그런데 후궁이 나가 살게 되면 젊은 궁녀들도 몰래 빠져 나와 정업원에서 지내는 일이 많았다.

연산군이 예고도 없이 정업원에 나타나자, 법당 안에서는 불경을 읽던 비구니들이 모두 일어나 합장하였다. 그중에는 정말 소문처럼 아리따운 젊은 비구니들도 많이 있었다.

"음……."

연산군은 뜻 모를 미소를 지었다. 연산군은 여러 비구니들 중에서 젊고 아리따운 비구니들만 몇 명을 가리키며 말했다.

"자, 이제 그만 물러가거라. 가리킨 몇 명만 남아 있고. 응?"

속세를 떠난 비구니라 할지라도 어명을 거역할 길은 없었다. 물러가라는 명령을 받은 늙은 비구니들은 합장 배례하고 선원으로 들어갔다.

이날 연산군의 황음은 차마 눈을 뜨고서는 볼 수가 없을 정도였다. 일찍이 한 사람의 여성을 상대로 음탕한 행동을 한 일은 많았으나, 여러 여인과 더불어 짐승처럼 놀아본 일은 그때가 처음이었다. 이때부터 연산군의 황음이 본격적으로 심해지게 되었다.

한 번은 연산군의 왕대비 윤씨가 임금을 위로하기 위해 창경궁 안뜰에서 잔치를 베푼 일이 있었다. 이 자리에는 고관들도 함께 자리하고 있었다. 이날 왕대비는 연회를 흥겹게 하기 위해 기녀인 광한선과 내한매 등을 불러 임금을 모시게 했다. 연산군은 술이 취하자 왕대비를 비롯하여 여러 중신들이 있는데도 아랑곳하지 않고 두 기생을 한꺼번에 품에 껴안고 분부를 내렸다.

"자, 모두 이 기생의 이름을 시제로 삼아서 시를 지어 보아라."

중신들로서는 지독한 모욕이었다. 이 지경에 이르자 조정에 중신이 많았지만 간언을 올리려는 사람조차 없게 되었다.

갑자사화

연산군은 생모인 윤씨가 폐위를 당했다가 사약을 마시고 죽었다는 일은 대강 눈치로 알았다. 다만 그 일은 부왕이 윤씨를 미워하여 그렇게 한 일이라고만 알고 있었고, 자세한 내막은 알지 못하였다.

연산군의 신임을 받는 사람으로는 처남 신수근이 첫째였고, 그다음이 임사홍이었다. 그는 임금께 잘 보여서 부귀와 권력을 유지하려고 갖은 방법으로 아부하는 아첨꾼이었다. 더욱이 그 둘째 아들 임숭재는 남의 아름다운 첩을 빼앗아 임금에게 바쳐서 연산군의 특별한 총애를 받았다.

그런데 그의 셋째 아들 임희재는 어려서부터 재주가 있어 김종직의 제자가 되었고 연산군 때 대과에 급제하였다. 그러나 그해 무오사화가 일어나자 김종직의 제자에 포함되어 임희재도 귀양을 갔었다. 임희재는 자기 형들이나 아버지와는 달랐다. 그는 글만 잘할 뿐 아니라 글씨도 잘 썼는데 자기 집 병풍에 이런 글을 써 붙여 놓았다.

'순 임금과 요 임금을 본받는다면 절로 태평세상을 이룰 텐데
진나라 시황제는 어찌하여 국민을 괴롭혔던가.
화가 자기 집 담장 안에서 일어날 줄 모르고
공연히 오랑캐를 막는다고 만리장성을 쌓았구나.'

이 시는 시황제의 이름을 빌려 연산군을 조롱하는 의미가 담겨 있었다.

그런데 하루는 연산군이 임사홍 집에 미행을 나왔다가 병풍의 시를 보고 크게 노하였다.

"누가 쓴 글인지 이실직고하라!"

"제 아들 희재의 글입니다."

연산군의 노여움은 점점 고조되어 물었다.

"그대의 아들을 그대로 둘 수 없어 죽이려고 하는데 어떤가?"

임사홍은 방바닥에 닿도록 머리를 조아리며 말했다

"진작 전하께 아뢰고 처치하려 했으나 애비 된 마음에 차마 용단을 내리지 못한 것을 용서하십시오."

연산군은 곧 임희재를 의금부에 가두었다가 며칠 후에 참형에 처하였다. 그런데 임사홍은 아들이 참형을 당하는 날에도 조금도 슬퍼하는 기색도 없이 집에서 잔치를 베풀어 친구들과 함께 즐겼다. 이로 보아 임사홍이 얼마나 간악하고 냉혹한 인간이라는 것을 알 수 있다.

임사홍의 태도를 전해들은 연산군은 더욱 임사홍을 신임하게 되었다.

연산군이 자주 임사홍의 집을 찾는 이유는 임사홍이 많은 미인들을 미리 물색하여 대기시켜 두고 있었기 때문이었다.

하루는 연산군과 임사홍 둘이서 이런저런 이야기를 하다가 문득 폐비 윤씨에 관한 얘기를 끄집어냈다.

"윤비마마는 본래 성질이 나빠서 성종의 미움을 받은 것이 아닙니다. 투기심이 강한 엄숙의와 정숙의가 자주 거짓 고자질을 해대는 바람에 그렇게 폐출당한 것입니다. 그리고 끝내 사약을 받게 되신 것이지요."

이 말을 들은 연산군은 그만 정신이 아찔해졌다.

"뭐? 엄숙의와 정숙의가?"

선왕의 총애를 받아오던 엄숙의와 정숙의는 지금 평안한 나날을 보내고 있었다.

'그들이 그런 원수였다니! 생모의 원수를 바로 눈앞에 두고도 지금까지 모르고 살았구나!'

연산군은 잠시도 지체할 수 없었다. 그만 분통을 주체하지 못하고 그 길로 대궐로 돌아왔다.

"당장 엄씨년과 정씨년, 두 숙의년을 불러와라!"

연산군은 놀란 두 숙의가 황망하게 들어오자, 대궐 뜰에 세우고 주먹으로 두들겨 패기 시작하였다.

"네 이년들! 네년들이 과인의 생모를 독살시켰지?"

"아이고, 그런 일 없소!"

"선대왕의 후궁들에게 이렇게 하는 법은 없소."

연산군의 눈이 확 뒤집어졌다.

"터진 입으로 말이 많구나!"

연산군은 두 사람을 무지막지하게 때려 죽이고도 분이 풀리지 않았다.

"여봐라! 이년들의 시체를 까마귀나 뜯어 먹으라고 산에다 던져 버려라!"

대궐 안에서 이렇게 비참하게 후궁들이 죽었는데 감히 고하는 사람이 없었고, 궁녀들이나 무수리들은 고개도 들지 못한 채 벌벌 떨고만 있었다.

이때였다. 소식을 전해들은 인수대비가 시녀들의 부축을 받으면서 나타났다. 나이가 이미 일흔 살이 가까운지라 후궁에서 한가한 여생을 보내고 있었는데 연산군이 대궐에서 엄숙의와 정숙의를 때려 죽였다는 소식을 듣고 부랴부랴 달려온 것이었다.

인수대비는 노여움이 북받쳐 임금을 향해 소리를 높여 호령을 하였다.

"주상! 선대왕의 후궁들에게 이런 법이 어디 있단 말이오?"

그러나 인수대비의 말을 듣고만 있을 연산군이 아니었다.

"이 여우 같은 늙은이야! 어쩌구 어째?"

연산군은 인수대비에게 달려들어 밀어 넘어뜨렸다. 인수대비는 쓰러지면서 단말마의 비명을 질렀다. 그리고 그대로 정신을 잃고 말았다.

"두 후궁의 몸에서 난 안양군과 봉안군을 당장 잡아들여라! 큰칼을 씌워 옥에 가두어라!"

때는 연산군 10년(1504년) 갑자년 3월 20일이었다.

인수대비는 이때 쓰러진 것이 원인이 되어 얼마동안 고생하다가 세상을 떠났다.

인수대비가 세상을 떠나자 폐비 윤씨의 어머니인 신씨는 자유로이 대궐 안에 출입하게 되었다.

"어서 오세요, 할머니."

연산군은 신씨를 반갑게 맞았다. 신씨는 연산군에게 간직하고 있던 윤씨의 피 묻은 수건을 전하며 그때의 상황을 자세히 전해 주었다.

'얼마나 그리워했던 어머니인가!'

어머니가 마지막 흘린 피가 묻은 수건을 받아든 연산군은 한없이 통곡하였다. 울어도 울어도 통곡은 멈추어지지 않았다. 이제야 비로소 자기 어머니의 최후의 일을 확실히 알게 된 것이다.

'어머니! 불쌍한 어머니! 제가 꼭 어머니의 복수를 해드리겠습니다.'

연산군의 두 눈은 증오로 이글이글 끓고 있었다.

연산군은 그 길로 춘추관에 명령을 내렸다.

"생모 윤씨의 죽음에 관계된 모든 인물을 조사하여 올려보내라."

첫 희생자는 왕명에 의하여 폐비 윤씨에게 사약을 들고 갔던 승지 이세좌였다. 어명에 복종한 것뿐이지만 이성을 잃어버린 연산군의 복수의 표적이 되기에는 충분하였다.

"승지로서 당연히 불가하다고 아뢰었어야 한다. 국모를 지키기 위해 반대는 못할망정 사약을 들고 갔으니 배은망덕한 놈이다. 당장 거제도로 귀양을 보내라!"

그러나 그런 정도로는 직성이 풀리지 않았던지 이세좌가 거제도로 출발한 지 사흘 후, 그를 죽이라는 새로운 명령을 내렸다. 죽이라는 명령을 귀양 가던 길에 받은 이세좌는 그날 밤에 스스로 목을 매어 죽어버렸다.

'어리석은 임금 아래서 신하로 태어난 죄가 한스럽구나!'

스스로를 탓했을 뿐 아무도 원망하지 않았다.

"불쌍한 생모의 원한을 시원하게 풀어드려야겠다. 폐비 사건에 관련이 있는 자들은 모조리 대역죄로 삼족을 멸하라!"

살아 있던 윤필상, 이극균, 이세좌, 권주, 성준 등은 참형을 당하고 이미 죽은 사람들에게 대하여는 부관참시를 하였는데, 이번에는 한걸음 더 나아가 무덤을 파고 송장 허리를 잘라 그 뼈를 갈아 바람에 날려버렸다. 이 해가 바로 갑자년이라 '갑자사화'라 부르게 되었다.

그러자 임금에 대한 백성들의 원성은 날이 갈수록 높아졌다.

"도대체 임금이 제정신인가! 도저히 살 수가 없다. 하늘도 무심하시구나. 어찌 저런 임금을 보고만 있는고!"

연산군도 백성들의 불평을 짐작하고 있기에 내심으로는 불안한 생각이 없지도 않았다. 연산군은 그 불안한 마음을 떨쳐버리기 위해서 더 발악하듯이 술과 여자에 미쳐서 세월을 보냈다.

내관 김처선의 죽음

연산군은 갖은 음란을 다 부리면서도 장녹수에게 대한 사랑만은 조금도 변함이 없었다. 따라서 장녹수의 세도는 날이 갈수록 확대되어 이제는 팔도강산을 마음대로 뒤흔들게까지 되었다.

"전하, 답답한 대궐 안에서만 즐기는 것보다 산과 들로 돌아다니며 사냥도 하고 노는 것이 더 재미있을 것입니다."

"오, 그래? 너는 어쩜 그렇게 생각하는 것도 영특한고?"

연산군은 서울을 중심으로 사방 몇 십리의 주위를 사냥과 오락장으로 만들고 거기에 금표를 세워 아무도 들어가지 못하게 했다. 이렇게 한 후에 임금은 장녹수와 미인 부대를 이끌고 호위하는 군사들과 사냥꾼들을 거느리고 돌아다니며 놀았다.

연산군은 장악원의 기녀들의 수를 배나 더 늘였다.

"앞으로 처용무를 출 때에는 발가벗고 춤을 추도록 하여라. 그래야 보는 재미가 있지 않겠느냐?"

하루하루 음란의 도가 심해졌고, 사람으로서 그 추잡한 정경은 차마 눈을 뜨고 보기 어려울 정도였다.

'이런 것까지 보고도 살아야 하나.'

내관 김처선은 신하로서 임금의 황무함을 차자 못 본 척할 수가 없어 임금에게 여러 번 간언을 하였다. 그러나 연산군은 말에 귀 기울이기는커녕 오히려 김처선을 죽도록 미워하기에 이르렀다.

하루는 김처선이 대궐에 들어가기 전에 자기 집 가족들에게 마지막 말을 남겼다.

"상감의 난잡함이 도가 지나치오. 오늘은 내가 강하게 반대할 생각인즉 아마 살아 돌아올 수 없을 것이오. 마음의 준비를 하도록 하오."

그날도 역시 궁중에선 낯 뜨거운 일들이 벌어졌다. 김처선은 결연한 태도로 임금 앞에 나아가 아뢰었다.

"전하, 세조대왕 때부터 4대 임금을 모셨지만 이런 난잡한 춤은 처음 보았습니다. 임금으로서 이토록 황음에 빠지신 분은 고금천지에 없는 일입니다. 부디 상감께서는 깊이 생각하시고 돌이키십시오."

연산군은 불같이 화를 내며 펄펄 뛰었다.

"네 이놈! 그 주둥아리를 멈추지 못할까! 죽고 싶으냐?"

그러나 김처선은 조금도 물러서지 않았다.

"백성은 안중에도 없으십니까? 부디 정신을 차리십시오!"

분노를 이기지 못한 연산군은 김처선의 가슴을 향해 활을 쏘았다. 화살은 김처선의 가슴에 깊이 박혔다. 그러나 김처선은 이를 악문 채 다시 소리쳤다.

"이 늙은 내시놈이야 죽는 게 뭐가 두렵겠습니까! 다만 이렇게 사시다간 전하께서 제 명에 못 죽을 것이 걱정됩니다! 제발 삼가십시오!"

"이런 미친 놈! 감히!"

연산군이 또다시 활을 쏘자 김처선은 마룻바닥에 쓰러졌다. 연산군은 김처선의 다리 하나를 찍어 버리고, 혀마저 잘라 버렸다. 그러자 김처선은 자기 손으로 자기 배를 갈라서 숨이 질 때까지 계속 입으로 무엇이라고 중얼거렸다.

"이놈의 시체를 호랑이 먹이로 던져 주어라! 또 김처선이라는 '처'자가 들어 있는 글을 읽거나 말을 하지 말라."

김처선이 죽은 후에도 연산군의 난잡한 생활은 여전히 계속되었다.

즐거움을 느끼기 위해서가 아니라 강박과도 같은 두려움에서 벗어나기 위해 미친 듯이 계속 술과 여인을 찾는 세월이었다. 누가 봐도 정상적인 인간의 삶은 아니었다.

짐승만도 못한 임금

연산군은 시도 때도 없이 대궐 안에서 큰 잔치를 베풀었다. 참가한 여자 손님들의 윗저고리에 누구의 아내 아무개라고 써서 붙이게 했다.

'젊고 예쁜 여인은 이름을 기억해 두었다가 뒷날 다시 불러야겠다.'

이런 음흉한 생각에서였다.

"앞으로 중신들이 연회에 참석할 때는 혼자서 참석하지 말고 반드시 동부인해서 참석하도록 하라."

연회에 참석했던 부인 중에 눈에 들어오는 예쁜 여자가 있으면 내관을 시켜 비밀실로 데려오게 하였다.

"어디로 가자는 것입니까?"

"부인의 옷차림이 왕실 법도에 어긋납니다. 옷차림을 다듬어줄 궁녀가 기다리고 있습니다."

"아, 그래요?"

비밀의 방에 들어서면 미리 기다리고 있던 연산군이 맞아들여 욕을 보이는 것이었다. 정경부인이나 정부인이나 숙부인 등 내로라하는 양반의 부인일지라도 욕을 볼 수밖에 없는 처지였다. 일단 욕을 당한 부인들은 수치스러워서 말을 내지도 못했다.

'말을 해봐야 제 얼굴에 침 뱉기 아닌가! 이런 기막힌 일이 세상에 또 어디 있단 말인가!'

그러나 그중에는 그것을 영광으로 알고 대궐 안에서 며칠씩 머물러 있다가 나가는 사람도 더러 있었다. 그곳을 한 번 거쳐 나온 여자의 남편은 그 이튿날 벼슬자리가 올라갔다.

이런 못된 행동을 조종하는 사람은 장녹수였다. 연산군의 호색취미와 장녹수의 고관 부인들에 대한 적개심이 맞아떨어진 것이다.

'흥! 가소로운 것들! 양반의 부인네들이 얼마나 정조를 지키며 점잔을 빼는지 두고 보자!'

연산군은 처음에 장녹수의 장난을 들어주려고 시작했던 일이었는데, 시간이 지나면서 버릇이 되어 버렸다. 이제는 연회 때에만 부르는 것이 아니고 일단 미인이라면 마음 내키는 대로 불러들였다. 연산군은 유부녀 농락에 새로운 맛을 붙인 것이다.

'흠, 조선의 모든 여자는 내 것이다. 내가 임금이 아닌가. 승은을 입는 걸 영광으로 생각해야 마땅하다.'

연산군은 유부녀가 마음에 들면 그 남편을 살려두지 않았다. 질투심 때문에 말도 안 되는 이유를 붙여서 가차없이 죽여 버렸다

연산군은 유생 황윤묵의 소실인 최씨가 마음에 들었다. 그런데 그녀는 말이 적고 잘 웃지 않았다.

"왜 웃지 않느냐? 오라, 네가 내 옆에서 웃지 않는 이유가 있는데 내가 참 눈치가 없구나. 네 남편 황윤묵이 그리운 게로구나! 그렇지?"

최씨가 놀라서 소리쳤다.

"아닙니다, 전하! 결코 그렇지 않습니다!"

"오, 화들짝 놀라는 것을 보니, 지금도 그놈 생각을 하고 있었지? 내

가 그놈을 살려둘 것 같으냐, 죽여 버릴 것 같으냐?"

그녀는 두려움에 부들부들 떨기 시작하였다.

"전하, 그러지 마십시오!"

"그놈이 죽어야 하는 이유는 네 정인이라는 것, 그것 하나뿐이다. 하하, 네 빼어난 미색이 기어코 네 남편을 잡는구나!"

연산군은 아무 죄없는 황윤묵을 죽여 버렸다. 사람으로서, 제 정신으로서는 할 수 없는 일이었다.

또 하루는 영남서 데려온 어떤 유부녀가 상 위에 삶은 돼지머리를 통으로 올려놓은 놓은 것을 보고 혼자 배시시 웃는 것이었다.

"왜 까닭 없이 웃느냐?"

연산군이 그 까닭을 물었다.

"네, 소첩의 전 남편의 용모가 돼지상인데, 이 돼지머리를 보자 남편 생각이 나서 저도 모르게 웃었습니다."

"오호, 그래? 네가 열녀로구나! 자나깨나 남편 생각을 하다니!"

연산군은 그 자리에서 승지를 불러서, 그 여인의 남편 목을 베어오게 하였다. 며칠 후 연산군은 그 여인을 불러 소반에 담은 남편의 목을 보여 주면서 말했다.

"자, 네가 그리워하던 돼지 서방을 실컷 보아라."

연산군은 남의 아내이건 처녀이건 할 것 없이 그저 외모가 예쁜 여자라면 다 붙잡아오게 하였다. 그러다 보니 어염집 아내, 첩, 색시, 기생, 무당들의 총 수효가 1만여 명이나 이르렀다. 이제는 여자들이 지낼 방과 생활용품이 모자랐다.

"원각사에다 방을 더 만들고, 대궐 안에도 방을 더 많이 만들어라."

그래도 부족하였다. 채홍사들이 전국 각지에서 뽑아온 기녀들 중 대궐 안에 들어온 여자들 가운데 용모가 예쁘고 노래 잘 부르고 춤 잘 추는 여자들을 가려 뽑아 흥청이라고 불렀다. 이 여자들 중에서 임금의 부름을 받아 승은을 입은 여자는 천과흥청이라 부르고, 아직 기다리고 있는 여자는 지과흥청이라고 불렀다. 연산군의 황음과 학정은 날이 갈수록 그 규모와 사치가 커져서 주색잡기에 미친 사람이 되고 말았다. 연산군이 얼마나 주색잡기에 빠졌는지 결국 흥청이 때문에 망했다 해서 훗날 흥청망청이라는 말도 생겨났다.

환락의 비참한 종말

휘숙옹주는 선왕인 성종의 서녀였다. 연산군의 이복누이인 휘숙옹주는 임사홍의 아들인 임숭재에게 시집을 갔다. 연산군은 임사홍 집에 자주 드나드는 사이에 이복누이에게조차 욕심이 생겨서 그녀를 능욕하고 말았다. 임숭재는 임금에게 아첨하기 위하여 남의 첩들을 빼앗아다 바치곤 했기 때문에 특별한 총애를 받는 처지였지만, 자기 부인까지 욕을 당하고 보니 할 말이 없었다.

'그러나 임금인데 어떻게 불만을 드러낸단 말인가.'

임숭재는 겉으로는 담담하게 대하면서 속으로는 부글부글 화가 끓었다.

'저놈이 혹시 속으로 딴 생각을 품지 않을까?'

연산군은 이런 의구심을 갖게 되었다.

"앞으로는 쇳조각을 입에 물고 있거라. 단 한 마디도 입 밖으로 잔소리를 내지 말란 뜻이다."

이렇게 되자 임숭재는 크게 풀이 죽었다.

'입 닫고 죽으라는 말이다. 억울한 일을 당해도 하소연도 못하고, 말조차 할 수 없다면 숨통이 막혀 어떻게 살란 말인가.'

임숭재는 그만 울화병을 이기지 못하고 죽고 말았다.

연산군이 왕족 부녀를 능욕한 사실은 이것만이 아니었다. 성종대왕의 형님이자 연산군의 백부인 월산대군은 이미 세상을 떠났지만 그의 부인 박씨는 미인으로 유명하였다. 월산대군이 세상을 떠난 후에는 혼자서 외롭게 살고 있었다.

"이렇게 뛰어나게 예쁜데 어찌 외롭게 살게 두겠소?"

"마마, 저는 마마의 백모입니다. 이러지 마십시오."

"흥! 백모든 천모든 난 상관없소. 앞으로는 내가 외롭지 않게 잘 돌봐 주겠소."

박씨는 눈앞이 아득해졌다. 말이 통해야 호소도 해볼 수 있는데, 연산군은 사람이 아니었다. 남편을 따라 일찍 죽지 못한 것만 한이 될 뿐이었다. 연산군의 모함에 빠져 어이없게 능욕을 당한 박씨는 수치심과 분노로 어찌할 줄을 몰랐다. 그런 박씨의 태도에 연산군은 더욱 마음이 끓어올랐다.

'궁중의 모든 여인이 내 손길만을 갈망하는데, 매몰차게 뿌리치는 모습이 더욱 매혹적이구나!'

연산군은 박씨를 높여서 정1품 이상의 벼슬인 승평부대부인이라는 존호를 주었고, 그의 아우인 박원종에게는 관직의 한 계급을 높여 주었다. 말 한 마디 잘못하면 3족을 멸하는 일이 벌어지는 처지에 박씨는 살지도 못하고 죽지도 못하는 시간을 보내고 있었다.

'미치광이 임금 앞에서는 본심을 드러낼 수도 없고, 죽는 것보다 괴로운 삶을 언제까지 살아야 하나.'

그러던 중에 박씨는 자신이 임신한 것을 알았다.

"아!!"

박씨는 두 손으로 얼굴을 가리고 방바닥에 그대로 쓰러져 버렸다.

'이대로 죽었으면! 이 아이를 어떻게 낳는단 말인가! 더 이상은 살수 없겠다. 도저히 그럴 수는 없다. 내 원통함을 누가 알까.'

박씨는 죽을 결심을 하고 은밀하게 독약을 구하였다. 그녀는 독약을 마시기 전에 아우인 박원종에게 절통한 유서를 남겼다

'아우야, 인륜에 어긋나는 일을 당하고 어찌 더 살겠느냐? 죽는 것으로 이 굴욕에서 벗어나야겠다. 이 억울한 한을 네가 풀어다오.'

박씨는 죽기로 결심한 후, 몸이 좋지 않다고 핑계를 대고 임금의 연회에도 잘 나오지 않았다.

'몸도 아픈데 기쁘게 해줄 방법이 없을까? 아, 멀리 있는 남동생을 불러올려 늘 가까이 있게 해줘야겠다.'

고양이가 쥐 생각해 주는 격이었다. 연산군은 박씨를 위해 북도절제사로 가 있던 박원종을 서울로 불러올렸다. 그런데 며칠도 안 되어 박씨가 목숨을 버리자 박원종의 침통한 심정은 너무나 컸다.

'불쌍한 우리 누님, 꼭 누님의 한을 풀어드리겠습니다. 제 목숨을 바쳐서 저 원수놈에게 응분의 벌을 내리고야 말겠습니다. 저놈의 몰락을 꼭 지켜봐 주세요!'

박원종은 피눈물을 흘리며 두 주먹을 불끈 쥐었다.

연산군을 폐출시키다

연산군을 임금자리에서 내쫓으려는 거사 계획을 가장 먼저 실행에 옮긴 사람은 성희안이었다. 성희안은 성종의 총애를 받던 인물로 학식이 깊고 치밀하며 대담한 성격의 소유자였다. 그는 종사관, 형조참판 등을 거쳐 1504년에는 이조참판 직에 올라 있었다.

하루는 연산군이 양화도 월산대군 별장인 망원정에서 연회를 열고 중신들에게 시를 짓게 할 때, 성희안은 임금이 하는 일이 하도 마땅치가 않아서 풍자적으로 의미심장하게 비꼬는 글을 지었는데, 글을 본 연산군은 노발대발하였다.

"과인을 조롱한 글이 아니냐! 당장 성희안을 파직하여라!"

그날 이후 성희안은 관계에 발을 들여놓지 않고 초야에 묻혀서 친구들과 함께 시나 짓고 한가하게 지내고 있었다. 그러면서 연산군이 뉘우칠 날만 기다렸으나 황음과 폭정이 점점 더 심해지는 것을 보고 마음을 바꾸었다.

'다른 길이 없다. 하루라도 빨리 저 패악한 임금을 퇴위시켜야겠다.'

그러나 혼자 힘으로는 도저히 불가능했다. 성희안은 동지를 구할 계획을 세웠다. 그가 가장 먼저 접근한 사람은 박원종이었다.

'연산군에게 농락당한 누이가 음독자살까지 하였으니 얼마나 분할까. 충분히 나와 뜻을 같이할 만하다. 일단 만나볼 방도를 강구해 봐야겠다.'

성희안이 박원종을 만날 길을 찾던 중 같은 동네에 사는 신윤무가 박원종과 막역한 사이라는 것을 알게 되었다. 신윤무는 벌써 성희안과는 그때 나라일을 걱정하는 일에 마음이 의기상통해 있었다. 성희안은 신윤무를 통하여 박원종의 의향을 은근히 떠보게 하였다.

신윤무는 박원종을 찾아가서 성희안에 대해 소개하고, 그가 품고 있는 생각을 말했다.

그러자 박원종은 반색을 하며 말했다.

"잘 왔소. 나 역시 그런 생각을 하고 있었소. 혼자서는 할 수 없는 일이라서 동지를 찾을 때까지 함구하고 있었던 것이오."

"아, 정말 잘 되었소. 그럼 그렇게 전하겠소"

신윤무가 돌아와서 박원종의 뜻을 전하자, 성희안은 일시에 천군만마를 얻은 듯이 기뻤다. 성희안은 그 길로 곧 박원종의 집을 찾아갔다.

"마음이 급해 당장 왔습니다."

"어서 오시오."

두 사람은 손목을 꼭 잡고 눈물을 흘리며 언약을 했다. 목숨을 걸어야 하는 일이었기 때문에 목소리가 떨리고 있었다.

"사내대장부로서 나라가 망해가는 꼴을 어찌 그냥 보고만 있겠소? 생사를 걸고 큰일을 같이 도모해 봅시다."

두 사람은 그때부터 함께 극비밀리에 동지들을 널리 규합한 결과 이조판서 유순정과 우의정 김수동을 끌어들였다.

연산군 12년 9월 1일, 이날은 연산군이 미인들을 거느리고 장단 석벽에 새로 지은 정자로 놀러가기로 된 날이었다. 박원종과 성희안 등은 이날을 기하여 거사를 벌이기로 하였다.

"임금이 장단에 놀러갔다 돌아오는 길목에 군사를 매복시킬 것이오. 일단 임금을 붙들어 가두어 놓은 다음, 임금의 아우 되는 진성대군을 모셔다가 임금으로 추대합시다."

"그럽시다. 신윤무, 장정, 군기시첨정 박영문, 홍경주 등을 시켜 무사들을 모아 저녁에 훈련원에 모이게 합시다."

긴장 속에서 당일이 되었는데, 연산군은 무슨 예감이 들었는지 갑자기 변덕을 부렸다.

"장단행을 중지하라! 오늘 가지 않겠다."

모든 사람들이 떠들썩하게 준비하던 일을 중지하고 말았다.

소식을 전해 들은 박원종과 성희안 등은 당황스러웠다.

"비밀이 새어나간 건 아닐까요?"

박원종이 단호하게 말했다.

"아닐 것이오. 원래 제멋대로 하는 왕이 아니오? 계획을 미루면 밀고자가 생기게 되오. 또 어렵게 모아놓은 무사들과 동지들을 그냥 돌려보냈다간 비밀이 발각되고 말 것이오."

"맞습니다. 예정한 계획을 실행해야 합니다. 죽든지 살든지 하늘에 맡기고 감행합시다."

박원종은 이때 유자광이 꾀가 많고 경험이 많아서 이 일에 참가시켰다. 우선 신윤무와 무사들을 임사홍, 신수근, 신수영의 집으로 보냈다.

"너희들이 죽는 이유를 알아야 할 것이다. 임금을 잘못 인도한 죄로 죽는 것이다!"

신윤무는 그들을 척살하고 개성유수로 가 있는 신수근의 동생 되는 신수겸은 따로 사람을 보내 죽이게 했다.

사실 이 거사 전에 박원종은 신수근을 찾아갔다. 왜냐하면 신수근은 연산군의 처남이기도 했지만 다른 한편으로는 새로 왕으로 추대하려고 하는 진성대군의 장인이었기 때문이다. 그래서 가능하면 신수근을 거사에 가담시켜 목숨을 구할 명분을 만들어주고 싶었다. 신수근이 거사에

호응한다면 피를 흘리지 않고도 대궐 안으로 진입할 수 있었다. 박원종은 신수근에게 돌려서 물었다.

"누이와 딸 중 누가 더 중요합니까?"

신수근은 심상치 않은 이 물음의 의도가 무엇인지 알았다. 그는 버럭 화를 내며 말했다.

"비록 임금이 포악하긴 하지만 세자가 총명하니 염려할 바가 못 되오."

박원종은 신수근의 못박는 듯한 단호한 말에 결심을 굳혔다.

'음……, 걸림돌이 되겠구나. 거사 이전에 먼저 그를 제거하지 않으면 안 되겠구나.'

신수근은 목숨을 구할 기회를 놓쳐 버렸다. 어느덧 장안에는 삼삼오오 모이면 소리를 죽여 소곤대기 시작했다.

"무사들이 훈련원에 다 모여 있답니다."

"임금을 갈아치우는 일을 벌이는 모양입니다."

그러자 서울 장안에 기운깨나 쓰는 의협심이 있는 사람들은 모두 모여들었다.

"그런 짐승보다 못한 놈은 기어이 쫓아내고야 말겠다!"

"정신병자를 임금으로 모실 수는 없소!"

박원종은 수많은 사람들이 모이자 그들을 조직적으로 분류하여 각각의 할 일을 정해 주었다. 그들을 인솔할 사람도 대개 작정되자, 윤형로를 진성대군의 관저로 보내 알렸다.

"뜻 있는 사람들이 의기를 들고 일어났습니다."

그리고 무사 수십 명을 보내 집 주위를 감싸고 지키게 하였다.

이날 밤 성희안 등은 돈화문 앞에 나아가 날이 밝기를 기다렸다. 대궐 안에 연산군을 모시고 있던 장사며 시종 들던 내시 등이 대궐 밖에서 일어난 일을 알게 되자, 모두 하수도 구멍으로 빠져 도망쳐 버려서 대궐 안은 이미 사람 없는 적막강산이 되어 버렸다.

입직승지인 윤장, 조계형, 이우 등이 사변을 일어난 것을 알고 창황히 들어가 임금께 알렸다.

"전하, 사변이 일어났다고 합니다."

연산군은 놀라서 자리에서 벌떡 일어나며 말했다.

"역모가 아니냐? 당장 활과 칼을 가져오너라!"

그러나 대답하는 사람이 아무도 없었다. 말을 전한 사람도 다 도망을 가버리고 없었다.

"게 누구 없느냐? 왜 대답이 없느냐?"

연산군은 놀라고 황겁하여 달아나려고 하였다.

"아, 이, 이게……!"

연산군은 승지들의 손을 잡고 부들부들 몸을 떨고 말을 하려고 했으나 말문이 막혀 어쩔 줄을 몰라 했다.

"전하, 대궐 밖의 상황을 좀 살펴보고 오겠습니다."

"가지 마라. 나 혼자 두고 어디 가느냐?"

그러나 승지들은 모두 하수도 구멍으로 빠져나가 버렸다.

반정거사는 예상보다 쉽게 성공했다. 박원종은 내관 몇 사람을 앞장세워 장사 수십 명을 거느리고 대궐 안으로 들어가 연산군에게 아첨만 떨던 몇몇 중신부터 죽여 버렸다.

거사에 성공하자 성희안 등은 성종의 계비이자 진성대군의 어머니인 정현왕후 윤씨를 찾아뵙고 청하였다.

"대비전하, 주상께서 크게 군도를 잃어버렸기 때문에 천명과 인심이 벌써 진성대군에게로 돌아갔으므로 이에 여러 중신들이 충심으로 대비전하의 뜻을 받들어 진성대군을 맞아모시려 하는 바이오니 교지를 내려주십시오."

정현왕후는 처음에는 이들의 청을 거절하였다.

"이게 무슨 해괴한 짓인가?"

"이 나라를 이대로 두시겠습니까? 결단을 내려주십시오."

상황을 자세히 전해들은 정현왕후는 결국 교지를 내렸다.

"연산군을 왕자의 신분으로 강등시켜 강화도 교동에 안치하도록 하라."

그리고 이튿날 진성대군이 근정전에서 만조백관의 치하를 받으며 즉위식을 거행하였다.

궐내에서 만세소리가 요란스럽게 들려오자 놀란 연산군은 승지를 불렀다. 그러나 누구 하나 대답하는 사람이 없었다.

"대체 이게 무슨 소리란 말이냐?"

"모르겠습니다. 전하, 이제 소인들은 어찌 되나요?"

장녹수, 전비, 김귀비 등 가장 사랑하던 여인들은 새파랗게 질려 부들부들 떨며 물었다. 여기저기에서 두려워서 흐느끼는 소리뿐이었다.

"나도 모르겠다."

연산군은 하늘 무서운 줄 모르고 악을 행하던 그 포악을 다 잃어버린 채 한없이 비굴한 몰골로 안절부절못하며 서성였다. 그때 요란한 발소리와 함께 군사들이 몰려왔다.

"이것들을 다 묶어라!"

박원종은 연산군이 보는 앞에서 장녹수와 전비, 김귀비 등을 붙잡아서 다른 곳에서 죽여 버렸다.

"불의한 재산을 다 몰수하여 국고에 환수하라!"

연산군에게 빌붙어 뇌물을 받은 벼슬아치와 여자들의 재산도 다 몰수해버렸다.

"몰수할 때 보니 장녹수의 재산이 국고의 절반을 넘었다 합니다."

"쯧쯧, 기가 막힐 뿐이오. 그러니 백성들의 생활이 어떠했겠소?"

연산군은 강화섬 밖에 있는 교동도에 유폐시키고 세자는 강원도 정선으로 귀양 보냈다. 연산군은 폐위된 지 두 달 만에 역병에 걸려 죽고 만다.

11. 중종

(1488-1544, 재위 1506. 9-1544. 11)

성종의 둘째 아들로 1494년(성종 25) 진성대군에 봉해졌고, 1506년 중종반정으로 연산군이 폐위되면서 제11대 왕으로 즉위하였다. 즉위 이후 연산군의 폐정을 개혁하고 조광조 등 신진세력을 중용하여 현량과를 설치하는 등 새로운 왕도정치를 실시하려고 하였다. 그러나 급진적인 개혁정치는 훈구파의 반발을 가져와 기묘사화를 일으켰고 훈구파의 전횡이 이어지면서 폭군에 맞서 어진 정치를 펴는데 노력한 중종의 업적은 아쉬움이 남는다.

||||||| 조선의 궁중비화 |||||||

연산군을 쫓아낸 후 중종은 19세의 나이로 조선 제11대 왕이 되었다. 그는 즉위 후 가장 먼저, 연산군의 폐정으로 인해 문란해진 나라의 기강을 바로잡으려고 했다.

'올바른 정치를 하려면 자문기관인 홍문관의 기능을 강화해야 한다.'

임금은 경연을 중시하여 정책 논쟁의 강도를 높였다. 박원종 등 반정 공신 세력에 밀린 중종은 이들을 견제하기 위해 신진 사림세력인 급진 개혁론자를 끌어들였다.

안타까운 생이별

중종의 아내인 신씨는 박원종 일파에게 가장 먼저 죽음을 당한 신수근의 딸이었다. 중종이 즉위식을 올린 날 저녁, 궁에서 왕비 신씨를 맞으러 사람이 나왔다. 신씨는 이때 어젯밤 자기 아버지가 피살되었다는 소식을 듣고 슬픔에 잠겨 있던 중이었다.

'지아비는 임금이 되고 나는 왕비가 되었지만, 아버지는 역적으로 몰려 죽음을 당하시다니! 너무나 슬프구나.'

신씨는 착잡한 심정으로 궁궐로 들어갔다.

"오, 어서 오시구려."

중종은 반갑게 신씨를 맞아들였다. 그런데 임금을 본 신씨는 그저 하염없이 눈물만 쏟았다. 임금은 왕비의 어깨를 안아주며 다정하게 위로의 말을 건넸다.

"진정하시오, 중전. 옆방에 나인들이 있소. 왕비로서의 체통을 지켜야 할 게 아니오?"

중종도 왕비의 애통함을 모를 리가 없었다. 얼마를 울다가 왕비는 겨우 진정하고 고개를 들었다.

"전하, 제가 전하 곁에 머물 날도 얼마 남지 않은 듯합니다."

왕비의 눈에는 새로운 눈물이 고이기 시작했다.

"그게 무슨 말이오? 이제 일국의 국모가 되었는데 왜 그런 말을 하오?"

신씨는 고개를 저으며 말했다.

"아니에요. 저를 인정하지 않을 거예요. 반정 공신들이 역적의 딸이라고 내치라고 할 겁니다. 마마께서 반정 공신의 말을 듣지 않을 도리가 있나요?"

"그건 안 될 말! 아무리 반정 공신들일지라도 내게 그런 요구를 할 수는 없소. 아무 걱정하지 마오."

중종은 왕비의 두 손을 꽉 잡으며 말하였다. 조혼의 풍습대로 진성대군이 열한 살 때, 열두 살 난 소녀 신씨를 맞아 결혼한 어린 부부였지만 금실이 아주 좋았다.

"그럴 리도 없지만, 만일 그렇게 된다면 임금의 자리를 내놓고 전날과 같이 대군으로 돌아가 당신과 살겠소."

중종의 다부진 말에 왕비의 얼굴이 조금 밝아지는 듯했다.

신씨가 궁중에 들어온 지 벌써 여러 날이 되었다. 그동안 중종은 새로운 정치를 계획하느라고 정신없이 바쁜 나날을 보냈다.

우선 반정에 공이 큰 공신을 봉했고 잘못된 나라의 제도를 고치기에 힘썼다. 하루는 중신들이 중종에게 나아가 아뢰었다.

"전하, 신수근의 딸을 중궁으로 두는 것은 불가합니다. 화근을 기르는 일이니, 신씨를 폐하여 서인으로 만드십시오."

중종은 굳은 표정으로 딱 잘라 말했다.

"경 등에 의하여 이 자리에 앉았다 하더라도 그 일만은 따를 수 없소. 죄없는 조강지처를 내쫓지는 않겠소."

그러나 박원종은 강하게 반대하고 나섰다.

"신들도 사람입니다. 어찌 인륜과 정을 모르겠습니까. 그러나 이 일은 조선의 종사에 관한 막중한 일이 달려 있습니다. 대사를 그르치지 마십시오."

중종은 더 이상 듣기도 싫다는 듯 안으로 들어가 버리고 말았다.

그러나 이 정도로 물러날 신하들이 아니었다. 박원종은 승지를 시켜서 결단을 내리라고 졸랐다. 박원종 등의 입장에서 본다면 신씨를 몰아내는 일은 그들의 생사와 직결되는 문제였다.

"신씨가 그대로 있으면 훗날 원자가 태어났을 때 우릴 가만 두겠소? 언젠간 몰살당할 것이 뻔하오."

그래서 박원종 등은 계속 버티는 것이었다. 끝내 중종이 그들의 말을 용납해 주지 않으면 또 무슨 변이 날지 모를 기세였다.

'목숨 걸고 새 임금을 세워줬는데, 우리의 목숨을 위험하게 한다면, 임금을 바꾸는 수밖에······.'

말이 없이도 버티고 있는 그들의 행동에서 이런 강압이 느껴졌다. 그때 신씨가 타고 대궐 밖으로 나갈 가마까지 중궁 뜰 앞에 도착했다.

"전하, 가마 대령했습니다."

중종은 참담한 무력감에 떨며 신씨를 와락 끌어안았다. 임금의 눈에서 하염없이 눈물이 흘러내렸다.

'어찌 내 입으로 아내를 나가라고 하나? 죽어도 그렇게는 못하겠다.'

중종의 품에 안겨 흐느끼기만 하던 신씨가 울음을 그치고 일어섰다.

"전하, 제가 물러가야겠습니다. 저들은 포기하지 않을 것입니다. 저하나 생각하시다 전하가 위태로워지면 어쩝니까!"

"안 되오, 중전!"

"부디 몸을 생각하십시오!"

신씨는 재빨리 중종을 밀어내고 밖으로 나가 버렸다. 중종은 현기증이 일어 잠시 벽을 붙잡았다. 정신을 수습하고 밖으로 뛰쳐 나갔을 때는 이미 신씨의 초라한 가마가 중궁 밖으로 빠져 나간 뒤였다.

이 소문이 세상에 알려지자 학자들이 들고 일어났다.

"이런 무엄한 사람들이 있나! 임금의 조강지처까지 몰아내는 신하가 어디 있는가? 박원종, 성희안 등을 내쫓아야 한다."

그러나 공신들의 권력은 하늘을 찔렀고, 감히 그들을 몰아낼 만한 세력은 아직 조정 안에 없었다.

얼마 후 박원종은 처형인 윤여필의 딸을 왕비로 책봉케 했는데, 바로 장경왕후이다. 그러나 장경왕후 윤씨는 중종 10년 3월, 아들을 낳은 지 일주일도 못 되어 세상을 떠났다. 폐비 신씨가 궁중에서 쫓겨난 지도 10년이 흐른 뒤였다. 그동안 권세를 부리던 박원종은 세상을 떠났지만 중종은 한 번도 신씨를 찾아가지 못했다. 그 후 중종은 새로 윤지임의 딸을 책봉하여 계비를 삼으니 곧 문정왕후였다.

기묘사화가 일어나다

중종은 거의 40년 가까이 보위에 있었다. 그러나 공신들에게 휘둘리느라 소신껏 정치를 펼치지 못한 것이 몹시 안타까웠다.

'젊고 참신한 인재들을 발굴해 새 정치를 해봤으면! 안당을 이조판서에 기용하여 새로운 정치를 해봐야겠다.'

이심저심으로 중종의 뜻을 잘 알고 있던 안당은 이조판서로 부임하자마자 가장 먼저 젊은 인재들을 수소문하였다.

"전하, 조광조를 추천합니다."

안당이 조광조를 기용하자, 이때부터 지방의 학자들이 차츰 서울로 올라와 활발하게 정치에 참여하게 되었다. 이들은 나라의 언론을 맡은 사헌부나 사간원에서 일하며, 정치를 감독하는 입장에 서게 되었다.

젊은 학자들의 중심은 조광조였다. 학문과 덕망을 갖춘 그는 채 3년이 못 되어서 부제학이 되고, 그해 겨울에는 대사헌이 되어 중종의 신임을 한몸에 받았다. 조광조 등 신진들의 힘이 막강해지자 반대파에서는 조광조 일파를 조정에서 몰아내려고 기회만 엿보고 있었다. 희빈 홍씨의 아버지인 홍경주도 공신으로 조광조 일파에게 배척당한 사람이었다. 하루는 홍경주와 남곤이 만나 조광조 일파를 몰아낼 계책을 의논하였다.

"젊은 것들이 제 세상 만난 듯 우쭐대는 꼴이 정말 가관이오."

"상감께서도 이제 염증을 내시는 것 같소이다."

"철없는 것들을 몰아내 버립시다."

뜻이 맞은 두 사람은 불만이 있는 동지들을 찾아 모았다. 홍경주는 자기 딸을 자주 만나며 조광조 일파를 몰아낼 계획을 꾸몄다.

어느 날 중종이 희빈 홍씨의 처소를 갔을 때, 홍씨는 벌레가 갉아먹은 나뭇잎 하나를 보여주었다.

"웬 나뭇잎이오?"

중종은 그 나뭇잎을 유심히 들여다보며 물었다. 벌레가 갉아먹은 자국은 '주초위왕(走肖爲王)'이라는 글자 모양이었다. 한자 '주초'를 합하면 '조(趙)'자가 되니, 장차 조씨가 임금이 된다는 의미였다.

"후원 뜰에서 주워온 나뭇잎인데, 세상에서는 곧 조씨가 임금이 된다고 떠들고 있다고 합니다."

가슴이 덜컥 내려앉은 중종은 곧 승지를 불러 그 나뭇잎을 보이며 아는 대로 말해보라 했다. 입직 승지 역시 희빈 홍씨와 같은 대답을 했다.

"조씨가 왕위에 오른다는 뜻입니다."

다음날 중종은 중신들에게 의견을 구하였다.

"이 일을 어찌 처리했으면 좋겠소?"

"조광조의 세력이 커져서, 그 누구도 그에게 대항을 못합니다. 필시 큰일이 벌어질 조짐으로 보이니, 엄중 문초하여 처단해야 합니다."

이 말을 듣자, 임금은 고개를 끄덕였다.

'그렇잖아도 조광조 일파의 위세가 지나쳤다. 너무 급진적이다!'

조광조 일파의 숫자가 무섭게 늘어나서 주시하고 있던 참이었다.

"전하, 조광조 등은 모였다 하면, 역모에 대한 말만 한다고 합니다."

"다 잡아들여라!"

기묘사화가 벌어진 것이다.

다음날부터 이들에 대한 문초가 시작되었다. 이때 조광조의 나이는 38세였고 함께 잡힌 사람들도 모두 30대의 청년들이었다. 지나치게 의

욕이 앞서서 급하게 추진하다가 실패한 것이었다.

"아직 젊은이들이 아닙니까. 관대한 처분을 내려주십시오."

정광필과 안당 등 온건한 중신들이 주장하여 결국 조광조는 귀양을 가게 되었다. 이 소문을 들은 유생들은 벌떼같이 일어나 광화문 밖에 모여들어 통곡하기 시작했다.

"전하, 조광조는 무죄입니다."

그 통곡소리는 임금이 있는 처소에까지 들렸다. 중종은 마음이 약해져서 조광조 등을 슬그머니 용서할 생각을 했다. 그러나 대사헌 이항, 대사간 이빈 등이 강하게 반대 주장을 내놓았다.

"당장 조광조 등을 사형에 처하고 유생들의 등용문인 현량과를 없애야 합니다."

"능주로 귀양 보낸 조광조에게 사약을 내리라."

그리고 다른 사람들은 절도로 다시 귀양처를 옮기도록 했다.

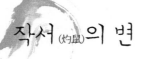

작서(灼鼠)의 변

조광조 등 젊은 학자들이 몰려나자 조정에서 일약 두각을 나타내기 시작한 것은 남곤과 심정 일파였다. 모두 불만을 품었지만 그들의 세력이 두려워 맞서려는 사람이 없었다.

그러던 중 조정에 어느 정도 세력이 있던 김안로가 자꾸만 밀려나게 되자, 부제학 장순손 등과 힘을 합해 남곤과 심정 타도에 나서게 되었다. 김안로는 아들 김희를 효혜공주에게 장가를 보내 세력을 키웠다.

"김안로의 세력이 너무 커져서 더 이상 방관할 수 없소."

남곤은 우선 대사헌 이항을 시켜 상소케 했다.

'김안로는 붕당을 만들어 분란을 일으키니 즉시 내보내야 합니다.'

중종도 처음에는 망설였다.

"그래도 부마의 아버지인데……."

몇 번 두둔했지만 계속되는 상소에 가까운 풍덕으로 귀양을 보냈다. 남곤과 대사헌 이항, 심정의 아들인 심사손이 앞장서서 한 일이었다. 이 때문에 김안로는 그들에게 앙심을 품게 되었다.

영의정 남곤이 57세로 죽은 후 신진 대간들과 심정 일파와의 대립은 매우 심각하였다.

그런 와중에 세자 생일날, 누군가 대궐 후원 나뭇가지에 쥐의 사지와 꼬리를 자르고 주둥아리와 두 귀와 두 눈을 모두 불에 지져서 걸어놓은 '작서의 변'이 일어났다. 이 끔찍한 일은 계속 이어졌는데, 임금의 침실 난간에도 버려져 있어 일이 커졌다.

"이것은 세자를 저주한 일이오."

세자의 외조부가 되는 윤여필이 사건조사에 앞장섰다. 많은 궁인들이 문초를 받았지만 증거가 나타나지 않았다. 결국 대비 윤씨의 전지로 경빈 박씨에게로 지목이 가게 되었다.

'……동궁의 작서는 잘 알지 못하지만, 임금 침실 옆에 걸어 놓은 작서는 경빈 박씨의 소행 같다. 그때 그곳에는 경빈 한 사람만이 있었다. 만일 다른 사람이 쥐를 갖다 놓았다면 경빈이 보았을 것이다. ……그리고 또 며칠 전에는 이런 일도 있었다. 경빈의 딸 혜순옹주가 시녀들과 사람 인형을 만들어 목을 베어 죽이는 시늉을 하면서 작서를 발설한 사람은 이렇게 죽인다고 했다고 한다.'

이 전지를 받은 대신들은 곧 중종 앞에 나아가 아뢰었다.

"당 하루라도 더 박빈을 궁 안에 둘 수 없습니다. 박빈을 폐하여 서인을 만들고 복성군의 작호를 삭탈하여 내쫓아야 합니다."

그 말을 옳게 여긴 중종은 명을 내렸다.

"박빈과 복성군은 조정의 공론대로 벌을 내리라."

이어서 경빈 박씨로 인해 벼슬자리를 얻은 자들까지 한꺼번에 몰아내 버렸다. 경빈 박씨는 고향 상주로 갔으나, 5년 후 다시 복성군과 함께 사사되었다. 조광조가 사사되었을 때가 박씨의 세력이 가장 강했던 때로, 당시 중종의 총애를 한몸에 받고 있었다.

박빈은 경상도 농촌에서 자라난 가난한 선비의 딸이었다. 박씨는 연산군의 황음이 극에 달해 각도에 채홍사를 보내서 민가의 예쁜 처녀를 뽑아올릴 때 뽑혀 올라왔다. 연산군이 쫓겨난 후 미인 수백 명은 반정 공신 박원종의 손에 주어졌다. 박원종은 박빈을 후궁으로 들여보냈고 박빈은 박원종을 비롯한 반정 공신들 손아귀에 있었다. 벽촌의 빈한한 농민의 딸이 임금의 배필이 된 것은 행운이었지만, 총애만 믿고 방자히 굴다가 목숨을 잃게 된 것이다.

"임금이 지나치게 사랑한 때문에 박빈은 죽게 된 것이다."

당시 세간에서는 다들 이렇게 말했다.

불붙는 동궁전

'작서의 변'이 일어났을 때에 세자의 나이는 13세 소년이었다. 천성이 어진 세자는 의붓어머니인 문정왕후에게 효도를 다하였다. 그러나 문정왕후는 세자를 싫어했다.

'가엾은 세자. 어머니 얼굴도 못 본 채 구박 속에 자라니 측은하기 짝이 없구나!'

자순대비는 늘 세자를 자애롭게 보호했다. 성종의 계비(정현왕후)로 연산군을 길러낸 경험으로 계비인 문정왕후와 세자 사이의 미묘한 관계도 잘 알고 있었다. 이러한 왕실의 일을 가장 잘 이용한 것이 김안로였다. 남곤 일파에게 배척되어 풍덕으로 귀양 가 있는 김안로는 낮이나 밤이나 다시 정권 잡기를 노리고 사람들을 끌어들였다.

"정권을 잡으면 기묘년에 해를 입은 사람들을 다 중용할 것이오."

경빈 박씨가 쫓겨나자마자 김안로는 아들 김희를 대비에게 보냈다.

"대비마마, 부디 아버지의 억울함을 살펴주십시오."

또 한편으로 부인인 효혜공주를 궁중에 발이 닳도록 드나들게 하면서 대비나 중전에게도 원통함을 호소하였다. 누구를 통해서든 중종의 마음을 움직여야 했기 때문이다. 자순대비는 어머니 없이 자란 효혜공주와 세자를 극진히 사랑했다. 세자가 태어난 지 닷새 만에 어머니 장경왕후가 죽자, 대비는 지극한 사랑으로 세자를 길렀다.

"동궁을 보호하려면 김안로를 데려와야 합니다."

김안로는 조정의 결정으로 귀양을 보낸 것이니 귀양을 푸는데도 정부의 의논이 있어야 했다. 김안로는 6년 만에 다시 조정에 돌아오게 되었다.

'왕실의 인척으로서 동궁을 보호해야 한다.'

이런 명분으로 들어와 세력을 떨치게 되었다. 그런데 김안로가 정계에 자리를 잡고 권세를 부릴 만하게 되자 효혜공주가 죽고 말았다.

"어찌 이런 일이! 너무나 애통하구나!"

김안로의 실망은 여간 크지가 않았다. 그뿐 아니라 그해 가을에는 아들 김희마저 죽었다. 김안로는 이때부터 자기의 일가붙이나 심복들을 대할 때마다 경계를 당부했다.

"이제 중궁의 친형제 되는 윤원로나 윤원형 등이 정권을 잡으려고 책동할 것이다. 너희들은 그들을 각별히 조심해야 한다."

대비가 세상을 떠난 지 4년 후, 세자의 나이가 20세 때 동생인 경원대군이 문정왕후 몸에서 태어났다.

중종은 맏아들 세자가 이미 장성했기 때문에 세자에 대해서는 어느 정도 마음을 놓고 있었지만 둘째 아들인 경원대군이 걱정이었다. 중종은 젖먹이인 경원대군을 안고서 한탄하였다.

'아직도 젖먹이인데, 나는 47세로 이미 노년기에 들어섰으니……. 어린 네가 목숨을 부지하고 잘 장성할는지 걱정이구나. 딸로 태어났으면 아비의 근심이 조금 덜했을 것을……."

자신이 형 연산군 밑에서 죽을 고비를 수 차례 겪던 것을 회상하고 하는 말이었다. 어린것이 제 명대로 목숨을 보전할 수 있을 것 같지 않아서 중종은 눈물을 흘렸다.

이때 옆에 있던 문정왕후도 서러움이 복받치는 듯이 울었다.

"무슨 일이오, 중전. 왜 우는 거요?"

한참을 울던 왕비는 눈물 어린 얼굴로 임금에게 말하였다.

"제 처지가 서러워서 울었습니다. 어린것도 가엾고 곧 폐위 되게 생긴 제 처지도 가련해서요."

문정왕후의 말에 임금은 놀라서 물었다.

"중전이 왜 폐위가 된단 말이오?"

"경원대군이 태어난 후로 김안로 일파에서는 이 몸이 외척들과 짜고서 동궁을 없애려 한다고 모함하고 있답니다. 이런 억울할 데가 어디 있겠습니까?"

그러고는 동생 윤원로와 윤원형도 김안로에게 쫓겨난 일을 고하였다.

"이런 괘씸한!"

중종은 크게 노하였다.

"당장 역적 김안로 일파를 잡아들여라!"

김안로는 죽음 앞에서 모든 것을 체념한 듯 담담하게 말했다.

"내가 죽는 것은 각오했지만 장차 중궁 윤씨의 외척들이 권세를 잡을 것이 걱정이다."

김안로가 죽은 것은 그가 권세를 부린 지 7년 만이었다. 김안로 일파가 쫓겨난 후에도 조정은 여전히 뒤숭숭했다. 이번에는 장경왕후의 오빠인 윤임이 동궁 편에서, 그리고 문정왕후의 동생인 윤원로와 윤원형 등은 문정왕후 편에서 서로 팽팽하게 맞섰다. 동궁의 나이 이미 삼십인데도 아직 아들이 없었다.

"동궁에게 아들이 없으니 경원대군을 세제로 봉해야 합니다."

이것이 윤원로와 윤원형 형제의 주장이었다. 그럴수록 윤임 쪽에서는 동궁에게 후사를 얻게 한다고 후궁을 많이 끌어들였다. 그러나 어찌 된 일인지 아무데서도 소식이 없었다. 원형과 원로 형제는 문정왕후를 자주 찾아가서 졸랐다.

"왜 그렇게 여유를 부리십니까, 누님? 경원대군의 세제 책봉 문제 말입니다."

"나도 답답하구나. 전하께서 확답을 안해 주시니 말이다."

문정왕후도 짜증스러운 목소리였다.

"주상 전하의 승낙을 받지 못하면 장차 시끄럽게 될 것 같습니다."

며칠이 못 가서 대사간 구수담과 대사헌 정순붕 등이 들고 일어났다.

"윤임을 대윤, 윤원형을 소윤으로 부르며, 대윤은 동궁을 보호하고 소윤은 경원대군을 보호한다고 서로 싸우니 둘 다 내보내야 합니다."

"이 무슨 황당한 말이오?"

중종은 놀라서 조사하려고 하자, 윤임은 물러나려고 했지만 윤원형은 문정왕후의 배경을 믿고 물러날 생각을 하지 않았다. 그러자 임금도 할 수 없이 윤임을 만류할 수밖에 없었다.

동궁은 워낙이 효성이 지극해 의붓어머니에 대한 미안한 생각뿐이었다.

'경원대군과 저와의 사이에는 아무런 틈이 없습니다.'

이런 글을 써서 동궁이 중궁으로 보내자, 임금도 더 묻지 않고 마무리되었다. 그러나 그 후에도 대윤과 소윤의 암투는 가라앉지 않았다. 문정왕후는 더욱 중종을 압박하면서 졸라댔다.

"우리 경원대군을 세제로 봉해 주세요. 왜 미루기만 하십니까?"

중종도 외척들 싸움에 절로 한숨이 났다.

'후유, 세자를 왕위에 앉힌 후에 경원대군을 세제로 세워야 한다.'

이렇게 생각하고 있었지만 중종도 중전에게 시달리는 것이 너무 귀찮아서 결심을 하였다.

"세자에게 선위를 하겠다."

마침내 중종은 선위 조서를 내렸다. 만조백관들은 깜짝 놀랐다.

"말씀을 거두어 주소서. 천부당만부당하신 말씀입니다."

영의정 윤인보, 좌의정 홍언필, 우의정 김극성 등이 즉시 반대상소를 올렸다.

"어찌 이러신단 말인가. 모든 것이 다 내 불찰이다."

동궁도 석고대죄를 드리며 중종의 마음을 돌리려고 애썼다.

"아바마마, 선위를 거두어 주십시오. 생전에 선위는 있을 수 없는 일입니다."

동궁은 이틀 밤을 꼬박 새우면서 통곡 속에서 울부짖었다.

다음날 임금은 결국 양위한다는 조서를 도로 거두어 들였다. 이로부터 중종은 말년에 이를수록 후궁을 많이 두고 여인들 속에서 고민을 잊으려 하는 경향을 보였다. 이때 중종의 사랑을 받던 후궁에 숙용 안씨가 있었다. 숙용 안씨는 원래 안산이 고향으로 농부 안단대의 딸이었다. 안씨는 용모와 자태가 아름다워 옆집에 살던 김상궁이 궁에 데려다가 무수리로 부렸다. 2년이 지나자 안씨는 제법 여인의 태가 났다.

어느 날 안씨는 김상궁의 처소에서 우연히 중종과 마주쳤다. 늘 김상궁의 처소 안에서만 잔심부름을 해온 까닭에 임금을 직접 대할 기회는 전혀 없었다. 안씨는 김상궁의 등 뒤에서 다소곳이 고개를 숙이고 임금을 맞았다. 그러나 어여쁜 처녀의 자태는 곧 임금의 눈에 띄었다.

"저 애는 누구냐?"

"네, 제 처소에서 일하는 무수리입니다."

어린 안씨는 지엄한 임금을 가까이에서 보게 되자, 너무 설레어 얼굴에 홍조가 가득하였다.

'정말 곱기도 하구나.'

이날 밤 안씨는 임금의 부름을 받았다. 그리고 어엿한 후궁으로서 숙용이라는 내명부가 되었다. 그리고 다시 수년 후에는 영양군과 덕흥군을 낳았다. 이 덕흥군의 소생이 바로 조선 14대 왕인 선조이다.

매사에 표독스럽고 투기심이 많은 문정왕후는 숙용 안씨가 눈엣가시처럼 거슬려 볼 때마다 구박이 막심하였다.

'흥, 천한 것! 미천한 집안 출신이! 개천에서 용났구나!'

더욱이 중종의 사랑이 안씨에게 쏠리자, 왕후는 그녀를 내쫓을 생각까지 했지만, 무던한 심덕을 지닌 안씨가 지혜롭게 잘 모면하였다.

문정왕후 윤씨의 악행

문정왕후 윤씨는 마음이 표독하여 몇 번이나 세자를 죽이려고 시도했다. 그때마다 요행히도 세자는 죽음을 면하곤 했다.

중종 38년 정월 초 어느 날 밤, 동궁과 빈궁이 깊이 잠들어 있는데 별안간 불길이 치솟았다.

"불이야! 불이야!"

동궁전 침소 일대는 삽시간에 불바다가 되었다. 어느 누구의 짓인지 동궁과 빈궁의 침전 문은 밖으로부터 굳게 잠겨 있었다. 벌써 검은 연기는 방안까지 스며들고 있었다. 빈궁은 먼저 잠에서 깨어나 문을 부수고 동궁을 안전한 곳으로 모시려 했다. 그러나 동궁은 움직이지 않았다.

'음……'

동궁은 불을 지른 자가 누구인지 짐작이 가는 바가 있었다. 그의 얼굴에 괴로움이 출렁였다.

'비록 의붓어머니이긴 하나 어머니인 문정왕후가 자신을 그토록 죽이려고 하니, 자식 된 도리로 죽어주는 것이 효를 행하는 일일 것이다.'

조용히 죽기로 결심한 세자는 빈궁을 재촉했다.

"빈궁, 어서 밖으로 나가시오."

"저하는요?"

"지금 여기가 바로 내가 죽어야 할 곳인가 보오. 그동안 죽고 싶어도 못 죽었던 것은 오직 부모님께 나쁜 소문이 돌아갈까 두려워서였소. 잠자다가 불이 나서 죽었다면 그런 염려는 없지 않겠소? 어서 빈궁이나 피하오."

이 말을 들은 빈궁은 통곡을 하면서 말했다.

"저하, 저도 같이 죽겠습니다. 저하가 안 계신데 혼자 살기 싫습니다!"

갑자기 일어난 불에 궁녀와 내관들이 달려와서 소리쳐 아뢰었다.

"동궁마마, 어서 속히 피하십시오!"

이미 죽기로 결심한 동궁은 꿈쩍도 하지 않았다.

"할 수 없다. 상감마마께 아뢰는 수밖에!"

불이 난 줄도 모르고 잠자던 중종은 뜻밖의 말에 정신이 아득하여 동궁의 처소로 달려왔다. 이미 불바다가 되어 있는 것을 본 중종은 안을 향하여 목놓아 세자를 불렀다.

"아비다! 살았느냐, 죽었느냐? 제발 나와다오!"

중종은 통곡하면서 울부짖었다. 부왕의 이 통곡소리를 듣자 효자인 동궁은 그냥 있을 수가 없었다.

'아, 내가 죽는 것이 문정왕후에겐 효행이 되나 부왕에겐 불효이자 불충이구나!'

동궁은 살기로 마음을 바꾸었다.

"얼른 나오너라, 동궁!"

"네, 아바마마!"

즉시 동궁은 빈궁과 함께 불길을 헤치고 밖으로 나왔다.

"오, 동궁! 내 아들아!"

중종은 벌벌 떨며 동궁을 꽉 부둥켜안았다.

"다행이다! 다행이다!

"불효가 큽니다. 용서해 주십시오."

동궁의 눈에서도 눈물이 봇물처럼 쏟아졌다.

"안 죽고 살았으니 됐다, 동궁!"

중종과 동궁은 오래오래 껴안은 채 떨어질 줄 몰랐다.

이 불은 누군가가 꼬리에 불이 붙은 여러 마리의 쥐를 동궁전 안으로 들여보내 지른 것으로 전해지고 있다. 하지만 세자는 범인을 뻔히 알면서도 입을 굳게 다물었고, 끝내 화재의 원인은 밝혀내지 못한 채 사건은 흐지부지 끝나고 말았다.

동궁전 화재사건 이후 임금의 몸은 급격히 나빠지면서 마침내 병이 들었다. 동궁은 병상에 누운 임금을 밤과 낮으로 간호하였다. 몸져누운 지 20일이 지나자 임금은 회복되기가 어렵다는 것을 스스로 깨달았다.

임금은 좌의정 홍언필과 우의정 윤인경을 불러 말했다.

"나는 이제 어려운 듯하오. 오늘부터 세자에게 전위를 하니 경들은 이 뜻을 받아 세자를 도와서 나라 일을 잘 이끌도록 하오."

임금은 옥새를 중신에게 전했다. 중신들은 옥새를 받들고 물러나와 이 뜻을 세자에게 전하고 옥새를 세자께 올렸다. 세자는 통곡하면서 끝끝내 옥새를 받지 않았다.

"불가합니다. 내일이라도 쾌차하실 것입니다. 전위받을 수 없습니다."

대신들은 하는 수 없이 이런 사유를 임금께 다시 아뢰었다. 그러나 임금은 병석에서 고개를 흔들었다.

"안 된다. 세자에게 옥새를 전해라."

임금은 마침내 세자에게 전위한 다음날 숨을 거두었다. 재위 39년에 나이는 57세였다. 동궁이 곧 즉위하게 되니 이가 곧 인종이다.

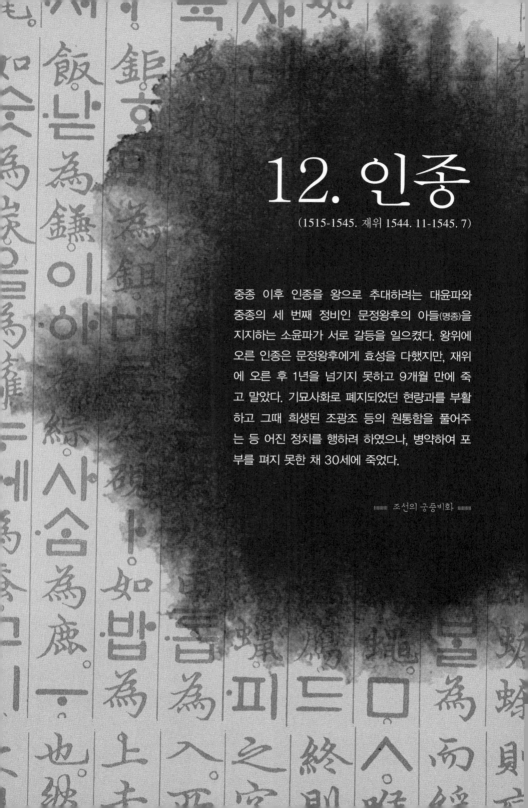

12. 인종

(1515-1545. 재위 1544. 11-1545. 7)

중종 이후 인종을 왕으로 추대하려는 대윤파와 중종의 세 번째 정비인 문정왕후의 아들(명종)을 지지하는 소윤파가 서로 갈등을 일으켰다. 왕위에 오른 인종은 문정왕후에게 효성을 다했지만, 재위에 오른 후 1년을 넘기지 못하고 9개월 만에 죽고 말았다. 기묘사화로 폐지되었던 현량과를 부활하고 그때 희생된 조광조 등의 원통함을 풀어주는 등 어진 정치를 행하려 하였으나, 병약하여 포부를 펴지 못한 채 30세에 죽었다.

||||||| 조선의 궁중비화 |||||||

인종은 성품이 조용하고 효심이 깊으며 형제간의 우애가 아주 깊었다. 또한 3세 때부터 글을 읽을 정도로 총명하여 1522년 8세 때부터 성균관에 들어가 매일 세 차례씩 글을 읽었다. 게다가 절제된 생활을 하여 동궁에 머물 당시에도 옷을 화려하게 입은 궁녀는 모두 내쫓았다.

몇 차례 죽음의 위험을 겪어내면서 인종이 왕위에 올랐을 때는 그의 나이는 이미 30세였다.

"조광조를 비롯한 기묘사화 때 피해를 입은 사림 세력들을 신원하고, 인재 등용문인 현량과도 다시 복구하라."

인종은 자신이 배운 도학 사상을 현실 정치에 응용하려는 의도에서 다시 사림들을 등용시키기 시작했다.

인종은 효성이 남달리 지극하고, 신하의 올바른 말을 기꺼이 들으며 백성들의 고난을 임금의 고난으로 여기는 성군이었다. 대간에서 도승지 윤원형을 내쫓으라고 하는데 대해서도 인종은 윤원형을 내쫓기는커녕 오히려 공조참판으로 승격시켜 문정왕후의 마음을 편안케 했다.

시대는 윤임 일파 대윤의 시대였지만 결코 문정왕후의 오빠 되는 윤원형 등 소윤을 다치지 않았다. 이렇게 효성을 다해 여러 가지로 마음을 써서 받드는데도 불구하고 문정왕후는 조금도 고맙게 생각하지 않았다. 오히려 더 매정하고 까다롭게 굴었다.

인종이 대비 앞에 문안을 드리러 가면, 대비는 경원대군을 앞에 앉히고 가시 돋친 말을 퍼부었다.

"가련한 우리 모자 구경하러 왔소? 전하의 손에 죽을 날이 머지않은 듯한데, 언제쯤 죽이려 하오?"

그럴 때마다 인종은 대비전 문밖에 엎드려서 효성의 부족함을 뉘우치며 밤낮으로 석고대죄를 했다.

어느 날 인종이 문안 인사차 대비전을 찾아갔는데, 그날따라 문정왕후는 평소와 다르게 입가에 웃음을 담고 인종을 반기는 것이었다.

"어서 오시오."

그리고 왕에게 떡을 대접했다. 인종은 난생처음 의붓어머니가 자신을 반기는 것을 보고 기분이 아주 좋아 떡을 달게 먹었다. 그런데 그 이후로 인종은 갑자기 시름시름 앓기 시작하더니 병세가 회복이 불가능할 만큼 악화되고 말았다.

인종은 중신들을 불러 앞에 앉히고 유언을 했다.

"내 병이 이렇게 중한데 대를 이을 아들이 없으니 경들은 나의 아우 경원대군을 세우고 국사를 잘 다스리오. 또 조광조는 어진 선비였는데 저렇게 억울하게 죽은 것이 늘 마음에 걸렸소. 내 마음 먹은 바를 이루지 못하고 가니 경들은 내 뜻을 받들어 조광조의 관직이나마 회복시켜 주기 바라오."

그리고 좌우에 있는 신하를 시켜 종이와 붓을 가져오라고 해서 무엇을 쓰려고 하더니 붓을 놓고 탄식하며 말했다.

"나의 심중에 있는 말을 글로 써서 알리려 했더니 이제는 그것도 할 수가 없구나."

기운이 다한 듯 이 한 마디를 남기고 인종은 다시 깨어나지 못한 채 세상을 떠났다. 인종이 세상을 떠나자 제일 먼저 기뻐한 것은 대비와 윤원형 형제들이었다.

"누님, 이제 우리 세상이 되었습니다."

온 나라가 임금을 잃은 슬픔에 잠겨 있었지만 이들만은 아니었다.

13. 명종

(1534-1567, 재위 1545. 7-1567. 6)

중종의 둘째 아들이자 인종의 이복동생으로 12세
어린 나이에 즉위한 명종은 문정왕후의 수렴청정
을 받았다. 문정왕후의 동생인 윤원형이 을사사화
를 일으켰으며 문정왕후 사후, 선정을 펼치려고
노력하였다. 연산군 때부터 일어난 네 번의 사화
를 거치면서 사림파는 훈구파를 누르고 살아남았
지만 그 동안 조선의 백성들의 삶은 무참히 무너
졌고, 국방력 또한 약해졌다.

인종의 뒤를 이어 어린 경원대군이 나이 12세로 보위에 올랐다. 이가 곧 명종이다. 그는 비록 나이는 어렸지만 학문을 좋아하고 총명한 인물이었다. 그러나 모후 문정왕후의 도에 넘는 간섭과 횡포에 눌려 평생 마음고생을 하면서 왕위를 지켜야 했다.

명종이 왕위에 오르자 문정대비는 스스로 섭정을 맡았다.

"신왕이 나이가 어리니 당분간 내가 정사를 맡겠습니다."

대비는 우선 선왕 인종의 외숙인 윤임 일파를 몰아내려고 생각했다.

이제 대비가 나라의 권력을 한손에 쥐긴 했으나 아직도 윤임 일파는 승정원에서 큰 세력을 형성하고, 좌의정 유관, 이조판서 유인숙 등이 윤임과 더불어 매사에 대비를 견제하고 나섰다.

대비가 섭정하게 된 뒤 얼마 안 가서 윤원형의 형 윤원로를 해남으로 귀양을 보내야 했다. 윤임 일파의 압력 때문이었다. 영의정 윤인경, 좌의정 유관을 비롯한 모든 대신들이 한 목소리였다.

"윤원로는 과거에 선왕과 신왕을 이간시킨 자이니 벌을 줘야 합니다."

대비도 하는 수 없이 자기의 친오빠를 귀양 보냈다. 자기의 친형제를 귀양 보내고 나니 대비의 마음이 좋을 리가 없었다.

이때 윤원형에게 정난정이라는 머리가 비상한 첩이 있었다. 그녀는 약삭빠른 여자로 궁중과 윤원형 사이를 왕래하며 여러 가지 중요한 일을 연락하곤 했다. 윤원형이 직접 대비를 만나러 자주 궁중에 드나들면 생기게 되는 좋지 않은 말들을 피해가기 위해서였다.

을사사화를 일으키다

윤원형은 심복들과 함께 윤임 일파를 몰아낼 궁리를 하였다. 세운 계책은 정난정으로 하여금 궁중으로 들어가서 대비에게 밀고하게 했다.

"윤임이 자기의 조카 되는 계림군 유를 선왕의 양자로 세워, 장차 큰일을 꾀하고자 하오."

대비는 이 말에 깜짝 놀라며 고개를 끄덕였다.

"음, 그렇겠다. 윤임이 전부터 우리 모자를 잡아먹겠다고 하더니 끝내 이런 수작을 하는구나."

대비는 펄펄 뛰며 곧 충순당으로 나와 대신들을 불러들였다.

"듣자니 윤임은 딴 마음을 품고 무슨 모의를 한다는 말이 있소. 경들은 이러한 말을 어떻게 생각하오?"

어린 임금은 그저 놀란 표정으로 몸을 떨고만 있었다. 윤원형 일파는 이때가 바로 반대파를 쓸어버릴 좋은 기회라 생각하고 벌떼처럼 일어나 말을 쏟아놓았다.

"윤임은 좌상 유관과 이언적, 이림, 유인숙, 권발 등과 함께 모의한 흔적이 있소. 엄중히 처단해야 하오."

그러나 영부사 홍언필과 신광한, 백인걸 등은 반대했다.

"안 됩니다. 아무것도 확실히 드러난 것이 없습니다."

조정 안은 한동안 이 사건으로 서로 상소를 주고받아 시끄러웠다.

이러던 중 경기관찰사 김명윤이 전날에 윤원형의 첩 난정이 밀고한 바와 같은 내용을 가지고 윤임 일파에게 결정적인 타격을 주었다.

"윤임이 자기의 조카 계림군을 추대하여 임금의 자리에다 앉힌다는 말이 있소."

계림군은 성종의 셋째 아들 계성군의 양자인데, 한 번 이런 말이 나오자 윤임은 역적이란 누명을 쓰게 되어 사건은 커질 대로 커지고 말았다.

"당장 계림군 이하 모든 관련자를 잡아들이도록 하라."

대비의 명으로 안변 황룡사로 도망갔던 계림군이 잡혀왔다. 조작된 역모 사건의 친국이 시작되었다.

"너는 윤임과 함께 역모를 도모했으니 그 죄를 아는가?"

"신은 역모한 일이 없습니다."

"그럼 왜 도망쳤느냐? 죄가 없으면 왜 도망친단 말이냐?"

윤임을 잡아넣기 위해 계림군만 희생을 당할 판이었다.

무서운 고문으로 계림군이 지르는 비명소리가 온 국청 안을 울렸다. 어린 명종은 이런 처참한 광경을 감당할 수 없었다. 새파랗게 질려서 눈을 가리고 두 손으로 자기의 귀를 막았다.

"주상, 안으로 들어갑시다."

보다 못한 대비가 임금을 데리고 안으로 들어가 버렸다.

얼마 후 계림군은 모든 것을 포기하고 거짓 자백을 하였다. 어떻게 해도 살아날 길은 없었다.

"윤임이 임금을 내치고, 나를 대신 임금으로 올린다 했습니다."

국문은 끝나고 계림군은 역적이라는 누명을 쓰고 처형을 당하였다. 이어서 형조판서 윤임과 좌의정 유관, 이조판서 유인숙 등을 반역 음모죄로 사사하고 많은 선비들을 귀양 보냈다. 이 '을사사화'로 인해 조정은 완전히 소윤 일파의 손아귀에 들어가고 말았다.

뒤늦게 타오르는 불심

시간이 흐르자 어렸던 임금도 나이가 들게 되어 대비는 정권을 아들에게 돌려주어야 했다.

"주상, 이제부터는 소신껏 친정을 하세요."

대비는 정권을 명종에게 내주고 물러났다. 그러나 이것은 표면상 형식에 지나지 않았고 여전히 뒤에서 권력을 휘둘렀다. 대비는 자기가 하고자 하는 일은 한글인 정음으로 손수 써서 내시를 통해 임금에게 전달하고 그대로 시행할 것을 고집하였다.

명종은 하루에도 몇 차례씩 이런 대비의 강압적인 명령을 받아야 했다. 그러나 사리에 어긋난 일이면 거절할 수밖에 없어서 난처한 경우도 한두 번이 아니었다.

어느 날 대비는 정음 글씨로 쓴 전지를 임금에게 내렸다.

'윤원형의 첩 난정을 정실부인으로 특명하고 정경부인에 봉하라.'

정난정은 윤임 일파를 몰아내는 데 큰 공을 세웠고, 전부터 대비의 비위를 잘 맞춰서 귀염을 받아 오는 터였다. 그래서 가끔 궁중에서 대비가 연회를 베풀고 공신들의 부인들을 초청할 때면 정난정도 반드시 초청하였다. 공신들의 부인들로서는 기분이 좋을 리 없었다.

'첩인 주제에 어딜 감히!'

눈치 빠른 정난정이 그런 대접을 받고 가만히 있을 리가 없었다. 집에 돌아와 윤원형을 붙들고 하소연을 늘어놓았다.

"언제까지 첩실로 살아야 하는지……. 사람대접을 못 받으니 살 마음이 없습니다. 이렇게 서럽게 살 바에야 콱 죽어버리든지 해야지, 원."

"조금만 더 참아요. 내가 손을 써 볼 테니……."

윤원형은 성미가 모질고 급한 정난정이 정말 무슨 일이라도 저지르면 어쩌나 싶어, 정난정과 공모하여 정실부인 김씨를 독살하고 노비 출신인 그녀를 정경부인으로 올려주었다. 그리고 이제는 정난정을 정경부인에 봉해 달라고 날마다 대비를 졸랐다.

"아, 내가 귀여워하는 난정의 일인데 못할 게 뭐 있나? 정경부인에 봉하라는 전지를 직접 임금에게 내리면 되지."

명종은 대비의 전지를 받아 보고 낯을 찡그리며 말했다.

"국법에 없는 일은 할 수 없소. 이번 전지는 거두시도록 부탁드리오."

그 말을 전해 듣자 대비의 얼굴은 붉으락푸르락해지며 고함쳤다.

"당장 대비전으로 드시라고 전하라!

잠시 후 명종은 대비전으로 나왔다. 어느새 들어와 있는지 대비 옆에는 윤원형이 앉아 있었다.

대비는 매서운 눈초리로 명종을 노려보더니 소리를 버럭 질렀다.

"짐승도 은혜를 아는데 사람으로서 네가 외숙의 은혜를 모르느냐? 누구 덕분에 임금이 된 것이냐?"

그래도 어린 명종은 어머니의 생각을 돌리려고 부드럽게 말해 보았다.

"어머니, 집안 어른의 청이라 해도 국법에 없는 일은 안 됩니다."

그러나 대비의 귀에는 아무 소리도 들리지 않는 듯했다.

"내일 당장 왕명으로 정경부인에 봉하도록 하라. 알겠느냐?"

"……네."

명종은 어두운 얼굴로 대비전을 물러나왔다.

'허수아비 임금, 부끄럽기 짝이 없구나.'

다음날 승정원에서 명종은 교지를 내렸다.

"좌의정 윤원형의 부인을 정경부인에 봉하노라."

수완이 좋은 정난정은 윤원형의 권세를 배경으로 나라 안의 상권을 장악하고 엄청난 부를 축적하였다. 날이면 날마다 뇌물이 폭주하여, 한성 내에 집이 15채나 됐으며, 불의한 행태로 남의 노예와 논과 밭 등을 빼앗는 등 불의한 일은 이루 헤아릴 수도 없이 많았다.

"죽고 사는 것이 정난정의 손에 달렸다는 것을 모르시오?"

이런 말이 오갈 지경이었다. 당시 권력을 탐했던 조신들은 정난정의 자녀들과 혼인을 시키고 싶어서 앞다투어 매파를 놓았다.

보우 법사를 중용한 대비

'하루하루가 고적하기만 하구나.'

대비는 외로움을 달래기 위해 궁중에서 공신들의 부인네들을 초청하여 자주 연회를 베풀었다.

'정권만 쥐게 되면 바랄 것이 없으리라 생각했는데……'

그러나 이제 소원대로 정권이 자기 손아귀에 들어오고 보니 전날에 그렇게도 매력 있던 것이 별로 신통해 보이지 않았다. 텅 빈 마음 한 구석은 여전히 채워지지가 않았다. 대비는 다시 마음을 불교 행사로 돌렸다. 대비의 마음에는 어느덧 인생의 무상함이 점령하고 있었던 까닭이다.

정난정은 봉은사의 승려 보우를 문정왕후에게 소개시켜 주었다. 보

우는 궁중에 드나들며 대비의 마음을 사로잡았다. 얼마 안 가서 대비는 보우의 말이라면 무슨 말이든 듣게 되었다. 독실한 불교 신봉자가 된 대비는 이해할 수 없는 해괴한 인사를 감행하기도 했다.

"승려 보우를 병조판서에 앉히시오."

때마침 나라에는 천재지변이 자주 일어나 백성들이 많이 죽는 일이 잦았는데, 더욱이 명종 10년 되던 해의 여름에는 왜구가 영암에 쳐들어와 민심이 매우 흉흉하였다. 그러자 보우는 대비에게 아뢰었다.

"대비마마, 지금 나라 안팎에 어려운 일이 많고 민심이 흉흉한 이유는 붕당 싸움만을 일삼는 유림 때문입니다. 국정을 쇄신하여 불교가 크게 일어나게 해야 합니다."

"맞는 말이오. 불교는 예로부터 모두 행하여 오던 일이니 이제 불사로써 나라에 좋은 기운을 불어 넣어야겠소."

대비의 생각은 보우보다도 더 적극적이었다. 당장에 대비는 명종에게 분부하였다.

"승과를 정하여 중들에게도 과거시험인 승과를 보이도록 하세요."

이렇게 되자 유림에서 가만히 있을 리가 없었다. 조정은 물론 성균관의 유생들까지 들고 일어났다.

"요승 보우를 처단해야 합니다. 국정에 간섭하여 나라일을 그르치고 있습니다. 즉시 그의 관직을 삭탈하고 죄를 다스리십시오."

매일같이 이러한 상소문이 빗발치듯 임금 앞에 날아들었다.

명종도 보우의 행동을 매우 괘씸하게 여겨오던 터였다. 욕심 같아서는 당장 내치고 싶었지만 대비 때문에 섣불리 손댈 수가 없었다. 조신들과 함께 다만 보우를 처단할 기회만이 오기를 엿보고 있을 뿐이었다.

이러던 중 대비가 중한 병으로 드러눕게 되었다. 보우를 몰아낼 좋은 기회가 온 것이었다.

"전하, 요승 보우를 속히 내치십시오."

"당장 보우를 귀양 보내도록 하오."

임금은 대신들의 공론에 따라서 곧 보우를 제주도로 귀양을 보낸 다음, 제주 목사에게 비밀히 전하여 그를 죽이도록 했다.

제주 목사 변협은 매우 꾀가 많은 사람이었다.

'내가 꾀를 써서 저 요승을 없애야겠다.'

그는 장사단이란 것을 만들어 가지고 보우와 함께 힘겨루기를 시켜서 보우를 메다꽂아 골병이 들게 했다. 보우는 시름시름 앓다가 소문도 없이 죽었다. 얼마 후 대비가 병이 완쾌되었다.

"보우 법사를 들게 하라."

"그는 이미 병사했습니다."

며칠 후 제주 목사로부터 짤막한 보고가 올라왔을 뿐이었다.

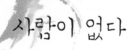

사람이 없다

윤원형의 전횡으로 인한 폐해는 한두 가지가 아니었다. 윤원형의 이런 세도가 명종이 친정을 한 이후에도 계속되자, 임금은 사태의 심각성을 깨닫게 되었다.

'음, 다른 세력을 세워 윤원형의 전횡을 막아야 한다.'

명종은 자기의 처족이 되는 이양을 끌어들여 이조판서에 앉혔다. 그는 명종의 왕비인 인순 심씨의 외숙이었다.

"상감마마께서 이양의 손을 들어주고 계신다."

이런 소문이 나자 이제 그의 밑으로 모여드는 자가 나날이 늘어서 윤원형을 대적할 만한 세력이 형성되었다. 이로써 조정은 윤원형 일파와 이양의 일파가 팽팽히 맞서게 되었다. 그런데 이양은 그 됨됨이가 교만방자해서 그 하는 행동이 윤원형을 능가할 정도가 되었다.

'정말 실망이구나. 협잡으로 말썽만 부리는 이양 대신 중전의 오빠인 심의겸에게 기대를 걸어 봐야겠다.'

심의겸은 부제학인 기대항을 찾아가 이양을 탄핵할 시기가 왔다고 알렸다. 다음날 기대항은 어전에 나아가 탄핵의 제일성을 발했다.

"이조판서 이양은 돈만 알고, 군신의 의도 모르는 자입니다. 자기에게 아부 않는 사람을 해치고자 할 뿐 아니라 자기의 당파를 만들어 조정을 일망타진하려 합니다. 그대로 두면 훗일 큰 화를 입을 것입니다."

한 번 이런 탄핵의 소리가 떨어지자 윤원형의 일파들도 잇달아 일어나서 이양을 쳤다. 이양은 결국 강계로 쫓겨나고 말았다.

세월이 흘러 오래 병석에 누워 있던 문정대비가 세상을 떠났다. 이제는 윤원형이 몰락할 차례였다. 그 전까지는 대비의 세력이 무서워 입을 봉하고 있던 사람들마저 한번 윤원형에게 공격의 화살이 떨어지자 여기저기서 들고 일어나 마치 조정 안은 벌집을 쑤셔놓은 것처럼 떠들썩했다.

"간신 윤원형을 극형에 처해야 합니다."

그러나 명종의 생각은 달랐다

"비록 무도한 죄인인 줄은 짐작하는 바이지만 윤원형은 내 외숙이오. 윤원형의 관직을 삭탈하고 시골로 보내도록 하오."

윤원형은 원한을 품은 사람들의 복수가 두려워 벌벌 떨었다.

"난정아, 너와 내가 목숨을 부지하려면 야반도주밖에는 방법이 없구

나. 오늘 밤에 도망을 치자."

한밤중에 그는 몰래 애첩 정난정을 데리고 황해도 시골로 내려갔다.

이보다 조금 앞서 명종은 오직 하나밖에 없던 아들 순회세자를 잃었다. 이때 세자의 나이는 겨우 13세였다. 임금은 기가 막혀서 탄식했고, 너무나 마음이 아플 때는 때로 술을 마시고 울기도 했다.

'나라에서 지난번 을사년에 무죄한 사람들을 얼마나 많이 죽였는가? 좋은 일이 있을 수 있겠는가?'

명종은 때때로 조정의 일도 보지 않고 궁중 깊이 틀어박혀 있었다. 그러자 문정대비는 사람을 풀어 명종의 후궁을 많이 뽑아 들였다.

"또 손자를 새로 얻어야지. 왕실에는 손이 귀하면 안 된다."

문정대비가 세상을 떠난 지 2년 뒤에 명종도 병석에 눕게 되었다. 병이 차츰 위독해지자 임금은 중신들을 불러들였다.

"마마!"

그러나 때는 이미 늦어서 명종은 눈을 뜨고 말을 하려고 했으나 말이 나오지 않았다. 끝내 말 한 마디 못하고 명종은 34세의 젊은 나이로 세상을 떠났다.

이제 궁중의 어른이라고는 인순왕후 심씨뿐이었다. 인순왕후는 인품이 온화하고 덕이 있었다. 문정대비와 달라서 정사에 관여하는 일이 별로 없었다. 하나뿐인 순회세자를 잃은 뒤로 명종과 후사에 대해 의논이 있었던 듯, 대신들이 왕위 계승할 사람을 묻자 곧 전교를 내렸다.

"적손이 없으니, 전에 덕흥군의 셋째 아들 하성군을 양자로 삼으라는 말씀이 계셨소."

이로써 도승지와 동부승지 등이 사직동에 자리한 덕흥군의 집으로 하성군을 데리러 갔다. 이 하성군이 바로 조선 제14대 임금인 선조이다.

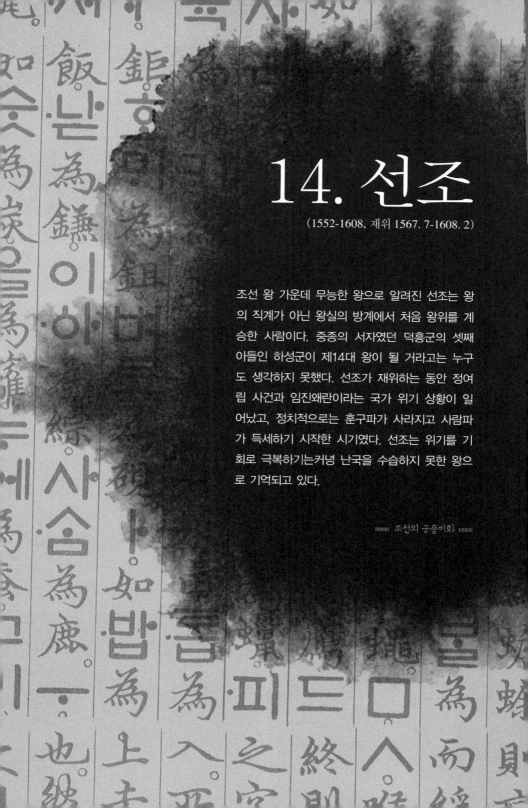

14. 선조

(1552-1608, 재위 1567. 7-1608. 2)

조선 왕 가운데 무능한 왕으로 알려진 선조는 왕의 직계가 아닌 왕실의 방계에서 처음 왕위를 계승한 사람이다. 중종의 서자였던 덕흥군의 셋째 아들인 하성군이 제14대 왕이 될 거라고는 누구도 생각하지 못했다. 선조가 재위하는 동안 정여립 사건과 임진왜란이라는 국가 위기 상황이 일어났고, 정치적으로는 훈구파가 사라지고 사림파가 득세하기 시작한 시기였다. 선조는 위기를 기회로 극복하기는커녕 난국을 수습하지 못한 왕으로 기억되고 있다.

ⅢⅢⅢ 조선의 궁중비화 ⅢⅢⅢ

선조는 16세의 나이로 보위에 올랐다. 나이가 어려서 처음 얼마 동
안은 양어머니인 인순대비의 수렴청정을 받았다.

선조 대에 이르러 조선은 방계 승통 시대를 열었다. 이로 인해 외척
중심의 척신 정치가 사라지고 사림 세력이 중용되어 붕당 정치 시대가
시작되었다.

직계가 아니라는 약점

선조는 우선 을사사화 때 죄 없이 쫓겨난 사람들을 전부 석방하고 죽
은 사람들에게는 관작을 회복시켜 주도록 교지를 내렸다. 이래서 한때
억울하게 잡혀 있던 사람들이 거의 다시 조정에 나와 임금의 정치를
도왔다. 이제 임금의 나이가 18세가 되자, 양모인 인순대비는 오빠인
심의겸을 불러 왕비를 맞을 의논을 했다.

"이제 왕비를 맞아야겠는데 좋은 자리를 좀 알아봐 주세요."

"네, 제가 신중하게 알아보겠습니다."

인순대비는 왕비 선택을 심의겸에게 맡겼다.

그러자 심의겸은 곧 자기 당파 사람들과 의논하여 박응남의 형 박응
순의 딸을 천거했다. 이리하여 곧 박씨가 왕비에 책봉되고 심의겸의
세력은 더욱 단단해지게 되었다.

이 무렵 선조의 사랑을 독차지하고 있는 후궁으로 김귀인이 있었다.

원래 인순대비의 궁에서 무수리로 일하다가 임금의 눈에 들어 귀인이 되었는데, 아들을 낳자 인빈으로 승격시켰다.

몸이 약한 왕비 박씨는 적자를 낳지 못했다. 먼저 얻은 공빈 김씨는 벌써 아들만 둘을 낳았는데 또 인빈 김씨가 아들을 낳은 것이다. 하루는 인빈이 선조에게 청을 하였다.

"마마, 어린 왕자를 위하여 불공을 드리고 싶습니다."

"좋을 대로 하오."

"불공을 드리려면 초가 있어야 합니다. 황랍 오백 근만 내려주십시오."

그런데 인빈의 속셈은 따로 있었다.

'내 소생으로 왕위를 이을 수만 있다면 얼마나 좋을까. 부처님 앞에 내 소원을 빌고 정성을 들여야지.'

이튿날 선조는 내수사별좌 김공량을 시켜 황랍 오백 근을 인빈의 처소로 들여보내라 일렀다. 김공량은 인빈 김씨의 오빠였다. 그는 소문이 나면 시끄러울 줄 알고 은밀히 황랍을 실어 인빈에게로 보냈다. 황랍 오백 근은 곧 초로 변하여 나라 안의 명산대찰로 흘러 들어갔다. 인빈 김씨는 서울 근처의 절에 나가 부처님 앞에 엎드려 빌었다.

"이 어린 왕자를 굽어 살펴 주십시오."

인빈의 소원을 비는 불사는 은밀한 중에 진행되었지만 소문은 점점 퍼져 나갔다. 그리고 마침내 이 소문은 선비와 조정의 벼슬아치들의 귀에까지 들어갔다. 그러자 먼저 사간원에서 들고 일어났다.

'전하, 황랍을 무엇에 쓰시려고 그렇게 많이 들여가셨습니까? 항간에서는 이 일로 말들이 분분합니다.'

이러한 간관들의 상소가 줄을 이었다.

"허……, 내수사 물건을 내 마음대로 쓰는데 간원에서 무슨 시비인가? 일반 사람들이 알 필요가 없는 일이다."

선조는 화를 내며 일축해 버렸다.

이런 일이 있은 지 얼마 후, 사헌부의 대사헌의 명을 받든 헌부 서리들이 금강산으로 치성을 떠난 자수원의 비구니들을 잡아 올렸다. 그러고는 사헌부와 사간원 양사가 들고 일어나 상소를 올렸다.

"황랍 오백 근을 대궐 안으로 들여간 것은 금강산에 비구니들을 보내서 치성하느라고 쓴 것이 분명하오."

이렇게 되자 선조도 당해낼 도리가 없어서 내수사별좌 김공량을 불러 넌지시 일렀다.

"은밀하게 움직여서 황랍 오백 근만 더 마련해 들여보내라."

선조는 이렇게 영을 내린 뒤에 양사와 모든 선비들에게 전했다.

"그대들이 의심하니 황랍 오백 근은 도로 내수사로 내보내겠다."

이 일로 인해 인빈 김씨는 뜻이 있는 선비들에게 좋지 않은 인상으로 각인되었다.

붕당의 시작

선조 8년, 당시 김효원은 심의겸보다 일곱 살 아래로 친분이 두터웠다. 김효원이 등과하여 이름이 알려지기 시작할 때, 마침 이조전랑이 사직하여 그 자리가 공석이 되었다.

"그 후임자로 김효원이 적당하겠습니다."

그런데 심의겸은 반대하였다.

"김효원은 예전에 세도 있는 재상의 집 사랑을 쫓아다닌 전력이 있습니다. 인품이 천박하니 그 자리에 맞지 않습니다."

김효원은 망신만 당하고 등용되지 않았다. 수년 후에 김효원은 결국 이조전랑이 되었고, 상당한 공을 쌓은 후 이임하게 되었다. 후임자로 심의겸의 아우인 심충겸이 물망에 올랐는데 김효원이 반대하자 심의겸은 매우 분개하였다. 이때부터 당론은 갈라져서 김효원을 동인이라 하고 심의겸을 서인이라 하였다.

이런 상황을 못마땅하게 여긴 율곡 이이는 붕당을 매우 근심하였다.

'심의겸을 개성유수, 김효원을 삼척부사로 나가게 하면 다툼이 좀 덜하지 않을까.'

이이의 노력에도 붕당이 여전하자 낙심한 이이는 벼슬을 사양하고 고향으로 내려가 버렸다. 그러나 선조는 다시 이이를 불러들여 대사헌, 병조판서 등 중직을 맡겼다.

그러던 중 이이가 세상을 떠났다. 이이가 조정에 있을 때는 그래도 그의 힘으로 서인들이 득세했었다. 그러나 일단 이이가 병으로 세상을 떠나자 동인의 세력이 커지면서 서인이 밀려나게 되었다.

이때 후궁에서 선조의 총애를 독차지하고 있던 인빈 김씨의 세력은 왕비 박씨를 능가했다. 왕비 박씨는 아들이 없었는데 인빈은 황랍 사건 이후 아들 넷과 딸 다섯을 내리 낳았다. 선조는 인빈의 말이라면 팥으로 메주를 쑨다고 해도 곧이들을 지경이었다. 인빈 김씨의 세도가 높아가니 내수사별좌 김공량의 세도도 덩달아 높아졌다.

'정철의 세력을 억제하는 길은 김공량과 친해서 인빈 김씨를 가까이 하는 길밖에 없겠구나.'

이런 생각으로 영의정 이산해는 김공량의 집으로 자주 찾아갔다.

한편 새로이 좌의정이 된 정철과 우의정이 된 유성룡은 포부가 컸다. 이들은 서로 만나서 일을 의논하다가 유성룡이 먼저 말을 꺼냈다.

"지금 정비 쪽으로는 일점 혈육이 없으신데 후궁에게서는 왕자가 열세 분이나 되니 이 일을 장차 어찌하오?"

"글쎄, 걱정입니다만……."

좌의정 정철도 생각이 같았다.

"좌의정 대감, 우리가 이 기회에 동궁을 속히 모시도록 상감께 아룁시다. 우선 나이 많은 왕자로 동궁을 세워 민심을 안정시키도록 함이 어떻겠소?"

"대단히 좋은 말씀이오. 원자가 안 계시니 동궁을 봉한다면 여러 왕자 중에서 나이 많은 왕자로 세워야 할 것이오."

정철의 찬성하는 말을 듣고 유성룡은 마음이 놓였다.

"그럼 이 사람은 곧 영의정 대감을 만나 내일이라도 상감께 동궁 책봉을 건의하자고 하겠소."

좌의정 정철과 우의정 유성룡은 영의정 이산해를 찾아갔다.

"웬 일로 두 대감께서 찾아오셨소?"

정철은 자기네들이 찾아온 목적을 대강 설명하기 시작했다. 정철의 얘기를 다 듣고 난 영의정 이산해는 난처한 기색을 하였다.

"첫째 왕자인 임해군이 동궁이 되어야 하지만, 아직 중궁께서 젊으시니 상감께서는 혹시 아들을 기다리고 계실는지도 모르오."

그 말에 정철이 고개를 저으며 말했다.

"상감의 춘추가 마흔이신데 무엇을 더 기다린단 말이오?"

옆에서 유성룡도 거들었다.

"대감, 나라의 안위를 든든하게 하려면 속히 왕자 중에서 동궁을 세워야 하오. 내일 당장 셋이 함께 들어가 아뢰기로 합시다."

세 사람은 만날 시간을 약속하고 흩어졌다.

약속한 이틀 뒤, 약속 장소에 이산해는 나타나지 않았다.

'부득이한 일로 못 가게 되었습니다.'

한참 후에야 기별이 왔다. 이산해는 정철, 유성룡 등과 조당에 모여서 동궁 책립을 아뢰고자 약속한 뒤에 김공량을 찾아가서 일러 주었다.

"정철은 임해군을 동궁에 세우고 신성군 모자와 그대를 죽이려 하오."

깜짝 놀란 김공량은 부랴부랴 궁중으로 들어가 누이 인빈을 만났다.

"우리 남매가 한시에 다 죽게 되었습니다, 누님!"

"뭐라고요? 대체 무슨 일인데요?"

자초지종을 들은 인빈은 당장 그날 밤 선조를 붙잡고 울면서 애원했다.

"마마, 제가 친정으로 돌아갈 수 있도록 허락해 주십시오."

"아니, 이게 무슨 소리요?"

인빈의 눈에서 하염없이 눈물이 흘러내렸다.

"저는 어차피 죽을 목숨입니다, 전하!"

답답해진 선조가 엄하게 이유를 묻자 인빈이 대답하였다.

"지금 소문이 온 궐내에 파다한데 전하만 모르십니다. 정승들 가운데 임해군을 세자로 책봉하고 우리 모자를 죽인다는 소문을 모르십니까?"

선조는 어이가 없어서 웃으며 말했다.

"마음을 편하게 가져요. 내가 임금인데 누가 동궁을 책봉한단 말이오? 어찌 그런 헛소문에 마음을 상하는 것이오?"

이러한 일이 있는 줄도 모르는 정철은 며칠 후 유성룡과 함께 동궁 책봉에 대한 청을 올렸다.

"상감마마, 든든한 왕통을 위해서 속히 동궁을 세우도록 하십시오."

선조는 화를 발칵 내며 소리쳤다.

"그게 무슨 소리요? 중궁이 젊은데 어찌 후사가 없겠소?"

불같은 진노를 예상하지 못했기 때문에 정철은 당황하였다.

"내가 멀쩡한데 경은 벌써 세자를 세우지 못해 안달인가? 세자와 무슨 일을 꾸미려고 그러는가?"

선조는 그대로 용상에서 일어나 내전으로 들어가 버렸다.

'내가 방계 혈통으로 왕위에 올랐기 때문에, 세자만은 꼭 정비의 소생으로 세우고 싶은데……'

이런 욕심이 선조에게는 있었다.

정철은 이날 대궐에서 물러나오는 길로 사표를 올렸다. 이 좋은 기회를 놓칠 수 없는 동인 측에서는 정철을 참소하기 시작했다.

"당장 정철을 귀양 보내도록 하라!"

선조도 인빈의 참소로 정철을 미워하던 참이라 즉시 명령을 내렸다.

임진왜란과 광해군의 세자 책봉

그 뒤 1년쯤 지나 1592년 봄에 왜구가 쳐들어왔다. 부산을 지키고 있던 첨사 정발은 힘을 다하여 막았으나 반나절이 못되어 패하고 전사했다. 부사 송상현은 빈약한 군대와 녹슨 무기로 며칠을 대항하였으나, 일본군의 신식무기인 조총 앞에 동래성도 미구에 함락당하고 말았다.

216

이 급보를 접하자 조정은 크게 당황하여 이일을 순변사로 삼아 급히 내려가게 했으나, 달래강 기슭에서 왜병과 백병전을 전개하다가 패하자, 신립은 말을 탄 채 달래강으로 투신하여 목숨을 끊고 말았다.

신립의 패전 소식은 서울의 인심을 극도로 흔들어 놓았다.

"아이고, 이제 우린 다 죽었구나!"

서울 장안은 어수선하고 불안과 공포 속에 휩싸여 떨기만 했다.

선조는 유성룡에게 도체찰사라는 중임을 내렸다. 도체찰사란 임금의 명을 받아 전쟁을 총 관장하는 높은 직책이었다. 모든 대장들은 도체찰사의 명령과 감독을 받아야 했다.

차츰 선조의 마음도 방향을 정하지 못하고 흔들리기 시작했다. 그는 내수사별좌인 김공량에게 은밀하게 영을 내렸다.

"여자용 짚신과 남자용 미투리를 많이 모아 들이거라."

상황이 불리하면 즉시 서울을 버리고 멀리 피난길을 떠날 채비였다. 그리고 창덕궁 대궐 가까운 협문 안에다 사복과 말들을 대령해 세워 두게 했다. 이런 소문이 새어 나가자, 사간원과 사헌부에서 들고 일어났다.

"전하, 서울을 사수해야 합니다. 미리 포기하고 달아난다는 것은 불가합니다."

선조의 마음도 몹시 서글펐다.

"내가 서울을 버리고 어딜 간단 말인가. 아무 걱정하지 말라."

임금은 이렇게 모든 신하들의 마음을 달랬다. 우승지 신집은 다시 어전에 엎드려 아뢰었다.

"전하, 민심을 진정시키려면 하루 바삐 세자를 세워 국본을 정하셔야 합니다."

문득 임금의 눈앞에는 세자 세우는 일로 밉게 보여 귀양 가 있는 정철의 얼굴이 떠올랐다. 임금은 더 이상 이 말을 노엽게 들을 수 없었다.

"그러면 누구를 세자로 세우면 좋겠는가?"

모두들 선뜻 입을 열지 못하고 왕의 기색만 살피고 있었다. 그러자 임금은 엄숙하게 입을 열었다.

"광해군이 어떻소? 총명하고 학문을 좋아하니 말이오."

"마땅하신 분부이십니다."

대신들은 일어나 절하며 화답하였다. 총애하는 인빈 김씨의 소생인 신성군으로 세자를 봉할 줄 알았는데 뜻밖의 결정이었다.

다음날 조정에서는 광해군의 세자 책봉식이 조촐하게 거행되었다.

그때 숨돌릴 여유도 없이 충주에서 패한 병사 서너 명이 말을 타고 남대문 성안으로 뛰어들어 패전을 보고하였다. 그 소문이 장안에 퍼지자 소란이 벌어졌다.

"왜병이 서울에 쳐들어오는 것은 시간문제다! 얼른 피난을 가야 산다."

거리는 보따리를 머리에 인 피난민들로 혼란스럽기 짝이 없었다.

대궐 안에서도 급히 대책 회의를 열었다.

"전하, 일단 피하시고 봐야 합니다. 어서 평양으로 가셔야 합니다."

영의정 이산해가 아뢰었지만 기가 막혀 말문이 닫힌 선조는 대답이 없었다. 다시 도승지 이항복이 어전에 엎드려서 아뢰었다.

"전하, 떠나신 후 명나라에 도움을 청해야 합니다."

"어쩔 수 없구려."

마침내 선조는 종묘와 사직의 신주를 모시고 대궐을 떠났다. 그 뒤를 세자 광해군과 왕자들이 따랐다. 왕비도 인빈 김씨를 비롯한 나인들에게 둘러싸여 대궐문을 나섰다. 도승지 이항복이 맨 앞에 서서 길을 인도했다. 길 양편에는 쏟아져 나온 백성들이 땅바닥에 엎드린 채 통곡을 했다.

"상감마마, 어디로 가십니까? 저희를 버리십니까?"

선조는 차마 바라보지 못하고 눈물을 흘리며 고개를 돌렸다.

일행은 점점 불바다가 되어 가는 서울을 등지고 총총히 발걸음을 재촉했다. 어느덧 벽제관에 다다랐을 때는 점심때가 지났는데도 점심 먹을 음식도 없었다. 혜음령 고개를 넘어가는데 빗줄기가 쏟아졌다. 소나기를 무릅쓰고 파주에 이르렀으나 사람의 그림자조차 볼 수 없었다. 날이 저물어서야 겨우 임진강 가에 다다랐다. 길은 어둡고, 강은 가로막히고 비는 쏟아지는데 적병들이 뒤에서 쫓아올 생각을 하니 암담하기만 했다. 한밤중에야 겨우 나룻배 다섯 척을 구해서 선조는 중전과 후궁들과 함께 강을 건넜다.

"상감마마께 드릴 음식이 있는가?"

이항복이 보다 못하여 내관에게 물었다.

"급해서 준비를 못했습니다."

선조는 복잡한 심경을 이기지 못하여 눈물을 흘렸다.

"전하, 황해감사 조득인이 말과 군사들을 끌고 오고 있다고 합니다."

"거 잘 되었소."

조금 힘을 얻은 일행은 다시 길을 떠났다.

초현 역에서부터는 마중 나온 황해감사 조인득의 호위를 받으며 개성에 도달하였다. 선조의 행차를 구경하려고 나온 백성들을 피해, 일행은 동헌으로 들어갔다. 임금의 행렬을 향해 돌을 던지는 백성들도 있었다.

다음날은 삼사의 모든 간관과 헌관들이 일제히 선조에게 아뢰었다.

"백성들의 원망이 심상치가 않으니 그 마음을 풀어 줘야 합니다."

"어떻게 풀어줄 수 있겠소?"

"모든 백성들의 원망이 영의정 이산해와 김공량에게 쏠려 있습니다. 나라를 이 지경으로 만든 정승들을 벌주어야 합니다."

"전임 좌의정 정철을 불러서 민심을 가라앉히십시오."

선조는 언관들의 말을 듣고 난 후, 그 말에 따르기로 하였다.

"전임 좌의정 정철의 귀양을 풀어 속히 불러올리라. 이산해를 평해로 귀양 보내도록 하라."

이로써 동인은 물러나고, 서인이 나라의 정권을 잡게 되었다. 김공량은 이산해가 귀양 가는 것을 보고 누님 인빈과 작별한 뒤에 강원도 산골로 들어가 버렸다.

왜병은 서울에 들어오자 선조 일행은 다시 평양을 향해 떠났다. 평양에 머문 지 보름도 안 되어 왜병은 임진강 가에 진을 친 한응인의 마지막 저항선을 뚫고 6월에는 평양 근처에까지 공격해 왔다. 임금의 일행이 다시 평양을 버리고 의주로 달아나려 할 때 백성들이 대신들에게 달려들어 욕을 퍼부었다.

"대신이란 놈들 하는 짓거리가 붕당 이외에 더 있었느냐! 나라를 망치고도 부끄럽지 않느냐! 도망치는 꼬락서니가 정말 가관이구나!"

대신들은 그저 고개를 푹 숙인 채 달아나는 도리밖에 없었다.

의주 피난처에 도착하자마자 임금은 즉시 명나라로 구원을 청했다. 그러자 명장 이여송이 제독에 임명되어 4만 명의 군사를 이끌고 왜병을 치기 위해 조선에 들어왔다.

늦게 본 영창대군

이여송의 명나라 군대가 들어오자 조선은 다음 해 정월, 평양을 탈환할 수 있었다. 이때까지 육지에서는 도망만 가는 싸움이었다. 그런 중에 오직 전라좌수사 이순신만이 수로를 끼고 적의 서진을 잘 막아낸 덕분에 조선이 완전히 망하지는 않을 수 있었다.

그런데 선조가 의주에 자리를 잡자, 신하들은 또다시 지나간 일을 들추며 시시비비를 논했다. 피난민 신세에서도 몰염치하게 또 붕당 싸움을 하는 것을 보고 선조는 노하여 직접 글을 지어 신하들에게 돌렸다.

'이제부터는 동이니 서니 제발 다투지 말라.'

선조도 지긋지긋했던 것이다.

4월에 왜병이 남해안으로 쫓겨나자, 선조는 10월에 서울로 돌아왔다. 이동안 유성룡은 이여송의 접빈관 노릇을 잘하여 영의정에 오르게 되었다. 이때부터 동인들이 정권을 잡고 정철은 환도한 다음 해에 세상을 떠났다. 서인의 수장격인 정철이 죽은 뒤 동인의 기세는 다시 살아났다.

"전하, 최영경의 원통함을 통촉하시고 정철의 죄를 다스려야 합니다."

붕당의 싸움은 계속 꼬리를 물고 이어졌다. 소북 유영경이 정권을 잡은 후 얼마 안 가서 왕비 박씨가 세상을 떠났다. 선조는 나이가 이미 오십이 넘고 후궁도 여럿이었지만 다시 왕비를 맞을 생각을 했다.

'그래도 정실 왕비가 있어야 한다.'

선조는 이조좌랑 김제남의 딸을 새 왕비로 맞이했다. 이때 선조의 나이는 51세였고, 새 왕비의 나이는 스물도 채 안 된 19세였다.

얼마 후 왕비의 몸에 태기가 있자 임금은 기뻐하며 생각했다.

'이번에야말로 왕비의 몸에서 아들이 생길지도 모른다.'

어느 날 선조는 오랜만에 인빈의 처소에 들렀다. 인빈은 언제나처럼 반가이 맞은 후에, 전부터 하고 싶었던 말을 했다.

"전하, 이번에 중궁께서 아들을 낳으시면 그 아들로 세자를 삼으세요."

"뭐요? 세자는 이미 광해군으로 봉하지 않았는가? 새삼스럽게 무슨!"

"그렇지만 정실 소생의 왕자로 세자를 삼는 게 법도 아니겠습니까?"

사실 선조의 마음도 인빈과 똑같았다. 정실 왕비의 소생으로 세자를 삼고 싶었던 것이다.

'광해군을 세자로 세웠는데도 명나라에서는 아직 인준을 해주지 않고 있지 않은가. 큰아들인 임해군이 아닌 둘째 아들로 세웠다고…….'

인빈의 말에 선조의 마음이 흔들렸다.

'만약 왕비가 아들을 낳는다면 세자로 삼아야겠다!'

원자로 세자를 삼아야겠다는 생각은 인빈뿐만 아니라 유영경도 역시 마찬가지였다. 유영경은 인빈 김씨의 딸인 정휘옹주의 부마 유정량의 조부였다. 인빈과의 사이도 가깝고 궁중 사정에도 환했다.

그런데 젊은 인목왕후가 아들을 낳지 못하고 정명공주를 낳자, 선조의 꿈은 깨지고 말았다. 그러나 1년이 채 안 되어 왕비는 또다시 태기가 있었다. 임금은 다시 한 번 희망을 걸었다. 그리고 마침내 선조의 소망대로 아들인 영창대군이 태어났다.

"허허, 정실 왕비가 낳은 첫 번째 내 아들이로다!"

기뻐하는 선조의 비위를 맞추려고 유영경은 성대한 축하 잔치를 준비하였다.

"영창대군 만세!"

조신들은 세자를 제쳐 놓고 영창대군 만세를 불렀다. 선조는 함박웃음을 지었지만 이것을 바라보는 광해군의 마음은 쓰리고 아팠다.

'아바마마와 신하들은 세자로서의 내가 마땅치 않은가 보다!'

자기가 어떻게 해볼 수 없는 태생의 문제이기 때문에 광해군은 답답할 따름이었다.

얼마 후 선조의 몸이 눈에 띄게 약해졌다. 때로는 그 증세가 매우 위태롭기까지 하였다. 광해군은 세자로서 매일 문안인사를 드리는 것은 물론, 하루에도 몇 번씩 들어가서 선조의 용태를 살폈다.

"저하, 항간에 유영경 일파가 세자 광해군을 폐하고 영창대군을 새로 세자에 봉하려 한다는 소문이 자자합니다."

"형인 임해군도 은근히 다음 왕위를 노리고 있답니다. 자기가 세자에 오르지 못한 것을 늘 불평하다가 부왕이 병중인 틈을 타서 무사들을 모으고 있다고 합니다."

이런 말들이 들리자 광해군으로서도 마음이 편치 않았다. 어의들이 갖은 정성을 다 쏟았지만 선조의 병세는 조금도 호전되지 않았다.

'하루바삐 전위를 해야 내가 마음 편히 죽을 수 있겠는데……. 그런데 지금 전위를 하려면 광해군밖에는 없다. 인빈과 유영경 등은 영창대군을 세자로 세우라고 하지만 영창대군은 아직 나이가 너무 어리다. 역시 광해군에게 전위할 수밖에 없다.'

결심을 한 선조는 마음을 단단히 먹고 삼정승을 불렀다. 영의정 유영경, 좌의정 허욱, 우의정 한응인이 들어왔다.

"벌써 1년 가까이 누워 있는데 전혀 차도가 없구려. 병이 깊은데 중대한 정사를 내가 쥐고 있을 수가 없소. 세자가 장성했으니 잘할 것이오."

선조가 전위의 뜻을 전하자, 삼정승은 극구 만류했다.

"전하, 마음을 강하게 하십시오. 곧 떨치고 일어나실 것입니다."

그러나 선조의 뜻은 강했다. 대신들이 물러간 뒤 선조는 다시 전교를 내리며 독촉했다.

"원로대신들과 의논해서 세자에게 전위하도록 하오."

그런데 유영경은 선조의 이런 전교를 받들고도 즉시 원로들에게 알리지도 않았다. 뒤에 이 사실이 대북 일파에게 알려지자 이이첨과 이경전 등은 영남에 내려가 있는 정인홍에게 사람을 보냈다.

"유영경이 세자의 앞을 위태롭게 막고 있습니다. 속히 상소하십시오."

이때는 벌써 이산해, 이이첨 등 대북 일파가 세자 광해군에게 붙어 세자빈의 오빠 되는 유희분과 함께, 유영경을 몰아낼 의논을 하고 있었다. 정인홍은 담력이 있어 남을 공격할 때는 언제나 선봉 노릇을 했다. 그는 곧장 시골에서 상소를 올려 유영경을 공격했다.

'유영경이 임금의 명령을 숨기고 원로대신들을 부르지도 않았으니, 무슨 흉계를 꾸미는 듯합니다. 이는 세자를 위태롭게 하는 역심입니다.'

그러나 선조는 아직 유영경을 신임하고 있어서 정인홍의 상소문을 보자 몹시 노하였다.

"정인홍은 영해로, 이이첨은 갑산으로, 이경전은 강계로 각각 귀양을 보내도록 하라."

결국 유영경과 인빈의 주장을 따른 임금은 세자 광해군이 문안을 오면 호통만 치고 만나주지도 않았다.

"보기도 싫다. 명나라에서 인준도 안해 주는 세자가 무슨 세자냐? 썩 물러가거라!"

세자는 너무나 섭섭하고 야속하여 목에서 피를 한 대야씩 토했다.

'야속하구나! 적자나 서자를 골라서 태어나는 사람이 어디 있겠는 가! 숨이 막혀서 못 견디겠구나!'

울화를 참지 못하여 세자는 밤낮으로 가슴을 주먹으로 두들겼다. 가슴에 시퍼런 멍이 들어도 세자의 가슴은 풀리지 않았다. 아버지인 선조가 세자인 자기를 무시하고 냉대하는 것이 못내 서러웠다.

대북파의 거두들이 귀양을 떠난 지 채 며칠이 안 되어, 선조는 57세의 나이로 세상을 떠났다.

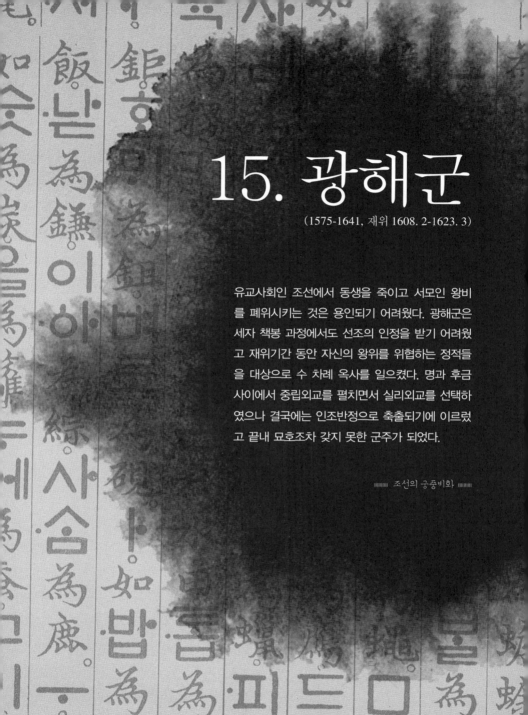

15. 광해군

(1575-1641, 재위 1608. 2-1623. 3)

유교사회인 조선에서 동생을 죽이고 서모인 왕비를 폐위시키는 것은 용인되기 어려웠다. 광해군은 세자 책봉 과정에서도 선조의 인정을 받기 어려웠고 재위기간 동안 자신의 왕위를 위협하는 정적들을 대상으로 수 차례 옥사를 일으켰다. 명과 후금 사이에서 중립외교를 펼치면서 실리외교를 선택하였으나 결국에는 인조반정으로 축출되기에 이르렀고 끝내 묘호조차 갖지 못한 군주가 되었다.

|||||| 조선의 궁중비화 ||||||

선조와 공빈 김씨 사이에서 태어난 광해군은 선조의 둘째 아들이고, 판윤인 유자신의 딸과 혼인하였다. 선조의 정비인 의인왕후 박씨가 자식이 없자 친형인 임해군이 사람됨됨이가 난폭하고 인덕이 없고 인륜을 저버리는 일을 많이 하여 광해군이 1592년(선조25) 임진왜란이 일어나자 피난지인 평양에서 서둘러 세자에 책봉되었다.

세자 시절 1592년 임진왜란과 1597년 정유재란 등을 겪으면서 만약의 사태를 대비해 임시로 세웠던 조정인 분조를 이끌기도 하였다. 의병 모집도 하고 전라도에서 모병, 군량 조달 등의 활동을 하기도 하였다.

그러나 명나라에서 장자인 임해군이 있다는 이유로 세자 책봉 인준을 거절하는 일을 당하는 어려움을 겪기도 하였다.

심지어 선조가 죽기 2년 전 선조의 계비 인목왕후 김씨가 영창대군을 낳으면서 광해군이 서자이며 둘째 아들이라는 이유로 영창대군을 후사로 삼을 것을 주장하는 소북파와 광해군을 지지하는 대북파 사이에 갈등이 확대되었다.

1608년 위독해진 선조가 광해군에게 선위하겠다는 교서를 내렸으나 소북파의 유영경이 이를 감추었다가 인목대비가 언문으로 교지를 내리는 등 갖은 시련을 통해 세자인 광해군이 보위에 오르게 되었다. 그의 나의 35세 때였다.

죄를 묻고 싶지 않다

　1608년 선조의 뒤를 이어서 세자인 광해군이 보위에 올랐다. 그의 나이 35세 때였다. 그러자 귀양길에 올랐던 대북의 이이첨과 정인홍 등은 귀양지에 도착하기도 전에 소식을 듣고 되돌아왔다. 어제까지의 죄인이 오늘은 공신 대접을 받으며 활개를 치고 다녔다.

　광해군이 이산해에게 선왕의 장례식 준비를 맡기자, 유영경은 곧 사직 상소를 올렸다.

　"지금이 어느 때인데 그런 말을 하오? 나라를 위해 계속 일해 주시오."

　광해군은 너그럽게 유영경을 위로하며 만류하였다. 그러나 불과 수일도 안 되어 대북 일파들이 상소가 봇물처럼 임금 앞에 올라왔다.

　'유영경은 전에 전하를 물리치고 영창대군으로 세자를 세우려고 한 원흉입니다. 그런 대죄인은 즉시 추방해야 합니다.'

　처음에 광해군은 그 말을 듣지 않았다.

　"선왕이 승하하신 지 한 달도 못되어서 신임하던 대신을 어찌 그렇게 한단 말이오? 못 하오."

　그러나 정권욕에 눈이 먼 대북 일파는 매일같이 광해군을 괴롭혔다. 시달림을 견디지 못한 그는 이들의 등쌀에 유영경을 내쫓고 이원익으로 영의정을 삼았다. 그리고 이이첨, 이경전, 정인홍 등을 등용했다. 이리하여 광해군이 보위에 오른 지 불과 6개월 만에 완전히 조정은 대북 일파의 세상으로 바뀌어 버렸다.

　광해군은 신하들에게 붕당의 위험을 주지시켰다.

　"당론의 폐해가 막심하다는 것을 잊으면 안 되오."

그리고 자기 자신도 초월하려고 애썼다. 그러나 평소에는 사라진 듯 보였다가도 일만 생기면 곧 표면에 나타나는 것이었다.

"상감마마의 형님인 임해군이 모반을 꾀했다고 합니다."

대간에서 탄핵 상소가 올라오자, 이 문제로 조정은 또다시 시끄러워졌다. 이원익, 이항복, 이덕형, 이산해, 한응인 등 소위 원로들은 아뢰었다.

"임해군을 사형시키면 안 됩니다. 귀양만 보내십시오."

여기에 이이첨, 유희분, 정인홍 등이 강하게 반대하며 나섰다.

"전하, 원로들이 남인과 상통해 역모를 두둔하고 있습니다."

처음 광해군은 형 임해군에게 벌을 내리지 않을 생각이었다.

'형님에게 죄를 묻지 않을 것이다.'

그런데 임금의 자리란 자기의 의견대로 할 수 없는 것도 많았다. 신하들의 극성에 광해군은 결국 마음을 바꾸어야 했다.

"임해군을 강화 교동으로 귀양을 보내어 위리안치시키라!"

위리안치란 담장을 쌓고 그 담장 안에서만 지내게 하는 벌이었다. 당시의 강화 현감인 이현영은 임해군의 처지를 가엾게 여겼다.

'얼마나 답답하실까.'

그는 임해군이 종종 문 밖까지 나올 수 있도록 약간의 자유를 주었다. 이 소식이 이이첨의 귀에 들어가자 펄펄 뛰며 역정을 냈다.

"뭐야? 고약한 것 같으니라구! 당장 현감을 교체하라!"

이이첨은 자기의 심복을 새 현감으로 내려 보냈다. 얼마 후에 그는 사람을 시켜 임해군을 죽이고 말았다.

광해군을 움직이는 상궁 김개시

광해군의 여인에 대한 총애는 왕비나 후궁들보다도 개시라는 이름의 김상궁에게 더 쏠려 있었다. 김상궁은 노래나 춤이 아니라 뛰어난 판단력과 영리한 두뇌로 광해군의 신임을 얻었다. 아름다운 외모 대신 비상한 두뇌의 소유자였다.

김상궁은 이전에 선왕이 병중에 있을 때 그 곁에서 시중을 들던 궁녀였다. 광해군이 선조의 병 문안을 들어가면 늘 상냥하게 맞아주곤 했다.

"저하, 어서 오십시오."

그녀의 태도에는 박대받는 동궁에 대한 연민과 진심이 담겨 있었다. 자기 자신이 노비로 태어나 어릴 때 궁으로 들어왔기 때문에 많은 설움을 받고 살아서인지 몰랐다. 선조의 냉대가 서러워 광해군이 피를 토하며 통곡할 때도 세자를 위로해 주었다.

'참 마음이 따뜻한 사람이로구나.'

광해군은 김상궁을 마음에 두었다가 임금이 된 후 자기의 지밀나인으로 데려왔다. 광해군의 남다른 사랑과 신임을 받으면서도 김상궁이 후궁 첩지를 받지 못했던 이유는 그녀가 선조의 승은을 입었기 때문이었다.

장녹수와 함께 조선시대 대표적인 나쁜 궁녀의 대명사로 불리는 김상궁은 광해군에게 위협이 되는 영창대군과 인목대비의 제거에 앞장섰다. 광해군의 왕권강화를 위해 온갖 악역을 도맡아했던 정치적 수완이 뛰어났던 여장부였다.

광해 5년, 관에서 한 무리의 강도를 잡고 보니 서인의 거두 박순의 서자인 박응서였다. 뿐만 아니라 그 무리들이 모두 명문의 서자들이었다. 이 순간부터 영창대군과 인목대비를 제거하기 위한 김개시 무리의 모략이 시작되었다.

"네 죄는 죽어 마땅하되, 내 말을 따르면 살아날 수도 있다."

죽을 것을 각오하고 있던 박응서는 정신이 번쩍 들었다.

"살려만 주신다면 무슨 짓은 못하겠습니까?"

"그럼 친국을 받을 때 이렇게 직고하라."

김상궁과 대북파의 지시가 내려졌다.

인목대비와 영창대군의 비극

박응서가 의금부에 넘겨져 문초를 받을 때, 그의 입에서 무서운 말이 술술 쏟아져 나왔다.

"역적모의를 하였습니다. 임금을 내쫓고 영창대군을 보위에 올리기로 했습니다. 영창대군 모후 인목대비와 인목대비의 친정아버지 영흥부원군 김제남이 배후 인물입니다."

인목대비는 광해군의 생모는 아니지만 당당한 적모가 아닌가. 그러나 이 실토가 박응서의 입에서 나오는 순간 사람들에게 믿어지게 되었다.

"믿을 수 없다. 직접 친국하여 진실을 알아내겠다."

광해군은 영의정 이덕형, 좌의정 이항복, 판의금 박승종 등을 거느리고 친국을 벌인 후, 영창대군은 폐하여 서인으로 만들고 김제남은 사사하고 그 일족을 깡그리 멸하고 인목대비의 어머니 부부인 노씨를 제주도로 귀양 보냈다. 그러나 이이첨 일파들은 여기에서 만족하지 않았다.

"후환을 없애야 합니다. 영창대군을 폐서인만 시킬 게 아니라 죽여야 합니다. 이 무리들이 나중에 무슨 일을 꾸밀지 모릅니다."

옆에서 김상궁과 대북파 신하들이 강하게 부추겼다. 임금은 할 수 없이 또 명령을 내렸다.

"여덟 살밖에 안 된 어린아이니 죽일 수는 없다. 강화로 귀양을 보내도록 하라."

이 명령이 떨어지자 어머니 인목대비는 어린 아들을 품에 안고 내놓지 않았다.

"물러가라! 주상을 오라고 해라!"

그러나 어명을 받은 군노들은 대비의 품에서 막무가내로 영창대군을 낚아채 궁문 밖으로 안고 나갔다.

"안 된다! 그 어린 것을 어디로 데려가느냐!"

"어마마마! 가기 싫어요!"

아무것도 모르는 영창도 갑작스러운 상황에 발버둥치며 울부짖었다.

"이 짐승만도 못한 놈들아, 차라리 날 잡아가거라. 그 어린 것이 무슨 역모를 꾸몄단 말이냐!"

인목대비는 미친 듯이 몸부림치며 방바닥에 쓰러져 통곡했다.

영창대군은 강화도로 쫓겨난 후 집안에 갇혀 살아야 했다. 군사들이 지키고 있어서 집 밖으로는 한 발자국도 나갈 수 없었다. 어린 영창대군은 꿈인지 현실인지 믿어지지 않는 상황 속에서 눈물로 하루하루를 보냈다.

"어머니! 너무 무서워요. 나 좀 데려가 주세요."

어린 나이에 감당할 수 없는 현실을 받아들이지 못한 영창대군은 그

만 병이 들어버렸다.

어느 날 강화부사 정항은 영창대군이 있는 방에 불을 많이 때라고 명령하였다. 방이 펄펄 끓어오르자, 어린 영창은 뜨거워 앉아 있지도 못하고 펄쩍펄쩍 뛰어다녔다. 뜨거운 열기에 머리가 어지러웠다.

"어머니……, 뜨거워 죽겠어요! 어머니! 문 좀 열어주세요!"

영창대군은 숨이 막혀오는 괴로움을 이기지 못해 문을 몇 번 흔들다가 그대로 쓰러져 숨을 거두고 말았다. 어린 영창대군에게는 너무 가혹한 운명이었다. 늙은 아버지 선조의 분에 넘치는 적자 욕심이 이복형의 손에 비참한 죽음을 당하는 비극을 자초하였다.

한편 영창대군이 강화도로 쫓겨난 후 대비는 정동에 있는 경운궁으로 거처를 옮겨야 했다. 대비와 함께 창덕궁에 있기 싫은 광해군이 내린 조처였다. 시녀 몇 명밖에 없는 경운궁에서 인목대비는 밤마다 정화수를 떠 놓고 빌고 또 빌었다.

'제발, 제발, 가여운 우리 영창, 살아 돌아오게만 해주십시오.'

이미 영창대군은 이 세상 사람이 아닌데, 어머니는 아무것도 몰랐다. 그 옆에서 누나인 정명공주 역시 어머니를 따라 절하며 빌고 또 빌었다.

여름이 다 가고 가을 무렵, 하루는 밖에 나갔던 궁녀 하나가 숨이 턱에 차서 뛰어 들어오더니 벌벌 떨며 말하는 것이었다.

"마마! 마마! 권필이란 사람이 신문고를 울려 대군께서 강화에서 돌아가신 것을 폭로하다가, 지금 사형에 처하라는 분부를 받고 끌려 나갔답니다."

인목대비의 눈앞이 하얘졌다. 어찌나 충격이 컸던지 말이 입에서 떨어지지 않았다.

"대군이 죽었다고……?"

시녀는 통곡하며 말했다.

"마마, 강화부사가 대군을 방에 가둔 후, 산더미 같은 장작불로 구들을 달궈서 숨 막혀 죽게 했답니다."

이를 악물고 안간힘으로 버티며 대비가 물었다.

"주상이…… 주상이 시켰다더냐?"

"아닙니다. 이이첨의 지령으로……."

"그놈이 그놈이지……."

말을 마친 인목대비는 맥이 풀리며 그대로 쓰러져 혼절하고 말았다.

"어머니! 영창아!"

어린 정명공주는 기절하여 쓰러진 어머니의 치맛자락을 휘어잡고 영창대군의 이름과 어머니를 번갈아 부르며 흐느꼈다.

늙은 왕의 어린 왕비가 된 죄

이때 조정에서는 이이첨이 앞장을 서서 대비를 폐위시키는 음모를 진행하고 있었다. 그는 심복 유간을 불러 지시했다.

"지금 영상도 없고, 좌상은 병으로 시골에 내려가 있으니 좋은 기회요. 당신과 우의정 한효순밖에 없소. 대비를 폐하자는 조정의 여론을 형성되게 해야 하오."

유간은 부리나케 한효순을 찾아 이이첨의 말을 전했다. 유약한 우의정 한효순은 유간에게 되물었다.

"어떻게 해야 하오? 방법을 좀 가르쳐 주오."

"만조백관을 모아놓고 대비의 죄악을 밝힌 후, 폐모에 대해 가부를 쓰라고 하시오. 잘된다면 영의정은 떼어놓은 당상입니다."

한효순은 공명에 눈이 어두웠다. 영의정이 된다는 말에 뻔히 옳지 못한 일인 줄 알면서도 당장 대궐로 들어가 정원 승지를 불러 지시를 내렸다.

만조백관이 다 모이자 한효순은 큰 소리로 말했다.

"역적 김제남의 딸인 대비는 영창대군으로 왕위를 계승시키려고 열 가지의 대악을 범하였소. 그러니 전하와 모자의 정은 끊어졌소. 폐위에 대해 가부를 묻는 것이니 여러분은 가부를 표시해 주기 바라오."

이때 원임대신 이항복에게 갔던 사람이 글을 받아 돌아왔다.

한효순이 그 글을 받아 만조백관 앞에서 읽었다.

'신은 반년이나 중풍에 걸려 병중에 있소. 자고로 어미가 악해서 비록 죄를 지었다 하더라도 자식은 어미를 죄 줄 수 없고, 아비가 자애롭지 못해도 자식은 극진히 효도해야 하는 법, 이런 논의부터 불가하오.'

분명한 반대였다. 이항복이 폐모론에 반대하는 것이 분명해지자 분위기가 삽시간에 변하였다. 그때까지 눈치만 살피던 사람들 가운데서 하나둘 반대 의견도 나오기 시작하자, 이날의 공론은 흐지부지되고 말았다.

그러나 그 후 폐모론을 주장하는 대북 일파들은 반대자에 대해 가차없는 공격을 가해왔다.

"이항복을 그냥 두어서는 안 됩니다. 엄벌로 다스리십시오."

"어허, 전조의 대신에게 죄를 줄 수 없소."

광해군은 반대했지만 대북 일파의 손에 장악된 조정은 결국 이항복을 북청으로 귀양을 보냈다. 그리고 날이면 날마다 대비를 폐하라고 광해군을 닦달해댔다. 시달리다 못해 그는 마침내 엄명을 내렸다.

'내가 덕이 부족하여 보위에 오른 후 원치 않았던 여러 일들이 있었다. 친형인 임해군을 죽이고 또 어린 영창대군을 죽였다. 이 일만도 잘못되었다고 느끼는데 이젠 종사를 위해 폐모를 시켜야 한다니 내 죄가 더욱 큰 것을 느낀다. 부디 더 이상 나를 번민하게 하지 말라.'

그러나 광해군의 바람은 이루어지지 못하였다. 그 다음해에 조정에서는 끝내 폐모를 결정했던 것이다.

승지는 곧 이 결정을 받들고 대비에게로 갔다. 대비는 영창대군이 죽었다는 소식을 들은 후, 식음을 전폐한 채 일어나지 못했다. 몇 번인지 목을 매어 죽으려도 했지만 궁녀들이 지키고 있어서 쉽지 않았다.

승지는 우선 열 가지 죄목을 읽고 폐모의 선언을 내렸다. 대비는 방 안에서 궁녀들의 부축을 받고 앉아서 모든 선언을 다 들은 후, 승지에게 호통을 쳤다.

"듣거라, 만고에 자식이 어미를 폐한다는 말을 처음으로 들었다. 나는 상감보다 나이 적은 젊은 의붓어머니지만 친히 친영례를 거행한 정당한 적모다. 상감에게 내 말을 전해라. 쓸데없이 폐모를 할 것이 아니라 죽여 버리라고 해라. 내가 사는 것이 사는 것이겠느냐? 하루라도 빨리 나를 죽여 버리라고 전하란 말이다!"

서슬푸른 태도에 놀란 승지는 어쩔 줄 모르다가 얼른 물러나 버렸다. 대비는 두 주먹을 불끈 쥔 채 시녀에게 말했다.

"당장 미음을 가져오너라."

반색을 하며 시녀가 나간 후 대비는 이를 악물었다.

'누구 좋으라고 산송장처럼 살겠는가! 내 기어이 두 눈으로 저놈들

238

이 망하는 꼴을 꼭 보고야 말겠다.'

조정에서는 서궁의 담을 더 높게 쌓아 올리고 군사들이 포위해 밤낮을 지키게 하였다.

'그렇잖아도 터질 것같이 답답한데, 저 높은 담이 내 숨을 더 막히게 하는구나! 내 곁에 남아 있는 혈육이라고는 생사도 모르는 친정어머니와 열 살밖에 안 된 정명공주뿐! 아버지도 억울하게 돌아가시고 내 아들 영창도 그렇게 가엾게 가고……. 어미의 죄로 내 아들이 그리도 불쌍하게 죽었어. 내 아들로 태어나지 말지. 늙은 왕의 젊은 왕비가 된 죄가 이다지도 크단 말인가!'

인목대비의 두 눈에서는 눈물이 그칠 줄을 몰랐다.

꿈 때문에 죽음을 모면한 대비

명나라가 조선을 돕기 위해 임진왜란 때 원병을 보내 전쟁을 하는 틈을 타서 여진족이 세력을 응집하고 위세를 떨치게 되었다. 그리고 마침내 광해군 8년에 누르하치가 후금을 세웠다. 얼마 안 가서 수도인 베이징까지 함락 위기에 빠지자 조선에 원병을 요청해 왔다.

"임진왜란 때 우리를 도왔으니 당연히 우리도 도와야 합니다."

"의리로 볼 때는 당연하지만, 후금국의 심기를 불편하게 하면 큰 화를 당하게 될 것입니다."

결론이 쉽게 나지 않았다. 누르하치는 명나라가 조선에 구원병을 청했다는 소식을 듣고 응하지 못하도록 압력을 가하며 위협해 왔다.

광해군은 두 나라 사이에서 국익을 저울질하며 시간을 끌었다. 그리고 마지못해서 출병을 하면서도 원수 강홍립에게 비밀 지령을 내렸다.

'형편을 잘 살피도록 하라. 누르하치 쪽에 활을 쏠 때는 활촉을 뽑고 나서 화살을 쏘게 하라. 그러면 뒷날 말썽이 없을 것이다.'

강홍립은 어쩔 수 없이 출병은 했지만 광해군의 당부대로 살촉을 빼고 살을 쏘았다. 그러다가 전세가 명나라에 불리하게 되자 누르하치에게 항복해 버렸다. 구원병이 왔는데도 요동과 심양이 함락되자, 명나라 조정은 조선을 의심했다. 광해군은 양면 정책을 썼다.

"금은보화를 강홍립에게 보내어 오랑캐한테 바쳐서 조선이 딴 뜻이 없는 것을 밝히게 하고, 사신을 명나라에 보내 결코 오랑캐와 내통한 일이 없다는 것을 변명하게 하라."

온 나라가 흉흉할 때 이이첨, 유희분의 집 기둥에 화살이 하나씩 날아와 박혔다. 화살에는 협박장이 붙어 있었다.

'빨리 대비를 복위시켜라. 그렇지 않으면 명나라의 사신이 나와 죄를 물을 때, 육시처참을 당할 것이다.'

유희분이 이이첨이 만나 의논하자 코웃음을 치며 말했다.

"말도 안 되는 소리! 복위를 시키면 대비의 원망이 풀릴 것 같소?"

"그럼 어쩌면 좋겠소?"

"영원히 입을 다물게 하면 되오."

두 사람은 더 가까이 머리를 맞대고 수군거리기 시작했다.

"12월 그믐날 밤, 심복들을 들여보내겠소."

결론은 이이첨의 입에서 나왔다.

그런데 그믐날 초저녁, 대비는 기이한 꿈을 꾸었다. 선조 임금이 생시와 조금도 다름없는 차림으로 나타났다.

"전하!"

대비가 반가워하자 선조 임금은 걱정스레 말하는 것이었다.

"중전, 곧 도둑의 무리가 닥칠 것이오. 서둘러 피해야 하오."

이 말만 남기고 선조는 사라져 버렸다. 대비는 꿈에서 깨어 흐느껴 울었다.

"대비마마, 왜 우십니까?"

대비가 꿈 이야기를 해주자 궁녀가 서두르며 말했다.

"마마, 얼른 저와 옷을 바꾸어 입으시고 후원에 숨어 계십시오."

궁녀는 부랴부랴 대비의 소복으로 바꿔 입고 머리에 첩지까지 얹은 다음 보료 위에 앉아 있었다. 섣달 그믐날 밤이라 대궐 밖의 거리는 몰려나온 사람들로 웅성거렸다. 신명난 농악대 소리가 여기저기에서 들리고 탈춤을 추는 무리도 있었다. 문을 지키는 군인들의 시선도 그리로 쏠렸다.

이 틈을 타서 몇 명의 무뢰배들이 서궁의 담을 넘었다. 그들은 바람처럼 소리 없이 달려 대비의 침실 앞에 이르렀다.

'음, 놈들이 왔구나! 부디 대비마마가 무사하셔야 하는데……. 대비마마의 생사가 내게 달렸으니 침착하게 잘해내야 한다.'

궁녀는 심호흡을 한 번 한 뒤에 위엄 있는 목소리로 꾸짖었다.

"밤이 깊은데 웬 소란이냐?"

건달패들은 아무 대답도 없이 침실의 미닫이를 발칵 열어젖혔다. 그리고 다짜고짜 소매 안에서 비수를 뽑아 거침없이 대비를 찔렀다. 순간 단말마의 비명소리와 함께 가짜 대비는 고꾸라지고 말았다.

건달패들은 이이첨에게 사람을 보내 보고했다.

"숨이 끊어진 것을 확인했습니다."

"알았다."

이이첨은 철석같이 대비가 죽었다고 믿었다. 그러니 인조반정이 있던 날 인목대비가 나타난 것을 보고 얼마나 놀랐겠는가!

"호, 혼령이다!"

그러나 혼령이 아니라는 것을 곧 알게 되었다.

"이, 이런! 아니 여태껏 살아 있었는가?"

이이첨은 크게 놀라 벌어진 입을 다물 줄 몰랐다.

매관매직으로 쌓이는 김상궁의 재물

시간이 흐를수록 광해군의 번뇌는 점점 더 커졌다.

'사직의 안위를 위한 것이라곤 하지만 형을 죽이고, 아우를 죽이고, 대비를 폐위시켜 서궁에 가두고……. 마음이 편치 않구나. 집중해서 생각할 수도 없고 마음속이 와해되는 듯 두서가 없어.'

깊은 밤중에 홀로 앉아 생각해 보면 마음이 괴로웠다. 광해군은 젊어서 좋아하지 않던 술을 마시기 시작했다. 그리고 가장 사랑하는 김상궁의 거처를 찾는 발길이 잦아졌다.

'여인들과 술잔을 기울일 때만 죄책감을 잊을 수 있구나!'

광해군은 김상궁을 비롯해 많은 후궁들과 연락에 빠져드는 시간이 더욱더 늘어만 갔다. 국사를 봐야 할 시간에도 무기력하게 김상궁과 더불어 누워 있는 날이 많게 되었다. 김상궁은 이때부터 임금을 배경 삼아 본격적으로 권세를 부리기 시작했다.

"이 나라의 실세는 김상궁이야. 김상궁에게만 연결이 되면 안 되는 일이 없다니까! 상감마마가 김상궁의 말만 듣는다지 뭔가."

"나라가 어찌 되려고 이런단 말인가."

사람들을 고개를 흔들면서도 재물을 바리바리 싣고 김상궁의 어머니가 살고 있는 본가를 찾았다.

"부디 한 자리만 마련해 주십시오."

김상궁과 연줄을 대보려는 김상궁의 어머니는 과부가 된 후에 유몽옥에게 개가했는데, 그는 과거도 보지 않고서도 김상궁 덕에 횡성현감까지 지냈다. 또 김상궁의 조카사위인 정몽필은 무슨 일만 있으면 득달같이 궁중으로 김상궁을 찾아오곤 했다.

유몽옥과 정몽필의 집 문전은 벼슬을 사기 위해 줄을 서는 사람들로 초만원을 이루었다. 김상궁에게 바치는 뇌물의 다소에 따라 벼슬의 높고 낮음이 결정되었다.

그러나 김상궁은 이렇게 모아들인 재물을 일가권속의 치부에만 쏟지는 않았다. 임진왜란으로 폐허가 된 대궐 중수에도 아낌없이 내놓았다. 창덕궁의 중수와 다른 관청 등의 재건 역사도 벌였다. 돈이 부족하여 건축 사업을 중단할 처지에 놓이게 될 때면 김상궁은 자기의 재물을 내놓아 공사를 이어가게 했다.

"전하, 이 돈을 쓰십시오."

"고맙구려."

수완이 좋은 김상궁은 임금의 마음만 사로잡은 것이 아니었다. 왕비의 환심을 사기 위해서 무당을 불러들여 굿을 하고, 또 지관이나 술사들도 불러들여 임금과 중전의 만수무강을 빌게 했다.

인왕산 아래 서린 새로운 왕기

어느 날 성지라는 도승이 김상궁의 신수를 보면서 이렇게 말했다.

"국운과 같이하는 운명입니다. 이 재앙을 막는 길은 새로 일어나는 왕기를 누르는 수밖에 없습니다."

새로 일어나는 왕기를 눌러야 재앙을 면할 수 있다는 말에 김상궁의 표정이 굳어졌다. 사안이 심각했기 때문이었다. 김상궁은 성지를 광해 군과 만나게 해주었다.

"어디에서 왕기가 일어난단 말이냐?"

"서울 인왕산 밑에 왕기가 서려 있습니다."

광해의 안색이 창백하게 변했다. 왕기가 서려 있다는 것은 자기를 몰아내고 보위에 오를 사람이 나타났다는 말이기 때문이었다.

"무슨 방책이 있겠느냐?"

한참 눈을 감고 생각하던 성지가 입을 열었다.

"새문안에는 왕기가 멈춰 있는 곳이니 그곳에 크게 궁궐을 지어 다른 곳의 기운을 눌러야 합니다."

성지의 말이 끝나자 김상궁이 광해군에게 아뢰었다.

"전하, 대사가 말씀한 새문안 대궐터는 바로 정원군의 집입니다."

정원군은 인빈 김씨의 소생으로 광해군의 이복동생이었다. 정원군은 아들 삼형제를 두었는데, 큰아들은 능양군, 둘째는 능원군, 셋째는 능창군이었다.

성지가 돌아간 후 광해군은 고개를 갸웃하며 중얼거렸다.

"정원군은 볼품없는 인물인데 그 집에 왕기가 서려 있다니……."

고개를 저으며 김상궁이 아뢰었다.

"그러나 아들 삼형제가 있습니다. 그중에 인물이 있을는지 모르지요. 지체하지 말고 정원군에게 집을 비우라고 명하십시오."

광해군은 난감한 표정으로 고개를 끄덕이며 내관을 불렀다.

"정원군에게 사흘 안으로 집을 비우고 옮기라고 이르라."

어명을 받들어 곧 별감이 정원군의 집으로 찾아갔다.

정원군은 임해군과 영창대군의 죽음을 본 후, 대문을 닫아걸고 두문불출하였다. 사람을 만나기가 두려워서 일가친척조차 찾지 않았다. 세상과 단절한 채 그저 집안에서 숨만 쉬면서 살고 있었다. 왕족이란 사람들은 자기의 의지와는 상관없이 어떤 빌미로 비참한 죽음을 맞게 될지 몰랐기 때문이다.

"어명이오!"

갑자기 대전별감이 나와서 어명을 전하겠다고 하자, 온 집안은 발칵 뒤집혔다.

정원군은 서둘러 조복으로 바꾸어 입고 어명을 받을 준비를 했다.

"이 집을 헐고 큰 궁궐을 세우려 하니, 속히 다른 집을 구해서 나가라는 어명이오."

마른하늘에 날벼락 같은 분부였지만 어명이니 거역할 수는 없었다.

"어명을 받들겠습니다."

"사흘 안으로 집을 비우시오."

대전별감이 돌아간 후 대책을 강구하기 위해 가족이 둘러앉았다. 먼저 20대의 젊은 능양군이 입을 열었다.

"사흘 안에 이사해야 합니다. 그렇지 않으면 큰 의심을 사십니다."

"의심이라니? 무슨 의심?"

"시중에 어처구니없는 말이 떠돌고 있답니다. 새문안에 왕기가 서려 있는데 그곳이 바로 우리 집이라고 합니다."

정원군의 얼굴이 사색이 되었다.

"이거 큰일났구나! 내가 그토록 조심하며 살아왔는데……. 목숨을 부지하려면 당장 아무 데로나 옮겨야겠다."

정원군은 이튿날 당장 처갓집으로 식구들을 옮겼다.

정원군이 집을 비우자마자 즉시 대궐터를 닦는 공사가 시작되었다. 나라에서는 팔도에 부역 명령을 내려 남자들을 동원하였다. 얼마 안 되어 새문안에는 위용을 자랑하는 큰 대궐이 세워졌다.

"대궐의 이름을 경덕궁으로 짓겠다."

성지의 말대로 대궐을 지었어도 광해군의 마음이 편해지지 않고 뭔가에 쫓기는 듯 불안하기만 했다. 그래서 이이첨을 불러 물어보았다.

"내 생각에 왕기는 땅에만 있는 것이 아니라 사람에게도 있다고 생각한다. 정원군의 집안에 탁월한 아이들이 있을는지 모를 일이다. 아주 싹을 도려내는 것이 상책일 터……."

광해군의 뜻을 짐작한 이이첨은 속으로 반색을 하였다.

"전하, 신경희가 정원군의 셋째 아들 능창군을 추대하려고 음모를 꾸미고 있다고 합니다. 만약 능창군을 추대한다면 능창군의 어머니와는 외사촌간이니 조카가 임금이 되는 셈입니다."

이이첨의 말에 광해군은 노기가 충천했다.

"이런 죽일 놈들이 있나! 왕이 멀쩡한데 역모라니! 당장 두 놈을 다 잡아다가 역적모의를 실토케 하라."

금부도사는 그 길로 군사들을 이끌고 가서 신경희와 능창군을 꽁꽁 묶어서 금부로 데려갔다. 그 후 능창군은 강화로 이송되어 귀양살이 끝에 사형을 당해 죽었고, 원통함을 이기지 못한 아버지 정원군은 울화병으로 곧 세상을 떠나고 말았다. 능양군은 이런 비극 속에서도 감정을 드러내지 않고 담담하게 살아갔다.

'내 일생에 한 번은 이 분풀이를 반드시 하고야 말리라.'

마음속의 결심은 굳었지만 겉으로는 결코 드러내지 않았다.

반정모의

광해 15년 정월 초, 이괄, 장유, 최명길이 은밀하게 모임을 가졌다.

"간신 이이첨 등 왕실을 등에 업은 자들과 왕실의 부패가 극도에 달했소. 이대로 둘 수는 없소. 갈아엎어야 하오."

"누구를 보위에 추대하느냐 하는 문제, 그리고 또 성 안의 협력자가 필요하오. 병권을 잡은 사람이면 금상첨화고……."

"돌아가신 정원군의 아드님인 능양군밖에 없지 않은가?"

이야기를 마치고 헤어진 세 사람은 각각 맡은 일을 수행하기에 바빴다.

반정모의를 시작하고 발이 부르트도록 뜻이 맞는 사람들을 규합하러 다녔다. 모의에 동조한 사람들의 초조한 마음은 이루 형언할 수 없었다. 일단 능양군을 만나 어렵사리 승낙을 받아낸 다음, 거사일을 3월 13일로 잡았다. 능양군은 가슴 떨리는 희망과 불안으로 심장이 터질 것 같았다.

'아, 24시간 후면 이 나라의 보위에 오르느냐, 역모로 능지처참을 당

하느냐의 판가름이 나는구나.'

능양군은 비장한 마음으로 운명을 하늘에 맡기기로 했다. 광해군 아래서는 언제 귀양을 가고 사약을 받게 되는지 예측할 수 없었다. 그렇게 살 바에는 이번 거사에 합류하는 것이 더 나았다. 하루라도 편안하게 살아보고 싶었다.

이윽고 시간이 되자, 반군은 선봉에 원두표, 이기축, 김자점, 최명길 등이 나섰고 조금 간격을 두고 이괄과 그의 병사들, 그리고 맨 뒤에 이귀와 김유가 있었다.

한편 훈련대장 이흥립은 대궐 밖에 진을 치고 있었다. 그는 이미 반란군에 내응하기로 밀약을 해두었기 때문에 간접적으로 반란군 진입을 돕고 있었다.

"맞서는 것은 불리하니 일단 물러서라!"

그래서 반군은 싸우지 않고 순식간에 인정전을 지나 창덕궁 금호문에 이르렀다. 금호문 역시 수문장 박효립이 내응하기로 되어 있었다. 반군은 쉽게 통과한 반란군은 돈화문에 이르러 불을 질러 승리를 알렸다. 광해군은 그제서야 반란군이 대궐을 점거했음을 알고 몇 명의 수하를 거느리고 재빨리 궁을 빠져나갔다. 이렇게 해서 반란군은 쉽게 궁궐을 접수해 버렸다.

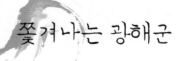

쫓겨나는 광해군

이때 광해군은 김상궁의 처소에서 함께 누워 있었다. 갑자기 사방에서 들리는 큰 고함소리에 놀란 김상궁이 밖에 나갔다가 달려 들어오며 소리쳤다.

"전하, 큰일났습니다. 역모가 일어났습니다."

"뭐? 뭐라고?"

정신이 번쩍 든 광해군은 자리에서 벌떡 일어났다.

"벌써 반군이 금호문에 쳐들어왔습니다."

"우리 군사들은 다 어디에 가고?"

"대장 이흥립이 도망을 쳐 버렸답니다."

"누가 주동자라더냐?"

"이귀라고 합니다."

고함소리는 점점 가까이 다가오고 비명소리와 함께 급히 뛰어가는 발자국 소리 등으로 궁 안이 소란스러웠다. 횃불의 그림자가 벌써 어른대는 것도 보였다.

김상궁은 이 위급한 중에도 패물을 꾸려서 궁녀에게 주며 자기 집으로 내보냈다.

'이번 반군의 주동자가 이귀라 하니 살 길이 있을 것이다. 내 입으로 이귀의 생명은 수차 살려 주었는데 죽이기까지 할까.'

김상궁은 급히 나인의 옷으로 갈아입고 도망쳤다.

우왕좌왕 하는 사이, 그 많던 궁녀들과 내관들도 거의 다 도망쳐 버리고 불과 몇 사람만이 남아 있었다. 그때 영의정 박승종이 반은 혼이 나간 얼굴로 달려왔다.

"상감마마!"

"오, 영상!"

광해군은 너무나 반가웠다. 내관과 호위병사들까지 도망가 버렸는데 허겁지겁 찾아온 박승종이 고마웠다.

"전하, 일단 옥체를 피하십시오."

"경도 같이 피합시다."

"아닙니다. 늙은 저야 지금 죽어도 괜찮습니다. 어서!"

박승종의 눈에서 눈물이 비오듯 흘러내렸다. 광해군은 곁에 남은 변숙의와 내관 둘셋의 부축을 받아 간신히 북문에 이르렀다.

궐내의 이곳저곳에서 성공 신호의 불길이 피어올랐다.

"불길을 보니 거사가 성공했구나!"

북문에 이른 광해군은 몸을 부들부들 떨렸다. 북문에 당도하기는 하였으나 문은 굳게 잠겨 있어서 나갈 수가 없었다.

"전하, 제 어깨를 밟고 성벽을 넘으십시오."

하는 수 없이 광해군은 내관의 어깨에 밟고 올라 겨우 성벽을 넘었다.

능양군은 그 길로 대궐 안으로 들어와서 인정전에 자리를 잡았다.

"만조백관들은 곧 대궐로 들라!"

첫 어명이 떨어졌다.

"즉시 군졸을 풀어서 도망친 전 왕을 잡아들이라!"

사방으로 찾은 끝에, 광해군이 숨어 있는 집을 알아낼 수 있었다.

광해군은 들이닥친 병졸들에게 붙잡혀서 궐 안으로 압송되어 왔다.

"폐왕을 우선 궁중 밀실에 감금하라!"

왕족에 대한 광해군의 폭압으로 한시도 마음 편히 지내지 못했던 능양군은 이제야 비로소 마음을 놓을 수 있었다.

복위된 인목대비

능양군은 서궁으로 달려가 유폐되어 있던 인목대비를 찾아뵈었다. 능양군을 맞이한 인목대비는 반란이 일어나 광해군이 패주했다는 소식을 듣고 반색을 하며 기뻐하였다.

"지금 광해는 어디 있소?"

"궁궐 안 밀실에 가두어 두었습니다."

"오, 그래요?"

대비의 얼굴에 미소가 떠올랐다.

'아, 목숨을 버리지 않았더니 이런 날을 맞는구나!'

대비의 마음속에 그동안 있었던 일이 파노라마처럼 펼쳐졌다. 그녀는 곧 교지를 내렸다.

"광해군을 폐위하고 능양군으로 하여금 왕위를 잇게 한다. 광해군을 폐위시키는 이유는 다음의 세 가지이다. 첫째는 선왕을 독살하고 형과 아우를 죽이고 어미를 유폐시켰다, 둘째는 큰 궁궐을 짓기 위해 과도한 토목 공사를 벌여 민생을 도탄에 빠지게 하여 정사를 위태롭게 했다, 마지막으로 두 마음을 품어 오랑캐에게 투항했다."

대비는 감격에 겨운 듯 목소리가 떨려 나왔다.

"광해군은 용서 못할 큰 죄인이니 속히 벌을 내리시오. 내 이미 10년을 유폐되었다가 간밤 꿈에 선왕을 뵈었는데 오늘 이런 기쁨이 있구려."

대비는 큰 목소리로 뜻을 전했다.

"능양군은 당으로 오르라."

대비는 친히 옥새를 전해주며 능양군에게 전교를 내렸다.

"위로 선대왕의 뜻을 받들고 아래로 백성들을 잘 살피는 성군이 되도록 하라."

"명심하겠습니다, 대비마마."

능양군은 허리를 깊이 굽혀 세 번 절하고 옥새를 받았다.

이 능양군이 조선 제16대의 임금 인조로, 당시 나이는 29세였다.

자유를 꿈꾼 세자와 가치관이 뚜렷했던 왕후 유씨

쫓겨난 광해군과 가족들은 비참한 생활을 하였다.

'어린 영창대군을 어떻게 죽였느냐? 내 너를 결코 편안하게 살도록 놔두지 않을 것이다.'

인목대비의 증오심은 복수 이루어졌다.

이러한 역사적 사실들은 인목대비와 인조반정 세력에 대해 종래와 다른 새로운 시각으로 접근할 수 있게 하는 단서가 되고 있다.

광해군 폐위 후 광해군과 폐비 유씨, 폐세자 질과 폐세자빈 박씨 등 네 사람은 강화도에 위리안치되었다. 이들을 강화도에 유폐시킨 것은 그곳이 감시하기에 용이한 곳이었기 때문이다. 하지만 반정 세력은 이들 네 사람을 한곳에 두지 않았다.

광해군과 유씨는 강화부의 동문 쪽에, 폐세자와 세자빈은 서문 쪽에 각각 안치시켰다. 이들이 안치되어 울타리 안에 갇혀 살기 시작한 지 두 달쯤 후에 폐세자와 세자빈은 자살하고 말았다.

당시 20대 중반이던 이들 부부는 강화도 밖으로 도망칠 계획을 세웠다. 세자 질은 어느 날 담 밑에 구멍을 뚫어 밖으로 빠져 나가려다 잡히게 되는데 그의 손에는 은덩어리와 쌀밥, 그리고 황해도 감사에게 보내는 편지가 있었다.

"저하, 제가 나무 위에 올라가 망을 봐 드리겠습니다."

"위험한데 어떻게 그대가 나무 위로 올라가겠소. 내가 조심할 테니 방 안에 있으시오."

"아닙니다. 위험하지 않습니다. 제 신호에 따라 움직이세요. 울타리를 빠져나갈 때 조심하셔야 합니다."

"알겠소. 고맙구려."

"부디 안전하게 움직이십시오."

박씨는 소리를 죽여 망을 볼 나무 위로 올라갔다. 나무 위에 올라가 보니, 울타리 밖에 아무도 보이지 않았다. 세자빈은 자기를 올려다보고 있는 세자를 향하여 나가라는 손짓을 해보였다.

세자는 몸을 굽혀 울타리를 빠져나가기 시작하였다.

'아, 이제 조금만 더! 저하, 힘을 내세요!'

세자의 몸이 거의 다 울타리를 빠져 나왔을 무렵, 사람들이 뛰어오는 요란한 발자국 소리가 들렸다. 잠시 자리를 비웠던 병사들이 돌아온 것이다.

"안 됩니다! 저하! 이 무슨 일입니까!"

병사들은 세자를 사방에서 붙잡았다.

"이것 놓아라!"

세자는 몸부림을 쳤지만 이미 옴짝달싹도 할 수 없이 붙잡혀 다시 집 안으로 끌려 들어오고 말았다.

이 광경을 나무 위에서 보고 있던 세자빈의 얼굴이 하얗게 질렸다.

'아, 이젠 희망이 없구나! 다 끝났다!'

세자빈의 머릿속이 혼미해지면서 팔에 힘이 풀렸다.

"악!"

세자빈은 나무 위에서 그대로 땅으로 추락하고 말았다.

세자 질의 탈출 시도 실패 소식은 곧 궁궐 안에 전해졌다.

"목숨을 살려주었는데 기어코 죽겠다고 야단을 하는구나. 소원을 들어주도록 하라."

인목대비와 반정 세력은 그를 죽이기로 결정하였다. 이 사실을 비밀리에 전해들은 세자 질은 스스로 목숨을 끊고 말았다.

'더 이상 이렇게 살면 무엇 하나. 저하의 뒤를 따라가야지.'

세자빈 박씨도 세자의 뒤를 따르고 말았다. 장성한 아들과 며느리를 잃은 광해군은 1년 반쯤 뒤에 아내 유씨와도 사별하였다.

폐비 유씨는 한때 광해군의 중립 정책을 이해할 수 없었다.

"마마, 명나라에 대한 처사는 옳지 않으십니다. 지금까지 해온 것처럼 명나라에 대해 예를 다하십시오. 마마의 중립정책을 소첩은 이해할 수 없습니다."

그리고 광해군이 폐위되자 궁궐 후원에 이틀 동안이나 숨어 있으면서 자기의 주장을 굽히지 않았다.

"인조반정은 종묘사직을 위한 것이 아닙니다. 몇몇 인사들의 부귀영화를 위한 것이니 옳지 않습니다."

그 당시의 여성으로서 가치관이 뚜렷했던 기개 있는 여성이었다. 그러나 유배 생활이 시작되면서 그녀는 화병을 얻고 말았다. 도저히 자신이 당한 현실이 믿기지 않았던 까닭이다. 그리하여 유배 생활 약 1년

7개월 후 생을 마감하게 되었다.

아들과 며느리, 그리고 아내마저 죽자 광해군의 가족은 박씨 일가로 시집간 옹주 한 사람밖에 남지 않았다. 하지만 광해군은 초연한 자세로 유배 생활에 적응해서 그 이후로도 18년 이상 생을 이어갔다. 이 과정에서 그는 몇 번에 걸쳐 죽을 고비를 넘겼다. 광해군으로 인해 아들을 잃고 서궁에 유폐된 바 있던 인목대비는 그를 죽이려고 혈안이 되어 있었다.

"반드시 죽여야 할 것이다."

인조 세력 역시 왕권에 위협을 느낀 나머지 몇 번이나 그를 죽이려는 시도를 하였다. 그러나 반정 이후 다시 영의정에 제수된 남인 이원익의 반대와 내심 광해군을 따르던 관리들에 의해 살해의 기도가 성공을 거두지는 못하였다.

1624년 이괄의 난이 일어나자 인조는 광해군의 재등극이 염려스러워 그를 배에 실어 태안으로 이배시켰다가 난이 평정되자 다시 강화도로 데려왔다. 1636년에는 청나라가 쳐들어왔다.

"광해군의 원수를 갚아주겠다."

조정에서는 또다시 그를 교동에 안치시켰다. 광해군이 살아 있으니 자꾸만 명분들을 만든다고 생각한 인조는 드디어 명령을 내렸다.

"은밀하게 죽여라!"

서인 계열의 신경진 등이 경기수사에게 그를 죽이라는 암시를 내렸다. 그러나 경기수사는 이 말을 따르지 않았다.

'이러다가 큰일이 나고 말겠구나!'

이렇게 생각한 경기수사는 오히려 광해군을 보호하기도 했다.

"다시는 뭍을 밟을 수 없도록 멀고 먼 제주로 귀양을 보내라."

이듬해, 조선이 완전히 청에 굴복한 뒤 그의 복위에 위협을 느낀 인조는 그를 제주도로 보내버렸다. 당시로서 제주도는 살아서 다시 올 수 없는 먼 곳이었다.

광해군은 유배지인 제주 땅에서도 초연한 자세로 자신의 삶을 이어갔다. 아랫사람들의 멸시와 모욕에도 반응하지 않았다. 초연하고 관조적인 그의 태도가 생명을 오래도록 지탱시켰는지도 모른다. 또 그 긴 세월 동안 그는 다시 기회가 주어질지도 모른다는 일념으로 버텼는지도 몰랐다. 그러나 귀양생활 18년 만에 67세로 세상을 떠났다.

"내가 죽으면 어머니 공빈 김씨의 묘 발치에 묻어다오."

이런 유언을 남겼다.

조정은 그의 유언에 따라 경기도 남양주의 공빈 김씨 묘 아래쪽 오른편에 그를 묻었다. 그리고 박씨 집안으로 출가한 서녀의 자손들로 하여금 제사를 지내도록 하였다.

16. 인조

(1595-1649, 재위 1623. 3-1649. 5)

조선의 왕 가운데 폭군으로 쫓겨나 묘호에 '조'나 '종'이 아닌 '군'으로 끝난 왕이 연산군과 광해군이다. 이들은 잘못된 것을 바로 잡는다는 명분을 내세운 '반정'을 일으켜 왕이 교체된 것으로, 연산군을 폐한 중종반정과 광해군을 폐한 인조반정이 있다. 그러나 정변을 일으킨 공신들이 추대하여 왕이 된 중종반정과 달리 인조반정은 능양군이 정변을 준비하고 앞장선 경우다. 인조는 중립정책을 지양하고 반금친명정책을 펼쳤으나 결국 정묘호란과 병자호란을 겪으면서 치욕적인 굴욕을 당했다.

⊪⊪⊪ 조선의 궁중비화 ⊪⊪⊪

반정에 성공한 능양군은 제16대 임금 인조로 보위에 올랐다. 인조는 그동안 득세했던 대북파 인사들에 대한 대대적인 숙청을 펼쳤다.

'광해군 세력을 완전히 몰아내고, 조정과 사회를 안정시켜 나만의 정치사상을 펼쳐야겠다.'

이런 포부를 가졌지만 처음부터 난관에 봉착하였다.

반정 정권이 들어선 지 채 일 년도 못되어 다시 한 번 반란 사건이 일어났던 것이다. 이 반란 사건은 반정에 참여했던 이괄이 일으킨 것으로 1624년 1월에 문회, 허통, 이우 등이 인조에게 간언하였다.

"이괄이 그의 아들 이전, 한명련, 정충신 등과 함께 반역을 꾀하고 있습니다."

이괄은 반정이 성공한 뒤에 논공을 나누는 과정에 불만이 컸다. 이괄의 난은 임금이 서울을 버리고 도주했을 정도로 조선 조정에 치명적인 타격을 입혔다. 게다가 이괄이 북방 주력 부대를 이끌고 내려옴으로써 변방의 수비에 허점이 생겼다. 이 틈이 후금의 조선 침략을 쉽게 만든 요인이 되었다.

정묘호란, 이어서 또 병자호란

이괄의 난이 평정된 지 3년 만인 1627년 1월 그동안 호시탐탐 내침을 노리던 후금이 대대적인 조선 침략을 감행해 왔다. 장수 아민은 3만의 군사를 이끌고 압록강을 넘어 공격해 왔다. 순식간에 의주를 점령한 다음 주력 부대는 용천, 선천을 거쳐 안주성 방면으로 남하했다.

이에 조선군은 곽산 등 여러 곳에서 방어전을 펼쳤으나 실패하였다. 후금군이 파죽지세로 남하해 오자 인조는 장만을 도체찰사로 삼아 적을 막게 하고, 대신들을 각 도에 파견하여 군사를 모집하게 하였다.

그러자 후금군은 후방의 위협에 대비하여 더 이상 남하하지 않고 평산에서 조선에 화의를 제의하였다. 조정은 화친을 주장하는 주화론자와 이를 반대하는 척화론자로 갈려 치열한 논쟁이 벌어졌다.

"화의를 받아들일 수밖에 없습니다. 더 이상 후금군을 상대할 여력을 없습니다.

"분하지만 맞는 말입니다."

조정은 최명길 등 주화론자의 주장대로 화의 교섭을 하기에 이르렀다.

인조 10년에 인목대비가 승하하자 만주국에서는 특사를 보내 조문하였다.

"특사를 거절해야 합니다."

척화파들은 강력하게 주장했다.

"그럴 수는 없소."

어쩔 수 없이 받기는 했지만 조선은 특사의 대접을 소홀히 하였다. 인조는 몸이 아프다는 것을 이유로 특사를 만나지도 않았다. 후금은 국호를 청으로 고친 후, 황제국에 대한 대접을 조선에 요구하였다.

"지금까지의 맹약을 바꿔 형제 관계를 군신 관계로 바꾸어야 합니다. 이제부터 조선은 청에 대해 신하의 예를 갖추시오."

그러자 조정 대신들은 분개하며 벌떼처럼 일어났다.

"이런 오랑캐들이 있나. 당장 군사를 일으켜 후금을 쳐야 합니다."

인조도 이에 동조하였다.

"후금 사신이 가지고 온 국서를 거부하겠다."

청태종은 조선 임금의 태도에 분개하여 재차 침략할 뜻을 비쳤다. 청은 황제 대관식에 참석한 조선 사신에게 협박을 했다.

"하룻강아지 범 무서운 줄 모른다더니! 당장 조선의 왕자를 볼모로 보내 싹싹 빌지 않으면 대군을 일으켜 조선을 쓸어버리겠다."

하지만 청에 대한 감정이 악화되어 있던 조선 조정은 그들의 제의를 묵살해 버렸다. 그 해 11월 청은 최후통첩을 보내왔다.

"왕자와 대신 및 척화론을 주장하는 인물들을 당장 심양으로 압송하라!"

그러나 이번에도 조선 조정은 이를 무시했다.

그러자 그 해 12월 1일 청태종은 청군 7만, 몽고군 3만, 한족 군사 2만 등 도합 12만을 이끌고 직접 압록강을 건너 공격해 왔다. 청군은 임경업이 지키고 있는 의주 백마산성을 피해 직접 한성으로 진군하였다.

"청군이 이렇게 빨리 밀고 내려오다니!"

조선 조정은 극도의 혼란에 휩싸였고, 주민들은 피난길에 오르기 시작했다. 그리고 다음날 개성유수의 급보로 청군이 개성에 다다랐다는 것을 알게 되자 인조는 급히 명령을 내렸다.

"판윤 김경징을 검찰사로, 부제학 이민구를 부사로 명한다. 강화유수 장신은 주사대장을 겸하여 강화도를 수비하라."

또한 인조는 윤방과 김상용에게 명하였다.

"종묘사직의 신주를 받들고 세자빈 강씨, 원손, 둘째아들 봉림대군, 셋째 아들 인평대군을 인도하여 강화도로 피난하도록 하여라."

인조 자신도 그날 밤 도성을 빠져나가려고 했으나 적정을 탐색했다가 여의치 않자, 세자와 백관을 대동하고 남한산성으로 몸을 피했다. 인조가 남한산성에 남게 되자 한성 주변의 관리들은 각기 수백 명의 군사를 이끌고 그곳으로 집결하였다.

청태종은 군사를 20만으로 늘려 남한산성 밑 탄천에 포진하고 있었다. 이후 별다른 싸움 없이 40여 일이 경과하자 성 안의 식량은 떨어지고, 군사들은 피로에 지쳐 전의를 완전히 상실하게 되었다. 그 어떤 해결책도 찾을 방법이 묘연해지자 대신들 사이에서 다시 강화론이 대두되었다.

"전하, 무능한 김경징 때문에 강화도가 함락되고 말았습니다. 강화 이외에는 다른 방법이 없습니다. 결단을 내려주십시오."

"어허, 이런 황망한 일이 있는가……!"

인조는 별 수 없이 항복을 결심하지 않을 수 없었다. 최후의 어전회의에서 국서의 초안을 잡은 최명길은 붓을 놓고 하염없이 눈물을 흘렸다.

"에잇!"

옆에 있던 김상헌이 국서를 찢어버리며 통곡하며 부르짖었다.

"국가 패망의 절통한 자리에서 통한을 안고 자결하지는 못할망정 이런 수치스러운 글을 짓고 있다니!"

그는 가슴을 치며 꺽꺽 울었다. 신익성이 칼로 기둥을 찍으며 통곡하자, 최명길이 눈물을 훔치며 말했다.

"대감, 진정하십시오. 죽을 자리는 또 있을 것입니다. 부득이한 일이 아닙니까."

최명길은 대신들을 위로하며 다시 글을 써 내려갔다.

최명길이 피눈물로 작성한 국서를 들고 좌의정 홍서봉, 호조판서 김신국 등이 청군 진영에 갔다.

"흥, 이 정도로는 안 된다. 조선 국왕이 직접 성 밖으로 나와 항복을 맹세하고 척화 주모자 3인을 결박하여 보내라!"

청태종은 냉랭한 목소리로 호통을 쳤다.

삼전도의 굴욕

청태종에게 항복하러 나선 인조의 얼굴은 침통하기 짝이 없었다.

'이런 굴욕을 당해야 하다니!'

인조 임금은 50명의 호위 군사를 인솔하고 곤룡포 대신 남포를 입고 서문으로 내려섰다. 곤룡포를 벗은 임금의 초라한 모습에 신하와 백성들은 통곡하며 임금의 행차를 지켜보았다.

'흠, 이제 오는군! 감히 나와 맞서다니! 꼴 좋구나!'

청태종은 삼전도에 진을 치고 9층 단을 높게 쌓게 한 후에 단위에 앉아서 조선 임금을 기다렸다.

인조는 진 앞 100보 밖에서 말에서 내려 걸어 들어갔다. 세자도 말에서 내려 임금의 뒤를 따랐다.

진 앞에 이르러 용골대는 조선왕을 인도하여 단 아래 자리를 펴고 북면하여 절하기를 청했다.

'내 이 치욕을 잊지 않으리라! 기어이 되갚으리라!'

인조의 이마에서는 땀방울이 흘어내렸다. 잠깐 주저하는 듯하더니 임금은 청의 풍속대로 세 번 절하고 아홉 번 머리를 땅에 닿도록 조아렸다. 항복하는 의식이었다.

조금 있다가 용골대는 다시 임금에게 단에 오르기를 청했다. 거기에는 이번에 출정 나온 청의 왕자와 몽골의 왕자들이 동서 양편으로 갈라서 앉아 있었다. 임금은 동편에 서향으로 앉았다. 맞은쪽 서편 끝자리에 강화도에서 볼모로 잡혀 온 봉림대군과 인평대군이 있었다. 두 대군 역시 핏발이 선 눈으로 부왕에게 목례를 보내며 눈물만 흘릴 뿐이었다.

다음으로 인조는 청태종에게 술을 부어 올렸다. 신하로서 주군에게 올리는 신하의 예였다. 술을 단숨이 들이켜고 나서 청태종 홍타이지는 너털웃음을 웃으며 말했다.

"조선 왕에게 수달피 웃옷 두 벌과 백마 한 필을 하사한다."

저녁 무렵 청태종은 인조에게 말했다.

"왕은 서울로 환궁해도 좋다. 그러나 세자와 빈궁, 그리고 봉림대군과 인평대군은 진에 머물러 있도록 하라."

청태종은 왕족을 볼모로 삼아서 심양까지 데려갈 생각이었다.

청나라로 끌려간 소현세자

1637년 청은 병자호란을 종결짓고 돌아가면서 소현세자, 봉림대군, 인평대군 등 인조의 세 아들을 볼모로 잡아갔다. 그 중 셋째 아들 인평대군은 이듬해에 돌아왔으나 소현세자와 봉림대군은 1645년에야 귀국했다.

소현세자와 봉림대군은 둘 다 청에 8년여 동안 함께 볼모로 잡혀 있었지만 그들은 그곳에서 완전히 다른 입장을 고수하고 있었다. 소현세자가 당시 청에 수입된 서양 문물을 대하면서 서양인들과의 접촉을 통해 새로운 문물과 사상을 익혀나간 데 반해 봉림대군은 철저한 반청주의자가 되어버린 것이다.

소현세자는 서양 신부 아담 샬과 사귀면서 천주교를 알았고, 또한 서양의 과학 문명에 눈을 떴다. 아담 샬은 그에게 천주상과 서양의 역서 및 과학서들을 선물로 주었고, 그 덕택으로 소현세자는 서양의 역법에 심취하게 되었다. 그는 동양과 서양의 역법이 큰 차이가 있음을 깨닫는 한편 조선의 천문학이 초보 단계에 있음을 알았다.

'우리 조선을 부강한 나라로 만들기 위해서는 하루속히 신문물을 받아들여야 한다.'

소현세자는 조선을 서양의 나라들처럼 발전시키고 싶었다.

소현세자와 봉림대군의 청에서의 생활상은 속속 조선의 조정에 전해졌다. 인조는 소현세자가 서양 종교인 천주교에 심취해 있다는 사실을 듣고 몹시 분개했다.

'세자가 심양에 있을 때에 집을 지어 단청을 하고, 포로 된 조선 사람들을 모아 밭을 일구어 곡식을 쌓아놓고 진기한 물건들을 사들여 세자가 머무는 관소가 마치 시장과 같았다.'

들려오는 소식마다 인조의 짜증을 부추겼다. 임금이 총애하는 궁녀 조소용이 예전부터 세자와 세자빈을 미워하여 밤낮을 가리지 않고 임금 앞에서 헐뜯었던 영향도 컸다. 청에 적응해 잘살고 있다는 세자가 마치 자기의 경쟁 상대처럼 여겨지기도 했다.

"전하, 세자빈이 임금을 저주했다고 합니다. 또 아주 몹쓸 말도 했다고 하고요. 세자빈으로서 어찌 그럴 수 있단 말입니까?"

"흐음, 고약한 것!"

임금은 총애하는 귀인 조씨의 말이라면 곧이곧대로 다 믿었다. 조소용은 세자와 세자빈 강씨를 미워하여 입만 열면 모함이었다.

"소현세자가 청에서 왕 노릇을 하고 있다고 합니다."

"또 세자빈이 수완이 좋아 막대한 돈을 벌었는데, 어디에 쓰려고 그렇게 돈을 모으는지 모르겠습니다."

"흥! 품위 없는 것들! 조선의 왕족이 장사꾼이 다 되었구나!"

세자빈은 장사로 번 돈으로 청나라에 팔려간 사람들의 몸값을 지불해 구출해 주는 일을 하고 있었다. 나라에서 못하는 일을 세자빈으로서 하고 있었던 것이다. 그래서 청나라에서도 조선 왕가를 깍듯이 대우해 주었다.

'어찌 조선의 세자로서 원수놈들과 잘 지낼 수가 있단 말이냐! 이를 갈며 복수를 다짐해야 하거늘⋯⋯!'

소현세자에 대한 임금의 감정은 극도로 악화되었다.

당시 인조는 청으로부터 철저한 반청주의자로 낙인이 찍혀 있었다. 반면에 소현세자는 청과 원만한 관계를 유지하고 있었다. 그 때문에 청은 조선과 의논할 문제가 있으면 인조와 상의하지 않고, 심양의 조선관에서 소현세자와 상대하기를 원했다.

청의 이런 태도는 인조를 불안하게 만들었다. 게다가 김자점, 귀인 조씨 등이 소현세자가 입국하면 왕위를 내주어야 할지도 모른다는 말로 인조의 경계심을 더욱 높여놓은 상태였다. 그러나 소현세자가 그런 내막을 알 리가 없었다.

'그렇잖아도 나를 마땅찮아하는 청이 세자를 보위에 올리고 나를 내칠지도 모른다.'

그런 걱정이 임금의 마음에서 떠나지 않아 불안하였다. 이쯤 되면 이제 소현세자는 임금에게 있어서 자식이 아니라 정적에 가까웠다.

이때 청국은 태종 홍타이지가 세상을 떠났다. 그의 아우 다이곤이 큰아들 숙친왕을 폐한 뒤에 겨우 여섯 살 된 셋째 아들 순치로 황제를 삼고 자기는 스스로 섭정이 되었다. 섭정왕 다이곤은 명나라를 멸망시켜 천하를 통일하고 수도를 베이징으로 옮겼다.

"이제는 조선이 겁날 것 없다. 그 동안 심양에 볼모로 잡혀 있던 조선의 세자 일행은 고국으로 귀국하라."

마침내 세자 일행에게 고국으로 돌아가라는 허락이 떨어졌다.

"빈궁, 이제 그리운 고국에 돌아가게 되었소!"

"정말 꿈만 같아요, 저하."

"빈궁이 있어서 잘 견뎌낼 수 있었소."

"재산을 모두 정리해 단 몇 명이라도 더 조선 포로를 되사야겠어요."

"고맙소."

소현세자는 감격에 겨워 세자빈과 함께 손을 잡고 눈물을 흘렸다. 차마 말할 수 없었던 고난의 세월이 파노라마처럼 세자 부부의 기억 속에서 스쳐갔지만, 이제 다 끝났다고 생각했다.

소현세자의 의문의 죽음

세자 일행은 상기된 얼굴로 9년 만에 고국에 돌아왔다. 당시 인조는 후궁인 조소용을 총애하여 그녀의 말이라면 뭐든지 들어주었다. 나라 일은 영의정인 김자점이 좌지우지했는데, 그는 조소용의 소생 옹주의 부마인 김세룡의 조부였다.

소현세자는 고국에 도착하자마자 곧 인조를 찾아뵈었다. 그러나 웬일인지 인조는 전혀 반기는 표정이 아니었다.

소현세자는 인조에게 청의 내부 사정과 서양 문물에 대한 이야기를 늘어놓았다. 세자의 이야기를 듣는 인조의 표정은 몹시 불만스러웠다.

"이것이 서양의 책과 기계입니다. 너무나 놀랍습니다. 우리도 받아들여야 합니다."

그러자 인조는 심하게 분개하며 벼루를 들어 그의 얼굴을 내리치며 호통을 쳤다.

"이 줏대 없는 것아! 그깟 것을 왜 가져온단 말이냐!"

"아바마마!"

인조의 황당한 반응에 너무나 당황하고 놀란 소현세자는 그날 큰 병을 얻고 말았다. 가슴앓이가 심해지면서 세자는 그만 앓아눕고 말았다. 세자를 진찰하러 왔던 어의는 크게 염려하는 표정이 아니었다.

"학질입니다."

이때 인조는 자기의 주치의인 이형익을 세자에게 보내어 치료하게 하였다.

"열을 내리기 위해 세 차례 침을 놓겠습니다."

그런데 세자는 이 침을 맞고 난 후, 3일 만에 병세가 극도로 악화되어 세상을 떠나고 말았다. 시체는 온몸이 새까맣고 코와 입에서 피가 쏟아졌다. 검은 천으로 죽은 세자의 얼굴 반을 덮어서 옆에서 모시던 사람도 알아보지 못했다. 낯빛은 중독된 사람과 같았는데 외부의 사람은 아무도 아는 이가 없었다. 임금조차도 이를 알지 못했다. 다만 그때

종실인 진원군 이세완이, 그의 아내가 인조의 전비인 인렬왕후의 동생으로, 염습을 보고 나와서 은밀히 사람들에게 전해준 것이었다.

보통 왕이나 왕자에게 의술을 잘못 사용하면 의관이 국문을 당하는 것이 관례였는데, 인조는 의관의 잘잘못을 따지는 논의 자체를 금하였다. 대사헌 김광현이 인조에게 아뢰었다.

"마마, 세자에게 계속 침을 놓은 이형익을 국문해야 합니다. 대수롭지 않은 병을 잘못 다스린 죄를 벌해야 합니다."

인조는 화를 버럭 냈다. 아들을 잃은 아버지의 태도가 아니었다.

"쓸데없는 말은 그치라. 환자가 잘못되라고 침을 놓는 의사가 어디 있단 말인가!"

한없이 너그러운 태도로 인조는 이형익을 감쌌다. 그리고 김광현이 세자빈 강씨의 조카사위라는 이유로 좌천시켜 버렸다. 또 소현세자의 장례식도 일반 평민의 장례에 준하는 절차를 밟았을 뿐만 아니라 장례 기일까지 단축시켜 버렸다.

슬픈 소현세자비, 강빈

세자가 갑자기 죽은 원인도 밝혀지지 않았는데 장례가 일사천리로 진행되자 강빈은 정신을 차릴 수가 없었다.

'이것이 어찌 꿈이 아닐 수 있나. 저하가 숨을 거두다니!'

세자가 숨을 거두고 난 후 강빈은 벌어지는 현실을 믿을 수가 없었다.

'저하의 시신은 온몸이 새까맣고 뱃속에서는 피가 쏟아졌다. 검은 천으로 죽은 세자의 얼굴 반을 덮어서 옆에서 모시던 사람도 알아보지 못했다. 낯빛은 중독된 사람과 같았다. 이게 어찌 예사로운 죽음인가. 우리 저하가 맞을 죽음인가!'

꿈에도 그리던 고국에 돌아왔는데 강빈은 온몸에 소름이 돋을 만큼 세상이 무서웠다. 세자가 세상을 떠난 궁궐 안은 마치 처음 보는 세상인 듯 모든 것이 낯설고 무서웠다.

'머나먼 청나라에서 억류생활을 할 때도 이렇게 무섭지는 않았지. 우리가 무얼 그렇게 잘못했지? 세자 저하와 내가 뭘 그렇게 잘못했던가……?'

학질로 사흘 앓다가 세상을 떠날 세자가 아니었다. 몸져누워 있던 강빈이 자리에서 일어나 옷을 입기 시작했다. 얼굴에서 결연한 빛이 흘렀다.

"빈궁마마! 왜 그러십니까?"

"괜찮다. 전하를 뵈어야겠다. 앞장 좀 서거라."

궁녀들의 부축을 받아 강빈은 인조가 머무르고 있는 양화당 가까이에 이르렀다. 더 이상은 갈 수 없다. 상궁과 궁녀들이 강빈을 막아섰다.

"마마, 더 이상은 못 가십니다. 부디 몸을 보존하십시오."

강빈은 뿌리치고 몇 걸음을 더 나아갔다. 그리고 쓰러지듯 그 자리에 주저앉았다. 석고대죄를 올리려는 것이었다.

"상감마마, 며느리입니다. 진상을 밝혀주십시오! 이 억울함을 풀어주십시오."

마침내 통곡하는 강빈의 처절한 통곡소리가 대전 담을 넘었다.

"아니, 이런 해괴한 일이!"

조선에서 여자의 목소리는 길흉을 막론하고 담장을 넘어서는 안 되었다. 그런 시대에 지엄한 임금이 거하시는 담 밖에서 통곡을 했다는 것은 죽음을 각오하지 않고서는 할 수 없는 일이었다.

"저런 발칙한 것! 저런 흉악한 것을 보았나!"

인조는 강빈의 울부짖음에 몸을 떨었다. 강빈이 무서웠다. 그 울음소리가 채찍이 되어 온몸을 후려치는 듯했다. 강빈의 강한 성정이 끝내 시아버지인 자신을 쓰러뜨릴 것만 같은 공포였다.

"어허, 저런 고약한 것을 보았나! 저런 흉악한 것을 보았나!"

강빈은 땅에서 고개를 들지 않았다. 가슴에 집채만한 바윗돌이 매달려 있는 것 같아서 몸을 일으킬 수가 없었다.

"아바마마! 세자 저하의 죽음을 밝혀 주십시오! 억울합니다! 저하의 한을 풀어 주십시오! 세자 저하에게 어찌 이리 대하십니까? 그가 어떤 세자였습니까? 그가 아바마마와 조국에 무슨 잘못을 했다는 말입니까? 그가 한 일을 돌이켜 보십시오. 그 여린 사람이 마음속의 공포를 물리치면서 낮과 밤을 가리지 않고 했던 일을 아십니까? 어찌 용상을 탐한다 하시며, 참람된 마음을 품었다 하십니까?"

숨이 컥컥 막혀 강빈은 잠시 땅바닥에 이마를 대고 숨을 멈추었다. 땅에서 올라오는 찬 기운이 오히려 시원하게 느껴졌다.

"아……, 저하…… 불쌍한 우리 저하……!"

강빈은 마침내 혼절하여 쓰러졌다.

"빈궁마마!"

빈궁은 업혀서 세자궁으로 돌아왔다.

인조가 소현세자를 죽인 것은 애증에 휘둘려 마음을 걷잡지 못했기 때문이었다. 원래 인조의 정치적 기반은 대명 사대주의였다. 반정을 일으켜 광해군을 몰아낸 명분도 그것이었다. 하지만 그의 사대모화 사상은 병자호란을 불러일으켰고, 급기야 왕인 자신이 무릎을 꿇고 엎드려 사죄하는 치욕까지 겪게 했다. 인조의 반청 감정은 극단적으로 치달았지만 볼모로 끌려간 소현세자는 청나라와 원만한 관계를 유지해 나갔다. 그 때문에 청나라에서는 인조보다도 지혜로운 소현세자를 더 신뢰하였고, 그것이 미움이 되어 인조의 가슴에 자리잡게 되었다.

"못난 놈! 쓸개 빠진 놈! 세자라는 놈이! 꿈에서도 맞서 싸워야 할 원수놈의 나라에 빌붙다니! 아주 나라를 상납하지 못해 안달이 났구나! 와신상담의 기회로 삼지 못하고!"

인조는 자기를 기만하는 소현세자의 행동을 용서할 수 없었다. 조소용이라는 간사한 후궁이 씌워놓은 색안경 때문에 제대로 사물을 볼 수 없게 된 인조였지만 모든 잘못이 세자에게 있는 듯 책임을 세자에게 몰아버렸다.

봉림대군의 세자 책봉

소현세자가 인조에 의해 제거되자 그때까지 심양에 남아 있던 봉림대군은 이 소식을 듣고 급히 귀국했다. 인조는 반청 감정이 확고한 봉림대군을 지극한 효자로 생각했다.

'봉림은 결코 내 기대를 저버리지 않을 거야. 내 뜻을 이어갈 사람이 조선의 임금이 되어야 한다.'

인조는 봉림대군의 반청 감정이 세자가 가져야 할 마땅한 자세라고 믿었다. 그래서 큰아들을 제거하고 둘째 아들에게 왕위를 넘겨줄 결심을 했던 것이다.

세자가 죽은 지 3개월 후, 인조는 모든 조정 대신들을 불러들여 말했다.

"내가 병이 깊으니 새로운 세자를 책봉해야겠소."

"소현세자의 첫아들 석철로 하여금 왕위를 잇는 것이 마땅합니다."

신하들은 이렇게 주장하자 인조는 인상을 쓰며 고개를 저었다.

"뭐라는 게야? 이제 열 살밖에 되지 않은 세손은 마땅하지 않다."

그러나 신하들도 물러서지 않았다. 다시 허리를 굽혀 머리를 조아리며 아뢰었다.

"상감마마, 왕실의 관례를 지키셔야 합니다. 왕실의 질서가 무너질까 걱정됩니다."

인조가 발칵 화를 냈다. 강한 자에게 약하고 약한 자에게 힘을 휘두르는 전형적인 소인의 옹졸함이 그대로 드러났다.

"입들 닫으라! 봉림대군을 세자로 봉하겠다."

신하들은 더 이상 아뢸 수 없었다. 그해 9월, 형인 세자의 죽음으로 봉림대군은 세자에 책봉되었다.

'엄연히 세손이 셋씩이나 있는데! 세손을 건너뛰어 봉림대군을 세자에 책봉하시다니!'

강빈의 충격은 말할 수 없이 컸다.

봉림대군은 소현세자와 함께 8년여를 심양에 기거했지만, 소현세자가 그곳에서 서양 문물을 배우고 실리 외교를 주창했던 것과는 달리 오히려 대명 사대주의에 더 집착하여 반청 사상을 한껏 고조시킨 인물이었다. 그의 이 같은 반청 감정은 인조를 흡족하게 하는 일이었다.

인조가 조금만 더 너그럽게 세자를 바라보고, 세자가 천주교 신부들과의 교제를 통해 배운 유럽의 신문물을 포용하였다면 조선의 개화와 발전은 일본을 훨씬 능가했을 것이다. 왕족이지만 군림하려 하지 않고 적극적으로 일하고 움직였던 세자빈 강빈의 기민하고 총명한 지혜를 활용했더라면 훨씬 활기찬 조선이 되었을 것이다.

인조는 소현세자의 주변 세력과 세자빈 강씨의 친정오빠들을 모두 귀양 보냈다. 그리고 마지막 남은 세자빈마저 후원 별장에 유폐시켰다가 결국 사약을 내려 죽였다. 그리고 소현세자의 두 아들은 제주도로 귀양을 보내 죽게 하고, 나머지 셋째 아들은 귀양지에서 겨우 목숨을 연명하게 하였다.

이렇게 함으로써 인조는 소현세자를 비롯해 그의 가족과 주변 세력을 모두 제거해 버렸다.

인조는 재위 기간 내내 청나라의 간섭에 휘둘리며 굴욕 속에 왕위를 유지하다가 1649년 55세로 세상을 떠났다.

봉림대군은 1649년 5월 인조가 죽자 왕위를 이어받았다. 그가 바로 북벌론을 내세우며 국력강화에 전념했던 조선 제17대 왕 효종이다.

17. 효종

(1619-1659, 재위 1649. 6-1659. 5)

인조의 첫째 아들인 소현세자가 죽고 왕위에 오른 효종은 '북벌'을 주장한 왕이다. 볼모로 끌려가서 소현세자는 청의 기술을 받아들여야 조선이 강해진다고 생각한 반면, 봉림대군은 북벌을 해야 한다고 생각한 것이다. 재위 10년 동안 명나라를 숭배하고 청을 배격한다는 '숭명배청'과 청에 당한 수치를 복수하고 설욕하겠다는 '복수설치'를 주장한 효종은 군사력을 증강하고 반청을 외친 사람도 등용했지만 그 꿈은 끝내 이루지 못했다.

‖‖‖‖ 조선의 궁중비화 ‖‖‖‖

인조와 인렬왕후 사이에서 둘째 아들로 태어난 효종은 12세 때 장유의 딸 장씨와 혼인하였다.

1636년 병자호란이 일어났을 때 동생 인평대군과 강화도로 피난을 갔으나 그곳마저 함락되면서 청나라 군사의 인질이 되어 삼전도로 압송되었다. 부왕인 인조가 삼전도에서 청태종 앞에서 삼배구고두하는 치욕스러운 모습을 지켜보면서 가슴이 무너지는 고통을 느꼈다.

그후 소현세자와 함께 볼모가 되어 청나라 심양에서 8년 동안 인질 생활을 했다.

소현세자가 청나라의 문물을 받아들이고 개화된 문명을 받아들여서 조선을 개화시켜야 한다고 생각한 반면 봉림대군은 청나라에 대한 복수를 다짐하면서 마음을 다잡아갔다. 인질로 잡혀온 자신의 처지뿐만 아니라 함께 끌려와 참혹한 생활을 하고 있는 조선의 백성들을 보고 피눈물을 흘리면서 철저한 반청사상을 가슴에 심었다.

1645년 먼저 조선으로 돌아간 소현세자가 갑자기 죽자 궁궐에서는 다음 세자를 정하는 문제로 시끌벅적해졌다. 소현세자의 아들이 세손이 대를 이어야 한다는 의견과 둘째 아들인 봉림대군이 대를 이어야 한다는 의견으로 대립하였다. 그러나 소현세자와 갈등을 해온 인조의 강력한 주장으로 봉림대군이 새로운 세자로 결정되었다. 이 결정이 내려지는 데는 단 하루밖에 걸리지 않았다.

봉림대군은 급히 조선으로 돌아와 세자 책봉을 받았다. 그리고 1649년 5월에 인조가 죽자 5일 만에 조선의 17대 왕으로 즉위하였다.

31세의 나이로 즉위하자마자 그는 북벌을 계획했다.

"조선의 자주권을 되찾고야 말겠다."

효종의 머릿속에는 형인 소현세자와 함께 오랫동안 머나먼 청나라에서 온갖 고초를 다 겪으며 볼모 생활을 할 때의 고통이 꽉 차 있었다. 그로 인해 반청 감정을 북돋아 나라의 자주권을 되찾으려는 열망이 강했다.

오직 하나의 소원, 북벌

효종은 청나라에 머무르는 동안 소현세자와 함께 지내면서 형을 적극적으로 보호하였다. 청나라는 산하이관을 공격할 때 소현세자의 동행을 강요하였다.

"소현세자, 함께 나가 싸웁시다."

청나라 황실에서 나온 사람의 말에 봉림대군이 앞으로 나서며 말했다.

"절대로 안 됩니다. 제가 대신 가겠습니다."

"아니오. 우린 소현세자와 갈 것이오. 조선의 충성심을 보고 싶소."

청나라는 굳이 소현세자를 고집했지만 봉림대군은 끝까지 세자의 출정을 막아냈다.

"세자 저하는 요즘 건강에 문제가 있습니다. 전쟁터에 출정하기에는 무리입니다. 건강한 제가 가겠습니다."

"허, 참! 고집도! 알겠소. 소현세자는 그대로 머물러 있으시오."

그 뒤 청이 서역 등을 공격할 때 소현세자가 출정하게 되자, 함께 동행하여 그를 지극정성으로 보필하였다.

'아, 나라의 힘을 키워야 한다. 이 무슨 굴욕의 시간인가!'

8년여의 볼모 생활 동안 봉림대군은 많은 고통을 겪었다.

'내 언젠가 반드시 청에 맞설 것이다!'

청나라에 있을 때 자신의 의지와는 관계없이 서쪽으로는 몽고, 남쪽으로는 산하이관 등지에서 전쟁을 수행하며 명나라가 패망하는 것을 직접 체험하였고, 여기저기 끌려다니며 온갖 고초를 다 겪었기 때문에 자나깨나 북벌이 소원이었다.

그래서 보위에 오르자마자 효종은 이 계획을 수립하기에 앞서 반청파들을 등용하여 친청파들을 제거하기 시작했다.

'대표적인 친청 세력인 김자점을 제거해야 한다.'

김자점은 탄핵을 받아 유배당했다. 그러자 김자점은 신변의 위협을 느낀 나머지 역관을 시켜 청에 효종을 고발하였다.

'새 왕이 옛 신하들을 몰아내고 청나라를 치려고 합니다.'

그는 그 증거로 조선이 청의 연호를 쓰지 않은 문서를 함께 보냈다. 청나라는 즉각 반응을 보였다.

"이런 괘씸한 일이 있나! 당장 사건을 조사하라!"

청나라는 즉시 군대를 압록강 근처에 배치하고 진상을 조사하기 위해 사신을 파견하였다. 하지만 이경석, 이시백 등의 능란한 외교력 덕분에 이 사건은 잘 무마되었고 김자점은 다시 광양으로 유배되었다.

광양으로 유배된 김자점은 1651년 조귀인과 짜고 다시 역모를 획책하였다. 숭선군을 추대하려 했던 이 계획이 미리 새어나가는 바람에 그는 아들과 함께 죽음을 당했고, 그를 후원하던 인조의 후궁 조귀인도 사약을 받았다. 김자점 역모사건은 이렇게 마무리되었다.

'친청 세력을 모두 제거했으니, 이제 무장들을 중용하여 북벌을 위

한 본격적인 군비 확충 작업에 착수해야겠다.'

효종은 차근차근 북벌의 준비에 돌입하였다.

부서진 북벌의 꿈

어느 날 효종은 한밤중에 갑자기 무신들을 소집하였다. 자정이 훨씬 지난 시간에 대궐의 별감 10여 명은 장안의 각 무신의 집으로 향하였다.

"즉시 입궐하라는 분부가 내렸습니다."

이 분부를 들은 무신들은 깜짝 놀랐다.

'무슨 일일까?

그들은 부랴부랴 옷을 갖춰 입고 대궐로 들어왔다. 그러나 그들이 대궐에 들어서자마자 사면에서 빗발치듯 화살이 날아오는 게 아닌가!

"어이쿠!"

"악!"

무신은 모두 이 불의의 화살에 맞아서 거꾸러졌다. 그러나 화살에 촉은 없었다. 이런 중에 단 한 사람만이 빗발치는 화살에도 상관없이 앞으로 나아가는 사람이 있었다.

"그대는 누구인가?"

"삼도 도통사 이완입니다."

효종은 기뻐하며 직접 이완 앞으로 걸어 나왔다.

"상감마마, 명령을 내려주십시오."

"그대는 저 빗발치는 화살은 어떻게 피할 수 있었소?"

"상감마마, 옷 속에 갑옷을 입고 있었습니다."

"그 이유는 무엇이오?"

"네, 한밤중에 들라 하시기에 비상이라는 생각이 들었습니다. 그래서 무장을 하였습니다."

다음날 효종은 이완을 훈련대장에 임명하였다. 그리고 그동안 마음 속에만 간직했던 북벌계획이 드디어 온 나라 안에 공포되었다.

"이완 장군, 부디 나를 도와서 병자년의 치욕을 씻어 주오."

"목숨 바쳐 성은에 보답하겠습니다."

이완은 눈물을 흘리며 아뢰었다.

효종과 이완은 의논한 끝에 전국에서 건장한 젊은이 수백 명을 모았다.

"그들에게 무술을 잘 가르쳐 주오. 장차 북벌에 대비해서 말이오."

"성심껏 가르치겠습니다."

효종은 국정에는 송시열의 협조를 얻고 정치와 경제에도 힘을 썼다. 경제가 튼튼해야 군비를 충분히 비축할 수 있기 때문이었다. 그의 머릿속은 북벌뿐이었다. 나라의 창고에는 곡식과 재물이 그득 쌓여 있었다. 온 총력을 기울여 이렇게 몇 년을 노력하자 북벌이라는 대장정을 시작해도 되겠다는 자심감이 생겼다. 국력과 군사력이 아울러 충실하여 인제는 거사의 날만 잡으면 되었다.

"상감마마, 최후의 결정을 내리십시오."

"오, 출정 날짜만 정하면 끝이구려."

"네, 마마. 마마의 숙원이 이루어지는 날입니다. 감격스럽습니다."

"우리 민족의 꿈이 시작되는 날이오.

효종의 얼굴도 발그레 상기되었다.

드디어 출정 날짜가 결정되었다. 효종 10년 5월 5일이었다.

3월에서 4월로 들어서면서부터는 온 나라는 북벌 준비 때문에 들끓었다. 전쟁터로 나갈 장정이 있는 집안은 정안수를 떠놓고 무사귀환을 기도하고 있었다. 긴장감과 더불어 청나라에 대한 오래 된 원한을 풀수 있다는 기대감 역시 컸다. 자식들을 포로로 끌어가서 학대하고 죽인 그 원한을 가슴에 품고 살아온 사람이 어디 한둘인가.

"기어이 원수를 갚아야 한다. 아버지의 원수! 형제자매의 원수!"

긴박감 속에 설레는 분위기가 나라 안을 감싸고 있었다.

4월도 거의 다 지나가고 5월에 접어들었다. 그런데 예상치 못한 사건이 벌어졌다. 그렇게 기개가 강하던 효종이 급병으로 몸져누웠기 때문이었다. 얼굴에 열꽃이 피어오르고 엄습하는 한기를 못 이겨 와들와들 떨고 있었다. 이완의 가슴이 철렁하였다.

"상감마마! 편찮으십니까?"

효종이 힘겹게 눈을 떴다. 눈에 벌겋게 핏발이 서 있었다.

"내 몸에…… 무, 문제가 생겼소."

심한 오한으로 떠느라 말이 작고 불분명하게 나와 잘 알아들을 수 없었다.

"이리 가까이 오오."

이완은 임금 가까이로 가자 말을 이었다.

"오월 단오가 며칠이나 남았소?"

"네, 출정 날짜가 임박했습니다. 겨우 나흘 남았습니다."

효종의 얼굴에 짙은 고뇌가 드러났다.

"그토록 오랜 세월 꿈꿔 왔는데, 하늘이 내게 허락지 않는 모양이오."

"마마, 그런 말씀 거두십시오."

효종은 이를 악물고 고통을 참으며 말했다.

"장군, 포기하면 안 되오. 출정하시오. 내가 죽더라도 기어코 북벌은 진행해야 하오."

"어찌 이런 황망한 말씀을 하시는지요!"

이완은 통곡이 터져 나오려는 것을 안간힘으로 참았다. 대사를 며칠 앞두고 이게 무슨 일인지 믿어지지 않았다.

효종은 눈을 뜨고 있을 힘도 없는 듯했다. 그날 밤 이완은 집에 돌아가지 않고 내전 뜰에 서서 임금의 병세를 지켜보았다.

'제발 쾌차하셔야 합니다. 일어나셔야 합니다.'

북벌의 뜻을 모아 힘을 모으고 뜻을 모으고 지혜를 모아 지금까지 한마음으로 달려온 효종과 이완이었다. 북벌 앞에서는 신하도 없었고 임금도 없었다. 더 좋은 의견이 나오면 언제나 효종은 흔쾌히 자기의 뜻을 접었다.

'불철주야 오직 한 길을 위해 달려왔는데! 출정하는 날을 겨우 나흘 앞두고……! 사기충천한 북벌군을 임금이 몸소 모악원까지 배웅해 주시기로 하지 않았는가! 어떻게 하루아침에 이토록 건강이 악화되신단 말인가! 하늘이 조선의 북벌을 막으시는가! 아, 원통하다!'

이완은 밤새도록 내전 뜰을 서성이며 효종의 회복을 빌었다. 궐 안의 모든 사람들도 깨어서 임금의 곁을 지켰지만 이튿날은 병세가 더욱 악화되었다. 마지막 숨을 몰아쉬는 효종의 눈에는 포기할 수 없는 아쉬움이 가득하였다.

'아, 북벌의 뜻을 이루지 못해 절통하구나! 용맹스러운 조선의 군사들! 웅지를 펴는 걸 꼭 보고 싶었는데…….'

출정날을 하루 앞두고 효종은 세상을 떠났다. 그리고 임금이 평생 그토록 염원했던 북벌 출정도 중지되고 말았다.

　41세의 아까운 나이로 효종은 세상을 떠났지만, 북벌을 위해 확립한 군사력은 조선 사회를 안정시키는 기반이 되었다. 효종은 인선왕후 장씨와 안빈 이씨 두 부인에게서 1남 7녀를 두었다.

18. 현종

(1641-1674, 재위 1659. 5-1674. 8)

조선시대는 철저한 유교사회다. 특히 조상에 대한 제사는 유교의 정점을 찍고 있다. 현종은 즉위하자마자 상복을 입는 문제로 논쟁에 휘말렸다. 이는 단순히 상복 문제에서 그치지 않고 이를 빌미로 한 당파 간의 권력 투쟁이었다. 효종이 죽자 인조의 계비인 자의대비의 복상문제인 기해예송에서는 서인이, 어머니 인선왕후가 죽자 2차 복상문제인 갑인예송에서는 남인이 승리를 거두게 된다. 즉 남인과 서인의 당쟁으로 국력은 쇠퇴해졌다.

현종은 효종과 인선왕후 장씨의 외아들로, 부왕이 청나라 심양에 볼모로 잡혀가 있을 때 심관에서 태어났다. 1649년 왕세손에 책봉되었다가 부왕인 효종이 즉위한 후 왕세자로 진봉되었다가 1659년 즉위하였다. 부왕의 뒤를 이어 보위에 올랐을 때는 19세의 어린 나이였다. 밖으로부터 침략도 없어서 비교적 평화로운 시대였다.

효종이 추진해 오던 북벌은 중단했으나, 군비강화에 힘을 쏟았다. 재정 구조를 개선하기 위해 호구수의 증가와 농업의 발전을 이루었고, 조세징수 체계를 확립하였다. 그러나 현종은 집권 15년 동안 치열한 정쟁 속에서 시달려야 했다. 예론을 두고 서인과 남인이 맞붙어 벌이는 정쟁은 끝없이 되풀이되었다.

짧은 생, 예론 정쟁에 병들다

현종이 즉위하자마자 처음 맞닥뜨린 문제는 궁중 어른들의 복상문제였다. 먼저 조모가 되는 인조의 계비인 자의대비 조씨가 아들인 효종의 승하로 입게 되는 복상 문제로 골치를 앓게 되었다. 당시 조선 양반가에서는 주자의 『가례』에 있는 예법을 따랐다. 그러나 왕실에서는 성종 때 제정된 『오례의』에 있는 예법을 따르고 있었다. 문제는 『오례의』에는 효종과 자의대비의 관계와 같은 예가 없다는 것이다. 효종은 인조의 첫째 아들이 아닌 둘째 아들로 왕위에 올랐고, 인조의 첫째 아들

인 소현세자가 죽었을 때 이미 자의대비가 첫째 아들의 죽음에 대한 예로 3년상의 상복을 입었기 때문에 둘째 아들 효종이 죽었을 때 어떤 상복을 입어야 하는지 문제가 되었던 것이다.

"효종은 맏아드님이 아니시고 둘째 아드님이시니 어머니 되시는 자의대비께서는 아들을 위한 1년 상복을 입으셔야 합니다."

이것이 서인 송시열과 송준길이 주장하는 바였다.

"안 될 말씀입니다. 비록 둘째 아드님이시지만 장자로 승격하여 보위에 오르셨으니 마땅히 3년은 채우셔야 합니다."

남인인 허목과 윤휴의 주장이었다.

서로 싸우며 한 치의 양보도 하지 않으려 들었다. 이 복상 문제는 임금의 종통에 관계된 중대한 문제였다. 그러던 중 윤선도가 상소를 올렸다.

'자의대비의 복상 문제는 3년이 옳다고 생각합니다. 비록 둘째 아들이라도 보위에 올랐으니 장자로 승격된 것이 확실한데 송시열 등이 딴 수작을 꾀하려 합니다. 그럼 상감마마가 정통이 아니라는 말입니까? 이런 주장은 아무래도 소현세자의 자손을 내세우려는 간계가 분명합니다.'

서인들이 소현세자의 아들을 밀고 있다는 말은 궁중을 소란스럽게 만들었다.

"윤선도의 상소문은 너무 지나치니 상소문을 돌려보내고 근신할 것을 명한다."

현종의 명이 내려졌다. 그러나 서인들은 반발하고 나섰다.

"상감마마, 처벌이 너무 가볍습니다. 윤선도에게 엄벌을 내리셔야 합니다."

그러나 윤선도를 두둔하는 남인 측에서도 조용히 있지 않았다. 이 문제로 남인과 서인이 서로 으르렁대며 잡아먹을 듯 싸움을 벌이자, 현종은 할 수 없이 명령을 바꿀 수밖에 없었다.

"윤선도의 상소문을 불질러 태워버리고 삼수로 귀양을 보내라."

처음에 예론은 남인 측의 주장이 유리하게 전개되더니 과격한 윤선도의 상소문이 도리어 역효과를 낸 셈이 되었다. 예론은 결국 서인들의 주장대로 1년 상복을 입는 기년제로 정하였다.

이때부터 송시열의 서인 일파들이 조정에 서게 되어 남인은 힘을 쓰지 못했다.

다음으로는 1674년 현종의 어머니인 인선대비 장씨가 세상을 떠났을 때 벌어졌다. 현종은 전에 아버지 효종 때 일도 있고 해서 이번에는 특별 전교까지 내렸다.

"이번에는 잘못이 없도록 하라."

그런데 예조판서 조형 등이 다시 인조의 계비이자 인선대비의 시어머니가 되는 자의대비에 대한 복상 문제를 상주하였다.

"어머니가 자부를 위해 복을 입는 법도는 1년인 기년과 9개월인 대공의 두 가지가 있습니다. 전에 효종대왕이 승하하셨을 때는 어머니인 대비께서 기년의 복을 입었으니 이번에는 거기에 준해서 9개월 상복을 입는 것이 옳습니다."

이래서 문제는 또 벌어지게 되었다. 시어머니인 자의대비가 며느리의 상을 당해 1년의 상복을 입느냐, 9개월의 상복을 입느냐 하는 문제였다.

임금이 비국(비변사)의 여러 신하들을 인견하고 자의대비의 복제를 의논하고 있을 때 대구의 한 유생이 상소를 올려 반대를 하고 나섰다.

현종도 자칫 잘못 판단하면 자기도 둘째 아들의 손이란 대우를 받게 될지도 모른다는 생각이 들어서 엄하게 명을 내렸다.

"더 논할 것 없다. 기년제로 시행하도록 하라."

9개월을 주장하던 우의정 김수홍을 비롯하여 조형, 김익경, 홍주국 등은 귀양을 가고 말았다. 이로 인해 서인은 정치적 위기에 몰렸다.

원래 현종은 어려서부터 몸이 약하였다. 이로 인해 재위 14년 동안 건강한 날이 드물었고, 따라서 그 체질을 그대로 물려받아 태어난 세자까지 유약해서 왕실의 걱정이 많았다.

인선대비의 장례가 끝나자 현종은 다시 몸져눕게 되었다. 현종은 아직도 30대였지만 날이 갈수록 병세가 깊어지자 후일을 대비하지 않을 수 없었다.

'내 병세가 불안하고 하루가 다르게 심해지니 하루라도 빨리 후계자를 세워 두어야겠다. 세자가 군주의 재질을 갖췄으니 얼마나 다행인가! 안쓰러운 우리 세자!'

이때 세자의 나이는 14세였다. 준수한 용모뿐만 아니라 성품도 온유하여 성군의 싹이 보였다.

'세자 역시 몸이 강건치 못하니 걱정이다. 또 아무리 속이 깊다 하나 왕위에 오르기엔 너무 어린 나이가 아닌가! 내가 조금만 더 버텨주면 좋을 텐데……'

다음날 현종은 세자 순을 부르고 가장 믿는 영의정 허적을 함께 들어오라 일렀다.

"내가 죽은 후 세자는 영상 허적을 아비와 같이 의지하도록 하라."

그리고 영의정인 허적에게 간곡한 말로 어린 세자를 거듭 부탁하였다.

"아무래도 내 병세로 보아 오래 못 갈 것 같다. 세자를 잘 보필해 성군이 되도록 도와주도록 하라."

한 달 후인 추석, 임종을 맞게 된 현종은 궁인들에게 명했다.

"할마마마를 모셔오라."

할마마마는 예론으로 논쟁의 중심에 있었던 자의대비이다. 자의대비가 근심어린 얼굴로 총총히 들어오자 현종은 대비의 손목을 꼬옥 쥐며 말하였다.

"할마마마, 먼저 떠나는 불효 손을 용서해 주세요."

"어허, 주상은 함부로 말하지 마오."

대비는 현종의 손을 잡고 오열하며 더 이상 말을 잇지 못했다.

"그동안의 은혜에 감사드립니다. 제가 죽은 후에는 크고 작고 무슨 일이든지 오직 할마마마께 의지합니다. 동궁의 몸이 병약하여 걱정입니다."

"주상, 제발 힘을 내시구려. 이다지 약한 말씀을 하시오? 어찌 이 늙은 할미를 앞서 간단 말이오? 선조가 도울 것이니 맘을 굳게 하시오, 주상!"

자의대비는 인조대왕의 계비로서 봄에 승하한 현종의 모후보다도 여섯 해나 젊었다. 일찍이 부왕 효종이 세상을 떠날 때, 아들인 현종을 몇 번이나 의붓어머니 되는 자의대비에게 부탁하였다. 그 말을 마음에 두고 자의대비는 현종이 왕위에 오른 뒤에도 언제나 보호하고 보좌하여 오늘에 이르렀던 것이다. 이미 현종의 어머니 인선대비도 세상을 떠났고 오직 할머니 겸 어머니로 믿고 의지해 왔기 때문에 의지하고 사모하는 정이 특별하였다.

현종 옆에서 간병하던 왕비 명성왕후도 소리를 죽여 울음을 삼켰다.

"동궁은 아비 가까이 다가오라."

"아바마마!"

현종은 동궁이 가까이 오자 천천히 동궁의 머리를 쓰다듬었다. 그러더니 갑자기 숨결이 높아지면서 혼수상태에 빠져들었다.

저녁 무렵에 창덕궁 궐문 밖에서는 국상이 선포되었다. 이어서 현종의 세자가 부왕의 뒤를 이어 보위에 오르는 즉위식을 가졌다.

19. 숙종

(1661-1720, 재위 1674. 8-1720. 6)

조선 후기의 역사에서 중심은 당쟁이다. 국정 운
영뿐 아니라 조선을 감싸는 유교사상의 방향을
결정하기도 한다. 숙종은 여러 번의 환국으로 조
정 대신들을 교체하면서 중심을 지키려 했고 강
력한 왕권을 이루려고 했다. 경신환국, 기사환국,
갑술환국을 통해 붕당 사이의 견제와 균형은 무
너지고 숙종은 서인과 남인 사이에서 절대적인
권력을 휘두르고 결국 인현왕후와 장희빈이 희생
되었다.

⫸⫸⫸⫸ 조선의 궁중비화 ⫸⫸⫸⫸

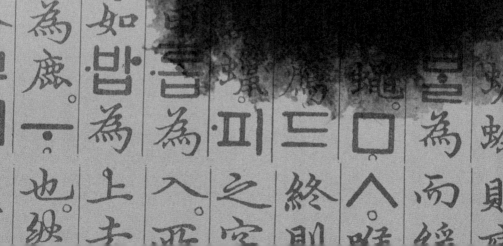

1674년 14세의 어린 나이로 즉위한 숙종은 곧바로 친정을 시작하였다. 어린 나이였으나 신하들도 감탄할 만큼 탁월한 영도력이 있었다.

그러나 조선 중기 이래 계속 되어온 붕당 정치가 절정에 이르던 시기였다. 서인과 남인은 당장이라도 폭발할 듯이 맞서고 있었고, 허적과 전부터 사이가 좋지 않던 허목이 상소를 올렸다.

'영의정 허적은 선왕의 고명 유신으로, 가장 가까이에서 주상을 도와야 할 처지인데도 그렇지 못합니다. 자기 당파의 사람만 뽑아 쓰고 그 교만과 사치가 날로 심한 중에 요즘에는 내시와 궁녀들도 매수, 전하의 동정을 시시로 내람하고 있습니다. 그리고 그 서자 허견은 아비의 세력을 믿고 양가의 부녀자를 겁탈, 백성의 재물을 착취 등 대악을 저지르고 있습니다. 그러나 허적을 두려워하여 아무도 탄핵하지 못합니다. 이대로 두면 종묘사직이 위태롭습니다. 신속한 조치를 내리셔야 합니다.'

숙종은 이 상소를 보고 노여워하며 도리어 허목을 귀양 보냈다. 허적을 믿고 의지하는 마음이 그만큼 컸던 것이다. 그러자 허적의 아들 허견의 방종함은 날로 심해서 두 눈을 뜨고 보기 힘들 정도가 되었다.

"상감마마가 끔찍하게 아끼시니, 그 힘을 믿고 허견이 세상 두려운 줄 모르고 날뛰고 있습니다. 이제는 공공연하게 남의 집 부녀를 겁탈하고 궐내를 출입하고 무기까지 대량으로 만든다는 소문이 들립니다."

뜻있는 신하들은 걱정이 많았지만 감히 입을 열어 탄핵하는 사람이 없었다. 이런 형편을 돌아보던 병조판서 김석주는 드디어 직접 숙종

앞에 나아가 간언을 올렸다.

"상감마마, 허적은 늙은 간신이요, 허견은 젊은 역적입니다. 그들을 그냥 두시면 훗날 반드시 후회할 날이 올 것입니다. 부디 여론에 귀를 기울이시고 그들의 생활을 살펴보십시오."

상황이 이렇게 되자 비로소 숙종은 허적 부자에 대한 의심이 생겼다.

"무슨 일을 꾸미는지 허적 부자의 행동과 복선군이 연루되었는지 낱낱이 밝히라."

숙종은 사람을 시켜 은밀히 조사해 보고하게 하였다.

조사 결과 허적의 전횡이 심하고 도가 지나쳤다. 교만이 지나쳐서 왕실의 물건도 자기의 집으로 가져가서 사용하기도 했다.

어느 날 김석주는 이름을 밝히지 않은 사람의 투서 한 장을 받았는데, 그 내용이 심각하여 조정에 내보였다.

'허견은 유혁연과 여러 동지를 규합하여 역모를 꾀하고 있습니다. 인평대군의 아들인 복선군을 추대하는 일을 수일 내로 거사할 계획이라 합니다. 신속히 죄를 물으셔야 합니다.'

숙종은 결단을 내려야 했다.

'내 부왕의 유지를 받든 사람이라 영상을 귀히 대하였거늘!'

선왕이 세상을 떠난 지 불과 얼마 되지도 않았기 때문에 숙종의 마음은 편하지 않았다. 그러나 더 이상 내버려둘 수는 없는 일이었다.

"허적과 아들 허견 일당을 다 잡아들여라!"

허적은 가평 고을로 도망쳐 숨으려고 짐을 싸는데 의금부 나졸들이 들이닥쳤다.

"꼼짝 마라!"

허적이 의금부로 잡혀간 뒤에 아들 허견도 붙잡혀 왔다. 이어서 복선군도 잡혀오고 그들과 뜻을 같이했던 자들도 모두 체포되어 끌려왔다. 임금은 직접 엄하게 국문하여 주범이 되는 허적 부자, 유혁연, 복선군, 윤휴, 민희, 오시수, 이태서 등은 죽이고 관련된 그 밖의 사람들은 모두 귀양을 보냈다.

궁녀 장옥정

숙종이 아직 동궁으로 있던 열네 살 무렵, 왕대비 인선왕후 장씨의 병세가 깊어졌다. 밤 문안을 드리려고 할머니의 처소로 와서 보니 때마침 할머니는 왕대비의 병실로 문안을 가고 안 계셨다.

어린 동궁이 할머니의 방에 들어가서 기다리려고 하는데 아리따운 나인 하나가 앞에서 인도하는 것이었다.

'아니, 이렇게 예쁜 나인이 다 있었나?'

동궁의 눈길은 자꾸 그 나인에게로 향했다.

"참으로 곱구나."

동궁은 혼잣말처럼 중얼거렸는데, 그 말을 들었는지 나인의 두 볼이 발그레해졌다.

"네 이름이 뭐냐?"

"장옥정입니다."

"나이는 몇인고?"

"열여섯입니다."

동궁의 얼굴에 빙그레 미소가 피어올랐다.

그날 이후부터는 동궁은 더 자주 아침저녁으로 할머니 문안을 다녔다. 그리고 나인 장씨를 보면 남의 눈을 피해 미소를 지어 보였다. 영리한 장씨는 벌써 자기가 세자의 애정을 사로잡았다는 것을 알아챘다.

그래서 세자가 왕위에 오르자, 궁녀 장씨의 기쁨은 컸다.

'마마가 나를 좋아하시니 앞으로 내게 큰 행운이 올 거야.'

장씨는 자기 앞에 펼쳐질 화려한 부귀영화를 꿈꾸었다.

2년 후 겨울 밤, 젊은 숙종은 미행으로 궁녀 장씨의 처소를 찾아왔다. 장씨 궁인은 버선발로 뛰어나와 임금 앞에 엎드렸다.

"상감마마, 황공합니다."

사실 장씨 궁인은 날마다 몸단장에 정성을 기울이며 숙종을 기다렸다. 열여덟 살의 장씨는 그야말로 피어나는 꽃송이처럼 어여뻤다.

"더 예뻐졌구나."

"부끄럽습니다, 마마."

그날 밤 숙종은 장씨의 방에서 머물렀다. 장씨를 찾는 숙종의 발걸음이 늘어갈수록 두 사람의 애정도 깊어갔다.

다음해 봄 숙종은 호조판서 김만기의 딸을 왕비로 맞았다. 숙종과 동갑인 왕비는 사리분별이 빠르고 지각이 있었다. 얼마 안 가서 왕비는 숙종이 밤에 자주 찾는 곳이 일개 궁녀의 처소라는 것을 알게 되었다.

'아, 주상의 마음이 궁인 장씨에게 있구나.'

장씨의 존재를 알게 된 왕비는 대비를 찾아가서 아뢰었다.

"대비마마, 제가 들으니 주상이 총애하는 궁인이 있다고 합니다. 적당한 직첩을 내리고 처소를 따로 정해 주시는 게 옳은 줄 압니다."

"오, 중전의 말이 너무도 기특하구려. 공이 없으면 궁인을 후궁으로 책봉하지는 못하는 것이 법이니, 일단 처소나 따로 정해 주라고 하겠소."

이후에 장씨는 응향각으로 옮겨져 생활하게 되었다.

'흥, 왕자라도 낳아야 직첩을 주겠다?'

욕심이 많은 장씨는 당장 직첩을 내려주지 않는 것이 불만이었다.

그런데 차츰 궁중 여기저기서 장씨에 대한 좋지 않은 말들이 흘러다니기 시작했다.

"장씨가 왕비마마를 비방하는 것이 도에 지나칩니다."

궁녀들이 왕비에게 말을 전할 때마다 왕비는 그저 웃어넘겼다.

"말을 옮기지 말아라. 세 치 혀를 잘못 사용하면 목숨을 잃기도 하는 법이다."

궁녀들은 자기들의 말을 왕비가 전혀 믿지 않자 이렇게 권하였다.

"그럼 마마께서 한번 미행을 납시어 친히 살펴보십시오."

이렇게까지 말하자 왕비도 무시하고 넘겨버리기가 어려웠다

어느 날 밤, 왕비는 두어 궁인만 데리고 응향각으로 들어가서 장씨의 방 가까이에 가서 귀를 기울였다. 조용한 숙종의 말은 잘 들리지 않는데 장씨의 높은 목소리는 분명하게 들렸다.

"글쎄 중전은 상감마마를 우습게 생각한다니까요. 궁녀의 치마폭에서 헤어나오지 못하는 왕보다는 자기가 나라를 다스리는 게 더 낫겠다고 했답니다. 그 계집이 상감을 홀리지 못하도록 능지처참을 해야 한다니, 제가 벌벌 떨려서 살 수가 없어요."

"중전이 그랬을 리가 있나."

"중전은 무슨 중전! 마마를 첫 번째로 모신 제가 진짜 중전 아니에요?"

까르르 웃어대는 장씨의 웃음소리에 귀를 막으며 왕비는 그 자리를

떠나 돌아왔다. 들은 이야기가 너무도 해괴하고 치가 떨려서 온몸이 떨려 왔다.

'도저히 묵과할 수는 없다.'

왕비는 곧 장씨의 죄상을 낱낱이 기록해 다음날 대왕대비에게 올렸다.

"아니, 어떻게 이런 일이? 내가 직접 사람을 시켜 알아봐야겠구나."

크게 놀란 대비는 즉시 지밀상궁을 시켜서 며칠 동안 응향각의 동정을 살피게 하였다. 왕비의 말이 사실로 밝혀지자 대비는 크게 노했다.

"당장 장씨를 부르라!"

대비는 장씨를 불러서 크게 꾸짖고 그날로 사가로 쫓아내 버렸다.

"장씨를 당장 대궐 밖으로 내쳐라!"

장씨는 자기의 잘못은 모르고 분해서 펄펄 뛰었다.

'나를 질투한 왕비의 책동이야! 못된 것 같으니라구!'

장씨가 쫓겨난 때는 숙종 5년 늦은 가을로, 임금의 나이는 19세요, 장씨는 20세였다. 장씨는 이를 부드득 갈며 한숨으로 나날을 보냈다.

하루는 장씨 모녀의 집을 찾아온 남자가 있었다. 전에 장씨의 어머니인 윤씨가 침모로 있던 숭선군의 아들 동평군이었다. 숭선군은 인조대왕의 왕자 중 한 사람이다.

"조금만 기다리면 상감마마께서 다시 부르실 날이 올 것이오."

"정말 그럴까요?"

"대왕대비께서 일시적 처분을 내리신 것이라, 조사석 같은 분이 대왕대비께 탄원 중이니 머지않았소. 임금의 총애가 쉬 사라지겠소?"

조사석이라 하면 대왕대비의 친척 조창원의 사촌 아우로서 대비가 가장 가까이 두고 신임하는 사람이었다.

"도와주시면 기필코 은혜를 갚겠습니다."

그러나 그 이듬해에 일어난 서인 김석주 등의 사주로 정원로가 일으킨 경신대출척으로 허적 등 남인일파가 쫓겨나는 바람에 남인 측이었던 동평군과 조사석도 근신하는 몸이 되고 말았다.

이러던 중에 왕비가 급병을 얻어 갑자기 세상을 떠났다. 모든 국민이 슬퍼하고 안타까워할 때, 기뻐하는 한 사람이 바로 장씨였다.

그러나 왕비의 1년 제사를 마치게 되는 때까지도 아무 소식이 없었다. 오히려 숙종이 계비를 간택한다는 소식만 들려왔다.

'아, 나를 잊으셨나 보다.'

장씨는 하늘이 무너지는 듯 낙담하였다.

새 왕비는 서인파의 거두인 민유중의 둘째 딸 민씨가 간택되었다. 새 왕비와 숙종의 금실은 아주 좋아서 임금은 장씨를 완전히 잊은 듯했다.

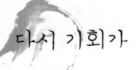

다시 기회가

민씨가 왕비가 된 지 6년이 흘렀다. 그런데도 어찌 된 일인지 왕비 민씨는 아기를 낳지 못했다. 왕실 안에 아기 울음소리가 없으니 고적하기만 했다.

"마마, 예전에 정을 주시던 장씨라는 궁인이 있었다고 들었습니다."

"있었소."

"그 궁인을 다시 만나고 싶으십니까?"

"죄를 얻어 쫓겨난 궁녀를 어찌 다시 부른단 말이오?"

"소첩이 대왕대비 마마께 간언을 드려보면 어떨까요?

이 말을 듣던 숙종의 얼굴이 확 밝아졌다.

"그러면 고맙지만 미안해서……."

"그러실 필요 없습니다, 마마."

왕비는 좋은 기회를 택해 대왕대비에게 장씨의 용서를 구하였다.

"왕비의 심성이 국모답구려. 내가 한번 추진해 보겠소."

대왕대비는 왕비의 품성을 몇 번이나 칭찬하며 말했다.

얼마 후 대왕대비는 한글 전교로 장씨 궁인을 불러들일 뜻을 예조에 내렸다. 숙종도 마음먹고 있던 일이라 즉시 윤허하였다.

김석주는 급히 대궐로 들어와 임금에게 아뢰었다.

"아뢰기도 송구합니다만 죄를 얻어 쫓겨난 장씨를 불러들이신다는 것은 성덕에 누가 됩니다. 부디 이 분부를 거둬주십시오."

"충심에서 나온 말임을 알지만 대비마마의 분부를 어길 수 없소. 그만 물러가시오."

숙종 12년 5월, 장씨는 쫓겨난 지 8년 만에 다시 궁중에 들어오게 되었다. 먼저 장씨는 대왕대비께 나아가서 인사를 드렸다. 성미가 독하고 강한 장씨지만 두 눈에서 눈물이 흘러내렸다.

"앞으로는 궐내에서 언행에 각별히 조심하도록 해라."

왕비의 처소로 향하는 장씨의 마음이 두근거렸다. 얼마나 미인인지가 가장 궁금하였다. 그러나 절을 올리면서 또 마음이 꼬이는 것을 느꼈다.

'내가 임금의 첫 정 아닌가. 신분 때문에 절을 올려야 하는구나.'

그래도 예법은 지켜야 하므로 공손히 절을 올리고 왕비의 얼굴을 살펴보았다. 임금보다는 여섯 살 아래이고, 장씨보다는 일곱 살 어린 왕비는 몸에 밴 기품으로 나이보다 훨씬 의젓해 보였다. 교태로 휘감은 장씨의 눈에 순수한 왕비의 위엄 있는 모습은 상대가 안 되었다.

'흥, 쓸데없는 걱정을 했구나. 내 상대가 안 되는 걸.'

속으로 비웃는데 왕비가 은은한 미소를 지으며 말했다.

"예전에 득죄한 일은 잊고 앞으로는 화목한 본을 보이도록 하여라."

장씨는 왕비가 너그러이 대해 주자 자기도 모르게 머리가 숙여졌다.

"네, 명심하겠습니다."

장씨는 왕비 앞에서 물러나와 예전 초소인 응향각으로 돌아갔다.

밤이 되자 숙종이 장씨를 찾아왔다. 장씨는 그간의 서러움이 한꺼번에 눈물로 쏟아져 나왔다. 야속하고도 서러웠다.

"울지 마라. 나쁜 일은 다 지나갔다고 생각해라."

숙종의 말은 부드러웠다.

"임금이라도 마음대로 할 수 없는 일이 있는 것이다. 그만 그치거라."

장씨는 긴 울음을 그치고 눈물 젖은 얼굴로 숙종을 바라보았다.

"8년이 흘렀는데 너는 더 고와졌구나."

"고와지긴요. 나이를 먹어 많이 늙었지요."

"아니다. 농염해졌다."

웃음소리가 한 밤 내내 응향각에서 들렸다. 헤어졌다가 만나서 더욱 애틋한지 장씨에 대한 숙종의 애정은 식을 줄을 몰랐다.

중궁 폐출

2년 후 장씨의 몸에 태기가 있자, 온 궁중이 떠들썩해졌다.

"장씨에게 소의 직첩을 내린다."

이제 장소의는 궁 안에서 버젓한 위치를 차지하였다.

장소의는 사가에 있을 때 도와준 조사석과 동평군에 대해 숙종에게 아뢰었다. 그러자 고맙게 생각한 숙종은 동평군에게는 혜민제조 자리를 주었고, 조사석은 조정의 강한 반대에도 불구하고 우의정에 앉혔다.

시간이 흘러 소의가 된 장씨는 왕자를 낳았다. 숙종은 크게 기뻐하였고 장씨는 기고만장하였다. 숙종은 장소의의 간절한 호소로 미리 원자를 책봉하고, 백일이 되는 날에는 세자를 책봉하려고 했다. 동궁 자리를 다른 아기에게 빼앗길까 보아 불안해 하는 마음을 안심시켜 주기 위해서였다.

이리하여 생후 백일 남짓해서 장씨의 소생은 원자 책봉이 되었다. 그리고 어머니에게는 정2품의 희빈이란 직첩이 내려졌고, 새 처소인 영휘당도 마련해 주었다. 그러나 장씨는 만족하지 못했다.

'아직 멀었다. 순해빠진 왕비 민씨를 내쫓고 내가 왕비가 되어야지. 원자의 어미가 당연히 왕비가 되는 게 맞지 않은가!'

원자를 등에 업고 장씨는 숙종을 손바닥 안에서 휘둘렀다. 예전의 못된 버릇이 다시 살아나서 왕비를 무고하는 일을 밥 먹듯이 했다.

"희빈, 왜 울고 있소?"

"마마, 중전마마께서 원자의 음식에 독을 넣으라고 심복 상궁에게 시켰다고 합니다. 내가 미우면 나를 불러 회초리를 치시면 될 걸, 왜 죄없는 어린 것을 죽이려 하나요?"

"어허, 그럴 리가 있소? 오해일 게요."

"마마, 제 말을 안 믿으시는군요."

"아니오, 내가 왜 희빈의 말을 듣지 않겠소? 하늘의 별이라도 따다 달라면 따 올 만큼 사랑하는데……."

숙종은 왕비 민씨의 어진 마음을 알면서도 장씨의 말에 솔깃해지기 시작했다.

세자 책봉과 함께 있었던 서인 측의 실각은 왕비 민씨에게 큰 타격을 주었다. 민씨는 본시 서인파의 거두 김석주가 천거했기 때문에 서인의 지지를 받고 있었다. 처음에는 후사를 걱정하여 민씨가 장씨를 불러들였으나, 지금은 임금의 총애가 모조리 희빈 장씨에게로 쏠렸다. 아무리 덕이 있는 민씨라 하지만 마음이 편치는 않았다. 안하무인인 장희빈을 다스리지 못하는 숙종의 태도에도 문제가 있었기 때문이다.

어느 날 장씨는 숙종의 무릎에 쓰러지듯 엎어져 또 통곡했다.

"신첩을 사가로 보내주세요. 무서운 중전마마 때문에 제 명에 못 살겠습니다."

"어허! 왜 또 그러오?"

"중전께서 음식을 보내주셔서 기뻐 받았는데, 한여름이라 냄새가 나는 듯해 개에게 한 조각 던져주었는데 저렇게 피를 토하고 죽었습니다."

정말 뜰에는 개 한 마리가 축 늘어져 죽어 있었다.

'이러다가 희빈에게 무슨 일이 생기면 어쩌나? 투기가 너무 심한 민씨를 폐출시켜야겠다.'

민씨가 장씨를 다시 불러들인 장본인이지만 요즘 희빈을 좋지 않게 말하는 일들을 보아 장희빈이 거짓말을 하는 것으로 보이지는 않았다.

숙종의 심기가 좋지 않은 터에 드디어 폭발하는 일이 일어나고 말았다.

왕비의 생일을 맞아 축하 잔치가 벌어졌다. 왕비 민씨는 얼마 전에 친정아버지인 민유중이 세상을 떠나 상중이라 굳이 사양하였지만 친정의 일로 궁중 절차를 생략하는 법은 없었다. 예년 같으면 중전을 위한 축하 단자가 셀 수 없이 도착하는데 잔치가 끝날 때까지 한 장도 없었다. 저녁 무렵, 민씨는 친정오빠에게 물어보았다.

"문안 단자가 아무 곳에서도 들어오지 않으니 웬일이지요?"

그러자 오빠 민진후는 소리를 죽여 작게 말했다.

"여러 곳에서 들어온 축하 단자들은 모두 상감의 분부로 땅에 묻고 불태워 버렸다고 합니다. 제발 아는 체하지 마세요. 뭔가 심상치 않아요."

왕비는 너무나 섭섭하고 야속하여 두 눈에 눈물이 글썽였다.

중전의 생일에는 중궁을 찾는 예대로 저녁에 숙종이 찾아왔을 때, 민씨는 낮에 들은 섭섭했던 말을 하였다.

"마마, 오늘은 축하 단자가 단 하나도 없었습니다. 조정 대신들이나 친척들까지도 업신여기는 듯해 야속하기만 합니다."

그런데 이 말에 숙종은 안색이 변하며 화를 버럭 내는 것이었다.

"단자가 몇 장 들어왔었소. 중전을 끔찍하게 생각하는 서인 측에서 보냈기에 아니꼬워서 다 태워버렸소. 꼴도 보기 싫어서 말이오!"

"친척들이 자주 못 만나니까 문안 단자를 써서 보내는 것 아닌가요?"

임금은 민씨를 무섭게 노려보려 쏘아붙였다.

"그렇게도 일가붙이가 간절하오? 그러면 당장이라도 사가로 나가지 그러오?"

숙종의 말이 너무 지나치자 왕비도 조용히 따졌다.

"제가 서인과 무슨 상관이 있나요? 희빈은 남인이고 저는 서인입니까? 그런 빌미 붙이지 마시고 그냥 내치십시오. 분부대로 따르겠습니다."

너무 분하여 왕비는 눈물을 흘렸다.

"내일 당장 사가로 나가시오."

숙종은 쌩한 찬바람을 일으키며 나가버렸다.

"전하!"

민씨는 어이없는 일을 당하자 정신을 차릴 수가 없어서 뜬눈으로 밤을 지새웠다. 날이 밝자 숙종은 교지를 내렸다.

'왕비 민씨의 실덕이 너무 커서 폐하여 사가의 집으로 내보내겠다.'

덕이 있는 왕비, 간교한 희빈, 두 사람의 성정을 익히 알고 있는 조정에서는 벌떼와 같이 반대 상소를 올렸다.

숙종은 그날 저녁으로 왕비의 직첩을 거두고 폐하여 서인으로 만들어 작은 가마에 태워, 안국동 사가로 내보냈다. 왕비를 보는 모든 사람들이 소리를 내어 울었다.

곧 장희빈이 왕비가 되었다. 그러자 장씨의 오빠인 무뢰배 출신인 장희재는 어영대장이 되었다. 왕비가 된 장씨는 이제 세상이 자기 손안에 들어온 것을 알았다. 천하는 숙종의 것이고 그 임금은 장씨의 것이었다.

악한 뒤끝

얼마 안 가서 온 장안에는 민씨가 가엾다는 내용의 동요가 파다하게 퍼졌다. 이 동요는 왕비 장씨의 귀에까지 들리게 되었다.

'민씨가 살아 있으면 내가 불안해. 죽여 없애야겠다.'

장씨는 민씨를 죽일 죄를 입히기 위해 온갖 모함을 하기 시작했다. 왕자가 넘어졌다든가 몸에 열이 조금만 있어도 화살은 민씨에게로 가서 꽂혔다.

"민씨의 저주 때문입니다. 밤낮으로 원자를 저주한다니 어찌 원자
께서 멀쩡할 수 있겠습니까? 제발 사약을 내려 후환을 없애주십시오,
마마."

그러나 숙종은 이 말만은 듣지 않았다. 시간이 지나면서 왕비 장씨의
간특함이 자꾸 눈에 띄면서 가슴이 철렁할 때가 있었다. 민씨에 대한
자기의 처사가 지나쳤다고 생각되었기 때문이다.

임금은 무조건 들어주던 장씨의 청을 차츰 거절하는 횟수가 많아졌
다. 그러자 장씨는 젖을 먹이던 왕자를 방바닥에 내던지며 포악을 부
렸다.

"원자가 민씨의 저주에 걸려 죽든 살든 모르겠어요. 그리고 민씨 때문
에 그렇게 마음이 안 좋으면 당장 불러들여 곁에 두시면 될 게 아녜요?"

숙종도 안중에 없는 방자한 태도에 임금도 화를 참을 수 없었다.

"중전도 사람이오? 왕비를 내치고 왕비 자리에 올려앉힌 것은 오직
왕자를 보호하기 위한 자구책이었소. 무슨 큰 죄를 지었다고 폐비의
목숨까지 빼앗으려는가? 에잇, 모질고 독한 것!"

숙종이 무섭게 호령하자 장씨는 한풀 꺾여 임금의 옷소매를 잡으며
빌었다.

"전하, 잘못했습니다. 다신 안 그럴게요."

불리한 상황에서는 교태로 임금을 녹이려 드는 장씨였다. 숙종은 원
자가 태어나면서 완전히 장씨에게 홀려버린 정신이 다시 깨어나는 듯
했다.

'장씨에 계속 휘둘렸다간 큰일 나겠구나!'

이런 두려움이 마음을 가득 채웠다.

하루는 숙종이 민심을 알고 싶어 궁 밖에 미행을 나갔다가 왕비 장씨의 악행과 어진 민씨의 원통함을 얘기하는 사람들의 이야기도 들었다. 숙종의 고뇌가 더욱더 커지면서 밤마다 잠들지 못하고 궁중을 배회하였다.

하루는 깊은 밤에 궁궐 안 한 곳을 지나가는데 창에 등불이 비치는 것이었다. 귀를 기울이자 안에서 말소리도 들렸다.

"폐비 민씨는 이 화살 맞은 자리마다 악창이 나게 해 주십시오."

창틈으로 안을 들여다보니 벽에 중전 민씨의 화상을 그려 붙이고 무당들이 모여서 화상에 화살을 쏘고 있었고, 옆에서는 장님이 앉아 무슨 축원을 하고 있었다.

"여봐라, 저 해괴한 것들을 당장 포박하라!"

임금은 무감을 불러 즉시 무당과 장님을 다 묶게 한 후에 조사하기 시작하였다.

"죽을 죄를 지었습니다. 저희는 중전마마의 분부대로 할 뿐입니다. 소인들은 아무것도 모릅니다."

"흠······."

숙종의 고민은 더욱더 깊어졌다. 밤에도 중궁에 가기가 싫고 장씨가 무서웠다.

그 후 또 잠을 못 이루던 임금은 한밤중에 궁중 순회를 이어갔다. 어느 날은 또 궁궐 한 곳에서 희미한 불빛이 새어나오는 것을 보고 가까이 가 보았다. 안을 엿보니 예사롭지 않은 광경이 펼쳐져 있었다. 벽에는 옷 한 벌이 걸려 있고, 그 앞에는 정성 들여 음식이 차려져 있는데, 젊은 무수리 하나가 엎드려서 흐느끼고 있었다.

숙종이 방문을 두드리자, 무수리는 곧 문을 열었다.

"한밤중에 음식을 차려놓고 무얼 하고 있느냐?"

무수리는 감히 말을 못하고 엎드려 벌벌 떨다가 입을 열었다.

"마마, 죽여주십시오. 오늘이 바로 폐출된 중전마마의 생일이십니다. 마마가 너무 그리워……."

무수리의 두 눈에서는 계속 눈물이 흘러내렸다.

'아, 내가 잊고 있었구나. 국모로 있을 때는 온 장안이 기뻐했는데…….'

숙종은 눈시울이 뜨거워지며 가슴이 찡했다. 무수리가 따르는 술을 마시며 숙종은 왕후 민씨를 생각했다. 아무도 생각해 주지 않는 상전을 그리워하는 무수리가 고맙고 어여뻐 보였다. 숙종은 무수리의 손을 잡았다.

"상감마마!"

무수리의 눈에 두려움이 가득했다. 무엇보다도 악독한 장씨가 두려웠다.

"아무 걱정하지 마라."

숙종의 다정한 목소리는 그녀의 걱정을 줄여 주었다. 숙종은 그날 밤을 무수리와 함께 지냈다. 이 무수리의 성은 최씨로 장씨와 같은 미인은 아니었지만 복스러운 외모와 누구의 흉도 볼 줄 모르는 고운 마음씨가 돋보였다.

그날 이후, 숙종은 때때로 최씨를 찾았다. 함께 있으면 마음이 너무나 편안해지고 안온해서 숙종은 골치 아픈 일도 잊고 단잠을 잘 수 있었다.

얼마 후 최씨는 임신을 하게 되었다. 최 무수리에 대한 소문은 곧 왕비 장씨의 귀에 들어갔다.

"예전에 폐비 민씨 처소에서 일하던 무수리라고 합니다."

장씨는 너무 분해서 이를 부드득 갈았다.

"어디 여자가 없어서 무수리년을 가까이 하셨단 말이냐? 그년이 아이까지 뱄다니 한두 번 만났겠느냐? 내일 당장 그년을 이리로 끌고 오너라."

다음날 중궁으로 겁에 질린 최씨가 끌려왔다. 벌벌 떨고 있는 최 무수리에게 앙칼진 장씨의 호통이 떨어졌다.

"감히 무수리의 신분으로 상감마마를 모셨다? 무수리 주제에 나를 뭘로 보고?"

"중전마마……."

"저년을 발가벗겨 배가 얼마나 부른가 보자. 어서 벗겨라!"

나인들은 당황하면서도 차마 최씨에게 손을 대지 못했다.

"너희들 다 죽고 싶으냐? 냉큼 벗기지 못해!"

장씨의 앙칼진 호통에 최 무수리는 나체가 되어 어쩔 줄 몰라하며 울고 있었다.

"음탕한 년! 네가 임금을 꾀어낸 걸 내가 모를 줄 알고?"

"아닙니다, 중전마마."

장씨는 굵은 회초리로 최 무수리의 몸을 마구 내리치기 시작했다. 얼마 안 가 최 무수리는 정신을 잃고 말았다.

"마마, 이러다 죽겠습니다. 고정하십시오."

"뭐야? 고정? 당장 화로와 인두를 가져오너라!"

나인들이 겁에 질려 화로를 가져오자, 장씨는 망설이지 않고 벌겋게 단 인주를 꺼내 최 무수리의 허벅지를 지지기 시작했다. 살이 타는 연기와 함께 최 무수리가 비명을 질렀다.

"수건으로 저년의 입을 막아라!"

장씨는 무서운 표정으로 인두를 휘둘렀다. 최 무수리는 더 견디지 못하고 정신을 잃어버렸다.

갑자기 밖에서 소란스러운 발소리가 들려왔다.

"앗! 마마! 상감마마께서 오고 계십니다."

그 말에 장씨의 얼굴이 새파랗게 질렸다.

"이년을 번쩍 들어다 담 밑에 앉히고 큰 독을 씌워 놓아라. 어서 서둘러라."

나인들이 바삐 움직여서 기절한 최 무수리를 담에 기대앉게 해놓고 큰 독으로 씌워 놓았다.

"산책을 하는데 중궁에서 비명소리 같은 것이 들려서 와 보았소. 무슨 일이 있는 거요?"

숙종의 말에 장씨는 간드러지게 웃으며 받아 넘겼다.

"궁인들과 즐거이 웃고 놀았습니다, 마마."

"그런데 중전의 옷에도, 궁인들의 옷에도 웬 핏자국이오?"

방울방울 선명한 핏자국이 여기저기 묻어 있는 것을 숙종이 본 것이었다. 핏자국은 담 밑에 있는 독 아래에까지 점점이 묻어 있었다. 간이 콩알만 해진 장씨가 뭐라 꾸며대려고 할 때 숙종이 무관에게 명령을 했다.

"내려가서 담 밑에 놓인 저 독을 열어보아라."

장씨의 얼굴이 순간 파랗게 질렸다. 무감은 빠른 걸음으로 담 밑으로 가서 독을 열었다.

"앗!?"

무관은 더 이상 말을 잇지 못하였다. 심상치 않은 생각에 숙종이 내려가서 독 안을 들여다보았다.

'아니, 이런! 최 무수리가 아닌가!'

실오라기 하나 걸치지 않은 알몸으로 피투성이가 되어 기절해 있는 여인은 최 무수리였다.

"이게 어찌된 일이오?"

장씨는 흔연스럽게 대답하였다.

"마마, 모른 척하십시오. 내명부의 기강을 잡는 일입니다. 저 무수리가 어느 놈과 내통해 임신한 후, 상감을 모셔서 잉태했다며 왕실을 욕되게 하여 벌을 주던 참입니다."

"닥치시오!"

숙종은 노한 얼굴로 장씨의 말을 막으며 상궁에게 지시했다.

"겉옷을 벗어 감싼 후, 처소로 데려가 치료하라."

상궁은 입고 있던 겉치마를 벗어 최 무수리의 몸을 감싸고 들쳐 업었다. 옆에서 두 상궁이 거들었다.

"숨은 붙어 있느냐?"

"소생은 할 것 같습니다."

상궁은 뛰다시피 무수리의 처소로 달려갔다.

숙종은 격앙된 표정으로 무섭게 장씨를 노려보다가 그대로 나가버렸다. 그날 바로 숙종은 최 무수리에게 소원이라는 직첩을 내리고, 어의를 보내 극진히 치료하게 하였다.

숙종 20년 9월에 최소원은 아들을 낳았다. 임금은 새로 태어난 왕자를 보고 몹시 기뻐하였다.

"전하, 소원이 있습니다. 왕자가 태어난 일을 기뻐하신다면 하루바삐 폐위되신 중전마마를 복위시켜 주십시오."

"소원의 착한 마음이 갸륵하구나. 그렇잖아도 지금 생각 중이니 곧 복위를 시키겠다."

최소원은 기뻐하며 조용히 일어나서 숙종에게 감사의 절을 올렸다.

장희빈의 최후

"폐비 민씨를 다시 복위시키고 왕비 장씨를 다시 빈으로 강등시킨다."

숙종의 교지가 내려지자 복위된 민씨가 다시 중궁으로 들어왔다. 장씨는 장희빈으로 내려앉은 것이 분해 펄펄 뛰었다.

민씨가 환궁할 때 나이는 28세였고 임금은 34세였다. 마음고생이 심했던 민씨는 많이 야위어 있어서 숙종의 마음이 아팠다.

"중전, 나의 부덕을 용서하오."

"다시 뵙게 되어 감사할 따름입니다."

숙종과 민씨의 사이는 화기애애하였다. 소원에서 숙빈으로 직첩을 받은 숙빈 최씨도 중전 섬기기를 하늘같이 하여 민씨의 얼굴에는 자주 웃음꽃이 피어났다.

그러나 희빈 장씨는 밤낮없이 민씨과 최씨를 저주하면서 원수 갚을 일만 궁리하며 기회를 보고 있었다. 도무지 자기의 잘못을 몰랐다.

민씨가 환궁한 지 8년이 지났다. 민씨는 몸이 약해져 거의 자리에 누워 지내는 날이 많았다.

"중전마마, 이 게장 좀 드셔 보세요. 밥도둑이에요."

숙빈 최씨가 가져온 게장 맛을 보던 민씨가 미소를 지으며 말했다.

"이렇게 맛난 게장은 처음이네. 유난히 입에 달구먼."

"마마, 많이 드셔야 해요. 그래야 힘이 생겨 저랑 산책도 가시지요."

민씨는 밥을 반 그릇 정도 달게 먹었다.

"마마, 제가 또 맛있게 준비해 올릴게요."

최씨는 너무 기뻤다. 그래서 사람을 시켜 게장을 만들어 반찬에 빠뜨리지 말라고 일렀다. 그런데 며칠 후 왕비는 다시 들여온 게장을 먹고 정신을 잃고 쓰러졌다. 최씨가 놀라 소리쳤다.

"빨리 어의를 들라 해라!"

그러나 몇 시간 후 민씨는 그만 세상을 떠나고 말았다. 왕비가 이렇게 황망하게 숨을 거두자, 먹었던 음식을 조사하게 되었다. 민씨가 먹었던 게장 속에 절대 금기식품인 꿀이 들어 있었다.

숙빈은 숙종에게 아뢰어 음식을 올린 나인을 잡아들여 친국을 하게 하였다.

"마마, 희빈 마마의 지시를 따른 것뿐입니다."

숙종은 더 망설일 필요가 없었다.

"당장 장희빈에게 사약을 내리도록 하라."

이 전교가 내리자 세자는 앞이 아득해졌다.

'불쌍한 어머니! 어쩌다가 이렇게 되셨단 말인가? 내 목숨이라도 바쳐 어머니를 구해야 아들의 도리가 아니겠는가.'

굳게 결심한 세자는 임금의 처소 앞뜰에 거적을 펴고 석고대죄를 하며 아뢰었다.

"소자의 어미를 살려 주십시오."

통곡을 그칠 줄 몰랐다. 그런 세자를 보는 숙종의 마음은 괴로웠다.

장씨는 사약을 받아놓고 나인을 임금에게 보내 아뢰게 했다.

"세자를 좀 보내주십시오. 얼굴만 보면 여한 없이 가겠습니다. 그렇지 못한다면 사약을 엎어버릴 것입니다."

숙종은 통곡을 그치지 못하는 세자가 가엾어서 달래며 말했다.

"세자, 가서 마지막으로 어미를 만나보고 오너라."

세자는 뛰듯이 달려가서 어머니를 보자 눈물을 비오듯 흘렸다.

"어머니! 이 일을 어쩌면 좋아요?"

그러나 장씨는 자기 앞에 주저앉아 통곡하는 세자를 대하자, 눈에서 광기가 번쩍 일면서 번개같이 세자의 아랫도리 음경을 부여잡고 죽어라 하고 아래로 낚아채는 것이었다.

"악!"

단말마의 비명과 함께 세자가 그 자리에서 까무러치자, 옆에 있던 사람들이 달려들어 장씨를 떼어놓았다. 세자가 정신을 잃고 쓰러졌는데도 그녀는 여전히 독기가 서린 말을 퍼부었다.

"같이 가자, 같이 가! 내가 죽는 마당에 누구 좋으라고 너를 남겨 두겠느냐? 민씨년 제사를 지내게 할 내가 아니다. 너 죽고 나 죽자!"

발악을 하면서 장씨는 다시 세자에게 달려들었다. 사람들이 세자를 업어 밖으로 나갔다.

"난 못 죽어! 세자를 이리 데려오지 못해!"

장씨는 약사발을 들어서 동댕이치며 갖은 패악을 부리다가 결국 죽음을 맞았다.

궁중에서는 갑자기 초죽음이 되어 쓰러진 세자 때문에 큰 소동이 일어났다. 모든 어의들이 다 와서 응급치료를 하느라 정신이 없었다.

숙종은 장탄식을 쏟아냈다.

"세상에 어찌 이런 일이 있단 말이냐! 차라리 일반 평민으로 태어나서 마음 편히 사는 것만 못하다."

갖은 정성을 쏟은 덕에 세자는 얼마 후 몸을 추스르고 일어나게 되었다. 그러나 워낙 놀라 정신을 놓은 터라 후유증은 컸다. 한 달이면 두세 번씩이나 자리보존을 하고 누워 있게 되니 부왕의 애타는 심정은 이루 말할 수가 없었다. 어머니의 죽음을 목격한 이후 세자는 줄곧 병을 떨치지 못했고 후사도 얻지 못했다. 그가 아이를 갖지 못하는 불구가 된 것은 장희빈 탓이었다.

숙종은 1716년 소론을 배척하고 노론을 중용한 후, 당시 좌의정이던 노론 영수 이이명에게 부탁하였다.

"우리 세자가 병약한데다가 후사를 보지 못하는 몸이니, 숙빈 최씨의 소생인 연잉군을 후사로 정해 주오."

또한 그 해에 연잉군으로 하여금 병약한 세자를 대신하여 세자 대리청정, 즉 세자를 대신하여 편전에 참석하여 정사를 배우라고 명했다. 지나치게 빨리 연잉군의 대리청정이 결정되자 소론측이 크게 반발하고 나섰다.

"어떻게든 흠을 잡아 세자를 바꾸려 하는 짓이오."

이때부터 세자 윤을 지지하는 소론과 연잉군을 지지하는 노론 간의 당쟁이 더욱 격화되었다.

그러나 세자와 둘째 왕자 연잉군 형제 사이는 그 우애가 아주 깊었다. 동궁은 아우를 극진히 사랑하고 아우 역시 형을 지극히 공경하고 따랐다. 그런 처지였지만 각각 지지하는 파가 달라서 왕위를 다투는 큰 싸움이 또 한 번 일어나고야 말았다.

동궁이 대리청정의 어명을 받은 후에도 종종 자리에 눕게 되자, 제당들은 동궁의 건장이 좋지 못하니 아우로 자리를 바꾸자고 여러 차례 여론을 일으켰던 것이다.

동궁이 국정을 대리하게 된 지 4년째 되던 해, 왕권을 강화시키며 조선을 안정시켰던 숙종은 1720년 약 46년간의 통치를 끝내고 60세를 일기로 세상을 떠났다. 그는 인경왕후 김씨를 비롯하여 6명의 아내에게서 3명의 아들과 6명의 딸을 두었다.

20. 경종

(1688-1724, 재위 1720. 6-1724. 8)

숙종과 장희빈의 아들로 태어났으며 재위 동안은
노론, 소론 당쟁의 절정기였다. 병약하고 자식이
없어서 이복동생인 연잉군을 세제(영조)로 책봉하였
고 노론의 압박으로 세자에게 대리청정을 맡기고
물러날 위기에 몰리기도 하였다. 이후 소론의 지지
로 다시 직접 정치를 했으며 김창집 등 노론 4대
신 등 노론 세력을 숙청한 신임사화가 있었다. 노
론 소론 사이에 당쟁이 심해지면서 병약했던 경종
의 건강은 더욱 악화되어 1724년 급서하게 된다.

비운의 왕 경종과 붕당의 격화

1720년 숙종이 죽자 세자 윤은 왕위를 이어받아 조선 제20대 왕 경종으로 보위에 올랐다. 그의 나이 33세 때였다. 경종은 왕궁의 법도에 따라 즉위하긴 했으나 병으로 인해 제대로 정사를 돌볼 수가 없었다. 이에 당시 권력을 잡고 있던 노론 측은 건의하였다.

"하루 빨리 세자를 정해 국권을 안정시켜야 합니다. 상감마마의 건강이 점차 악화되는데다, 후사가 없으시니……."

"상감마마, 선왕의 유명을 받들어 연잉군을 세제로 삼아 왕위를 공고히 해야 합니다."

경종도 그 말을 옳게 여겼다.

"옳은 말이오. 그렇게 하도록 하오."

경종은 소론의 반대에도 불구하고 허락하였다.

연잉군의 세제 책봉이 거의 확실해지자, 그는 상소를 올려 왕세제의 자리를 강하게 사양하였다. 이는 연잉군 나름의 목숨을 보존하기 위한 자구책이었다.

'내가 왕위를 탐내지 않고 있다는 뜻을 전달해야 한다. 선뜻 왕세제 자리를 맡게 된다면 보위도 넘보고 있었다는 의심을 받게 되고, 그것은 곧 죽음을 의미한다.'

왕세제 책봉이 조정의 중요한 사안으로 떠오르자 경종을 지키기 위한 소론 측의 대대적인 반대 상소가 이어졌다. 우의정 조태구를 비롯해 사간 유봉휘 등도 시기 상조론을 펴며 왕세제 책봉을 극구 반대했다.

"아니되옵니다, 전하. 아직 전하가 젊으신데 조금 기다리셔도 결코 늦지 않습니다."

"너무 성급하신 조치를 거둬주십시오."

그리고 연잉군의 생모가 천한 무수리였다는 이유로 소론파는 끝까지 반대하였다. 그러나 집권당인 노론 측의 대세에 밀려 소론 측의 주장은 묵살되었다.

"연잉군을 왕세제에 책봉한다."

경종 즉위 1년 만인 1721년에 경종의 뜻에 따라 연잉군은 왕세제에 책봉되었다.

노론은 실권을 더욱 굳건히 다지기 위해서 이번에는 경종의 병약함을 이유로 세제 연잉군의 대리청정을 주장하고 나섰다.

노론측은 두 달 뒤, 경종에게 또 한 번 건의를 하였다.

"상감마마께서 과중한 조정의 정사를 보시느라 건강이 회복되지 않는 것입니다. 막중한 임무 때문에 몸에 더욱 무리가 더해지고 있습니다. 건강 회복이 우선입니다."

"일을 줄이시고 건강을 보살피십시오. 연잉군에게 대리청정을 맡기시고 건강 회복에만 힘쓰시는 게 좋겠습니다."

이는 곧 경종에게 정사에서 손을 떼라는 말이었다.

"내가 와병 중이니 어쩔 수 없소. 그렇게 하도록 하오."

경종은 내키지는 않지만 자신의 병약함으로 인하여 생긴 문제이기 때문에 마지못해 연잉군의 대리청정을 허락하였다.

그러나 소론 측의 강하게 반발하고 나섰다. 소론의 찬성 최석항, 우의정 조태구 등은 경종에게 강하게 간언했다.

"말도 안 되는 짓입니다. 이 나라는 상감마마의 나라입니다. 연잉군의 나라가 아닙니다. 저희들이 마마를 보호해 드리겠습니다. 대리청정을 거둬주십시오."

"권력을 잡게 되면 그들이 무슨 짓을 할지 알 수 없습니다. 상감마마, 대리청정은 막중한 일입니다. 허락하시면 안 됩니다."

경종은 소론 측의 반대가 막강하자 대리청정을 거둬들였다.

"몸이 조금 회복되었소. 정사를 감당할 수 있으니 세제에게 맡긴 대리청정을 거두고 친정을 하겠소."

이후 경종은 노론 측의 건의와 소론 측의 주장에 따라 세제청정을 명했다가 다시 거둬들이기를 반복하였다.

경종으로부터 대리청정 명령을 받을 때마다 왕세제 연잉군도 매번 청정 명령의 회수를 청하였다. 연잉군이 회수를 청할 때마다 노론 측 중신들도 의례상 대리청정의 회수를 경종에게 청하지 않을 수 없게 되었다.

"아니오. 내 병이 언제 나을지 모르니 세제에게 대리청정을 시키겠소."

경종은 세제에게 대리청정 명령을 내리면서도 실제 마음은 달랐다.

'어차피 노론 측 백관들이 한 번 더 대리청정의 회수를 청할 테지.'

관례상 세 번에 걸쳐 청이 왔을 때에야 왕은 못 이기는 척 자신의 말을 거둬들이곤 했던 것이다. 그렇게 해야 왕의 체면이 서기 때문에 이번에도 그러려니 하고 기대하고 있었다.

그런데 이번에 노론 측의 생각은 달랐다.

"상감마마의 의지가 확고하십니다. 대리청정 명령에 우리가 따라야 할 것입니다."

그래서 대리청정 명령을 거두라는 의식을 파해 버렸다.

"그렇다면 속히 왕명을 실행하는 의식을 치러야 하오. 서두릅시다."

숙종 말년의 세자 대리청정의 절목에 따라 왕세제의 대리청정을 청하는 의례적 차서를 올리기로 절차를 밟아나갔다. 그러자 대리청정으로 되어 가는 상황 앞에서 당황한 경종은 소론 측 대신인 우의정 조태구를 불러들여 말했다.

"어쩌면 좋겠소? 이 사태를 좀 수습해 주오."

"알겠습니다, 전하. 아무 염려 마십시오."

조정회의에 나와서 경종에게 간절히 아뢰었다.

"1717년의 세자 대리청정은 숙종이 연로하고 병이 중하여 부득이하게 내린 조처였지만, 지금 상감마마는 불과 34세밖에 되지 않았고 즉위한 지도 1년밖에 되지 않았기에 왕세제에 의한 대리청정은 부당합니다. 거둬 주십시오."

이 같은 조태구의 주장에 노론 측 역시 별다른 반박을 하지 못했다. 노론 대신들은 종전에 대리청정을 허락해 줄 것을 청하였던 것 자체가 잘못임을 인정하고, 또다시 청정 명령의 회수를 청하게 되었다.

노론 측은 이 같은 일관성 없는 행동 때문에 소론 측으로부터 엄청난 비판을 받으며 궁지에 몰리게 되었다.

"도대체 생각이 뭔지를 알 수가 없소. 처음에 대리청정을 요구하였다가 전국 유생과 관료들의 반발이 있자 청정명령을 거두라는 청을 하고, 다시 청정 명령의 하교가 내려지자 청정을 요구하였다가 명분이 좁아지자 또 다시 청정 요구를 거둬들이고……."

노론의 이 같은 줏대 없는 행동은 결국 소론의 입지만 강화시켜주는 결과를 가져오고 말았다. 왕과 백성들의 신임을 얻어 권력을 쥐게 된 소론은 세제 대리청정에 앞장섰던 노론 4대신을 탄핵하여 귀양을 보냈다. 그리고 이 기세를 몰아 이듬해에는 남인 목호룡을 매수하여 고변하게 했다.

"노론 측에서 상감마마를 죽이려고 모의를 꾸몄습니다."

이 고변에 따르면 음모 관련자는 모두 노론 4대신의 아들 또는 조카이거나 아니면 추종자들이었다. 숙종의 죽음을 전후하여 당시 세자였던 경종을 해치려고 모의하였다는 내용인데 뒤늦게 드러난 것이다.

이 사건은 노론에 엄청난 타격을 안겨 주었다. 목호룡의 고변이 있자 국청이 설치되어 역모 관련자들을 잡아와 처단하였고, 노론 4대신도 다시 한성으로 압송되어 죽음을 당했다. 이 일이 '신임사화'인데, 이후의 정권은 소론에 의해 독점되었다. 이 일에 왕세제도 모역에 가담했다는 내용이 기록되어 있었다. 모반에 가담했던 왕자가 살아남은 경우는 없었지만, 연잉군 외에는 보위를 이을 왕자가 없었기 때문에 목숨을 부지할 수 있었다. 그러나 이 일 때문에 연잉군은 갖가지 고초를 겪어야 했다. 소론 측 대신들에 의해 경종을 문안하러 가는 것까지도 금지당했다.

연잉군은 자신의 지지 기반이던 노론이 거의 제거되고 자신의 신변마저 위협을 느끼게 되자, 대비인 인원왕후를 찾아가 자신의 결백을 호소했다.

"대비마마, 저는 결코 역모에 가담한 일이 없습니다. 너무 억울합니다. 제 억울함을 풀어주지 않으신다면 왕세제 자리를 내놓는 것도 불사하겠습니다."

"대군은 경거망동하지 말라. 결백하다는 것을 내가 믿어주면 되지 않느냐? 내가 힘써 보겠다."

김 대비는 평소 왕세제를 감싸왔던 터여서 왕세제의 간절한 호소를 담은 언교를 몇 차례 내려 소론 측의 강압을 조금 누그러뜨려 주었다. 그렇게 하여 연잉군은 겨우 바람 앞의 촛불처럼 위태로웠던 목숨을 보존할 수 있었다.

조선은 소론의 세상이 되었지만 경종의 병이 악화되어 재위 4년 만에 세상을 떠나자, 연잉군이 보위에 오르면서 세상의 권력 판도는 또 바뀌게 되었다.

21. 영조

(1694-1776, 재위 1724. 8-1776. 3)

숙종과 무수리 최씨 사이에서 태어난 영조는 조선의 왕 중 재위기간이 가장 긴 왕이면서도 어머니의 낮은 신분에서 온 콤플렉스와 아들(사도세자)을 뒤주에 가둬 죽게 한 개인사적 불행을 안고 있다. 1724년부터 1776년까지 52년간 왕위를 지켰던 그는 손자 정조와 함께 18세기 조선을 중흥기로 이끌었다. 그는 탕평책을 실시하여 과열된 붕당 간의 경쟁을 완화했으며 이전의 어느 왕보다도 민생을 위한 정치를 펴나가 조선 시대 몇 안 되는 성군 중 하나로 평가받고 있다.

‖‖‖‖ 조선의 궁중비화 ‖‖‖‖

　조선 제21대 왕으로 보위에 오른 영조는 당쟁의 틈바구니 속에서 생명의 위협마저 느끼며 가까스로 왕위에 올랐다.

　"붕당의 폐해가 하나둘이 아니다. 탕평 정국을 열어 인재를 고루 등용하겠다. 무리를 지어 파를 만드는 일을 없애야 한다."

　영조의 탕평 정국이 안정기에 접어들면서 재야에서는 실사구시의 학문이 일어나 사회 전반에 새로운 바람을 불러일으켰다.

　영조는 이 사건으로 탕평책의 명분을 키울 수 있었고, 왕권을 강화하여 정국 안정을 도모할 수 있었다. 그 결과 세력들을 고르게 등용하여 탕평 정국의 기초를 다졌다. 영조는 그 뒤 자신의 생각대로 정국을 수습하자 한층 강화된 왕권을 바탕으로 적재적소에 인재를 등용할 수 있었다.

어머니를 위한 소령원

　영조는 생모에 대한 효성이 지극했다. 생모 최씨는 천한 서민의 딸로서 생전에는 빈의 대우도 받지 못했다. 죽은 뒤에는 양주 고령산 기슭에 묻혔으나, 대신들의 묘에 비해도 초라한 무덤이었다. 최씨는 숙종보다 먼저 세상을 떠났기 때문에 숙종이 보위에 있을 때도 그 묘를 원으로 봉하지 못했다. 영조가 보위에 오른 후에도 생모의 신분으로 인한 반란까지 일어났을 정도로 예민한 사안이라서, 환갑이 되도록 성묘조차 못했다.

'죽기 전에 어머니의 묘소를 능으로 봉하고 성묘를 해야 하는데……. 완고한 신하들의 반대 때문에 인륜의 도리도 못하는구나.'

영조는 늘 한탄했고 신하들과 여러 번 충돌도 불사했으나 뜻을 이루지는 못했다.

"마마, 선대왕께서 원이나 능으로 봉하시지 않은 것은 궁중예법을 지킨 것입니다. 부왕께서 하지 않으신 일을 하신다면 불효가 됩니다."

영조는 크나큰 모욕감을 느꼈다.

'평민으로 태어났더라면 자유롭게 어머니의 성묘를 다녔을 텐데…….'

영조는 외가에 유족이라도 있으면 특명으로 벼슬을 시켜서 차차 양반의 지체로 끌어 올릴 생각이 있었으나 남은 유족도 없었다. 재위 20여 년이 된 후, 영조는 이제 자신도 생기고 배짱도 두둑했기 때문에 단호하게 밀고 나갔다.

"죽기 전에 외가에 대한 도리를 해야겠소. 경들도 모친과 외가에 대한 인정을 알고 있다면 내 심정을 이해할 것이오."

영조는 외가 4대에 최고 벼슬을 추증한 뒤, 왕은 최후의 목표인 생모의 묘를 능으로 봉하라는 명령을 내렸다. 신하들은 반대 의견을 내놓았다.

"그럴 수는 없습니다."

영조는 호소하는 듯 말했다.

"친모를 초라한 묘소로 방치하면 내가 무슨 얼굴로 성묘를 하겠는가?"

"마마, 법도를 생각하십시오. 임금의 생모로 생각하시면 송구하지만 숙종대왕의 후궁이라고 생각하면 당연한 것입니다."

대사헌을 비롯한 소론파의 대신들은 끝내 반대했다.

'두고 보자. 내 반드시 죽기 전에 어머니의 묘소를 능으로 봉하리라!'

영조는 다음 기회를 생각하며 마음을 다스렸다. 그리고 몇 해 후에 또다시 어머니의 묘를 능으로 봉하는 문제를 내놓았다. 여전히 대신들은 반대했지만 영조는 단호하게 대신들의 주장을 꺾고 조율을 얻어냈다.

"그럼 능은 안 되고 봉원으로 하십시오."

영조도 평생의 소원이 거의 이루진 것 같아 웃으며 물었다.

"능과 원이 많이 다르오?"

"아닙니다. 별로 다르지 않습니다."

대신들의 말에 영조는 농담 비슷하게 덧붙였다.

"둘이 비슷한데 그럼 아주 능으로 봉하기로 하오."

깜짝 놀란 대신들은 그냥 웃음으로 얼버무려 넘겼다.

"됐소. 이만해도 성묘할 면목이 섰소."

영조는 어머니 숙빈의 묘를 소령원으로 승격시키고 곧 성묘에 나섰다. 그리고 묘를 아름답게 정비하였다.

생모의 묘소에 처음 참배한 영조는 감격의 눈물을 흘렸다.

'어머니, 제 생전에 능으로 봉해 올리겠으니 기다려 주세요.'

신분이 비천했다는 이유로 인품이 훌륭했던 어머니가 살았을 때도, 죽었을 때도 제 대접을 받지 못한 것을 마음 아프게 생각하여, 30년이나 신하들과 싸워 끝내 원으로 승격시켰던 것이다.

멀어지는 아버지와 아들

영조는 83세의 생애 동안 재위 기간이 52년이나 되었다. 그러나 출신에 대한 열등의식 때문인지 성격이 고집스럽고 원만하지 못했다.

영조에게는 중전인 정성왕후 서씨와 계궁인 정순왕후 김씨가 있었으나 모두 소생이 없었고 다만 여러 궁녀들로부터 왕자 둘과 열두 옹주를 얻었다. 정성왕후가 혈육 없이 세상을 떠나게 되자 영조는 여러 빈궁과 귀인이 있었지만 정실 중전을 또 맞아들이려고 했다. 이때 영조의 나이는 이미 66세였지만 아직도 정실 자손에 대한 욕심은 포기하지 못했다. 이때는 영조도 매사에 고집을 부려서 좋은 평가를 받지 못했다.

"상감마마께서 정사를 공정하게 보시지 못하니 이제 사도세자를 왕위에 올려야 합니다."

영조를 싫어하는 당파에서는 이런 움직임이 일기도 했다. 그래서 궁중과 조정에서는 부왕파와 자왕파로 갈려서 암투를 벌였다.

영조는 정성왕후 서씨와 계비 정순왕후 김씨에게서 아들을 얻지 못하고, 정빈 이씨와 영빈 이씨에게서 효장세자와 사도세자를 얻었다. 하지만 큰아들 효장세자는 세자 책봉 후 요절했기 때문에 둘째 아들인 사도세자 선이 세자에 책봉되었다.

1749년 영조는 건강이 나빠져 세자 선으로 하여금 대리청정을 하게 하였다. 그런데 세자가 대리청정을 하게 되자 세자 쪽에 서 있던 남인, 소론, 소북 세력 등은 그를 등에 업고 정권을 장악하려고 했다.

"큰일입니다. 가만히 있으면 저놈들의 세상이 되고 맙니다."

"무슨 방법을 써서라도 상감마마와 세자의 사이가 나빠지게 만들어야 합니다."

발등에 불이 떨어진 노론 세력과 그들에 동조하던 계비 정순왕후 김씨, 숙의 문씨 등이 세자와 영조 사이를 벌여놓기 위해 이간질을 하였다. 특히 간교한 문숙의는 임금의 총애를 무기로 세자를 비방하기에 바빴다.

"마마, 동궁이 정말 제 정신이 아닌가 봅니다. 늙은 임금이 왜 죽지도 않는가 한탄을 하면서, 사람이나 동물이나 늙은 것들은 꼴도 보기 싫다면서 행패를 부린다고 합니다. 말만 들어도 소름이 끼치고 벌벌 떨립니다."

"허, 그래? 이놈이 완전히 미쳤구먼. 고얀 것 같으니라구!"

영조의 얼굴에 노기가 역력하였다. 정순왕후, 숙의 문씨 등이 계속 사도세자에 대해 이간질을 하자 영조는 사도세자를 몹시 미워하게 되었다.

"이 인두겁을 쓴 놈아! 제발 세자답게 행동 좀 하지 못하느냐! 네가 정녕 죽고 싶으냐!"

영조는 어떤 일이든 사건의 진위를 따져볼 생각은 하지 않고 자주 세자를 불러 고래고래 질책을 하였다.

'한두 번도 아니고 아바마마께서는 왜 사람들이 있는 데서 이리 책망을 하실까? 억울하고 아랫사람들에 대해 체면도 안 서는구나. 그렇다고 사사건건 아니라고 해명을 할 수도 없고…… . 정말 괴롭다.'

마음이 약한 세자는 정신적 압박을 받아 심한 고통을 받게 되었다. 부왕과 한 자리에 있을 때는 식은땀을 흘렸고, 동궁의 처소에 돌아와도 불안하여 안정을 찾지 못했다. 그러자 세자는 차츰 이상행동을 보이기 시작했다. 작은 분노를 참지 못해 궁녀를 죽이는 일이 일어나고,

숨이 막힌다고 왕궁을 몰래 빠져나가는 일이 빈번해졌다. 돌발적인 행동들 때문에 부왕이 찾을 때에 궁 안에 없을 때도 많았다.

'또 궁 밖으로 놀러 나갔단 말이지? 음……, 더 이상 세자로 하여금 대리청정을 시켜서는 안 되겠구나.'

영조는 이렇게 판단을 하기에 이르렀다.

세자가 임금도 모르게 궁 밖 여기저기를 유람하고 돌아오자, 세자를 제거할 기회를 노리고 있던 노론 측에서 벌떼와 같이 상소를 올렸다.

"세자가 역모를 꾸몄다는 증거가 있습니다."

"동궁의 반역심을 조장한 것은 동궁 측근의 소론파들입니다. 그들의 대죄는 마땅히 엄벌해야 합니다."

노론파의 맹공격을 받게 되자 세자의 스승이었던 영부사 이천보와 우의정 민백상, 좌의정 이후가 차례로 자결하였다.

'국문을 받고 역적으로 몰려서 죽을 수는 없다. 어차피 살 길은 없으니 기왕 죽을 바엔 자결하여 세자의 목숨만이라도 구해드리자!'

이런 충성심에서 한 비장한 자결이었다. 세자는 스승들의 죽음을 보며 자포자기하고 말았다.

'아, 나를 가르쳐 주던 세 스승이 나 때문에 억울하게 자결했다. 충신을 셋이나 죽게 하고 무슨 면목으로 나만 살까.'

세자는 마치 실성한 사람 같았다. 벌컥 울화증이 도지면 세자는 견디지 못하고 궁궐 밖으로 빠져 나갔다.

"아무도 없는 곳으로 멀리멀리 가버리고 싶다."

세자의 시종 몇 명만이 죽을 각오로 세자의 뒤를 따라 나섰다.

'언제 죽을지 모르는 몸, 마음대로 살아보자.'

세자는 평양의 기생들과 주색을 즐기며 마음의 고통을 잊으려 했다.

방탕은 점점 심해져 마침내는 궁중에까지 기생들과 건달패들을 데리고 들어와 밤을 새며 놀았다.

'저하께서 어쩌려고 저러시는가.'

세자빈 혜경궁 홍씨까지 걱정이 되어 간언을 했지만 자포자기한 세자의 귀에는 아무 말도 들어오지 않았다. 세자빈은 애가 타서 마음을 졸였지만 세자는 누구의 말도 듣지 않았다. 나인들도 함부로 강간하고 말을 듣지 않으면 죽이기를 예사로 했다.

뒤주 속의 비참한 죽음

세자의 이러한 방탕과 광증의 행패가 심해지자 부왕파에 속하는 노론파에서는 음모를 꾸미기 시작했다. 세자를 역모로 몰고 갈 계획이었다.

"세자를 지지하는 소론파를 일거에 숙청할 절호의 기회요."

세자의 광기어린 행패가 너무나 많아서 세자를 폐할 충분한 증거를 잡아 낼 수 있었던 것이다.

'세자를 그냥 두어서는 사직이 위태롭겠구나. 죽일 수밖에⋯⋯. 미치광이 한 사람을 죽여 만백성의 안전을 도모할 수밖에⋯⋯.'

모함인 줄 알면서도 실제로 엇나가기만 하여 못된 행동을 저지르는 세자에 대한 영조의 불신과 증오는 하루하루 돌이킬 수 없을 만큼 커져만 갔다. 이미 영조가 세자를 처단할 결심을 굳혔다는 소문이 궁중 안에 파다했다.

5월 13일, 자기의 죽음을 예감한 사도세자는 세자빈에게 마지막 편지를 보냈다.

'요즘 궐내에 도는 소문이 심상치 않고 두렵소. 죽을지 살지 모르겠소만, 내가 죽어야만 세손의 목숨이 보존될 것 같소. 그러니 아마도 빈궁을 다시 보지 못할 것 같구려.'

세자빈은 남편의 편지를 보자 눈앞이 캄캄해지며 쓰러져 버렸다. 세자의 어머니인 영빈 이씨도 어찌하든지 이 참변을 막아보려고 노력했지만 섣불리 말하다 강한 성정인 남편 영조의 화가 세자비와 세손에게까지 미칠까 봐 전전긍긍하고 있었다.

다음날 아침, 드디어 영조의 엄명이 떨어졌다.

"세자를 휘녕전으로 부르라!"

휘녕전은 친국 장소였다.

세자가 들어오자 임금은 무서운 표정으로 말했다.

"세자의 관과 버선을 벗기고 뜰아래 엎드리게 하여라!"

승지들이 임금의 명령을 즉시 수행하였다. 담담한 표정의 세자에게서는 놀랍게도 미친 듯 포악을 부리던 광기가 깨끗이 사라져 있었다.

"네 잘못을 아느냐?"

"네, 아바마마."

"안다고?"

"잘못했습니다, 아바마마!"

영조는 천천히 고개를 끄덕이며 말했다.

"안다니 그나마 다행이구나. 속죄하는 뜻에서…… 이 자리에서 자결해라."

각오는 했지만 냉혹한 선언이었다.

"너를 죽일 수 있지만 마지막으로 기회를 주는 것임을 알아야 한다."

아버지가 아들에게 자살하라는 형식으로 죽이려는 것이었다.

"아버님, 살려 주십시오!"

피할 길 없는 죽을 자리에 서게 되자, 세자는 정신이 번쩍 들었다. 그동안의 미망에서 깨어나는 듯했다. 회한에 못 이겨 세자는 이마를 땅바닥에 짓찧으며 울었다.

"군졸들만 남고 신하들은 다 물러가라!"

영조는 모든 사람들을 다 물러가게 했다. 군사들만 남은 적막한 휘녕전 안에는 차가운 기운만 가득했다.

"정녕 네 손으로는 못 죽겠느냐?"

"잘못했습니다, 아바마마. 용서해 주십시오!"

"쯧쯧, 죽을 용기도 없으면서 그런 무도한 짓을 하였더냐? 에잇, 못난 놈!"

핏발이 선 영조의 눈에도 피눈물이 어렸다.

"여봐라, 큰 뒤주를 가져오너라."

내관들이 즉시 사람이 들어갈 만한 큰 쌀뒤주를 대령하였다.

"네 죄를 용서받을 길이 있다. 이 속에 들어가서 조용히 반성하며 하늘에 빌어라."

세자는 이런 뒤주 속에서 설마 사람이 죽을까 하는 생각에 조금 안심이 되었다. 큰 뒤주였지만 세자가 무릎을 세우고 앉을 정도의 넓이였다.

영조는 직접 뚜껑을 닫고 쇠를 철컥 잠갔다. 그 순간 작은 뒤주 안은 암흑천지가 되었다. 더위와 답답함으로 숨이 컥 막혔다.

'조금만 견디면 문을 열어주실 게다.'

얼마 안 되어 세자의 온몸에서는 끈적한 땀이 흘러내리기 시작했다. 폭염 아래에서 시간이 지날수록 세자는 숨을 쉬기가 어려웠다.

"아바마마, 아바마마! 숨을 쉴 수가 없습니다!"

그러나 아무 기척도 없었다.

"숨을 못 쉬겠습니다. 문 좀 열어주세요!"

저녁이 되고 아침이 되고 다시 뜨거운 열기가 내리쏟는 한낮이 되었다. 세자는 의식을 잃다가 깨어나다가 하였다.

"아바마마, 아바……."

세자의 목소리는 점점 개미만하게 작아지다가, 드디어 어둠 속에서 입만 달싹거릴 뿐 아무 소리도 새어나오지 않았다.

무거운 정적 가운데 시간이 흘러갔다. 결국 뒤주에 갇힌 지 8일 후 세자는 숨을 거두고 말았다.

서인이 된 세자의 아내 혜경궁 홍씨는 영조께 아뢰어 세손과 함께 친정인 홍봉한의 사저로 물러나갔다. 자결하고 싶었지만 세손을 위해서 모진 목숨을 이어가며, 눈물로 쓴 사도세자의 기록 '한중록'을 써 나갔다.

아들을 뒤주에 넣어서 죽인 영조도, 나중에 절반은 노론파의 음모인 것을 깨닫고 후회했지만 죽은 아들을 살릴 수는 없었다.

"내가 눈멀고 귀먹어 바른 판단을 하지 못했다. 후궁 문숙의를 귀양 보내고 음모에 관련한 노론파를 색출하여 처형하라."

영조는 재위 중이던 50년 동안 당파싸움을 막으려고 탕평책을 썼는데, 자신도 붕당에 휘말려 아들까지 죽이는 비극을 낳고 말았다. 영조는 세자의 죽음을 애도한다는 뜻으로 그에게 '사도(思悼)'라는 시호를 내렸다.

22. 정조

(1752-1800, 재위 1776. 3-1800. 6)

11세의 나이에 할아버지 영조가 아버지 사도세자를 뒤주에 가둬 죽게 한 사건을 겪은 정조는 조선의 개혁정치로 조선의 중흥을 꿈꾼 절대 권력자이다. 지난한 여정을 거쳐 왕위에 올라, 갖가지 개혁 정책 및 탕평을 통해 대통합을 추진하였다. 규장각과 장용영을 설치하였고, 수원에 화성을 건설해 천도를 계획하기도 하였다. 그러나 그의 갑작스러운 죽음으로 그가 재위기간에 추진했던 각종 정책은 대부분 폐기되었다.

▥▥▥ 조선의 중흥비화 ▥▥▥

 1776년 3월 영조가 83세로 세상을 떠나자, 세손인 정조는 25세의 나이로 조선 제22대 임금이 되었다. 실제로는 영조가 죽기 1년 전부터 이미 대리청정을 해 오고 있었다.

 정조는 영조가 쌀뒤주에 넣어서 죽게 한 사도세자와 혜빈 홍씨의 외아들이었다. 그래서 정조는 마음속에는 조부인 영조에 대한 공포가 자리잡고 있었다.

 '언제 할아버님의 마음이 변하여 나를 죽이실지 몰라. 아버지처럼 말이야.'

 이런 생각은 어린 세자가 늘 영조의 눈치를 보게 만들었다. 그래서 자기의 포부를 마음껏 표현하지 못하고 혼자 학문을 즐기는 사람으로 장성하였다.

 부친인 사도세자는 세자빈 대신 용꿈 태몽을 꾸었는데, 창공을 날던 용에게 찬란한 여의주를 받는 꿈을 꾼 후 정조가 태어났다.

 '성군의 태몽이다.'

 세자와 세자빈은 무척 기뻐하였다. 태어난 아들은 준수한 외모에 학문을 좋아하여 영조의 큰 기대 속에 성장하였다. 영조의 재위 때에 세손으로 책봉되어 부친 사도세자와는 반대로 어려서부터 조부 영조의 사랑을 듬뿍 받았다.

 당쟁의 소용돌이 속에서 항상 죽음의 위협에 시달리며 왕위에 오른 정조는 문예 부흥을 통해 새로운 정치를 구현하고 싶었다. 그래서 즉위하자마자 유순한 태도를 바꾸어 자기의 주장을 강하게 펼쳐 나갔다. 그러나 조부인 영조가 평생 힘썼던 당파싸움도 그 싹을 완전히 없애지

못해, 정조가 즉위하자 다시 불붙기 시작했다.

정조는 파당을 배격하고 새로운 인물들을 대거 등용해 친위 세력을 형성해 나갔다. 그리고 아버지가 쌀뒤주 속에서 비참하게 생을 마친 11세 이후 줄곧 가슴앓이로만 간직했던 아버지에 대한 복수도 감행하였다. 아버지 사도세자만 생각하면 가슴 속에서 뜨거운 것이 치솟아 견디기 힘들었다.

"사도세자의 존호를 장헌세자로 바꾸도록 하라."

이어서 그의 즉위를 방해하던 정후겸, 홍인한, 홍상간, 윤양로 등을 과감하게 조정에서 제거해 버렸다.

크고 작은 역모사건

정조는 모든 정치 문제를 상당 부분 신하들에게 일임하였다. 이로 인해 척신들의 세도정치를 조장하는 폐단을 남기게 되었다.

"임금의 본분이 무엇이오? 정치에 온 힘을 쏟아야 하는 것 아니오? 문화니 학문이니 그런 분야만 좋아하고 정치에 관심이 없으니, 아무래도 군주로서의 역량이 모자라는 듯싶소."

"이복형제가 셋이나 되니 군주의 역량이 있고 정치력이 뛰어난 임금을 다시 찾아봅시다."

권력에 야심을 갖고 있는 무리들이 왕을 폐하고, 정조의 이복형제들을 추대할 반역 음모도 여러 번 있었다. 정조에게는 영빈 임씨 소생의 은언군, 숙빈 임씨 소생의 은신군, 경빈 박씨 소생의 은전군 등 이복형제가 셋이 있었다.

정조가 보위에 오른 그 해에 은전군 이찬을 임금으로 세우려는 반란이 있었다. 황해감사 홍술해는 재물을 탐낸 죄로 먼 섬으로 귀양을 갔는데, 그의 일족인 홍상간이 원한을 품고 역모를 꾀하다가 잡혀 죽었다. 그의 일족은 모두 귀양을 가거나 폐적을 당했다. 홍술해의 아들 홍상범과 홍상길은 전주에 귀양 가 있었다.

"이대로는 못 있겠다. 부친과 일족의 원수를 갚아야겠다."

"어떤 방법이 있습니까?"

"일단 서울로 잠입하자. 결탁할 사람들이 있으니 도움을 청해 궁녀들을 동원하면 된다. 궁녀들과 짜서 정조를 침전에서 죽이고 은전군을 왕으로 추대하면 된다."

계획은 순조롭게 진행되었다. 홍술해의 처와 첩은 무당에게 저주의 굿까지 하게 했다.

"천지신명이시여, 부디 정조가 망하고 은전군이 왕이 되게 해주소서!"

그후 홍술해는 복면을 하고 밤중에 무장 장정 수십 명을 이끌고 행동을 개시했다.

"담을 넘자!"

홍술해는 전흥문과 강용휘를 이끌고 맨 먼저 궁궐의 담을 넘었으나 빈틈없이 궁궐을 경비하던 파수병에게 들켜서 죽음을 당하고 말았다. 역모사건에 격분한 대신들은 뿌리를 뽑고 엄하게 다스려야 한다고 정조에게 청했다.

"은전군을 사형에 처하십시오. 역모의 뿌리부터 없애야 합니다."

그러나 정조는 반대했다.

"아니오. 이번 음모사건은 은전군의 본의가 아니지 않소? 오직 간특한 자들이 명분을 얻기 위해 끼워 넣었을 것이오. 형제로서 차마 그리할 수는 없소."

그러나 대신들은 천부당만부당을 외쳐 댔다.

"용서하면 다시 누군가가 또 은전군을 업고 역모를 꾀할 것입니다. 이런 변란이 한 번 일어날 때마다 백성이 얼마나 죽어 나가는지 아십니까? 백성은 죽어도 되고 형제는 죽으면 안 된다는 말씀이십니까? 이번 기회에 뿌리를 뽑아야 합니다."

정조를 지키려는 신하들은 반대세력에 악용될 은전군의 처벌을 강하게 주장했다. 물러설 기세가 아니었다.

정조는 탄식을 하였다.

"이런 불행한 일을 계속 반복해야 한단 말이오? 사실 여부를 막론하고 왕위 다툼으로 형제지간에 죽고 죽이는 참혹한 일이 있다니! 참으로 조상들께도 면목이 없소."

정조는 은전군에게 사약을 내리기 싫었고 슬펐다. 뿌리가 같은데 죽고 죽인다. 남보다도 못한 혈육의 관계가 왕족이라는 것이 갑자기 메스꺼웠다. 귀양을 보내고 사약을 내릴 때마다 속이 뒤집혀서 토하고 싶었다.

"전하, 백성의 안위를 먼저 생각하십시오."

정조는 닦달하는 신하들의 강권에 못 이겨 은전군에게 역모죄를 물어 사약을 내리고 말았다.

이런 역모사건이 있은 후에도 역모사건은 근절되지 않고 종종 이어졌다.

홍국영의 세도정치

정조는 보위에 올랐을 때 홍국영을 중용했다. 세손 시절부터 줄곧 자신을 경호하던 홍국영을 깊이 신뢰하여 동부승지로 전격 기용했다가 다시 도승지로 승격시켰다.

"날랜 병사들을 뽑아 숙위소를 창설하여 왕궁을 호위하게 하고, 홍국영이 숙위대장을 겸직하도록 하라."

홍국영은 정조의 신임을 한 몸에 받으며 나라 안의 실권을 장악하게 되었다. 삼사의 소계, 팔도의 장첩, 묘염, 전랑직의 인사권 등을 모두 총괄하였고, 이에 따라 백관들은 물론 8도감사나 수령들까지도 그에게 머리를 숙이게 되었다.

"그렇잖아도 상감마마께서는 그자의 말이라면 콩을 팥이라 해도 믿는데, 누이동생이 후궁까지 되었으니, 날아가는 새도 떨어뜨리는 권세를 쥐게 되었구먼."

"그걸 바라고 누이동생을 후궁으로 바친 것 아니겠소?"

"한 사람에게만 신임이 집중되는 것은 문제요, 문제."

뒤에서 비판은 하면서도, 모든 관리들이 어쩔 수 없이 홍국영의 뜻에 따라 움직일 수밖에 없었다. 여기에서 이른바 '세도'라는 말이 생겨나게 되었다.

하지만 홍국영의 세도 정치는 오래 가지 못했다. 그가 정조의 후궁으로 바친 누이동생 원빈이 입궁한 지 얼마 되지 않아 죽었기 때문이다. 그 무렵에는 정조 또한 생각이 바뀌어 갔다.

'홍국영의 권력을 줄여야겠다. 권력이 지나치게 집중되어 있어. 미

리 경계해 두지 않으면 또 무슨 일이 일어날지 모른다.'

여기에 생각이 미치자, 정조는 그에게 직접 권면을 하였다.

"이 정도에서 한 걸음 조정에서 물러나 있으면 어떻겠소?"

"전하, 제게 무슨 큰 허물이라도……."

"정권의 독점을 막고 인재들에게 기회를 주기 위해서요."

정조의 마음이 자기에게서 떠났다는 것을 예감한 홍국영은 야속하기만 했다. 그 야속함은 곧 원망으로 변하였다.

'인제 내가 필요 없는 사람이 되었구나. 그런데 권력을 다 내놓으면 어떻게 살지? 그럴 바에야 차라리…….'

홍국영은 오히려 정권을 독점하기 위해 걸림돌이라고 생각하는 효의 왕비를 독살하려는 계획까지 세웠는데 그만 들키고 말았다. 그는 집권 4년 만에 가산을 몰수당하고 전리로 방출되었다.

정조는 홍국영의 4년 세도 정치 기간 동안 두 손 놓고 바라보고만 있었던 것은 아니었다. 충실히 규장각을 확대하고 인재를 끌어 모았다.

'모든 신하들의 눈을 홍국영에게 집중시킨 다음, 앞으로 펼칠 문화 정치를 위해 치밀한 준비를 하자.'

이로 볼 때, 정조는 무능력하여 홍국영이 세도를 부리는 것을 묵인한 것이 아니라, 치밀한 계산하에 고의로 그의 세도 정치를 부추기거나 방치했음을 알 수 있다.

그리고 규장각은 어느 정도 제자리를 찾고 규장각에 모여든 인재도 상당히 되었을 때, 정조는 친정 체제를 구축할 필요성을 느끼고 홍국영을 내쳤던 것이다. 탕평책을 계승하고 있었기 때문에 당쟁은 4색 당파에서 시파와 벽파의 두 파로 나뉘었다.

정조는 재위 24년 동안 나라의 정사를 다스리는 일보다는 학문을 연구하고 책을 편찬하는 등 문화 발전에 더 힘을 쏟았다.

대사면령을 내리다

정조 8년에 의빈 성씨가 정조의 아들을 낳았다.

'더 이상 세자 책봉을 미룰 수가 없다. 중전에게 아들이 없으니 적자는 아니지만 세자로 책봉해야겠다.'

정조의 왕자 순이 두 살 때 세자를 삼자, 책봉을 종묘에 고하는 의식을 맡았던 김하재는 예방승지인 이재학에게 정조를 강하게 비판했다.

"죄 없는 노론파를 모조리 죽이더니, 이제 젊은 중전이 세자를 낳을 때도 기다리지 않고 서실 소생을 세자로 봉하니 나라꼴이 어찌 될지 걱정이오. 충신들은 나라를 바로잡기 위해 이런 때 일어서서 간언해야 하지 않겠소?"

친구를 믿고 이런 불평을 털어놓았는데 이재학은 두려웠다.

'이런 불충한 말을 듣고도 그냥 있어도 괜찮을까? 공모죄로 나도 죽게 되는 것 아닐까?'

그래서 곧 친구를 배반하고 왕에게 밀고했다.

"전하, 역모를 고합니다."

정조는 김하재를 직접 국문했다. 그러나 김하재는 왕에게 당당히 소신을 진술했다.

"전하, 전하께서는 입으로만 당파싸움을 금하셨을 뿐입니다."

죽음을 각오한 김하재는 말을 가리지도 않았다.

"저런 발칙한 놈!"

"실제로는 소론파만 중용하고, 소론파가 날조한 반역죄로 노론파의 충신을 얼마나 죽였습니까?"

"뭐, 뭐야?"

틀린 말은 아니지만 정조 앞에서 할 수 있는 말은 아니었다.

"또 중전이 아직도 젊으신데 왜 좀 더 기다리시지 못하고 서자를 세자로 봉하셨습니까?"

"네 이놈!"

하나하나 가슴이 뜨끔한 말이었다. 정치라는 것은 이론이나 뜻으로만 되지 않는 것이었다. 당파싸움이라는 것이 눈에 보이는 것이라면 홍두깨로 박살을 내버리고 싶을 만큼 증오스러웠다. 아픈 데를 찔리니 정조는 이성을 잃어버리고 극노하였다.

"임금을 가벼이 여기는 이 대역무도한 놈을 죽이도록 하라."

김하재는 형장으로 끌려 나가며 조금도 두려워하지 않고 단호한 목소리로 말했다.

"전하, 기대가 컸기 때문에 실망도 컸습니다. 신은 죽겠으나 억울한 충신을 죽이는 것은 저로 그치시기를 바랍니다."

김하재가 죽은 뒤에 정조는 아무래도 마음이 좋지 않았다. 그래서 그의 말을 곰곰 되새겨 보았다. 처음에는 노론파의 유력한 집안으로 역적죄로 끌려서 죽은 사람을 세어보고 몸에 소름이 끼쳤다. 다음에는 소론파의 경우도 세어 보았다. 역시 역적으로 몰려 죽은 자가 헤아릴 수 없이 많았다.

'도대체 이게 무슨 꼴인가? 죽고 죽이고……. 노론, 소론 어느 파를 믿어야 할까? 모두 저희들끼리 세력싸움으로 죽이고 죽는 미친 짓이 아닌가?

정조는 그런 생각을 심각하게 했다. 그래서 원로대신들과 상의한 뒤에 교지를 내렸다.

"선왕 때부터 국사범으로 죽은 자는 어쩔 수 없으나 귀양 간 자들은 전부 용서해 돌려보내라."

정조는 온 나라에 대사면령을 내렸다. 그 덕택으로 크고 작은 죄가 거의 다 풀렸다. 중한 죄로 멀리 귀양 갔던 김구주와 화완옹주도 가까운 곳으로 옮긴 뒤에, 적당한 시기에 용서해 주었다.

이것을 보고 반대파에서 가만히 있을 리가 없었다.

"전하, 불가합니다! 죄인을 용서하면 또 다른 죄인을 만드는 것입니다."

"이는 궁궐의 법도에 어긋나는 일입니다. 거두어 주십시오."

이러쿵저러쿵 또 따지고 들며 소란을 일으켰다. 임금은 깊은 탄식을 하지 않을 수 없었다.

'아, 영조대왕께서 평생 힘쓰시고도 막지 못한 당파싸움을 어찌 내 힘으로 막겠는가? 아, 불가하고 불가하구나!'

정조는 더욱더 정치에 뜻을 잃어 갔다. 조정을 살펴보면 한숨밖에 나오지 않았다.

'세자가 조금만 더 장성했으면 얼마나 좋을까. 모든 것을 넘기고 학문에만 힘쓸 텐데…….'

신하들에게 휘둘리며 벌을 내리고 귀양 보내고 죽이는 일에 멀미가 났다.

정조는 학문을 위주로 한 문치에는 많은 공을 남겼다. 안경을 쓴 우리나라 최초의 임금으로 알려져 있는데 학문에 집중하느라고 눈이 나빠진 탓이었다. 정조는 인간적인 면이 강한 왕이었다. 영조에 이어 탕평정치를 펼쳤고, 규장각을 설치해 인재 등용에 힘썼으며, 장용영을 만들어 자기 세력을 갖추었다. 수원에 화성을 건설해 비밀리에 천도를 계획하기도 하였다.

그러나 재위 24년 되던 해, 전신에 퍼진 종기로 큰 고생을 하다가 세상을 떠났다. 그의 나이 47세였다.

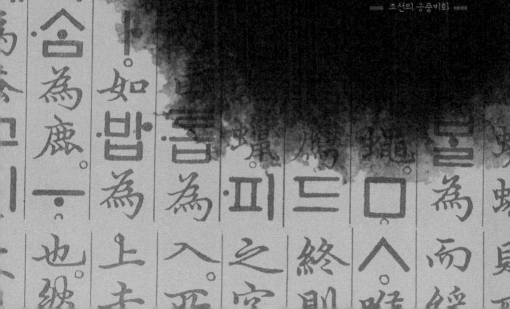

23. 순조

(1790-1834, 재위 1800. 7-1834. 11)

정조의 둘째 아들로 태어나 11세에 왕이 된 순조
는 영조의 왕비였던 정순왕후가 수렴청정을 하였
다. 장인 김조순 및 안동 김씨가 세도정치를 하였
고 백성들의 생활은 매우 어려워 홍경래의 난이
일어나기도 하였다. 순조는 이에 맞서 선왕의 여
러 정책을 모범으로 국정을 주도하려고 노력하였
다. 암행어사 파견, 《만기요람》 편찬, 국왕 친위부
대 강화, 하급 친위 관료 육성 등의 방식으로 국
정을 파악하고 국왕의 권한을 강화하려 했다.

〗〗〗〗〗〗 조선의 궁중비화 〗〗〗〗〗〗

조선 제23대 임금인 순조는 1834년에 부왕이 세상을 떠나자, 그해 7월에 보위에 올랐다. 아직 너무 어린 11세였다.

순조는 수빈 박씨와의 사이에서 태어난 정조의 둘째 아들이다. 정조와 의빈 성씨 사이에서 태어난 문효세자가 일찍 죽자 정조 24년 1월에 세자에 책봉되었다.

정순왕후의 수렴청정과 천주교 박해

순조의 나이가 너무 어려서 영조의 계비이자 대왕대비인 정순왕후가 수렴청정을 하게 되었다. 영조의 미망인인 정순왕후가 궁중에서 가장 어른이었기 때문이다. 이때부터 대왕대비의 친정인 경주 김씨가 척신 세도를 부리는 동시에 반대파 숙청의 풍파를 일으켰다

대왕대비는 사도세자의 죽음에 찬성했던 벽파의 실세인 김구주의 누이였다. 옥새를 거머쥔 대왕대비는 벽파의 이익을 위해서라면 물불을 가리지 않았다.

"선왕 때 역적으로 몰려서 죽은 김구주를 복권시키고 이조판서를 추증하라."

그런데 당시 은밀히 퍼지던 천주교가 시파 중심으로 퍼져 나가자, 벽파에서는 사교 추방이라는 명목으로 탄압하기 시작했다.

"괴이한 사학의 괴수인 정약종과 그 도당을 잡아서 처단하라."

대왕대비의 엄명에 정약종, 정약전 및 그의 아우 다산 정약용을 비롯한 이가환, 이존창, 홍교만 등이 맨 먼저 잡혀서 문초를 받았다.

"공자님보다도 서양 오랑캐들의 예수가 정교란 말인가?"

"오직 예수교만이 전 인류를 평등하게 사랑하는 정교라고 믿소."

이때 정약용도 형들의 관련으로 잡혀서 문초를 받았다.

"나는 소년시절 천주교를 믿었던 것이 사실이오. 그러나 중년에 이르러 신앙은 버렸소. 다만 서양의 학문만은 우리가 배울 바가 많아서 연구하고 있소."

"그러나 너희 형 약전은 독실한 신자가 아니더냐?"

정약용은 정색을 하고 반박했다.

"아우가 형의 죄를 증명하라는 것이오? 당신은 어떻게 답하겠소?"

그의 형제는 사형을 면하고 귀양 정도의 벌로 그쳤다.

섭정하는 대왕대비가 엄금하는 천주교였지만 불우한 왕족들 중에서도 천주교에 의지하려는 경향까지 나타났다. 사도세자와 영빈 임씨 사이에서 태어난 은언군의 부인인 송씨와 송씨의 며느리, 즉 상계군의 아내인 신씨는 천주교 주문모 신부의 집을 찾아갔다.

"이 세상에 의지할 곳이 없어 괴롭고 무섭습니다. 영혼 구원을 받고 싶습니다."

시아버지는 역적으로 끌려서 강화도로 귀양 가서 빈농으로 몰락했고, 신씨 남편도 역적으로 몰려서 독약을 먹고 죽었던 것이다.

"힘내십시오. 하나님을 믿으면 모든 불행과 고민에서 건져주십니다."

주 신부는 어려움에 처한 왕족을 따뜻하게 위로하였다.

두 사람은 그 후 천주교 예배 모임에 나갔다. 그리고 그곳 사람들의 친절한 배려에 감동하였다. 무거운 마음이 가벼워지는 것을 느꼈고 위로해 주는 따스한 느낌을 받았다. 그런데 얼마 안 가서 위급한 상황이 일어났다. 한 신도가 숨이 턱에 닿도록 뛰어와서 주 신부에게 말했다.

"신부님, 신도 중에서 배반한 자가 있어 천주교의 모든 신도들을 관가에 밀고했습니다. 어서 몸을 피하셔야 합니다."

"아닙니다. 제가 지금 관가로 가 봐야겠습니다."

"가시면 죽습니다. 신부님, 제발!"

"제가 가지 않는다면 신도들이 위험에 처하게 될 것입니다."

주 신부는 그 길로 의금부로 가서 자수하였다.

"제가 주 신부입니다. 천주교도를 죄인으로 몰지 말아주십시오. 모든 책임은 제가 지겠습니다."

의금부에서도 중국 사람을 함부로 대할 수 없어서, 영의정이 직접 심문하였다.

"신자들의 소재만 말하면 놓아주겠소."

"남자 신자는 이번에 모두 잡혀서 처형되고 두세 명의 여자 신자밖에 없습니다."

주 신부는 신자들을 보호하려고 한 말이었다.

"여자 신자들의 신분을 말하시오."

"처형하지 않겠다고 약속해 주십시오."

"여자들을 죽이겠소? 걱정 말고 말하시오."

"송씨와 신씨는 불우한 왕족이오."

영의정은 깜짝 놀랐다.

'아, 은언군의 미망인과 며느리구나!'

그 길로 그는 사실을 확인하고 대왕대비 김씨에게 보고했다.

"여자라고 용서했더니 또 이런 해괴한 일을 벌였구나! 천주교 역적 무리와 내통하다니!"

대왕대비는 곧 사형선고를 내리고 사약 집행을 명령했다. 송씨와 신씨는 목숨을 구걸하지 않고 담담하게 받아들였다.

"천국에 갈 것을 믿어요."

두 사람은 조용히 무릎을 꿇고 하나님께 기도를 올린 뒤 사약을 마셨다. 1801년 순조 1년에 일어난 신유박해는 천주교 신자 500여 명의 희생자를 낸 비극적인 사건이었다. 사교를 뿌리 뽑는다는 명분을 내세웠지만 정적인 남인 시파를 제거하기 위한 정치적 숙청일 뿐이었다. 신유박해 이후 남인 시파는 완전히 정치의 중심에서 멀어졌고, 벽파가 정권을 장악하면서 일당독재인 외척 세도 정치가 시작되었다.

선왕인 정조는 송씨의 남편 은언군에 대한 배려가 깊었다. 글에도 능하고 인품이 온후한 은언군을 강화도에 귀양 보낸 후에도 종종 서울 집에 와서 처자와 만날 수 있도록 해주었다. 그러나 김씨 일파는 함께 은언군을 역모로 몰았다.

"아내와 며느리로 하여금 역적음모를 시키기 위해서 천주교와 결탁시켰으니 사사되어 마땅하다."

손자 내외와 증손자 며느리를 죽인 대왕대비 김씨는 피도 눈물도 없는 냉혈여인이었다. 경주 김씨를 중심으로 한 벽파와 세도정치는 정적을 모조리 숙청하는 동시에 자기 일파만 벼슬을 시켰다. 그들의 부패는 하늘을 찔러 민생은 도탄에 빠졌다.

대왕대비가 죽고 벽파가 몰락하다

대왕대비는 5년 동안의 수렴청정 끝에 물러난 후 1년 만에 세상을 떠났다.

"이젠 우리는 누굴 의지한단 말인가!"

벽파의 기둥이었던 대왕대비가 죽자 벽파는 몰락의 길을 걷게 되었다.

이후로 국왕의 장인인 국구가 된 김조순은 나이 어린 왕을 곁에서 모시면서 세도 정치의 첫 장을 열게 되었다.

안동 김씨 일문이 요직에 앉아 한 가문의 영달을 위해 갖가지 전횡과 뇌물 수수를 일삼으니 공평한 인사의 기본인 과거 제도가 문란해지고 매관매직이 이루어졌다. 민심이 흉흉해지면서 마침내 관서지방에서 홍경래의 반란이 일어났다. 부패한 관권에 대하여 민권을 주장하는 일종의 혁명운동이었다. 반란군은 파죽지세로 서북지방을 휩쓸었고 충청도 일대에까지 휩쓸었다. 이 반란은 2년을 끌었다.

"순조를 갈아치우고 새 임금으로는 역적으로 몰려서 죽은 은언군의 아드님을 추대합시다. 은언군은 억울하게 역적으로 몰려 죽었지만, 다행으로 아드님이 강화도에 건재하고 있소. 왕실의 정통은 그분밖에 없소."

이런 내용의 격문을 써서 서울거리에 붙였다.

강화도에서 영문도 모르고 있던 은언군의 진짜 아들 해동은 또다시 주목을 받게 되었다. 훗날 해동의 아들 원범이 철종으로 즉위한 후 해동은 전계군으로 작호가 내려졌다가, 다시 대원군으로 추봉되어 전계대원군이 되었다. 해동은 이름을 창강으로 고쳤다가 다시 광으로 개명하였다.

"은언군의 아들을 없애야 한다. 그놈이 살아 있기 때문에 역모가 줄지 않고 계속 추대하려고 하는 게 아니오!"

조정의 강경파는 은언군의 유족까지 멸족시키려고 혈안이 되었다.

순조 12년에 홍경래는 전투 중에 죽었고 반란도 진압되었다. 그러나 백성들의 삶은 너무 피폐해져 끊임없이 반란이 시도되었고 나라는 평안하지 못했다.

순조는 34년간 임금으로 나라를 다스린 후, 1834년 11월 45세를 일기로 세상을 떴다. 그는 순원황후 김씨에게서 1남 4녀를 두었으나 효명세자가 22세의 젊은 나이로 죽자, 손자 환으로 하여금 보위를 이어받도록 하였다.

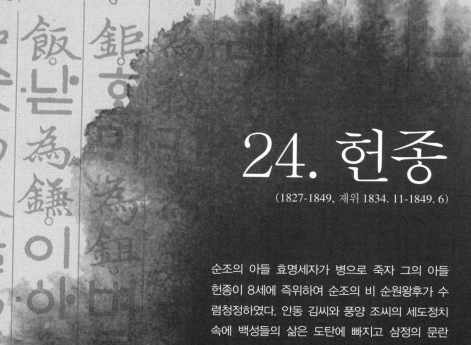

24. 헌종

(1827-1849, 재위 1834. 11-1849. 6)

순조의 아들 효명세자가 병으로 죽자 그의 아들
헌종이 8세에 즉위하여 순조의 비 순원왕후가 수
렴청정하였다. 안동 김씨와 풍양 조씨의 세도정치
속에 백성들의 삶은 도탄에 빠지고 삼정의 문란
등 국정이 혼란을 겪었다. 재위 15년 가운데 9년
에 걸친 홍수로 민생고가 끊이지 않았다. 특히
1848년부터는 많은 이양선이 출몰하면서 민심의
동요가 일어났다.

|||||||| 조선의 궁중비화 ||||||||

조선시대를 통틀어 가장 잘생긴 임금

조선 제24대 임금인 헌종은 1834년 조부인 순조가 죽자 8세의 어린 나이로 보위에 올랐다. 뒤에 익종으로 추존된 효명세자와 신정왕후 사이에서 태어났다. 보위에 올랐지만 너무 나이가 어려 친정이 불가능했기 때문에 순조의 비인 대왕대비 순원왕후가 수렴청정을 하게 되었다.

헌종 대에는 17, 18세기부터 시작된 사회 전반에 걸친 급격한 변화의 물결이 밀려들기 시작한 때였다. 농민층이 무너지면서 이들은 도시나 광산으로 흘러들어가 노동자가 되거나 도시 빈민이 되었다. 또한 장사를 하여 돈을 버는 사람들이 생겨나면서 신분 상승을 꾀하는 일도 많았다. 이런 요인으로 신분 질서와 봉건 제도의 붕괴 조짐이 나타났다.

헌종 1년, 수렴청정을 시작한 순원왕후 김씨는 이런 교시를 내렸다.

"홍경래 난의 사후 수습 겸 민심 안정책으로서 북인에 대한 차별을 철폐하고 관리로 등용하도록 하라."

헌종이 열 살이 되자 대왕대비는 왕비 간택을 서둘렀다. 영흥부원군 김조근의 딸을 왕비로 맞이하고 4년 뒤에 가례를 올렸다. 그러나 몸이 약했던 왕비가 병에 걸려 갑자기 세상을 떠나자, 익풍부원군 홍재룡의 딸을 계비로 맞이하였다.

헌종이 성장하여 15세가 되자 대왕대비는 결단을 내렸다.

"이제 주상이 직접 친정을 해도 될 나이가 되었소. 나는 그만 물러날까 합니다."

"할마마마, 아직 부족합니다."

"충분하니 자신 있게 정사를 돌보도록 하오."

대왕대비는 수렴청정을 끝내고 헌종이 직접 정사를 맡게 했다. 대왕대비가 정치 일선에서 물러나자, 안동 김씨의 세력이 다소 위축되면서 풍양 조씨의 세력이 우세해졌다. 조씨 일문은 정치 혁신 대신에 안동 김씨와의 정권 경쟁에만 급급한 결과 관리들의 부정부패, 그로 인한 삼정의 문란을 가져왔다.

14년의 재위 기간 중 6년의 수렴청정 기간을 제하면 9년여의 짧은 친정을 펼친 헌종은 그나마 이 기간 중에도 세도 정권의 그늘에서 벗어나지 못했다. 정권을 잡기 위한 안동 김씨와 풍양 조씨 일문의 권력 투쟁에 휘말리다가 적절한 민생 안정책도 세우지 못한 채 스물셋의 짧은 삶을 마감하게 되었다. 또한 급변하는 국내외 정세를 읽지 못하는 정치력의 부족으로 거기에 적절하게 대응하거나 대비하는 모습을 보이지 못했다.

헌종은 조선시대를 통틀어 가장 미남이었다. 헌칠한 키에 수려한 이목구비를 갖고 있어서 궁 안에서도 흠모하는 궁녀들이 많았다.

"아, 상감마마는 어쩜 저리도 잘생기셨을까요!"

"그러게 말이야. 저 품에 한 번만 안겨봤으면⋯⋯."

"애만 태우지 말고 말씀을 드려보지 그래요?"

"어머, 불충죄로 목숨을 내놓으라고?"

"사랑인데 무슨 불충죄. 상사병에 걸렸다고 고백해 봐. 승은을 입을지도 모르잖아요."

362

당시 궁녀치고 임금의 승은을 입지 않은 여인이 드물 정도로 여성편력이 자유분방하였다고 한다. 그가 그렇게 여자를 탐닉한 데는 당시 판을 치는 외척의 세도정치 때문에 무력한 왕이 할 일이 없었던 이유도 있었다. 차츰 임금은 궁 안에 있는 궁녀들만으로는 만족하지 못했다.

"민간에 있는 규수 가운데 미모가 뛰어난 미인들을 선발해 보아라."

헌종은 미인들을 선발하여 창덕궁 건양재 동쪽에 주막 비슷한 장소를 만들었다. 그리고 임금은 변복을 하고 구여는 주모로 분장을 하게 하여 운영하게 하였다.

'한가하거나 고민이 있을 때 이곳을 찾아와 쉬어야지.'

헌종은 서화를 좋아하고 청동기나 비석 등에 새겨진 금석학을 연구하기를 즐겼다. 추사 김정희의 제자인 허련은 김정희의 주선으로 임금을 만났다. 그런데 허련은 궁궐에 들어갈 수는 없었다.

"평민은 궁중에 출입할 수 없습니다."

"오, 그렇지. 그럼 무과에 급제를 시켜서 궁에 출입을 시켜라."

이 정도로 헌종은 허련을 아꼈다. 그 때문인지 임금이 거주하는 곳에는 추사의 글씨가 아주 많았다.

헌종의 여인들

안동 김씨와 풍양 조씨가 서로 세력다툼을 벌이는 중에 대왕대비는 자기의 친정 집안인 안동 김씨 집안에서 왕비를 간택하였다. 김씨는 10세 때 왕비로 책봉되고 4년 후에 가례를 올리고 효현왕후가 되었다.

그러나 그녀는 왕비가 된 지 불과 2년 후 16세의 어린 나이로 숨을 거두었다.

효정왕후는 14세 때 18세인 헌종의 왕비로 간택이 되었다. 헌종이 자신이 간택되었을 때 제외되었던 경빈 김씨를 다시 후궁으로 맞아들이면서 별로 사랑을 받지 못하였다. 딸 하나를 낳았는데 일찍 죽었다. 1849년에 헌종이 죽고 철종이 보위에 오르게 되면서 19세의 어린 나이로 대비가 되어 궁중의 어른 노릇을 맡았다. 당시로서는 장수하여 73세의 수를 누렸다.

헌종에게는 여러 명의 후궁이 있었는데, 그가 가장 사랑한 여인은 경빈 김씨였다. 헌종이 첫 번째 왕비인 효현왕후가 후사도 없이 요절한 뒤, 1년 후에 다시 왕비 간택령이 내려졌다. 이때 다른 간택과 달리 헌종이 직접 간택에 참여하였다고 한다.

"할마마마, 저도 참여하고 싶습니다."

"호, 주상이 궁금한 모양이구먼. 그리하도록 하오."

임금은 당시 삼간택에 올라온 처녀 중에서 김재청의 딸인 김씨가 마음에 들었다.

'어쩌면 저렇게 곱단 말인가. 그리고 은은한 미소가 너그러운 마음을 보여주니, 왕비가 되기에 부족함이 없구나.'

그러나 순원왕후와 수빈 박씨의 생각은 임금과 달랐다.

"경빈 김씨보다 홍재룡의 딸인 홍씨가 더 참하구먼. 홍씨로 선택합시다."

"네, 제 생각도 그렇습니다, 마마."

어른들의 말씀을 따르지 않을 수 없어서 헌종은 홍씨를 왕비로 맞아들였다.

"꼭 김씨 처녀를 왕비로 맞고 싶었는데…….'

마음에 김씨를 담고 있는 헌종은 홍씨를 깊이 사랑하지 못했다. 그래서인지 왕비 홍씨는 아이를 낳지 못하였다. 그러자 마음이 급한 왕실은 대안을 찾기 시작했다.

"왕실에 사도세자의 서자들의 혈통을 제외하고는 다음 보위에 오를 왕자가 없소. 후궁을 간택하여 들여야겠소."

대왕대비의 말에 헌종이 말하였다.

"계비를 맞을 때 본 적이 있는 김씨 처녀를 간택해 주십시오."

"오, 주상이 마음에 둔 처녀가 있으셨소? 그럼 사가에 사람을 보내 불러들이도록 하오."

당시 권력을 잡고 있던 안동 김씨 쪽에서도 왕후의 친정인 남양 홍씨 가문이 권력을 잡게 될 것을 견제하려던 참이라 반대하지 않았다.

김씨 처녀가 헌종 13년에 궁으로 들어올 때 16세였다. 보통 후궁이 간택되면 종2품의 숙의로 책봉하는 것이 관례였지만 임금은 이것도 무시했다.

"김씨를 정1품 빈에 책봉한다."

헌종은 경빈 김씨를 후궁으로 맞아들이자 하루하루가 즐거웠다.

"너무 기다리게 해서 미안하오."

"불러주실 것을 믿었습니다."

헌종은 경빈 김씨가 궁에서 편안하게 생활하게 해주고 싶었다.

'왕비 홍씨와 자주 마주치면 아무래도 경빈이 불편할 거야. 아예 서로 마주치지 않게 궁궐을 따로 지어 줘야겠다.'

헌종은 1847년에 창덕궁 서쪽에 별궁인 낙선재를 지었다.

'화려한 단청은 싫으니 단청을 사용하지 않고 지어야지. 또 회랑을

만들어 좋아하는 서화 작품을 걸어두고 감상해야겠다.'

낙선재를 서재로 사용하며 헌종은 경빈 김씨와 함께 살았다.

헌종은 나라 안에서 일어나는 반란 소문조차 모르고, 오직 여러 비빈과 무수한 궁녀들의 치마폭에 싸여 청춘을 탕진했지만 세자가 될 아들도 딸도 낳지 못했다. 그게 헌종을 괴롭혔다.

"원자를 낳아야 해. 새로 후궁을 들여야지."

마음은 바쁜데 아이는 생기지 않았다. 강박증으로 인해 젊은 왕의 청춘만 쇠진하게 되었다. 마침내 지나친 방사로 인해 폐병에 걸리고 말았다. 마지막 2, 3년 동안은 식사도 제대로 못하고 깊은 잠도 자지 못했다. 피골이 상접하고 혈액순환이 잘되지 않아 몸도 차가웠다. 젊은 여인들을 품에 안고 자면 몸이 따뜻해질까 해서 밤마다 후궁들을 번갈아 안고 잤다. 그러나 후궁들도 불안을 느낄 만큼 몸에 온기가 없었다.

"원자를 낳아야 해. 보위를 물려줄 원자가 있어야지."

헌종은 자기의 몸 상태가 얼마나 심각한지 알지도 못한 채 양갓집의 딸을 자꾸 후궁으로 끌어들였다. 그런 과욕이 젊은 임금을 죽음의 길로 내몰았다. 지나친 여색이 그의 수명을 줄여 단명하게 하였다.

임금이 세상을 떠나자 가장 많은 사랑을 받은 경빈은 궁에서 나가 사가에서 지냈는데, 평생 혼자 검소하게 살았다.

헌종은 후사도 남기지 못한 채 23세로 세상을 떠났다.

25. 철종

(1831-1863, 재위 1849. 6-1863. 12)

강화도령이란 이름으로 알려진 철종은 왕위에서
는 멀어져 있던 인물이다. 정조의 동생 은언군의
아들 전계대원군의 셋째 아들인 철종은 1844년
가족과 함께 강화에 유배되었다가 1849년 19세
의 나이에 궁중에 들어와 헌종의 뒤를 이어 즉위
했다. 1852년부터 친정을 시작했으나 정치에 어
둡고 외척인 안동 김씨 일파의 전횡으로 삼정의
문란이 극에 달했다.

|||||||| 조선의 궁중비화 ||||||||

보위는 강화도의 도령에게

대왕대비는 손자인 헌종이 후사 없이 죽자 재빨리 손을 썼다.

'한 발 늦으면 만사가 헛수고가 된다. 조대비 쪽인 풍양 조씨 일파가 손을 쓰기 전에 빨리 결정해야 해. 6촌 이내에 드는 왕족이 없으니……'

7촌 이상의 왕족은 몇 명 있었다. 사도세자가 죽고 정조가 세손이 되자 사도세자를 죽음으로 몰아넣었던 세력들이 음모를 꾸몄다.

"새 왕자를 추대하기로 합시다."

그러나 이 일은 성사되지 못하고 발각되었다. 이 일에 연루된 정조의 이복동생인 막내아들 은전군은 자결하고 은언군과 은신군은 제주도에 유배되었다. 은신군은 제주도에서 병사하고, 은언군은 강화도로 유배지를 옮겼다. 은언군의 아내 송씨와 큰며느리 신씨는 1801년 순조 1년에 천주교 신자로 사사되면서 은언군 역시 사사되었다.

또 헌종 10년에는 민진용이 반역을 도모하였다. 그는 은언군의 아들 이광과 은언군의 손자 원경의 신임을 받고 있던 이원덕을 포섭하였다.

"은언군의 손자이자 이광의 아들인 원경을 왕으로 추대합시다."

그러나 모의는 곧 발각되었고 모두 죽음을 당하고 말았다. 전계대원군 이광의 셋째 아들인 원범만이 살아남았고, 또다시 강화도로 유배되었다.

원범이 강화도에서 농사꾼으로 정착한 지 5년 후 어느 날, 갑자기 원범에게 왕통을 이으라는 교지가 내려졌다. 왕으로 옹립이 된 철종을 모시러 한양에서 사람이 내려왔다. 이 중책을 안은 사람은 영의정이었던 정원용이었다.

'갑곶진에 이르렀다. 배에서 내리니 강화유수 조형복이 기다리고 있었다. 나는 왕의 생김새와 연세도 몰랐다. 내가 말했다. "이름자를 이어 부르지 마시고 글자 한 자 한 자를 풀어서 말하십시오." 관을 쓴 사람이 한 사람을 가리키며 말했다. "이름은 원 자, 범 자이고 나이는 열아홉입니다." 대왕대비의 전교에 있는 이름자였다.'

강화에서 농사짓고 살던 원범, 그가 바로 후에 대왕대비 순원왕후의 명으로 왕위에 오르게 되는 철종이었다.

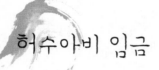

허수아비 임금

철종이 왕위에 올랐을 때, 그의 나이는 19세였다. 학문과는 거리가 먼 농부 청년이 하루아침에 한 나라의 지존, 임금의 자리에 오른 것이었다. 핏줄을 중요하게 여기던 시대라서 가능했던 일이었다.

"아직 나이가 어리고 학문을 연마한 바 없기 때문에 당분간 수렴청정을 하겠습니다."

대왕대비인 순원왕후는 1851년까지 수렴청정을 하였다.

철종이 임금이 되자 대왕대비는 철저한 방비를 마련하였다.

"뒷날의 구설을 막기 위해, 철종의 할아버지인 은언군의 집안에 관한 기록을 모조리 없애라!"

순원왕후는 은언군에 관한 기록들을 물로 씻어서 글자를 없애게 했다.

'역적 집안의 후손이 왕이 되었으니 어찌 정치적으로 뒷말이 없을 수 있겠는가. 아예 그런 위험 요소들을 원천적으로 제거해야 한다.'

그래서 철종의 집안에 대한 자료는 거의 사라져 버렸다.

철종은 대궐이라는 감옥에 갇혀 자유가 없는 생활을 해야 했다.

"임금으로서 선정을 하려면 글을 배워서 덕을 닦아야 합니다."

신하들은 당연히 철종에게 글공부를 권했다. 그러나 어릴 때부터 글과는 담을 쌓고 살아온 그에게는 힘든 일이었다.

"그냥 놔두시오. 무식한 임금이 정치에 흥미조차 없는 게 얼마나 좋소? 우리 입맛대로 마음껏 조정을 주무를 수 있으니 말이오."

안동 김씨 일파는 이렇게 생각하였다. 처음부터 허수아비 임금이 필요했기 때문이다.

"그래도 중요한 정책을 결정할 때는 왕의 결재를 받는 형식을 취해야 하오. 그래야 뒷말이 없을 것이오."

"무슨 문제를 보고해도 내용을 이해하지 못하니 난감합니다."

"알려고도 하지 않지 않소? 그저 입에서 나오는 것이, '좋소, 그대로 하오.' 이 말 뿐이니 우리로서는 그저 고마울 뿐이오."

철종은 정사를 온통 안동 김씨 일파가 하는 대로 방임했다. 알려고 노력하면 할수록 머리만 깨질 듯이 아파 왔기 때문이었다.

철종은 고운 궁녀들을 누구든지 수청들일 수 있는 것이 임금의 호강이라고 생각했다. 정치에도 상관 않고 글공부도 하기 싫은 그로서는 궁녀들과의 유희가 유일한 기쁨이었다.

철종이 21세 되던 1851년 9월에는 대왕대비의 근친 김문근의 딸을 왕비로 맞게 되었다. 그리고 얼마 안 되어서 대왕대비는 철종을 불러 말했다.

"이제 섭정을 그만둘 테니 주상이 직접 친정을 하도록 하시오."

"마마, 저는 아직 능력이 없습니다. 제가 아는 것이 없습니다."

사실 무식한 철종으로서는 친정을 할 엄두가 나지 않았다.

"너무 걱정하지 마오. 주상의 뒤엔 현명한 장인어른이 있지 않소? 나는 이제 물러날 때가 되었소."

대비의 말에는 뼈가 들어 있었다. 형식적으로는 철종의 친정이지만 실제로는 철종의 장인인 김문근에게 섭정의 권한을 물려준다는 선언인 셈이었다. 이 순간부터 안동 김씨의 세도정치가 이어지게 되었다.

철종은 실제의 정치를 장인 일족이 하게 되자 할 일이 없었다.

'오늘은 어떤 궁녀와 잘까?'

이런 생각밖에 없었다. 그러다가 궁녀들과 접촉을 막으려고 하던 대왕대비가 70세로 세상을 떠나자 철종은 아주 마음 놓고 무수한 궁녀들을 모조리 범하는 난음 생활에 빠져 버렸다.

선왕인 헌종도 지나치게 미색을 탐하여 23세의 나이로 단명을 했고 자녀도 남기지 못했다. 그 덕택으로 임금이 된 강화도령도 선왕과 닮은꼴이었다. 왕비 김씨와 그 밖의 여러 궁녀가 10여 명의 자녀를 낳기는 낳았으나 모두 허약하여 채 1년을 채우지 못하고 목숨을 잃었다.

철종의 가까운 종친으로는 사촌동생 경평군뿐이었다. 철종은 역시 핏줄이 닿는 경평군을 때때로 궁중으로 불러서 서로 외로운 처지를 위로하곤 했다. 경평군은 철종과는 달리 글도 잘했고 인품도 훌륭해서 왕의 대리로 청나라에 사신으로 가기도 했다. 그러나 처가인 안동 김씨들은 철종이 가까이 하는 경평군까지 눈엣가시로 여겨 궁중출입을 막았다.

경평군은 관직도 없는 몸이라 조정의 일에 왈가왈부할 처지가 아니었지만, 무심코 안동 김씨에 대한 불평을 털어놓은 일이 생겼다.

"이 나라는 이씨의 것인가, 김가의 것인가? 왕족은 모두 쫓겨나고 김가만 세도를 부린다. 외척이 물러나야 나라가 바로 된다."

그러나 이런 말을 들은 김씨 일파에서 그냥 있을 리가 없었다. 펄펄 뛰며 소란을 피웠다.

"상감의 지친일수록 언행을 삼가야 하는데 도리어 상감을 욕되게 하고 국정을 혼란시키기 위해서 영부원군 김좌근을 비롯한 현관들을 모함하는 망동은 마땅히 엄하게 다스려야 합니다."

"알겠소. 앞으로 경평군의 궁중출입을 금하겠소."

"마마, 천부당만부당합니다. 그 정도로는 안 됩니다. 경평군을 처벌하지 않으면 저희도 전하께 협력하지 않겠습니다."

김씨 일파의 강경한 협박 시위에 임금은 굴복할 수밖에 없었다.

"경평군을 전라도 신지도에 귀양 보낸 후 그 배소에서 나오지 못하게 엄중히 경계하라."

"전하, 그의 군호를 삭탈하고 서민으로 강하시키십시오."

김씨 일파는 가자미 눈이 되어 철종을 주시하고 있었다.

'이건 지나친 왕족 모욕이 아닌가? 분하다!'

철종은 어쩔 수 없이 그들이 하라는 대로 경평군을 서민으로 강하했다. 그래서 경평군은 칭호를 삭탈당하고 서민 이세보가 되었다.

33세의 죽음

철종의 무능과 척신 안동 김씨파의 세도에 불평하는 민심소란에는 으레 이것을 이용하려는 반란음모가 따랐다. 그리고 새로 추대해서 명분을 세우는데 이용할 인물에는 언제나 몰락한 왕족 이씨가 선택되었다.

세도 김씨에게 역적으로 몰려서 귀양살이를 하거나, 아주 평민이 되어버린 몰락 왕족도 한번 원한을 품고 임금이 되어보고 싶은 생각도 있겠지만 숨어서 사는 그들을 충동하여 한몫 보려는 정치 건달들의 음모도 작용했다. 그러다가 그 음모가 실패하면 왕족들까지 억울하게 역적으로 몰려 숙청되어야 했다.

어느 날부터인가 이런 풍문이 황해도 일대에 유포되었다.

'초도 도령님에게 왕기가 비쳤다. 초도에 사는 소현세자의 후손이야말로 왕실의 정통이다.'

소현세자는 인조의 맏아들이었는데 병으로 죽었다. 그리고 그 아들과 손자들은 여러 명이 역적으로 몰렸다. 그 후손에는 이명섭과 이영섭이 있었는데 글도 잘하고 인물도 준수해서 초도에서 인망을 받고 있었다. 다 같은 운명으로 귀양 간 왕족의 후손이었지만 임금이 되어 있는 철종보다는 인물이 월등 나았다. 그러므로 그들을 추대해서 왕을 갈아치우려는 책동이 '초도에 왕기가 있다.' 는 정치적 유언비어를 퍼뜨렸던 것이다.

이 역모가 발각되어 김순성 등을 조사한 결과 자기들 마음대로 이하전을 추대하려고 했을 뿐 직접 만난 적은 없었다는 것이 판명되었다. 그러나 김씨 일파의 생각은 달랐다.

"이 기회에 이하전을 없애 버려야 뒤에 그런 추대음모가 일어나지 않습니다. 처단해야 합니다."

"그를 제주도로 귀양 보내도록 하오."

철종은 마지못해 허락하였다. 그러나 계속 더 강한 청이 들어왔다.

"죽이십시오, 전하!"

"귀양을 보냈으면 됐지 죄 없는 종친을 어찌 벌하겠느냐?"

김씨 일파는 직접 철종에게 대들었다.

"그러면 역적음모는 또 일어날 것입니다. 종친이라고 살려두신다면 저희가 조정에서 물러나겠습니다."

아예 드러내놓고 반 협박이었다.

"종친이라고 두둔했겠소? 귀양이 가볍다고 생각되면 경들의 생각대로 처리하시오."

김씨 일파는 이런 식으로 왕족을 모조리 죽여 버렸다. 그러나 세상에서는 안동 김씨의 행패가 너무 과격하다는 비난이 높아졌다. 민심은 이미 철종과 안동 김씨에게서 멀어지고 있었다.

철종은 남아도는 시간을 환락으로 채웠다. 정비 이외에도 수많은 궁녀들을 탐하느라 건강이 상했다. 요통증으로 허리를 쓰지 못하고 고통을 당했는데, 천하의 보약을 구해다 먹었지만 전혀 효과가 없었다. 몸이 허약해서 몸져누워 있으면서도 여자에 집착하여 죽는 순간까지 치맛자락을 거머쥐고 놓지 못했다.

'건강이 이 모양인데 너무 여색을 탐하는 것 아닌가?'

문득 두려움이 들면서도 포기할 수가 없었다.

'꼭 아들 하나를 남겨서 보위를 잇게 해야 할 텐데……'

철종은 혈육에 대한 집착이 컸다. 왕자를 낳아 제대로 왕자 교육을 잘해서 좋은 임금을 만들어내고 싶었다.

'내가 능력이 있었다면 정치에 열중했을지도 모르니까…….'

무늬만 임금인 채로 살아온 무료한 세월 속에서 오직 여인들만이 그에게 위로가 되었는지도 몰랐다. 아까운 정력을 주색에만 쏟다가 스스로 생명을 단축했으니 누구를 원망하겠는가.

얼마 후 철종은 33세의 나이로 뒤를 이을 아들도 없이 세상을 떠났다. 술과 여자에 빠져 살다가 얻은 병 때문에 젊은 나이에 목숨을 잃고만 것이다. 공부에 흥미가 없는 왕, 허수아비 왕이 필요했던 신하들 때문에 철종은 기회를 갖지 못했다.

'아, 임금의 죽음으로 이제 우리 안동 김씨도 끝났구나!'

안동 김씨 역시 몰락의 길을 걷게 되었다. 철종의 혈육으로는 숙의 범씨 소생의 영혜옹주가 있는데 금릉위인 박영효에게 시집을 보냈다.

철종의 뒤를 이어 흥선군 이하응과 여흥부대부인 민씨의 둘째 아들로 태어난 명복이 보위에 올랐다.

26. 고종

(1852-1919. 재위 1863. 12-1907. 7)

아버지 흥선대원군과 왕비 명성황후 사이에서 긍
정적인 평가와 부정적인 평가를 받고 있는 고종
은 온 몸으로 조선왕조의 비극적인 결과를 겪어
내야 했던 황제이고, 조선 궁궐에서 부인인 명성
황후가 비참하게 시해당하는 것을 지켜봐야 했던
불운의 인물이다. 제국주의 열강의 틈바구니 속에
서 대한제국은 식민지가 되어 갔고, 고종은 국권
을 지켜내기 위해 몸부림을 쳤지만 역부족이었다.
역사적인 평가가 인색한 이유는 망국의 책임에서
자유로울 수가 없기 때문일 것이다.

 조선의 궁중비화

1863년 고종은 12세의 나이로 조선 제26대 왕으로 보위에 올랐다. 고종이 즉위했을 때는 김씨의 60년 세도 정치는 왕권을 극도로 약화시켰다. 사회는 극도로 혼란스러웠고 불안했다. 게다가 일본과 서구 열강이 점차 조선의 개방을 강하게 압박해 오는 어려운 시기였다.

왕비가 된 당찬 민씨 처녀

12세 때 궁중에 들어온 어린 임금은 외로웠다. 외롭던 고종의 마음을 사로잡은 것은 예쁜 궁녀들이었다. 임금은 궁녀 이씨의 아름다운 외모에 마음을 빼앗겨 버렸다. 이상궁은 고종보다 나이가 많았다. 처음에는 시녀로서 고종을 섬겼지만 시간이 흘러 친밀해지면서 서로 사랑하게 되었다.

고종의 나이 15세가 되자 왕후책립 문제가 급해졌다.

"선왕의 3년상도 치렀으니 이제 왕비를 책립해야 합니다."

왕후 후보자를 둘러싸고 각파의 세력 암투가 벌어졌다. 자기네 파에 유리한 왕비를 세워야 안정적으로 세도정치를 할 수 있었기 때문이다. 그러나 당사자인 고종은 별 관심도 없었고 그저 이상궁과 즐겁게 지내는 것만이 좋았다.

궁중에서 조대비가 고종의 혼인을 서둘렀고 조정의 여러 대신들도 자기 문중에서 규수를 추천하기 위해 바삐 움직였다.

대원군도 이 문제에 큰 관심을 갖고 부인 민씨에게 상의했다.

"부인, 적당한 규수가 생각 안 나오?"

"우리 친정 쪽에서 찾아보면 어떨까요? 민치록의 딸이 똑똑했는데……. 지금쯤 어엿한 규수가 돼 있을 거예요."

"그래요! 한 번 볼 수 있을까요."

"제가 명분을 만들어 그 처녀를 운현궁에 부를게요. 대감이 직접 한번 보세요."

"오, 그럽시다."

부인은 사람을 시켜 민씨 처녀를 운현궁으로 데려왔다. 잠깐 민씨의 선을 본 대원군은 방 안으로 들어와 흡족한 듯 부인에게 말했다.

"마음에 꼭 드오. 그 규수를 추천하겠소."

대원군은 곧 궁중으로 들어가서 조대비에게 민치록의 딸을 추천했다. 조대비는 흔쾌히 찬성하였다.

국혼 절차는 빨리 진행되었다. 이미 세상을 떠난 민치록에게는 그날로 여성부원군으로 봉했다.

'내가 정말 이 나라의 국모가 되는가?'

15세의 신랑인 고종, 명성황후 민씨는 임금보다는 한 살 위인 16세였다. 타고난 천성이 영특한 민씨는 글도 배워 여러 면에서 고종보다 훨씬 나았다. 그러나 마음 설레며 혼인날을 기다리던 신부는 첫날밤부터 신랑에게 소박을 맞고 말았다.

'아니, 어찌 어린 일이?'

꿈에도 생각해 보지 않은 일이 자기에게 일어나자, 민씨는 너무나 놀랐다. 고종이 첫날밤 신부 민씨를 소박한 것은 후궁인 이상궁에게 깊이 빠져 있었기 때문이었다. 그러나 처음 들어온 어린 왕비로서 궁녀에 대한 질투도 하지 못하고 겉으로는 기품 있는 왕비 역할을 감당했다. 아직도 처녀인 민씨는 남편의 애정에 굶주린 서글픔을 책 읽는 일로 달랬다.

'이 고역이 시간들이 언젠가 내게 큰 힘이 되어 줄 것이다. 반드시 양지에 나가서 찬란한 햇빛을 보고야 말 테니까!'

민씨는 고종이 냉대했던 3년 동안 독서에 몰두하여 뒷날 여걸 정치가로서의 해박한 실력을 갖추게 되었다.

너무나 큰 야망

국모의 자리에 오른 민씨의 소녀 시절은 불행했다. 군수를 지낸 아버지 민치록은 생활이 어려워서 여주에 낙향해서 농사를 지었다. 민씨는 어려서 모친을 잃고 의붓어머니를 맞았으나 얼마 후 아버지도 세상을 떠났다. 어려운 살림을 알뜰하게 꾸려가느라고 고생이 막심했다. 시골 사람들은 어려운 가정을 꾸려가던 그 처녀가 일약 국모가 되었을 때 깜짝 놀랐다.

"외척의 득세를 아예 끊어 버리려는 게지."

"역시 대원군은 난사람이야! 혈혈단신 고아나 다름없는 처녀를 며느리로 맞다니!"

사람들은 대원군의 처사에 놀라며 은근히 비아냥대기도 했다.

그런데 처음에 민씨를 좋아하던 대원군조차 3년이 지나도록 왕손을 낳지 못하는 것을 못마땅하게 생각했다. 그리고 몇 마디 말을 나누어 보고 며느리가 정말 호락호락하지 않다는 것을 알았다. 며느리가 자기의 생각과 주관이 확고하다는 것이 대원군에게는 덕목으로 보이지 않았다.

'고종이 궁녀 이씨에게 빠져 있다는 것은 알았지만, 민씨가 3년 동안이나 첫날밤도 그냥 넘길 정도로 박대받는 줄은 몰랐는데……'

대원군은 혼인 후 갑자기 콧대가 높아진 며느리가 홀대를 받을 만한 일을 했을 거라고 짐작했다.

그러던 차에 이상궁의 몸에 태기가 있다는 소문이 궁중에 돌기 시작했다. 그렇게 되자 이상궁의 지위가 중전인 민씨보다도 더 높아질 듯한 대우가 공공연히 엿보였다.

'민씨를 견제할 세력이 있다는 건 바람직한 일이야.'

대원군은 이렇게 생각하고 이상궁에게 특별한 대우를 해주었다. 사태가 이쯤 되자 질투를 자제하며 자중해 오던 민씨도 그냥 앉아서 보고만 있을 수는 없었다.

'아버님을 비롯해 시댁의 태도는 적실을 무시하는 처사야. 버젓이 내가 있는데 어찌 이상궁을 저리도 후대하시는가? 이상궁을 아예 없애버릴까? 아니야, 조금 더 사태를 지켜보자.'

대원군이 공공연히 이상궁에게 보약을 구해다 주는 것도 눈에 거슬렸다. 그러나 영리하고 치밀한 민씨는 고종에게만은 조금도 그 문제로 감정을 상하게 하지 않았다.

'일단 상감마마의 애정을 내게 돌려놓아야 해.'

민씨가 갖은 정성으로 몸단장을 해도 임금은 거들떠보지도 않았다. 애정에 굶주린 민씨는 차츰 정권에 대한 욕망이 생기고 있었다.

'대원군은 언제까지 임금을 무시하고 궁중의 사생활까지 뒤흔들 셈인가! 정말 눈뜨고 볼 수 없구나!'

대원군의 섭정을 빨리 고종의 친정으로 변경시키고, 자기 자신이 권력을 잡아 보고 싶은 충동을 느꼈다.

대원군까지 몰아낼 야망을 품게 된 민씨는 이상궁쯤은 문제가 아니었다. 질투의 권화로 돌변한 민씨는 노골적으로 이상궁을 학대하기 시작했다.

'중전마마는 너무 무섭다. 충돌하지 말고 피하는 것이 상책이야.'

이상궁은 성격이 강한 민씨의 미움을 받을 일을 만들지 않도록 노력하였다. 그래서 민씨에게 학대받는다는 사실도 임금에게 일러바치지 않았다. 고종 5년 이상궁은 첫 아들을 낳자 민씨의 불안은 극도에 달했다. 대원군은 왕손을 본 기쁨을 참지 못하고 이상궁 소생에게 완화군이라는 칭호를 봉하고 애지중지했다.

"정신 차리자. 내가 아들을 못 낳으면 저 궁녀의 소생이 임금이 된다."

민씨는 이상궁 모자에 대한 미움이 불타올랐다.

'대원군이 원수 같구나! 당장에 이상궁 모자를 죽여 버리고 싶지만 지금은 안 된다. 기회를 기다리자.'

민씨는 그런 표정을 일체 나타내지 않고 고종과의 사이를 좋게 할 기회만 기다렸다.

하루는 고종이 내전에 들렀다가 민씨의 방 앞 마루를 지나쳐 갈 때, 미리 단장하고 기다리던 민씨가 나가서 고종의 앞을 막으며 말했다.

"상감마마, 불원간 왕실과 국가에 큰 불행한 일이 터질 것 같습니다. 오늘 자정쯤 다시 오십시오."

그날 밤 자정 때쯤 고종은 평복으로 민씨의 방을 찾아갔다.

'이런 깊은 밤에 내 방에서 임금을 맞게 된 것은 하늘이 준 기회다.'

고종에게 국가의 중대한 기밀을 알리겠다고 약속한 민씨는 준비시켰던 술상이 들어오자 시녀들에게 말했다.

"수고 많았다. 이제 다들 물러가서 쉬거라."

고종은 지금까지 냉대했던 민씨의 여성스러운 상냥한 모습을 대하자 미안한 마음이 들며 마음이 설레었다. 고종의 눈에는 민씨의 자태가 몹시 예뻐 보였다.

"상감께서는 인제 성인이십니다. 그런데도 대원군은 섭정으로 국정을 농단하고 있고요. 상감께서 친정을 하셔서 왕권을 회복하십시오."

고종은 강단 있는 민씨의 말에 가슴이 뻥 뚫리는 시원함을 느꼈다.

'아, 내가 이 나라의 정권을 쥔 임금이지!'

그는 새삼 자신의 대단한 실체를 발견한 듯 뿌듯했다.

"즉시 친정을 하셔야 합니다. 이 나라는 상감마마의 나라입니다. 대원군이 망쳐 놓게 두고 볼 수 없습니다. 종묘사직을 지킬 책임이 임금께 있는 것입니다."

민씨는 해박한 지식으로 정치에 관한 자신의 견해를 아뢰었다. 듣고 있던 고종의 입가에 흡족한 미소가 피어났다.

"옳아요, 옳아! 중전의 말이 다 옳소. 내 불찰이오. 속히 친정을 회복해야겠소. 그러나 나는 지식이 짧으니 그것이 걱정이오."

민씨는 미소 지으며 말했다.

"아무 걱정 마십시오. 제가 잘 내조하겠습니다."

"고맙소, 중전."

고종은 여장부다운 위엄까지 갖춘 민씨가 고맙고 든든했다.

그날 밤 고종과 민씨는 첫날밤을 치렀다. 적적하기만 하던 민씨의 처소에서 도란도란 말소리도 들리고 웃음소리가 들려왔다.

그날 이후, 고종은 민씨의 처소를 자주 찾아왔다. 자연히 이상궁의 방에는 발길이 점점 줄어들었다. 이렇게 고종의 애정을 독차지하게 되자 민씨는 교묘하고 치밀한 방법으로 정치적인 야심을 실현시켜 나가기 시작했다.

"상감마마, 대원군의 실정으로 외국과의 외교정책이 위태롭습니다. 필요 이상의 쇄국정책을 써서 모든 나라를 다 적으로 만들고 있습니다."

민씨의 비상한 솜씨로 조정은 차츰 고종의 친정과 대원군 축출을 지지하고 나섰다.

고종의 친정이 시작되다

조정과 왕실의 압박으로 대원군이 물러나고 고종의 친정이 시작되었다.

'호랑이를 고양이인 줄 알고 키웠으니 누구를 원망할까. 내 손으로 며느리를 들였으니 내 발등을 내가 찍은 꼴이지.'

대원군은 후회하고 한탄했지만 도리 없이 야인의 처량한 신세가 되고 말았다.

대원군을 정치일선에서 물러나게 한 후에 민씨는 회심의 미소를 지었다. 그녀의 말이라면 무조건 따르는 유약한 고종 때문에 민씨는 정권을 자기 마음대로 휘두를 수 있었다.

'이제 천하의 실권은 내 것이다. 다시는 그 잘난 대원군이 정치에 간섭할 일은 없을 것이다.'

그러나 왕비로서 조정에 정면으로 나서는 데는 한계가 있었다. 그래서 오빠인 민승호와 일가인 민규호에게 정사를 맡겼다. 성만 바뀌었을 뿐 또다시 민씨에 의한 척족의 세도정치가 시작된 것이다. 또 대원군의 후퇴에 공을 세운 최익현을 데려와 중용하였다.

대원군은 양주 산 속에서 복귀를 기다리면서 계속 일을 꾸미고 있었다. 이때부터 시아버지와 며느리를 우두머리로 하는 두 세력의 모략과 암살이 반복되었다.

"민가 일족을 완전히 몰아내야만 나라도 바로서고 우리 일가도 살 수 있다. 기회를 기다리며 종종 간담을 서늘하게 만들어 줘야겠다."

대원군이 물러난 지 한 달 후 한밤중이었다. 갑자기 경복궁 안의 민씨 침소에서 천지를 진동시키는 엄청난 폭음이 지축을 흔들었다. 침전의 일부가 폭파되었고 불길이 순식간에 번져서 자경전 등 400여 간의 전각을 태워버렸다.

"상감마마, 일단 창덕궁으로 옮기십시오."

궁중과 조정은 발칵 뒤집혀 범인 체포에 나섰다. 그러나 범인은 잡히지 않았다.

"궁중 화재는 단순한 부주의로 난 것이다. 일체의 유언비어를 용납하지 않겠다."

민씨는 엄명을 내려서 체면 유지에 나섰다. 심증은 가지만 물증이 없으니 섣불리 일을 키울 수가 없었다. 풍문에 대원군의 이름이 오르내리는 것을 듣고 대원군은 실소를 터뜨리며 말했다.

"내가? 온 심혈을 기울여 지은 경복궁에 불을 질러? 모략이다. 산중에서 조용히 사는 나를 가만두지 않겠다는 악독한 모략 아닌가."

대원군은 민씨 쪽에 맹비난을 퍼부었다.

"천벌을 받은 게지. 하늘이 민씨 일족의 행패에 벌을 주는 것임을 알아야 한다."

그러나 민씨 쪽에서도 대원군의 말에 콧방귀를 뀌었다.

"귀신보다 술수에 능한 사람이다. 더욱 엄히 감시하고 따르는 무리를 모조리 소탕하라. 대원군이 죽기 전엔 안심할 수 없다."

그러던 중 고종 11년에 민씨는 또 아들을 낳았다. 민씨는 세자 탄생을 축하하는 의미로 죄수들의 대사령을 내리고, 인재 발굴을 위한 과거를 실시하였다. 그러나 결과 역시 기대 밖이었다.

"정말 실망스럽소. 실력 있는 신인을 등용한다는 과거제도의 취지와는 완전히 딴판이니 말이오."

"방에 발표된 급제자의 명단을 보니, 모조리 민씨 일족의 자녀거나 민씨 일파에 속하는 고관들의 자녀뿐이오, 쯧쯧."

첫 번째 실시된 과거시험부터 공정하지 못하고 썩었기 때문에, 청운의 뜻을 품었던 선비들은 민씨 정권에 대한 반감을 갖게 되었다.

명성황후 민씨의 죽음

대원군과 민씨는 정략에 따라 청나라와 일본과 손을 잡고 세력을 유지하였다. 시아버지와 며느리의 관계에서는 차마 할 수 없는 짓들을 반복하면서 정권을 잃기도 하고 잡기도 하는 등 엎치락뒤치락 조선을 혼란스럽게 만들었다. 그 사이에서 괴로움을 받는 것은 백성들이었다.

우여곡절 끝에 대원군은 거사일을 정하고 새벽에 자기 세력과 일본 군대가 경복궁에 쳐들어가서 민비를 제거할 계획을 세웠다. 새벽 동이

트기도 전에 대원군은 이주회와 오카모도를 앞세워 광화문으로 향했다. 그곳에는 이미 우범선이 지휘하는 훈련대와 일본 수비대의 병력이 집결해 있었다.

"갑시다!"

대원군 일행을 맞은 군대는 무서운 기세로 경복궁으로 쳐들어갔다.

궁중 경비대가 대항했으나 상대가 안 되었다. 대원군은 훈련대와 일본군의 호위를 받으며 경복궁으로 들어갔다. 대궐로 들어간 대원군은 일본의 병력을 배경으로 고종을 겁박해 곧 새로운 내각을 조직하고 발표했다.

"어찌 이렇게까지 하십니까?"

고종은 울분에 차서 대원군을 향해 소리쳤다.

"주상, 민중전은 왕실과 국사를 망친 장본인이오. 당장 폐하고 서인으로 만들어 궐에서 내쫓아야 하오."

너무 심한 대원군의 요구에 고종은 불쾌한 낯빛으로 말하였다.

"너무 심한 말씀입니다. 이후로 정치에만 관여하지 못하도록 하면 되지 않겠습니까?"

내각 개편에는 두 말을 못한 고종이었지만 가정 문제는 달랐다.

'아무리 미운 며느리라도 임금인 자기에게 이혼을 강요하다니! 지나치시구나!'

그런 정도는 일본도 묵인할 것이라는 희망도 있었다.

그러나 고종이 대원군과 폐비 문제로 언쟁을 하고 있을 때, 왕비 민씨의 생명은 경각에 달해 있었다.

일본군과 일본 낭인을 비롯해서 훈련대인 조선군은 민씨를 찾아서 궁궐을 샅샅이 뒤졌다.

"개미 새끼 한 마리 빠져나가지 못하게 막아라!"

침전에서 자던 민씨는 요란하게 울리는 총성에 놀라서 잠에서 깼다.

"이게 무슨 일이냐?"

"중전마마, 어서 저와 옷을 바꾸어 입으십시오."

민씨는 사태의 위급을 비로소 알고 궁녀의 옷으로 갈아입었다. 그리고 뒷문으로 나가 마당에서 궁녀들 속에 섞여 도망칠 틈을 엿보고 있었다. 그러나 마당에는 이미 일본 군대와 칼을 든 일본 낭인으로 꽉 차 있었다. 그들은 벌벌 떨면서 우왕좌왕하는 수십 명의 궁녀들을 잡고 위협했다.

"황후가 어디 있느냐? 있는 곳을 대지 않으면 너희들을 모조리 죽여 버릴 것이다."

"저희들은 모릅니다."

궁녀들은 모두 입을 다물었다. 그때 평소에 민씨에게 귀염을 받던 일본 시녀 오가와가 말없이 황후를 손가락으로 가리켰다.

"호, 거기 있었구나!"

검도에 능한 일본 낭인은 민씨에게 다가갔다.

"썩 물러가라! 어딜 다가오느냐!"

쩌렁쩌렁한 민씨의 목소리가 침전에 울려퍼졌다. 그 순간 낭인의 칼이 바람을 일으키며 민씨를 살해하였다.

"이 시체를 가져다 즉각 태워 버려라."

낭인은 일본 군대에게 명령했다. 군대는 민씨의 시신을 이불에 둘둘 말아서 숲으로 운반한 후 석유를 뿌리고 불을 붙였다.

이때 민씨의 나이는 45세였다. 고아로 외롭게 자라 왕비가 되었고, 처음에는 고종의 냉대도 받았지만, 탁월한 수완으로 총애를 회복하여

388

긴 시간 동안 권력의 핵심에 있었다. 그러나 대단한 정략가인 시아버지 대원군과 맞서서 한 치의 양보도 없는 피투성이의 암투 끝에 마침내는 일본 낭인의 칼에 살해당하는 비극을 맞고 말았다. 남의 나라 낭인의 손에 국모를 살해하게 한 대원군은 결코 해서는 안 되는 큰 잘못을 저질렀다.

고종은 대원군의 요구대로 폐비 선언을 했기 때문에 명성황후의 장례를 국장을 치를 수조차 없었다.

'사랑하고 존경하던 황후, 드러내서 슬픔도 표하지 못하다니!'

마음이 괴로웠지만 고종은 그간에 행해진 모든 국정의 잘못을 민씨에게 돌려야 했다.

이로써 민씨와 대원군의 기나긴 궁중 암투는 끝났다. 그러나 민씨의 살해사건 이후 국운은 몰락 일로를 걸었다.

민씨를 잃은 고종도 주위의 사정에 끌려서 그 후에 친러 반일정책을 한때 썼고 그 때문에 러시아 공사관으로 피난하는 서글픈 생활까지 했다.

그 뒤로 일본은 완전히 조선을 손아귀에 넣고 을사조약을 체결하여 일본의 보호국으로 만들었다. 그 뒤에 바로 한일합방이라는 형식을 거쳐 결국 나라는 망하고 일본의 영토의 일부인 식민지가 되고 말았다.

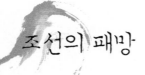

조선의 패망

을미사변 후 신변에 위협을 느끼고 있던 고종은 일본 군대와 친일 세력의 어수선한 틈을 이용해 은밀히 러시아와 내통하고 1896년 2월 러

시아 공사관으로 몸을 옮겼다. 고종은 여기에서 친러 정권을 수립하고, 이런 조칙을 내렸다.

"친일 내각의 요인들을 역적으로 규정하여 단죄하겠다. 갑오경장 때 실시된 단발령을 철폐하고, 의병 해산을 권고한다."

그러나 고종은 부정적인 여론에 밀려 1년 만에 환궁하였다. 그리고 국호를 대한제국으로 고치고 황제에 올라 연호를 '광무'라 하였다.

1904년 러일전쟁에서 승리한 일본은 고종에게 군사적 압력을 가하여 제1차 한일협약을 강요했으며, 1905년에는 일본과 을사보호조약을 체결하고 말았다. 을사보호조약이 체결되자 고종은 미국공사 헐버트에게 밀서를 보냈다.

'이 조약은 무효입니다. 일본의 강제적인 보호 조약입니다.'

그러나 밀서는 미국의 호응을 받지 못하였다.

고종은 일본이 설치한 통감부에 의해 외교권이 박탈당하자 다른 방법을 강구하기 시작하였다.

'우리나라의 문제를 국제 사회에 널리 알려야 한다. 국제사회의 도움을 얻자.'

이 계획의 실천으로 1907년 6월 네덜란드 헤이그에서 개최된 제2차 만국평화회의에 특사를 파견하기로 했다.

"특사로 보낼 사람은 전 의정부참찬 이상설과 전 평리원감사 이준을 보내기로 하겠소."

고종은 다른 한편으로 러시아 황제 니콜라이 2세에게 친서를 보내 이들 특사 활동을 지원해 줄 것을 요청하였다. 그러나 영국과 일본의 방해로 고종의 밀사 계획은 수포로 돌아가고, 이 일을 빌미로 삼은 일본의 강요에 의해 황태자 순종에게 양위한 후 고종은 퇴위하게 되었다.

고종은 태황제가 되어 덕수궁에 살았다. 1910년 일제가 대한제국을 무력으로 합방하자 이태왕으로 불리다가 1919년 1월 21일에 세상을 떠났다. 슬하에 아들 6명과 딸 1명 덕혜옹주를 두었다.

　한 시대에 영웅은 한 사람이 배출된다고 한다. 대원군과 민씨가 약간의 시차를 두고 태어났다면, 조금만 서로에게 관용을 베풀었다면, 인격수양이 조금만 더 되었더라면, 조선의 운명은 좀 더 바람직한 쪽으로 변했을 것이다.

27. 순종

(1874-1926, 재위 1907. 7-1910. 8)

고종과 명성황후의 둘째 아들로 태어난 순종은
대한제국의 마지막 황제이다. 1907년 7월에 일제
의 강요와 친일파의 매국 행위로 왕위를 물러나
게 된 고종의 양위를 받아 황제로 즉위하였고, 연
호를 융희로 고쳤다. 이복동생 영친왕을 황태자로
세우고, 거처를 덕수궁에서 창덕궁으로 옮겼다.
한일신협약을 체결하고 일본인의 한국 관리 임용
을 허용하여 사실상 국내정치는 일본으로 넘어갔
다. 일본의 압력으로 한국군을 해산하였고, 경제
권·경찰권·군사권 등을 잃었으며, 결국 1910년
8월 29일 조선왕조의 종말을 맞았다.

⊪⊪⊪⊪ 조선의 궁중비화 ⊪⊪⊪⊪

고종의 뒤를 이어 보위에 오른 순종은 고종과 민씨 민씨의 장남으로 태어났다. 9세 때에 순명효황후 민씨를 세자빈으로 맞아들였다. 그리고 1897년 대한제국이 수립됨에 따라 황태자로 책봉되었다.

1904년 순명효황후 민씨가 죽자 1906년 12월 순정효황후 윤씨를 황태자비로 맞이하였으며, 1907년 7월에 일제의 강요와 일부 친일 정객의 모략으로 왕위를 내놓게 된 고종의 양위를 받아 조선 제27대 왕이자 대한제국의 제2대 황제로 즉위하였다.

황제에 오른 이후 순종은 이복동생인 영친왕을 황태자로 책립하였고, 거처를 덕수궁에서 창덕궁으로 옮겼다.

이후 만 3년에 걸친 순종의 재위 기간은 일본에 의한 한반도 무력 강점 공략이 가속화되었다. 그리고 끝내 송병준, 이완용 등 친일파 정객과 일본 정부의 야합에 의해 주권을 상실하게 되어 조선 27왕조 519년의 역사는 끝나고 말았다. 순종은 폐위된 후 16년 동안 창덕궁에서 머물다가 53세의 나이로 세상을 떠났다.

치마 속에 옥새를 감춘 순정효황후

순종은 순명효황후 민씨와 순정효황후 윤씨 2명의 부인을 두었으나 슬하에 자녀는 두지 못하였다.

순정효황후 윤씨는 해풍부원군 윤택영의 딸이었다. 순종의 첫번째 황태자비 순명효황후 민씨가 1904년에 사망하자, 1906년 12월 황태자비에 책봉되어 입궁했다.

이후 1907년 순종이 황제에 오름에 따라 황후가 되었으며, 그 해 여학에 입학하여 황후궁에 여시강을 두었다.

1910년 국권이 강탈될 때 순정효황후는 병풍 뒤에서 어전회의를 엿듣고 있었다. 너무나 막중한 시기라 도저히 그냥 있을 수 없었기 때문이었다.

"폐하, 어서 날인을 하십시오."

친일파들이 순종에게 합방조약에 날인할 것을 강요하였다.

"지금 옥새가 없소."

그러나 옥새는 병풍 뒤에 있던 순정효황후가 갖고 있었다. 황후는 다급했다.

'옥새를 어디가 감출까? 어디다 감춰야 저 무도한 놈들이 손을 댈 수 없을까?'

급한 상황에 황후의 이마에서는 땀이 흘러내렸다. 밖에서는 계속 순종을 다그치는 사나운 목소리들이 들려왔다.

'아, 그래! 내 치마 속에 숨기자. 내가 여기 있는 것을 들키더라도 다리가 불편하여 일어서지 못하겠다고 고집을 부리면, 아무리 무도한 놈들이라고 해도 어찌 내 치마 속까지 들출 것인가!'

순정효황후는 옥새는 치마 속에 넣고 앉아 있었다.

'어서 이 순간이 무사히 지나갔으면!'

그러나 빈손으로 물러날 친일파 매국노들이 아니었다. 그들은 병풍 뒤에 순정효황후가 있다는 것을 알아채고 병풍을 걷어버렸다.

"나오십시오, 황후마마."

순정효황후는 얼굴빛 하나 변하지 않고 말했다.

"다리가 부어 일어서지 못하오. 부종으로 고통받고 있습니다."

순종의 얼굴에서 진땀이 흘러내렸다. 절대절명의 순간이었고 도움의 손길은 오지 않았다.

"마마, 옥새를 내놓으십시오."

"없습니다. 왜 제가 감추었다 하십니까?"

"어디 숨기셨는지 알고 있습니다. 어서 주십시오."

"무엄하오! 그리 못합니다."

말로 아무리 회유해도 듣지 않았다.

"그럼 빼앗겠습니다."

"내가 황후요! 어디 빼앗아 보시지요."

그러나 섣불리 황후의 몸에 손을 댈 수는 없었다. 그러자 황후의 숙부인 윤덕영이 나섰다.

"왜 이러십니까! 숙부님, 물러서시오! 숙부는 어느 나라 백성이오?"

황후의 눈에서 번쩍 분노의 불길이 일었다. 순종은 차마 황후 쪽을 바라보지도 못했다. 옥새를 내주라고도 할 수 없고, 황후에게서 발칙한 손길을 거두라고 말할 용기도 없었다.

"이러신다고 해결될 일이 아닙니다!"

마침내 황후는 숙부에 의해 강제로 옥새를 빼앗기고 말았다.

"이런 무엄한 일을! 애통하오! 절통하오!"

황후의 눈에 피눈물이 어렸다. 그러나 망국의 황후의 피눈물은 아무런 힘도 없었다.

망국 후 일제의 침탈 행위를 경험했으며, 광복과 6·25전쟁을 겪고 만년에는 불교에 귀의하여 '대지월'이라는 법명을 받았다. 1966년 71

세를 일기로 낙선재에서 심장마비로 사망하였다. 슬하에 소생은 없었으며, 죽은 뒤 순종과 함께 경기도 유릉에 묻혔다.

1910년 8월 29일 불법적인 국권 강탈로 조선왕조는 27대 519년 만에 망하고 일본의 지배하에 들어가게 되었다. 순종은 창덕궁에 머물며 이왕이라 불리다가 1926년 4월 25일 세상을 떠났다. 부인 2명만 있을 뿐 슬하에 자식이 없다.